《스승》과 《제자들》.

레우스 *Reus*

시리우스 *Sirius*

에리나 *Erina*

에밀리아 *Emilia*

노엘 *Noel*

시리우스 일행의 평온한 나날──.

뻔히 보이는 공격을 피하는 것은 쉽다.
때때로 빈틈이 큰 공격을 펼쳤기에.
그 틈을 이용해 한 방 먹여줬다.

"풋내기군!

월드 티처

이 세 계 식 교 육 에 이 전 트

네코 코이치 지음
Nardack 일러스트
이승원 옮김

1

CONTENTS

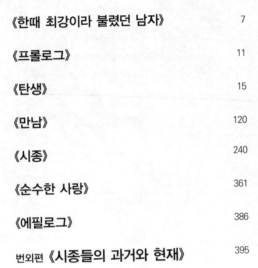

Illust : Nardack

흑발 소년이 미궁의 어둑어둑한 통로를 달리고 있었다.

학교의 교복인 로브를 휘날리며 열심히 달리고 있지만, 그 소년을 막아서듯 수많은 적이 모습을 드러냈다.

하지만 그 소년은 적들을 뛰어넘거나 혹은 해치우면서 거침없이 통로를 나아갔다. 그리고 계단을 찾더니 뛰어 내려갔다.

소년이 서두르고 있는 것은…… 그에게 있어 소중한 존재인 제자들을 지키기 위해서다.

그리고 겨우 최하층에 도착했지만, 목적지에 도착하기 위해서는 벽을 따라 우회해야만 했다.

그래서는 늦고 만다……. 재빨리 그렇게 판단한 소년은 벽에 손가락을 대더니 자신이 창조한 마법을 펼쳤다.

손가락 끝에서 뿜어져 나온 마법은 벽에 커다란 구멍을 뚫었고, 소년은 구멍을 통해 목적지에 도착했다.

그곳에서는…… 소중한 세 명의 제자가 살인귀로 보이는 남자들에게 공격을 받고 있었다.

그중 한 명인 남성 수인(獸人)이 상처를 입은 채 쓰러져 있는 제자의 숨통을 끊으려 하자, 소년은 주저 없이 몸을 날렸다.

수인은 느닷없이 나타난 소년 때문에 놀라면서도 반사적으로 주먹을 휘둘렀다.

엄청난 속도로 휘두른 주먹을 평범한 인간이 맞는다면 분명 치명상을 입으리라.

하지만 소년은 그 주먹을 가볍게 피하더니 반격을 하듯 발차기를 가해 수인을 날려버렸다.

그리고 소년은 제자들을 지키려는 듯이 적들을 막아섰다.

"시리우스 님……."

이름을 불린 소년이 고개를 돌려보니, 어둑어둑한 미궁 안에서도 반짝이고 있는 은발과 늑대 귀를 지닌 소녀, 에밀리아가 희망으로 가득 찬 눈길로 자신을 쳐다보고 있었다.

"에밀리아, 괜찮아?"

"……예."

하지만 에밀리아는 적에게 받은 공격 때문에 의식이 몽롱한지 쓰러진 채 꼼짝도 하지 못했다.

"시리우스 씨. 와……줬구나……."

"당연하지."

그 옆에는 맑은 물처럼 투명한 느낌이 감도는 청색 머리카락을 지닌 소녀가 새파랗게 질린 얼굴로 주저앉아 있었다. 학교에서 알게 된 그녀는 소년을 보자마자 안도에 찬 표정을 지으며 눈물을 흘렸다.

"형……님……."

"레우스. 잘 버텼어."

그리고 두 소녀를 지키기 위해 필사적으로 싸우고 있었던 걸까.

짧은 은발과 늑대 귀를 지닌 장난기 많아 보이는 소년, 레우스는 만신창이 상태로 에밀리아의 옆에 쓰러져 있었다.

두들겨 맞고 생긴 멍과 눈물 때문에 얼굴이 엉망진창이지만, 레우스는 통증마저 잊은 것처럼 동경하는 소년의 등을 쳐다보았다.

"나…… 최선을…… 다했어……."

"그래. 뒷일은 나한테 맡겨. 네가 정신을 차렸을 때는 전부 끝났을 거야."

"……응."

제자들의 기대에 부응하듯, 소년은 눈앞에 있는 적들을 노려보며 선언했다.

"네놈들…… 내 제자들을 두 번 다시 건드리지도 못하게 만들어주마!"

소중한 제자들이 상처 입었다는 사실 때문에 가슴속이 분노로 가득 찬 소년이 한 걸음 내디뎠다.

……이것은 머지않은 미래의 일이다.

최강의 에이전트라 불리던 남자가 이세계에서 전생한 후, 스승으로서 이름을 알려나가는 궤적의 일부인 것이다.

《프롤로그》

『──……가──……──토…… 응답해라!』

어느 나라가 존재하는 대륙의 중심이라 불리는 고층 센트럴 빌딩 사장실.

대리석 바닥과 고가의 장식으로 꾸며진 방에서는 현재 똑바로 쳐다볼 수도 없을 정도의 참상이 펼쳐지고 있었다.

폭탄과 총탄에 의해 부서진 벽과 바닥, 그리고 잡동사니로 변해버린 수많은 장식품.

그리고 셀 수도 없을 만큼 많은…… 시체.

그 시체들의 이마에는 하나같이 탄환이 꽂혀 있었으며, 누가 봐도 생존 가능성은 절망 그 자체였다.

그런 공간에서 유일하게 움직이는 이가 있었다.

타이츠 같은 방어복으로 온몸을 빈틈없이 감싼 한 남자였다.

엎드린 그 남자는 몸을 일으킬 수가 없는 것 같았다. 결국 일어서는 걸 포기한 그는 바닥을 기면서 나아가더니 벽에 등을 기대어 한숨을 돌린 후, 귀에 꽂은 이어폰형 통신기의 스위치를 눌렀다.

"……그래. 여기는…… 코드 액셀."

『무사한가?! 상황을 보고해라!』

수많은 시체 안에는 고급스러운 옷을 입은 이가 딱 한 명 있었다.

11

이마뿐만 아니라 온몸에 총탄을 맞고 폭발의 여파로 형태가 훼손된 그것은 이 빌딩의 주인이자, 남자의 표적이었다.

"표적은…… 처리했다. 남은 건…… 콜록! 뒤처리……뿐이군."

『기다려라! 그건 최후의 수단일 텐데? 빨리 탈출해라!』

"하, 하하…… 그건 무리야."

그는 자신의 몸을 쳐다보았다.

복부에 총탄을 몇 발이나 맞았고, 왼쪽 무릎 아래는 존재하지 않았다. 왼손도 감각이 거의 없으며, 말을 하기만 해도 고통이 느껴질 만큼 만신창이 그 자체였다.

유일하게 움직이는 오른손으로 포켓에서 조그마한 단말기를 꺼내더니 안전장치를 해제했다.

그것은 폭탄의 기폭장치다. 빌딩 안에 설치해둔 수많은 폭탄을 기동시키면 이 빌딩을 무너뜨릴 것이다. 이 자리에서 움직이지 못하고 있는 이 남자 또한 무너지는 빌딩에 휘말리고 말리라.

『너를 회수할 헬기를 급파하겠다! 어이, 헬기 준비는 끝났지?! 허가? 그딴 건 나중에 받으면 돼!』

통신기 너머에서 그의 파트너가 지시를 내리고 있었지만 남은 시간은 얼마 되지 않았다.

그가 파트너를 말리려고 입을 연 순간, 통신기 너머에서 문이 열리는 소리가 들려왔다.

『ㅠㅠ선생님————!!ㅠㅠ』

그가 기른 제자들의 목소리가 귀에 들어왔다.

『선생님, 포기하지 마세요!』

『선생님에게 배우고 싶은 게 잔뜩 있단 말이에요!』

『선생님! 선생님…… 아…… 아빠! 아빠!』

작전 전에는 납득했던 제자들도 스승의 현재 상황을 알더니 도저히 가만히 있을 수가 없었던 것 같았다. 아직 정신적으로 미숙한 점이 걱정되지만, 그는 제자들의 애정에서 기쁨을 느꼈다.

스승으로서 마지막으로 해야만 하는 말이 있다. 그렇게 생각한 그는 힘을 쥐어짜내며 외쳤다.

"정렬!"

〓윽?! 예!〓

흐트러져 있던 제자들은 그에게 받은 교육 때문인지 일사불란하게 대답했다.

"내가 하려는 말이 뭔지…… 알지……?"

〓걸음을 멈추지 마라, 입니다!〓

"그럼…… 됐다. 너희라면…… 괜찮을 거다. 자부심을 품고……
살아가거라."

〓……예!〓

대답을 하는 제자들의 목소리에는 눈물이 어려 있었다. 그 목소리를 듣고 엉엉 울고 있는 제자들을 상상한 그는 웃었다.

"미안……해. 제자들이……."

『그들에게 있어서는 당연한 권리지. 그리고…… 정말 무리인
건가?』

"이렇게 될 걸…… 알고 있었……잖아?"

『…………그래.』

그것은 고민, 그리고 갈등을 필사적으로 억누른 끝에야 새어 나온 목소리였다.

"나는…… 이 세상에…… 충분히 남겼어. 웃으면서…… 저세상에 갈 수 있다고."

『……뒷일은 전부 나에게 맡겨.』

"부탁하지. 너와…… 함께 활동하면서…… 정말, 즐거웠…… 어."

『내가 할 말이다.』

통신이 중단되더니, 그는 기폭장치의 스위치에 손가락을 얹었다.

출혈이 너무 심해 의식이 몽롱했지만 작전이 성공했다는 것만큼은 이해할 수 있었다.

맡길 수 있는 것은 전부 맡겼지만, 그에게는 마지막 일이 남아 있다.

그는 마지막 남은 힘으로…… 스위치를 눌렀다.

뭔가가 파괴되는 소리가 들렸다. 그것이 점점 커지더니 천장이 무너지기 시작했다.

무너지는 콘크리트 더미…… 그것이 그가 본 마지막 광경이었다.

그리고 그는…………

《탄생》

자기 입으로 이런 말을 하는 건 좀 그렇지만, 내 인생은 파란
으로 가득 차 있었다고 생각한다.

훈련이라는 명목의 고문을 받았으며, 산책이라도 가듯 각국의
분쟁지대에 끌려갔다. 평범과는 거리가 먼 나날을 보냈던 것이
다.

그런 나날을 보내던 나는 '제37특수공작원'…… 흔히 뒷세계
에서 위험한 임무를 생업으로 삼는 특수 에이전트가 되었다.

그리고 파트너와 만난 나는 그의 뜻에 반했다. 그리고 그의 수
족이 되어 함께 싸워왔다.

목숨이 가볍게 취급되는 세계에서 살아온 나는 쉰 살이 넘은
후에 은퇴해서 후진 양성에 힘썼다. 교육은 어려운 것이었지만,
나는 제자를 기르는 기쁨에 눈뜨고 충실한 나날을 보냈다.

그런 나의 충실한 나날의 이면에서 어떤 어둠의 조직이 세계
를 전복시킬지도 모르는 계획을 진행하고 있었다.

그들의 흉계를 안 우리 조직은 그 어둠의 조직을 박살내기로
했다. 하지만 그 어둠의 조직은 거대하기 그지없었기에 인선(人
選)에 신중을 기했고, 결국 과거에 최강이라 불렸던 내가 암살
임무를 맡게 되었다.

은퇴한 아저씨이니 만에 하나 죽더라도 피해가 적다……라는
조직다운 비정한 인선이지만, 그 안에는 어떤 의도가 명백하게

숨겨져 있었다.

아마 은퇴한 후에도 어느 정도의 발언력을 지닌 나를 거북하게 여기는 자들이 있는 것이리라.

명백한 음모라고 판단한 내 파트너는 반대했지만, 나는 그 임무를 맡기로 했다. 타깃의 처리에 성공하면 파트너의 지위를 올려주겠다는 약속을 받았던 것이다.

그리고 만전의 준비를 한 후에 작전을 실행했지만………… 나는 죽었다.

이야기는 길었지만 간략하게 정리하자면, 평범한 인간과는 거리가 먼 인생을 살았다고 생각하면 된다. 죽을 때는 예순이 넘었고 웬만한 일로는 동요하지 않을 정도의 정신을 지녔다고 자부하지만, 현재 일어나고 있는 상황 앞에서는 동요하지 않을 수가 없었다.

"응애~!"

내가 왜 갓난아기가 된 거지?!

나는 그렇게 외쳤지만, 이 갓난아기는 성대가 발달하지 않았는지 제대로 말을 할 수 없었다. 손발은 놀라울 정도로 가벼웠으며, 몸 또한 뜻대로 움직일 수가 없었다. 비상식적인 일에 익숙하다고 생각했지만, 이건 확실히 뜻밖이었다.

아무튼 냉정해지자고 마음속으로 생각하고 있을 때, 갑자기 내 얼굴에 그림자가 드리워졌다.

"――……――……――?"

누군가가 나를 쳐다보면서 말을 하고 있지만, 아직 완벽하게 발달되지 않은 눈과 귀로는 상대를 확인할 수가 없었고 말 또한 알아들을 수가 없었다.

상대에게 적의는 없는 것 같으니 우선 차분하게 상황을 파악해야만 한다. 사고의 전환은 재빠르면서도 냉정하게, 그리고 정확하게……다. 일단 기억을 떠올려보는 편이 좋을지도 모른다.

죽기 직전의 작전에서 표적은 처리했지만, 나도 치명상을 입었다.

상처 입은 몸으로 탈출하는 것은 불가능했기에 증거인멸을 위해 건물과 함께 소멸하는 길을 선택했다. 그리고 무너진 천장에 맞은 감각도 기억하고 있다.

그 후 의식이 끊어졌고, 정신이 들어보니 갓난아기가 되어 있었다.

……진정하기는 했지만, 뭐가 어떻게 된 건지 모르겠는걸.

나는 분명 죽었을 텐데, 왜 갓난아기가 되어서 여기에 있는 거지.

흔히 이런 걸 보고 전생(轉生)이라고 하겠지만…… 나는 왜 자아와 기억을 가지고 있는 거지?

죽으면 기억과 혼이 정화된 후에 아무것도 모르는 깨끗한 상태에서 다시 태어나는 걸 전생이라고 할 텐데?

게다가 자신이 걸어온 인생은 생각이 나는데 옛 파트너와 제자들의 이름, 그리고 얼굴은 기억이 나지 않았다.

구멍이 뚫린 기억과 정보를 얻을 수 없는 상황, 그리고 갓난아기의 육체.

아무리 머리를 굴려도 답을 찾을 수 없고, 답을 가르쳐줄 사람도 없다.

내가 결국 무의미한 생각을 관두자, 눈앞에 있는 사람이 나를 안아들더니 콧노래를 흥얼거리기 시작했다.

눈이 좋지 않아도 이렇게 가까이 다가가니 상대방이 보였다. 그래서 나는 눈앞에 있는 상대를 관찰했다.

백발을 머리 뒤편으로 모아 묶었고, 얼굴에 주름이 가득하며, 차분한 분위기를 지닌 걸로 보아 연상의 여성이다. 그리고 농담이 아니라 진짜로 엄청난 미인이었다. 내가 죽기 전이었다면 술 한잔 같이 하자고 했을지도 모른다.

하지만 그녀는 메이드복을 입고 있었다. 코스프레 복장이라고 하기에는 옷에 쓰인 천이 본격적인 걸 보면 진짜 메이드인 것이리라. 그렇다면 이곳은 외국일까.

멍하니 그런 생각을 하고 있는 사이에도 그녀는 나를 상냥하게 어르며 자장가 같은 노래를 계속 불렀다. 내용은 모르겠지만 그녀의 자애에 찬 눈길과 차분한 리듬이 내 의식이 멀어지게 만들었다.

생각해야만 하는 일은 잔뜩 있지만, 나는 이 기분 좋은 감각을 거스르지 못한 나머지 그대로 의식의 끈을 놓았다.

※ ※ ※ ※ ※

눈을 뜨고 한 달이 지났지만, 내가 아는 세계는 여전히 이 방 뿐이었다.

3평이 좀 넘어 보이는 이 방에는 내가 잠들어 있는 울타리 달린 침대와 책상, 옷장뿐이었다. 책조차 없는 이 방은 살풍경하기 그지없었다.

천의 감촉도 약간 나빴으며, 여러모로 시대착오적인 느낌이 들었다.

그리고 갓난아기의 일인 먹고 자기를 반복한 결과, 나는 순조롭게 성장했다.

흐릿하던 시야도 먼 곳을 볼 수 있을 정도로 좋아졌고, 부서진 스피커에서 들리는 소리 같았던 다른 사람의 목소리도 명확하게 들렸다.

나도 다소 몸을 움직일 수 있게 되었지만, 그에 반비례하듯 에너지 소모량이 많아졌는지 자주 배가 고팠다.

평소 같으면 나를 감시하고 있는 것은 아닐까 하는 생각이 들 만큼 적절한 타이밍에 식사가 지급되지만, 오늘은 왠지 늦었다.

나는 의식을 되찾은 후로 한 번도 울지 않았지만 오늘은 울어 볼까 하고 생각한 바로 그때, 방문이 열리더니 나를 돌보는 백발 메이드가 나타났다.

"———……———."

……여전히 무슨 말을 하는 건지 알 수가 없었다.

목소리는 명확하게 들렸지만, 언어를 이해할 수가 없었다.

전생에서는 일 때문에 전세계를 돌아다녀야 했기 때문에 많은 나라의 언어를 익혔다. 하지만 그녀의 언어는 내가 아는 그 어떤 언어와도 일치하지 않았다.

갓난아기의 몸으로는 제대로 조사를 할 수 없는데다, 언어는 그녀의 말을 계속 듣다보면 익히게 될 것이라고 생각했기에 지금은 식사를 우선하기로 했다.

바로 그때, 그녀의 등 뒤를 돌아보니 백발 메이드와 똑같은 메이드복을 입은 여자애가 있었다.

내가 의문을 느끼고 있는 가운데, 백발 메이드는 평소와 마찬가지로 자애에 찬 미소를 지으며 나에게 음식이 담긴 수저를 내밀었다. 보통 갓난아기에게는 젖병으로 식사를 먹일 것 같은데……. 나는 그런 생각을 하면서 음식을 먹었다.

"——, ————, ————."

아마 시범을 보인 것 같았다. 백발 메이드는 나에게 두 입 정도 먹이더니 식사를 여자애에게 건네준 뒤에 방에서 나갔다.

그리고 그 여자애가 만면에 미소를 지으면서 다가왔을 때, 나는 그 애에게 이상한 점이 있다는 사실을 눈치챘다.

왜 여자애의 머리에 고양이귀가 달려 있는 걸까.

붉은 머리카락을 포니테일 모양으로 묶은 귀여운 여자애의 머리에 달린 고양이귀가 너무 신경 쓰였다. 전세(前世)에는 저런 가짜 고양이귀를 착용한 점원들이 서빙을 하는 코스프레 카페라는 곳이 있었지만, 저 고양이귀는 진짜처럼 쫑긋거리고 있었다.

그런 고양이귀를 뚫어져라 쳐다보면서 가만히 있자, 여자애가

나를 향해 수저를 내밀었다.

젖병을 비롯해 여러모로 의문이 있지만, 지금은 배가 고프니 그냥 먹기로 했다.

"——……! ——."

왠지 그 여자애는 내가 한입 먹을 때마다 기뻐했고, 내가 식사를 끝낸 후에도 미소를 머금은 채 나를 계속 쳐다보았다.

이 애는 귀여운 걸 좋아하는 걸까? 나도 거울이 없기 때문에 자신이 귀엽게 생겼는지를 알 수 없지만 말이다.

그런데…… 저 고양이귀는 진짜인걸까?

저 고양이귀를 만져보고 싶다는 듯이 손을 뻗었지만, 여자애는 내 손가락을 만지작거리며 기뻐하기만 했다.

그런 행동을 몇 번이나 반복한 끝에야, 내가 뭘 원하는지 눈치챈 듯한 여자애는 나를 향해 머리를 내밀었다.

흠…… 인간의 귀처럼 온기가 느껴지고 머리에 달린 게 확실하군.

게다가 여자애의 엉덩이에는 고양이 꼬리도 달려 있었다. 이 애는 진짜 인간인 걸까?

"——! ——, ——, ——……."

진짜로 보이는 고양이귀와 꼬리 때문에 경악하고 있을 때, 여자애는 뭔가를 눈치챈 것처럼 손뼉을 치면서 눈을 감았다. 그리고 검지를 세우더니, 뭔가를 중얼거리기 시작했다.

"——!"

마지막으로 기합을 내지르면서 말을 한 순간…… 여자애의 손가락 끝에 불덩어리가 생겨났다.

잠깐, 어디서 불덩어리가 나온 거지?

마술……은 아닌 것 같았다. 손에 아무것도 들고 있지 않으니까 말이다. 게다가 불이라는 것이 아름다운 구형을 유지한 채 공중에 떠 있지 않을 것이다.

"━━……━━!"

말도 안 되는 현상을 보고 내가 경악을 하고 있을 때, 여자애가 손가락을 튕기자 그 불덩어리가 방 안에서 종횡무진으로 움직였다. 그 광경을 본 나는 그것이 마술이 아니라는 확신을 가졌다.

이것은 마법……이라는 걸까?

"━━?"

내가 그런 생각을 한 순간, 백발 메이드가 돌아왔다. 그녀는 날아다니고 있는 불덩어리를 보더니 여자애의 어깨를 두드리면서 미소를 지었다. 그 미소 안에 숨어 있는 분노를 감지한 듯한 그 여자애는 식은땀을 줄줄 흘리면서 필사적으로 사과했다. 그리고 어느새 불덩어리도 사라졌다.

진짜 고양이귀와 아무것도 없는 공간에 불을 만들어내는 마법…….

이것들은 과학으로 세계를 해명하던 전세에는 존재하지 않던 것이다.

나는 그것을 본 순간, 무의식적으로 피해왔던 현실을 인정할 수밖에 없었다.

이곳은 분명 지구가 아니다…….

※ ※ ※ ※ ※

이곳이 지구가 아니라는 사실을 인정하고 석 달이 지났다.

목을 가눌 수 있게 되고, 바닥을 기어 다닐 수 있게 됐다.

나는 현재 메이드 몰래 침대에서 빠져나와 주위의 정보를 모으는 것에 전념하며 하루하루를 보내고 있다.

그리고 현재 상황에 대한 이해가 깊어질수록 이곳이 지구가 아니라는 확신 또한 커졌다.

마법이라는 비과학적 현상이 존재하니, 이곳은 이세계라고 불러야 할지도 모른다.

직업이 직업이었던 만큼, 죽으면 틀림없이 지옥에 갈 거라고 생각했지만 설마 이세계에서 전생하게 될 줄이야. 한 번 죽기는 했지만 인생은 어떻게 될지 모르는 것 같았다.

이 세계의 문명 레벨은 예전에 살던 세계의 중세 유럽 지방에 가장 가까운 것 같았다.

당연히 전자제품은 존재하지 않으며, 불빛을 얻기 위해서는 양초가 필요했다. 하지만 전자제품 대신 마법이 존재하기 때문에 그렇게 불편하지는 않았다.

오늘도 새로운 발견을 추구하며 방을 빠져나왔지만, 곧 식사 시간이기에 침대로 돌아갔다.

"자아~, 밥 먹을 시간이에요. 많이 먹여드릴게요. 아~……."

요즘 들어서는 의미를 알 수 없었던 언어를 이해할 수 있게 됐다.

갓난아기라 성장속도가 빠르기도 하지만, 역시 이 고양이귀 메이드의 도움이 가장 컸다.

이 아가씨는 매우 말이 많아서 짜증이 날 정도로 말을 걸어대기 때문에 자연스럽게 언어를 익혔다. 언어를 알게 되자, 내 이름도 판명됐다.

시리우스…… 그게 내 새로운 이름이었다.

어떻게 된 건지는 알 수 없지만 나는 이렇게 새로운 인생을 얻었다. 전생의 이름은 이제 기억나지 않지만 나라는 자아가 존재하는 이상, 시리우스로서 열심히 살아야겠다는 생각이 들었다.

"식사는 끝났어?"

백발 메이드…… 에리나도 나를 살펴보러 왔다.

정확한 나이는 모르지만, 꽤 연상으로 보이는 그녀는 오늘도 빈틈없는 몸놀림으로 달인 메이드의 품격을 선보이고 있었다.

"예. 그런데 시리우스 님은 정말 깨끗하게 드시네요. 다른 갓난아기는 이렇게 먹지 않잖아요."

"시리우스 님은 특별하셔. 분명 장래에 거물이 되겠지."

달인 메이드지만…… 약간 자식 바보이기도 했다.

그래서 처음에는 에리나가 내 부모라고 생각했지만, 두 사람의 대화를 들어보니 나를 윗사람으로 여기는 것 같았다. 그러니 자식 바보라는 표현도 적절하지는 않지만, 나를 쳐다보는 그녀의 눈길은 부모의 눈길 그 자체이기에 자식 바보라는 표현도 틀리지 않다는 생각이 들었다.

"확실히 제 말을 이해하는 것 같긴 해요. 아아, 그건 그렇고 정말 귀엽다니요."

황홀한 표정으로 나를 쳐다보던 고양이귀 메이드의 이름은 노엘이며 나이는 열세 살 정도인 것 같았다.

에리나의 밑에서 메이드 업무를 배우고 있는 그녀에게는 아직 앳된 느낌이 남아 있었다.

"언제쯤 누나라고 불러줄려나. 아, 누나야~도 좋은데……."

그리고 약간 바보 같은 애였다.

"호칭 같은 건 아무래도 상관없잖아. 그것보다 청소를 부탁해."

"예!"

에리나는 노엘의 힘찬 대답을 들은 후에 나를 상냥하게 안아 들더니 방에서 나왔다.

그녀는 그대로 현관으로 향했다. 덕분에 나는 다시 태어난 후, 처음으로 집 밖으로 나갔다. 이 세계에도 사계절이 있는지는 모르지만 밖은 쾌청했고 낮잠을 자면 기분이 좋을 것 같았다.

"오늘은 따뜻하군요. 잠시 밖을 산책하시겠어요?"

나는 에리나에게 안긴 채로 저택 주위를 천천히 산책했다.

참고로 밖에서 보니 이 저택은 목조로 된 2층 건축물이었다.

방의 숫자는 총 여섯 개였으며, 일반가옥치고는 조금 큰 집이었다. 시리우스 님이라는 호칭을 듣고, 나는 상류 귀족이며 호화로운 저택에서 살고 있는 줄 알았지만…… 그렇지 않았다.

저택의 정원은 꽤나 넓었으며 곳곳에는 밭과 나무가 존재했다.

하지만 이 저택은 주위가 숲에 둘러싸여 있기 때문에 다른 주택이 전혀 보이지 않았다. 정문으로 보이는 곳 너머에는 잘 정비된 길만 존재하는 걸 보면 시골보다 인적이 드문 변경 같은 느낌이었다.

내가 생각에 잠겨있을 때, 머리에 뿔이 달린 붉은 토끼가 근처에 있던 수풀에서 튀어나왔다.

"시리우스 님, 저건 호라비라고 한답니다. 겁이 많지만, 그래도 마물이니 다가가면 안 돼요."

마법이 존재한다는 걸 알고 예상은 했지만, 역시 이 세계에는 마물도 존재하는 것 같았다.

어쩌면 드래곤처럼 소설 같은 데서 자주 나오는 생물도 존재할지도 모른다. 이런 세계에서 살아남기 위해서는 몸을 단련할 필요가 있을 것 같았다.

하지만 느닷없이 어른스럽게 행동하는 것도 좀 그렇다는 생각이 들었다.

그러니 일찌감치 기어 다니는 모습을 보여줘서 성장 속도가 빠르다는 걸 실감시켜주면, 그 후의 기묘할 정도의 빠른 성장도 자연스럽게 받아들일지도 모른다.

언젠가 두 다리로 서는 모습을 보여주고, 그로부터 한 달 후에 뛰어다녀도 그저 웃으며 지켜보게 된다면 이상적일 것이다.

"……에리나 씨."

"어머, 가지치기는 끝났나요?"

"예."

목소리를 듣고 고개를 돌려보니 나무 사이로 낡은 작업복 차림에 전정가위를 든 청년이 나타났다.

갈색 단발과 날카로운 눈매를 지녔으며 키도 큰 청년은 왠지 다가가기 힘든 분위기를 지녔다. 초면인 사람은 말을 거는 것도 주저할 것이다.

"아프가 열려 있더군요. 저녁 식탁에 올리죠."

"그런가요. 노엘이 좋아하는 거니 펄쩍 뛰며 기뻐하겠군요."

"예."

대화를 나누는 것을 좋아하지 않는지 말수도 적고 무뚝뚝했다. 아까부터 표정에도 전혀 변함이 없었다. 전세였다면 커뮤니케이션 장애라는 소리를 들었을 것이다.

내가 관찰하고 있다는 사실을 눈치챘는지 에리나는 눈앞에 있는 청년을 소개했다.

"시리우스 님, 이 사람은 디머스예요. 이 저택의 요리사죠."

"에리나 씨, 갓난아기가 그 말을 이해하는 건 무리 아닐까요."

"그럴지도 모르지만, 저희의 주인 되시는 분이니 제대로 소개해줘야 하지 않을까요. 자아, 당신도 자기소개를 하세요."

"예. 시리우스 님, 디라고 불러주세요."

"아우~."

"윽?!"

디는 내가 대답을 할 거라고는 생각도 못했는지 약간이지만 당황했다.

별 의미 없는 행동이지만, 왠지 이긴 것 같은 느낌이 들었다.

"……장래가 기대되는군요."

"맞아요."

두 사람의 시선이 나에게 집중됐다. 아직 명확하게 정한 건 없으니, 장래에 뭘 할 건지 누가 묻는다면 위험에 대비하기 위해 몸을 단련할 거예요……라고 대답할 것이다.

그 이전에, 내 장래와 가장 얽혀 있을 인물이 보이지 않는 것은 어째서일까?

나라는 자아가 깨어난 후로 단 한 번도 모습을 보이지 않았으며, 사진 같은 것도 존재하지 않기에 얼굴도 알 수 없다. 다른 이들이 화제로 삼지 않았기에 신경 쓰이지 않는 척했지만…… 내 부모님은 어디에 있는 걸까?

전생의 나는 부모님이 누구인지 몰랐다.

철이 들었을 즈음에는 보육시설에 살고 있었으며, 부모님의 얼굴이나 이름도 모른 채 살아왔기 때문이다.

그 보육시설도 테러로 파괴되었다. 그 테러에서 살아남은 나를 주워준 이는 있지만, 그 사람은 아이에게 애정을 쏟는 것 대신 그저 단련시키기만 했다.

강해지고 싶다는 것이 내 소망이기도 했지만, 스승이라 부를 수 있는 그 사람은 눈곱만큼의 애정도 쏟지 않고 나를 철저하게 단련시키기만 했다.

가혹한 특수 에이전트의 세계에서 수십 년 동안 살아남을 수 있었던 것은 분명 스승이 나를 단련시켜줬기 때문이리라.

뭐…… 아무튼 그래서 전생의 나는 부모님을 몰랐다.

그리고 다시 태어난 후에도 여전히 부모님을 알지 못했다.

나는 부모라는 존재와 인연이 없는 것 같지만, 내 정신은 예순이 넘은 할아버지인데다, 지금의 나를 길러주는 에리나와 다른 이들이 있기에 쓸쓸하지는 않았다.

※ ※ ※ ※ ※

그 후로 반년이 지났다.

오늘도 나는 메이드들 몰래, 일과인 운동을 하고 있었다.

운동이라고 해도 팔이나 다리를 움직이는 준비체조에 가까웠다. 갓난아기의 몸으로 무모한 짓을 하면 몸이 심각하게 고장날 수도 있기 때문에 몸에 맞는 훈련을 하고 있는 것이다.

이 훈련법은 생후 1년이 지나기 전부터 계획해왔으며, 계획대로 된다면 누구에게도 지지 않을 강인한 체력과 정신력을 얻을 수 있다고 한다.

정말 무모한 계획이지만, 이것을 고안한 사람은 바로 내 스승이다.

'너를 철이 들기 전에 주웠다면 나를 뛰어넘는 전사가 됐겠지.'

'그런 전사가 되기 전에 분명 스승님 손에 죽었을걸?'

'그럴 때는 죽이고 살리지 않는 방식으로…….'

'그럼 죽은 거 아냐?'

스승은 '출생 직후부터의 지옥 트레이닝'이라는 센스라고는 눈곱만큼도 없는 이름을 붙인 계획을 희희낙락하면서 이야기했다. 그걸 내가 직접 하게 될 거라고는 꿈에도 생각하지 못했다.

트레이닝 내용은 가혹하기 그지없지만 이치에는 맞아서, 나름대로 어레인지를 하여 실시하고 있다.

매우 힘들지만 갓난아기의 성장력 덕분에 하루가 다르게 성장하는 게 느껴져서 즐거웠다.

얼마 전에는 바닥을 기는 모습을 선보였다.

그 모습을 본 노엘이 귀와 꼬리를 쫑긋 세우면서 에리나에게 뛰어가는 모습은 재미있었고, 그들 앞에서 한 번 더 바닥을 기자 에리나는 펄쩍 뛸 것만 같을 만큼 기뻐했다.

에리나는 평소 술을 거의 마시지 않지만, 그날 저녁에는 코가 삐뚤어지도록 와인을 마셨다고 한다. 자식 바보 레벨이 날로 상승하고 있는 것 같았다.

※ ※ ※ ※ ※

태어난 후로 1년이 지났다.

내 몸은 순조롭게 성장 중이다. 매일 하는 운동도 팔굽혀펴기와 윗몸 일으키기 같은 근육 트레이닝으로 바뀌었으며, 슬슬 달리기를 통해 지구력을 기르고 싶었다. 두 발로 걷는 모습을 선보일 날도 머지않았다.

"자아, 시리우스 님. 오늘도 잘 보세요~."

그리고 노엘은 예나 지금이나 변함이 없었다.

내 앞에서 마법을 썼다가 에리나에게 혼났으면서도 내가 보이는 반응이 재미있는지 또 마법을 선보이는 것이다. 나도 언젠가 마법을 쓰고 싶으니 이런 기회는 바라는 바이다.

"나는 소망한다. 불의 섭리를 해독해, 화신(火神)의 사도를 구현하라…… '플레임'."

마법을 펼치기 위해 필요한 말을 읊조리면 불덩이가 출현하는 광경은 몇 번을 봐도 신기했다.

"후후후, 이걸로 제 누나로서의 입지는 흔들림이 없겠군요. 이것 이외에는 서툴지만요."

어이, 아가씨. 본심이 줄줄 새어 나오고 있거든? 하지만 정신이 아저씨인 나에게 있어서는 열심히 발돋움을 하고 있는 어린애 같아서 귀여웠다.

그 후, 결국 에리나에게 걸려 혼난 것은 말할 필요도 없으리라.

다음 날, 일어난 후에 근육 트레이닝을 끝낸 나는 처음으로 마법에 도전했다.

마법에 관한 정보라고는 노엘에게 들은 것이 전부 다였기에, 시험 삼아 그녀가 입에 담을 말을 중얼거려봤지만…… 역시 아무 일도 일어나지 않았다.

부족한 것인 집중력일까. 아니면 다른 요소?

한동안 시행착오를 했지만…… 결국 아무 일도 일어나지 않았다.

어쩔 수 없이 대화를 나눌 수 있게 된 후에 노엘에게 물어보기로 했다. 재능이 없다는 말을 들으면 어쩌지.

점심 식사 후, 에리나와 노엘이 뜨개질을 하고 있을 때 나는 미리 준비해뒀던 작전을 실행에 옮겼다.

"에리나 씨, 시리우스 님이 이쪽을 쳐다보고 있어요."

"그러네. 뜨개질에 흥미가 있으신 걸까?"

"에리~."

"읔?!"

에리나는 들고 있던 것을 놓쳤다.

"……시리우스 님. 한 번 더…… 한 번 더 부탁해요."

"에리나~."

"아아…… 아아…….."

감격한 나머지 눈물을 터뜨렸다!

옆에 있는 노엘이 자신을 손가락으로 가리키며 난리를 쳤다.

"시리우스 님! 저도, 저도 부탁해요! 노엘, 노엘! 노, 엘!"

너, 왜 그렇게 필사적인 거야?

이 상황에서 디, 라고 말하면 재미있을 것 같지만, 진짜로 충격을 받을 것 같았기에 순순히 그녀의 이름을 말하기로 했다.

"노엘~."

"꺄아~! 시리우스 님, 이번에는 누나라고 해보세요!"

은근슬쩍 무슨 소리를 하는 거야.

더 멋대로 하게 놔뒀다간 짜증 날 것 같았기에 무시하기로 했다.

"디~."

"······예."

그는 여전히 표정에 변화가 없었지만 입가를 약간 씰룩거리는 걸 보면 기뻐하고 있는 것 같았다.

하지만 내 작전은 아직 끝나지 않았다. 발에 힘을 주면서 몸을 일으킨 후, 눈물을 닦고 있는 에리나를 향해 천천히 걸음을 옮겼다.

"시, 시리우스 님?! 서, 설마······."

"거, 걷고 계세요! 시리우스 님이 걷고 계시다고요!"

이미 자유롭게 걸어 다닐 수 있지만 느닷없이 똑바로 걷는다면 좀 그럴 것 같았다. 그래서 약간 비틀거리는 척하면서 걸었다. 겨우 다섯 걸음이지만, 두 손을 펼친 에리나의 곁에 도착하자 그녀들이 나를 꼭 끌어안았다.

"대단해요! 멋져요! 시리우스 님! 시리우스 님은 제 자랑이에요."

"천재예요! 시리우스 님은 틀림없는 천재라고요!"

좋아 죽으려고 하는 두 사람 사이에 끼여 있으니 좀 아팠다. 두 사람을 말려줄 줄 알았던 디는 오늘은 진수성찬을 차려야겠다고 중얼거리면서 저녁 식사 준비를 하러 갔다. 좀 지나쳤던 걸지도 모르지만 이건 전부 미래를 향한 포석이다. 지금은 그저 두 사람에게 계속 포옹을 당할 수밖에 없다.

그날 밤, 와인을 물처럼 마셔대는 에리나를 말리느라 고생했다.

다음 날에도 내가 걷는 모습을 보여주자, 어제와 마찬가지로 두 사람은 나를 꼭 끌어안으며 마구 칭찬을 해댔다.

어쩌면 이 사람들이라면 나의 지나치게 빠른 성장도 별 의심 없이 받아들일지도 모른다.

문제는 마법이다. 이것은 전생에는 존재하지 않았던 능력이기에 어떻게 해야 익힐 수 있을지 전혀 감이 오지 않았다. 어느 정도 언어를 이해할 수 있게 되었기에, 노엘에게서 정보를 알아내자고 생각했다.

"오늘은 다른 마법을 보여드릴게요. 으음, 분명…… 이거라면 위험하지 않을 거야."

오늘도 활기차게 나를 찾아온 노엘은 한 손에 '초급마법 교본'이라고 적힌 책을 들고 있었다. 잘했어, 노엘. 내가 원하는 건 바로 그거야.

내가 책을 손으로 가리키면서 몸짓으로 보여달라고 하자, 노엘은 바로 눈치챘다.

"어, 이 책에 관심이 있는 건가요? 으음…… 잠시만 기다리세요."

노엘은 그렇게 말하면서 방을 나섰다. 아마 에리나에게 허락을 받으러 간 것이리라.

예전 같으면 허락을 받지 않고 보여줬겠지만 조금은 성장한 걸까?

노엘의 성장에 감동하고 있을 때, 그녀는 미소를 머금은 채 돌아왔다. 아무래도 허락을 받은 것 같았다.

그리고 노엘은 내가 보기 편하도록 무릎 위에 나를 올려놓고 책을 펼쳤다.

드디어 기다리고 기다렸던 순간이 찾아왔지만, 나는 문자를 읽지 못했다. 노엘이 책의 내용을 읽어줬지만 서둘러 문자를 익혀야만 할 것 같았다.

"으음, 마법은 원초의 섭리다. 아직 해명되지 않은 현상이지만, 모든 이들에게 은혜를 베푸는 만능의 존재······래요. 잘 모르겠네요."

문자조차 읽지 못하는 내가 이런 말을 하는 것도 좀 그렇지만, 만면에 미소를 지으면서 그런 소리 하지 마. 너는 일단 마법을 쓰고 있으니 이해하려고 노력 좀 해보라고.

내가 어이없어하는 사이에도 노엘은 책을 계속 읽었다. 하지만 이 교본은 내용이 두루뭉술한데다, 내가 글자를 읽지 못하기 때문에 이해하느라 꽤나 고생했다.

나름대로 이해한 것을 정리해야겠다고 생각했다.

마법은 이 세상에 넘쳐흐르는 마력을 사용해서 펼치는 현상이다.

마력은 눈에 보이지 않지만 어디에나 존재하며, 인간 또한 마력을 지니고 있다.

체내에 있는 마력을 사용해 노엘처럼 불덩어리를 만들어내는 것이 일반적인 마법이다.

직접 마법을 발동시키는 방법 이외에도 지면이나 사물에 특수한 마법진을 그린 후, 거기에 마력을 흘려 넣으면 마법을 발동시킬 수 있다고 한다.

하지만 마법진으로 발동시킨 마법은 출력이 약하기 때문에 사용하기 쉽도록 종이나 천에 그려서 불빛이나 아궁이에 불을 붙이는 일용품으로써 활약하고 있다.

그런 마법진이 그려진 도구는 마도구라고 불린다고 한다.

그 외에도 정령이라 불리는 존재에서 힘을 빌려 발동시키는 '정령마법'이라는 것도 있다.

평범한 마법과 달리 매우 강력하지만, 평소의 정령은 볼 수도 만질 수도 없는 존재다. 정령은 자신이 애정을 쏟는 상대에게만 모습을 보여준다고 하지만, 정령에게 사랑받는 조건은 명확하게 밝혀지지 않았기 때문에 정령마법을 사용하는 자는 매우 적다.

그리고 마법을 발동시키기 위해서는 노엘이 했던 것처럼 영창이 필요하며, 영창을 함으로써 몸 안의 마력을 끌어올려 그 마법명을 입에 담아서 발동시키는 것이다.

참고로 노엘이 사용한 '플레임'은 불속성 초보 마법이며 영창도 책에 실려 있다.

마법을 사용하면 자신의 마력이 소모되며 서서히 피로를 느끼게 된다. 그리고 지나치게 마력을 소모하면 기절하거나 목숨을 잃을 가능성도 있다고 한다.

체내의 마력량을 타고 나는 것이며, 후천적으로 성장시키는 것은 매우 힘들다고 한다.

성장시키는 방법은 마력을 한계까지 사용한 후에 마력 회복을 반복하는 것이다. 근육 트레이닝과 같은 방법이지만, 마력의 회복에는 만 하루가 필요하기 때문에 매우 효율이 나쁘다.

이 책에 적힌 내용에 따르면, 반년 걸려서 겨우 마법의 사용 횟수가 한 번 늘어났다고 하니 이 훈련은 틈틈이 하는 편이 좋을지도 모른다.

문뜩 생각난 것인데, 자신의 마력이 모자라다면 외부에 의지하면 되지 않을까?

마력은 대기 중에 존재하니, 그것을 이용하면 될 것이다.

하지만 교본에는 자신의 마력과 대기에 존재하는 마력은 흰색과 검은색처럼 질이 다르기 때문에 변환시키지 않으면 사용할 수 없다고 적혀 있다.

변환에도 마력이 필요하기 때문에, 마력을 모으면 모을수록 마이너스가 되니 큰 위력을 발휘할 수 없다……는 건가.

그리고 자신의 마력량과 함께 중요한 것이 바로 '적성속성'이다.

이것도 태어날 때부터 정해져 있다고 하며 적성속성은 평생 바꿀 수 없다.

노엘은 '플레임'을 주로 사용하니 적성속성은 불일 것이다.

불의 적성속성인 사람은 불마법을 능숙하게 쓰며, 물의 적성속성인 사람은 물마법에 능숙하다. 즉, 속성에 따라 사용하는 마법도 자연스럽게 정해지는 것이다.

다른 속성도 쓰지 못하는 건 아니지만 위력이 극도로 낮아진다고 적혀 있었다.

속성의 항목을 다 읽은 후, 노엘은 일단 책을 덮었다.

나도 열심히 듣고 있었기 때문인지 어느새 상당한 시간이 지나간 것 같았다.

"휴우…… 오늘은 이만하죠. 저도 피곤하거든요."

"노엘, 수고했어. 차 끓였으니까 마시면서 좀 쉬는 게 어때?"

"에리나 씨?!"

고개를 돌려보니, 부드러운 미소를 머금은 에리나가 홍차를 준비하고 있었다.

책에 푹 빠져 있었다고는 하지만, 나한테도 들키지 않고 접근하다니…… 엄청난 기량이군.

"시리우스 님은 내가 맡을 테니 너는 좀 쉬도록 해."

"고마워요. 자아, 시리우스 님. 이동하죠."

에리나는 나를 넘겨받더니 자신의 무릎 위에 올려뒀다. 그리고 내 머리를 쓰다듬으면서 다른 한 손으로 책을 쥐었다.

"정말 열심히 공부하시네. 시리우스 님이라면 금방 마법을 터득하실 것 같아."

"아하하, 그건 무리예요. 초급도 엄청 어려운데다, 시리우스 님은 아직 글자도 읽지 못하잖아요."

"그래. 하지만 시리우스 님이라면 왠지 해내실 것 같은 느낌이 들어."

"으음, 확실히 시리우스 님은 엄청 똑똑하시긴 해요. 그래도 몇 년은 걸릴 거예요."

흠…… 저런 말을 들으니 기대에 부응하고 싶어졌다.

우선 문자를 읽는 것부터 시작해야겠다.

"아, 맞다. 에리나 씨. 시리우스 님의 적성속성은 뭘까요?"

"글쎄…… 조사해보자. 그 마도구를 가지고 와줄래?"

"예. 금방 가져올게요."

노엘이 그렇게 말한 후, 가지고 온 마도구는 중앙에 수정 같은 돌이 박혀 있고 복잡한 문양이 그려진 깔개였다.

아마 이 복잡한 문양이 교본에 나왔던 마법진이리라.

"으음, 마력을 흘려 넣어서 기동……. 자아, 준비 다 됐어요."

"그럼 시리우스 님. 여기에 손을 얹어주세요."

이 마도구는 교본에 삽화와 함께 소개되어 있었다. 기동이 된 후에 손을 얹으면, 그 대상의 적성속성에 따라 수정이 네 가지 색깔로 빛난다고 한다.

내가 약간 긴장하면서 손을 얹자 수정은 금방이라도 사라질 듯한 새하얀 빛을 뿜기 시작했다.

"에리나 씨, 이건……."

"맙……소사. 말도 안 돼……."

고개를 갸웃거리는 내 옆에 있던 노엘이 마도구에 자신의 손을 얹었다.

그러자 수정이 붉은색을 뿜더니 아까보다 강렬하게 반짝였다. 그 모습을 본 노엘은 고개를 푹 숙이면서 한숨을 내쉬었다.

"망가진 건 아니네요. 시리우스 님은…… 무색이에요."

그 단어와 두 사람의 반응을 보니 불길한 예감만 들었다.

낙담한 두 사람을 보며 당혹스러워하고 있을 때, 에리나가 갑자기 눈물을 흘리면서 나를 끌어안았다.

"저는…… 저는 무슨 일이 있어도 당신의 편이에요."

"저도 마찬가지예요!"

대체 무색이 뭔데 그러는 거냐고.

질문을 할 수 없다는 사실 때문에 조바심이 나고 있는 가운데, 두 사람은 평소보다 더 나에게 신경을 써줬다.

※ ※ ※ ※ ※

내 속성이 '무색'이라는 게 판명되고 몇 달 후…….

다른 이들이 예전보다 나에게 더 애정을 쏟는 것 이외에는 딱히 달라진 점이 없었다.

그 후, 에리나와 노엘이 다양한 책을 읽어준 덕분에 글자를 이해하게 된 나는 혼자서 책을 읽을 수 있게 되었다.

태어난 지 1년 정도밖에 안 된 애가 책을 읽을 수 있다는 건 충분히 비정상적이지만 에리나는 천재군요, 하고 말하면서 새로운 책을 계속 준비해줬다.

자식 바보가 알아서 좋은 쪽으로 해석해주기에, 나는 각종 책을 읽으면서 다양한 지식을 습득했다.

예상대로 이 세계의 문명은 중세에 마법이 추가된 느낌이었다.

과학 같은 것은 존재하지 않으며, 그 대신 연금술이 주류를 이루고 있기 때문에 이 세계는 소설에 흔히 나오는 검과 마법의 세계에 가까웠다.

대륙에 따라 차이가 나기는 하지만 사계절이 존재하는 것 같으며, 1년은 360일인 것 같았다.

귀족과 평민에 의한 계급사회이며, 노엘 같은 다양한 종족이 살고 있는데다, 흉포한 마물이 존재하는 위험한 세계이기에, 내가 이전에 살던 세계보다 훨씬 목숨이 가볍게 여겨졌다.

그런 위험한 세계에서 살아가기 위해서는 한시라도 빨리 마법을 수련해야만 한다.

하지만…… 나는 문제에 직면하고 말았다.

'초급마법 교본'에는 적성을 확인하는 마도구에 대한 설명과 함께, 각 색깔에 대한 차이점도 실려 있었다.

'불'은 적색이며, '물'은 청색, '바람'은 녹색, '흙'은 황색이다.

그리고 내 무색은…… 없다는 뜻이다.

즉, 나는 적성속성이 존재하지 않는 것이다.

그렇다고 만능인 것이 아니라, 모든 속성에 마이너스 보정이 걸린다는 결함이 있다.

마도구의 기동과 속성은 관련이 없기 때문에 생활하는 데는 별다른 문제가 없겠지만…… 문제는 따로 있었다.

"아하, 그렇게 된 거구나……."

내가 무심코 그렇게 말하면서 보고 있던 것은 '앨버트 전기'라는 책이다. 전 세계를 방랑한 모험가인 저자가 각 지역의 풍습과 각종 현상을 정리한 자서전적인 소설이다.

항상 회오리가 발생하는 토지나 은랑족(銀狼族)의 특수한 의식,

그리고 여러 개의 꼬리를 지닌 특수한 종족……등. 전생에서는 듣도 보도 못한 정보가 잔뜩 실려 있었다. 또한 비정한 현실도 숨기지 않고 드러내고 있기에 매우 도움이 되었다.

그 비정한 현실 속에서 살아가는 '무색'에 대한 이야기가 적혀 있으니, 그 내용 중 일부를 발췌할까 한다.

내가 모험가가 되고 몇 년이 지났다.

수많은 사람, 수많은 종족과 만나며 충실하면서도 즐거운 나날을 보내고 있다.

하지만…… 종족간의 차별, 그리고 귀족에 의한 계급사회를 보고 슬프기도 했다.

어느 마을에서 적성속성을 지니지 못한 자와 만났다.

그 사람은 무능하다는 소리를 듣고, 손가락질을 당하며, 주민들에게 심한 취급을 당하고 있었다.

마법을 써보지도 못하고 생애를 끝내는 사람도 잔뜩 있는데, 왜 이런 취급을 당하는 것일까?

……뭐, 속성을 지니지 못한 자가 '무능'이라고 불리듯이 나는 세간에서 볼 때 무능하다고 불리는 존재인 것이다. 에리나와 노엘이 슬퍼한 이유도 이것이리라.

게다가 수정이 빛도 약했기에 몸 안의 마력량도 꽤나 적은 것 같았다.

무색이면 아무리 노력해도 초급마법밖에 쓸 수 없다고 한다.

즉, 나는 마법에 있어서는 다른 이들에 비해 커다란 핸디캡을 안고 있는 것이다.

하지만…… 생각하기에 따라서는 큰 문제가 아닐지도 모른다.

나에게는 그 어떤 마법보다도 도움이 되는 전생에서의 지식과 경험이 있는 것이다.

게다가 내가 무색이라는 사실을 알면 상대방이 방심할지도 모른다. 그 어떤 생물일지라도 방심하고 있을 때, 약점을 노린다면 나이프만으로도 해치울 수 있다.

그것보다 나는 일단 마법을 펼쳐보고 싶었기에 '플레임' 같은 속성 마법이 아니라 무색인 나도 문제없이 쓸 수 있는 무속성 마법에 도전하기로 했다.

무속성 마법이라 불리고 있지만, 일부를 제외하면 그다지 쓰이지 않는다고 한다.

그런 무속성의 입문용 마법이 '라이트'다.

이름을 통해 상상할 수 있듯이 빛을 뿜는 구슬을 마력으로 만들어내 주위를 비추는 마법이다. 교본에 기나긴 주문도 적혀 있으니, 이 마법이라면 나도 쓸 수 있을지도 모른다.

"시리우스 님~. 당신의 누나인 노엘이에요. 기분은 좀 어떠세요. 저를 누나라고 부르고 싶어졌나요?"

실행에 옮기려고 한 순간, 노엘이 바보 같은 소리를 하면서 나타났다.

이 소녀는 나한테 누나 소리를 듣고 싶은지, 내가 말을 하기 시작한 후로 매일같이 이런 소리를 해댔다.

하지만 누나라고 부르면 지는 것 같은 느낌이 들었기에, 나는 그렇게 부를 생각이 없었다.

그래도 기왕 이렇게 와줬으니, 노엘에게 '라이트' 마법 시범을 보여달라고 해야겠다.

"노엘~, 마법~."

"마, 마법 말인가요? 그건 좀…….."

내가 무색이라는 게 판명된 후, 노엘은 내 앞에서 마법을 펼치지 않았다.

나를 배려하는 것일지도 모르지만, 아무것도 모르는 어린애인 척하면서 '라이트'가 적힌 페이지를 손가락으로 가리키며 과감하게 밀어붙였다.

"마법~!"

"하지만 이건 무속성이고, 으음…… 알았어요. 보여드릴게요!"

결단이 빠른 것이 노엘이즘. 이래서 너를 좋아하는 거야.

"하지만 저는 무속성은 써본 적이 거의 없어요. 빛은 불속성을 사용하면 되거든요."

'라이트'가 얼마나 밝은지는 모르지만, 노엘의 말과 무속성의 존재감을 고려해보면 과도한 기대는 하지 않는 편이 좋을지도 모른다.

노엘은 교본에 적힌 주문을 외운 후, 눈을 감고 영창을 시작했다.

"근원의 마(魔)여. 맥동하는 힘이여. 두 힘으로 암흑을 비추는 빛을 자아내, 어둠을 쫓아내라…… '라이트'."

무속성 마법을 쓰는 사람이 적고, 연구가 되지 않아서 그런지 초급인데도 영창이 길었다.

아무튼 마법이 발동되자 노엘의 손가락 끝에 빛을 뿜는 구슬이 생겼다.

크기는 야구공과 비슷했으며 뭔가가 넘쳐 나오듯 빛나고 있는 그 구슬은 아름다웠다.

시험 삼아 손가락 끝으로 만져봤지만 열기는 느껴지지 않았으며 말로 표현하기 힘든 뭔가가 희미하게 느껴졌지만…… 어쩌면 이게 마력이라는 걸까?

잠시 동안 그걸 느끼고 있을 때, 노엘이 땀을 흘리기 시작했다. 그래서 나는 이제 됐다는 듯이 손가락 끝을 떼자 빛으로 된 구슬이 사라졌다. 그리고 노엘은 마력을 상당히 소모한 것 같았다.

"휴우, 역시 무속성 마법을 유지하는 건 힘드네요. 불속성이라면 이렇게 지치지는 않을 거예요."

그 말은 무속성이 불속성보다 마력 소비량이 많다는 것일까?

빛에 닿은 순간, 수도꼭지를 비틀어서 물이 흘러나오는 것처럼 마력이 새어 나오는 느낌이 들었다.

개인적인 견해지만, 다른 속성은 적성에 따라 어떤 식으로 서포트를 받는 것일지도 모르니, 언젠가 본격적으로 조사해봐야 할 것 같았다.

"노엘~, 대단해~."

"더 칭찬해줘도 돼요. 저는 최고의 누나니까요!"

박수를 쳐주자 노엘은 기뻐했다. 하지만 콧대가 너무 높아진 것 같았다.

순식간에 기세가 등등해지는 것 또한 노엘이즘.

그 후, 노엘이 할 일이 있다면서 방에서 나가자 홀로 남은 나는 바로 마법에 도전했다.

시범도 봤으니 이번에야말로 성공하고 말겠다.

"근원의 마여. 맥동하는 힘이여. 두 힘으로 암흑을 비추는 빛을 자아내, 어둠을 쫓아내라……."

노엘이 보여줬던 빛을 이미지하면서 영창하자 온몸에 열기가 돌면서 몸 전체가 활성화되기 시작했다.

온몸을 돌고 있는 열기가 손끝에 집중되자, 나는 마법을 발동시키는 말을 입에 담았다.

"'라이트'."

마법명을 읊조리자 내 손바닥에 옅은 빛을 뿜고 있는 구체가 생겨났다.

그것이 생겨난 순간, 몸 안의 열기가 사라졌다. 아마 몸속의 마력이 소모된 것이리라.

그건 그렇고 공상의 산물에 불과했던 마법을 쓰게 될 줄이야.

원리는 여전히 모르겠지만, 이렇게 실제로 쓰니 감동이 밀려왔다.

그리고 노엘이 '플레임'을 조작했던 것처럼 나도 이 구체를 움직여보자고 생각해서 전방을 향해 날아가라고 명령을 내리자, 빛의 구체는 내 이미지대로 날아갔다.

조작이 어려울 줄 알았는데 의외로 간단했다.

그리고 구체를 상승시키려고 한 순간…… 그 구체가 갑자기 사라졌다.

"어? 없앤 적 없는데……."

내가 고개를 갸웃거린 순간, 눈앞의 경치가 기울어지기…… 아니, 내가 쓰러지고 있었다.

어떻게든 버텨보려 했지만, 몸이 말을 듣지 않았다. 나는 맹렬한 피로감을 견뎌내지 못한 나머지 그대로 침대에 쓰러졌다.

"그래. 이게…… 마력 고갈이구나……."

이게 바로 교본에 적혀 있던 마력 고갈이라는 현상이다.

까딱하면 죽을지도 모른다고 적혀 있었는데, 과장이 아니라 진짜로 그럴 가능성도 있는 현상이었다.

억지로 움직일 수도 있을 것 같지만 갓난아기의 몸으로 무리를 할 필요는 없는데다, 이곳은 침대 위이니 에리나나 노엘이 놀라지도 않을 것이다.

그러고 보니 노엘도 땀을 줄줄 흘릴 만큼 마력을 소모했었다.

게다가 나는 갓난아기라 마력이 적으니, 이렇게 되는 게 당연할지도 모른다.

빛을 유지할 수 있었던 시간은 10초 정도였다.

게다가 양초 정도의 불빛이었다. 하다못해 손전등급의 밝기는 낼 수 있으면 좋겠다.

여러모로 비효율적이라 생각하며 한숨을 내쉰 나는 그대로 의식을 잃었다.

다음 날, 마력 고갈에 의한 나른함에서 벗어난 나는 이전보다 컨디션이 좋아진 듯한 느낌을 받았다.

몸속의 마력도 문제가 없는 것 같으니, 어제 하던 걸 계속하기로 했다.

어제는 제대로 검증도 해보지 못하고 끝났으니, 오늘은 내 한계를 확인해보기로 마음먹었다.

마력 고갈로 적 앞에서 기절해버리면 그대로 끝이지만, 한계를 알면 쓰러지기 전에 멈출 수 있을 테니까 말이다.

또 '라이트'를 발동시킨 후, 마법에 집중하자 상당한 기세로 몸 안에서 뭔가가 빠져나가는 느낌이 들었다. 왠지 피가 빠져나가는 느낌과 비슷한 것 같았다.

점점 피로가 몰려왔기에 내가 사라지라고 명령을 했다. 그러자 그 구체는 사라졌다.

이 시점에서 상당한 피로와 졸음을 느꼈지만 견뎌내지 못할 정도는 아니었다.

이 피로가 마력 고갈 직전의 감각이라는 것을 몸에 기억하게 한 후, 마력이 회복되면 또 마법을 사용했다.

나는 이런 느낌으로 몸뿐만이 아니라 마력도 단련했다.

※ ※ ※ ※ ※

몸만들기와 마법 훈련을 반복하던 나는 어느새 네 살이 되었다.

몸도 성장했기에, 지금은 마음껏 뛰어다녀도 아무 문제가 없었다.

오늘도 훈련 삼아 저택의 정원을 뛰어다녔고 목표 거리를 달린 후에는 천천히 속도를 떨어뜨렸다.

"휴우. 이걸로 오늘 몫은 달성했군."

전력질주로 정원을 한 바퀴 돈 후, 그 다음 바퀴는 천천히 달렸다. 그리고 또 전력으로 달리는 이 훈련은 인터벌 달리기라고 한다.

효과는 좋지만 그만큼 몸에 주는 부담이 크기 때문에, 몸에 무리가 가지 않도록 세심한 주의를 기울였으며 마지막에는 체조로 마무리했다.

"허억…… 허억…… 시리우스 님은~…… 왜…… 아무렇지…… 않은 거예요?"

"노엘은 지구력이 부족한데다, 자신의 페이스로 뛰지 않기 때문이야."

노엘이 오늘은 자기도 같이 뛰겠다면서 나와 함께 달렸지만, 도중에 힘이 다 떨어져서 이렇게 되었다. 현재 내 옆에 쓰러져 있는 노엘은 숨을 헐떡이고 있었다.

"하, 하지만…… 누나로서 질 수는…… 으윽!"

내 훈련량의 절반 정도밖에 안 했으면서, 그렇게 힘든 거야?

노엘에게 여러모로 부족한 것이 뭔지 생각하면서 체조를 마쳤을 때, 에리나가 수건과 물이 담긴 컵을 나에게 내밀었다.

"시리우스 님, 고생하셨어요."

"에리나, 고마워."

그리고 옆에 있던 디가 노엘을 간호했다.

두 사람은 성격이 대조적이지만 상성이 좋았다. 그리고 나이도 그렇게 차이가 나지 않기에 사이가 좋았다.

"무리하지 마."

"디 씨…… 고마워요."

나는 사이좋은 두 사람을 보며 무심코 미소를 지었고, 에리나 또한 상냥한 미소를 머금었다.

뒷일은 젊은이들에게 맡기고 나는 씻기로 했다.

우물에서 길은 물 앞에 서자 수면에 다시 태어난 나의 새로운 얼굴이 비쳤다.

머리카락은 검고, 눈매 또한 부드러운 인상을 지닌 얼굴은 멋지다기보다 귀엽다는 부류에 들어갈 것 같아, 개인적으로는 나쁘지 않았다.

하지만…… 눈빛에서 느껴지는 박력이 압도적으로 부족했다. 위압감은 겉모습에도 영향을 끼치니, 이 상냥한 얼굴로는 박력이 부족했다. 그것도 앞으로 해결해야 할 과제일 것 같았다.

얼굴을 씻고 땀을 닦은 후, 나는 마법 연습을 시작했다.

몸을 단련하는 것도 중요하지만 여차할 때에 대비해 마력도 단련해둬야 한다.

참고로 나는 세 살이 되면서 그들 앞에서 마법을 선보였다. 그러자 그들의 눈은 콩알만 해지더니 시간이 멈춘 것처럼 그 자리에서 딱딱하게 굳었다. 솔직히 말해 꽤나 볼만한 광경이었다.

"시리우스 님, 저희는 점심 준비를 할 테니 노엘을 부탁드려요."

"알았어. 나도 일과를 끝내면 돌아갈게."

"어, 왜 제가 보호 받는 입장인 거죠? 시리우스 님도 왜 고개를 끄덕이시는 건데요. 저기, 에리나 씨~!"

그건 평소 행실 때문이라는 생각이 들었다. 디를 데리고 다른 곳으로 향하는 에리나를 쳐다보고 있을 때, 노엘의 삐친 듯한 목소리가 들려왔다.

"어차피 저 따위는…… 열 살 이상 차이나는 어린애에게 보호 받는 쓸모없는 애라고요……."

"그런 소리 하지 말고 마법을 보여줘. 그건 노엘만 할 수 있는 거잖아."

"저만요?! 후, 후후후…… 저만 할 수 있으니 어쩔 수 없죠."

내가 약간 띄워주자 노엘은 바로 기세가 등등해졌다. 단순하지만 마법에 있어서는 노엘이 세 사람 중에서 가장 해박하니 틀린 말도 아니었다.

이렇게 몸만들기를 끝낸 후에는 마법을 사용해 마력을 고갈시키는 것도 내 일과다. 매일같이 힘들지만, 그 노력이 결실을 맺었는지 마력량이 꽤 늘어났다.

처음에는 '라이트'를 10초밖에 지속시킬 수 없었지만, 지금은 1분 넘게 지속 가능하다. 단순계산으로 마력량이 여섯 배로 늘어난 것이다. 이 사실을 안 노엘은 비정상적인 성장력이라면서 놀라워했다.

그 이유로는 요령을 파악한 점, 그리고 갓난아기 때부터 조기 연습을 해온 점도 들 수 있겠지만 가장 큰 이유는 횟수일 것이다.

노엘이나 교본에 나온 예시에 비해 나는 마력의 회복이 빨랐기 때문에, 마력 고갈 횟수를 남들보다 늘리면서 빠르게 성장할 수 있었다.

그리고 쓸 수 있는 마법도 늘었지만, 그래도 겨우 두 개밖에 안 되었다.

초급 교본에는 다른 속성 마법이 열 개 정도 적혀 있었지만, 무속성은 '라이트'를 비롯해 세 개뿐이었다. 무속성의 지명도가 낮다는 증거일 것이다.

그리고 새롭게 익힌 마법은 '임팩트'와 '스트링'뿐이며, 노엘이 시범을 보여준 후에 쓸 수 있게 됐다.

우선 '임팩트'는 간단히 설명하자면 마력을 응고시킨 후에 발사해서 상대를 맞추는 마법이다. 마법이라고 불러도 되는지 미묘한 마법이며, 유감스럽게도 위력 또한 미묘했다.

왜냐면 마력이란 질량이 없는 에너지에 가까우며 그런 에너지를 강제로 응고시켜 질량을 지니게 하기에, 이 마법은 고무공을 던져 맞히는 것이나 별반 다르지 않았다.

게다가 발사 속도도 느려, 시전자의 손을 떠나면 마력이 흩어져서 사라지지 때문에 사정거리도 짧았다. 솔직하게 말해 돌을 던지는 편이 훨씬 위력이 강하다. 실로 미묘하기 그지없는 마법이었다.

그리고 '스트링'은 마력으로 실을 만드는 마법이다.

마력의 실로 대상자를 묶어서 잡아당길 수 있기 때문에 실용적일 것 같지만, 형상 유지가 어려운데다 강도가 약했다. 노엘이 만든 것도 어린애인 내가 당기자 찢어질 정도로 약했다.

그리고 '라이트'는 불빛으로 사용할 수 있지만, 여전히 마력소비량이 많기 때문에 실용성이 나빴다. 이걸 쓸 바에야 '플레임'을 쓰는 편이 상식적이라고 한다.

솔직히 말해…… 무속성 마법의 성능은 유감스럽기 그지없지만, 그래도 쓰기 나름이라고 생각한다. 애초에 나는 다른 속성을 능숙하게 쓸 수 없으니, 무속성 마법을 갈고닦을 수밖에 없다.

하지만 본격적으로 연구하는 것은 나중으로 미루기로 하고, 지금은 그저 체력과 마력 단련을 중점적으로 하면서 하루하루를 보냈다.

자아, 점심 식사 전에 마력을 고갈시키자.

약간 떨어진 나무에 목제 표적을 걸어둔 후, 나는 그것을 향해손을 뻗은 채 '임팩트'를 영창했다.

"세계에 깃든 섭리여. 내 안에서 숨쉬는 마여. 뿜어지는 것은마의 충격…… '임팩트'."

야구공 사이즈의 마력 구슬이 손바닥에서 발사되더니, 그 표적에 정통으로 명중했다.

이 마력 구슬은 크기를 조절할 수 있지만, 크게 만들수록 마력을 대량으로 소모하며, 유지도 어렵다. 애초에 무속성 마법은 마력 소모가 극심하기 때문에 이 정도 크기의 마법을 펼쳐도 금방 한계를 맞이하고 말 것이다.

그러니 한 방 한 방 집중해서 쏘고 몸이 무거워지기 시작하면 멈췄다.

지난번에는 아홉 번 쏠 수 있었지만, 이번에는 열 번을 쐈다. 마력이 늘어나는 것을 실감하니 기뻤다. 하지만 마력이 고갈되었을 때의 이 나른한 느낌에는 영 익숙해지지 않았다.

내가 심호흡을 하고 있을 때, 노엘이 뭔가 할 말이 있는 것처럼 나를 쳐다보았다.

"노엘, 왜 그래?"

"아, '임팩트'를 이렇게 능숙하게 다루는 게 정말 대단해 보여서요."

"이게 대단한 거야? 위력은 없다고 해도 과언이 아닌데?"

"그래도 대단해요. 애초에 시리우스 님의 나이에 마법을 쓸 수 있다는 것 자체가 이상하다고요. 진짜로 네 살 맞아요? 나이를 속이고 있는 거 아니에요? 실은 열 살이죠?"

일단은 나이를 속이고 있다고도 할 수는 있지만, 노엘은 내가 갓난아기일 때부터 곁에 있었다. 그러니 말도 안 되는 억지다.

"노엘이 몇 번이나 시범을 보여준 덕분이야. 그걸 보고 요령을 터득했어."

"제 덕분인가요?! 만세~. 에리나 씨에게 혼난 보람이 있네요."

칭찬 받으면 바로 기세가 등등해지는 게 노엘이즘.

하지만 노엘 덕분에 여기까지 올 수 있었던 것은 사실이기에 고맙게 생각하고 있었다.

그 후, 마력이 고갈된 나는 기쁨에 젖어 있는 노엘과 함께 저택으로 돌아왔다.

내가 태어난 지 4년이 지났다.

에리나에게 보살핌을 받고, 노엘과 놀고, 디가 만든 요리를 먹으며 보내는 안전하고 행복한 나날이 계속되었다.

외부와 단절되어 있기는 하지만, 이곳은 나에게 있어 낙원이었다.

하지만…… 영원한 낙원은 존재하지 않는다.

붕괴의 발소리는 조용히, 그리고 확실히 다가오고 있었다.

그로부터 며칠 후.

나는 평소와 같은 시간에 깨어나 옷을 갈아입은 후, 식당에 가서 아침 준비를 하고 있는 세 사람과 인사를 나눴다.

"안녕."

"""안녕히 주무셨습니까."""

평소와 별반 다름없이 인사를 나눴지만, 오늘 내 눈에 들어온 광경은 평소와 약간 달랐다.

노엘과 디가 메이드복과 작업복이 아니라 외출용 복장을 입고 있었다.

"어, 오늘이 장을 보러 가는 날인 거야?"

"실은 방금 아궁이의 마도구가 부서졌답니다. 그래서 급히 두 사람에게 다녀와달라고 부탁했어요."

이 저택은 어느 정도 자급자족이 가능하지만, 마도구처럼 만들 수 없는 것도 있기 때문에 한 달에 한 번 정도는 근처 마을에 장을 보러 간다.

나는 한 번도 간 적이 없지만, 마을은 걸어서 한나절 정도 가야 도착할 수 있다. 그러니 한나절 걸려서 마을에 도착하며 그곳에서 하룻밤을 묵고 돌아오기 때문에, 장보기에는 최소 이틀은 걸린다.

왜 이런 변경에 살고 있는 것인지는 의문이지만, 세 사람은 이야기를 해주지 않고, 나 또한 불편하다고 느끼지 않았기에 묻지 않았다.

그리고 아궁이의 마도구란 불의 마법진이 그려진 마도구이며, 마력을 흘려 넣으면 불씨가 생겨나 장작에 불을 붙일 수 있게 되어 있다.

편리하니 사러가는 건 이해가 되지만, 이렇게 급히 살 필요는 없을 것 같았다.

"노엘도 있으니까 이렇게 서둘러서 사러 갈 필요는 없지 않아?"

"실은 전에 부탁하는 걸 깜빡한 게 있어서, 그것도 포함해 다녀와달라고 부탁했답니다."

항상 완벽한 에리나답지 않은 실수네.

하지만 그들에게 의지하고 있는 나한테는 왈가왈부할 자격이 없을 것이다.

노엘이 없는 이틀 동안 불은 어떻게 할 건지 궁금했지만, 조리실에 상비되어 있는 부싯돌이 생각났다.

부싯돌은 해머 같은 것으로 부수면 한순간 불이 붙을 정도의 고열을 뿜는 불가사의한 광석이다.

어른 주먹만 한 크기는 되어야 불을 붙일 수 있을 정도의 열기가 발생한다는 것이 결점이지만, 이것만 있으면 문제없을 것이다.

"알았어. 조심해서 다녀와."

"예. 시리우스 님도 제가 없다고 울면 안 돼요."

"……맡겨주십시오."

디는 원래 모험가였기에 여행에 관한 지식도 풍부했으며, 지금까지 몇 번이나 장을 보러 갔으니 걱정할 필요는 없을 것이다.

아침 식사를 끝낸 후, 두 사람은 준비를 끝마치자마자 출발했다.

두 사람을 배웅한 나는 아침 식사를 마친 후에 일과인 훈련을 시작했지만, 오늘은 평소보다 약간 일찍 끝났다. 미묘하게 시간이 남았기에 몸을 씻은 후 정원에 설치된 의자에 앉아서 독서를 하고 있을 때, 일을 마친 에리나가 내 곁으로 다가왔다.

"시리우스 님. 오늘은 날씨도 좋으니 여기서 식사를 할까요?"

"으음. 그럴까?"

오늘 점심은 에리나가 직접 만든 샌드위치였다.

디가 만든 샌드위치도 맛있지만, 에리나가 만든 것 또한 맛이 각별했다. 특히 고기와 채소가 들어간 게 내 입에 맞았다. 에리나가 만든 샌드위치는 고기와 채소의 절묘한 배분이 정말 끝내줬다.

나는 전생에서 취미 삼아 요리를 자주 했으니, 다음에 가르쳐 달라고 해야겠다.

"자아, 차 드세요."

에리나는 배부르게 샌드위치를 먹은 나에게 건조시킨 과일을 넣은 홍차를 건넸다.

희미하게 단맛이 풍기는 홍차로 식후의 여운에 잠겨 있을 때…… 위화감을 느꼈다.

"……저기, 에리나. 디저트가 먹고 싶어. 아프 없어?"

아프는 조그마한 사과 같은 형태를 지닌 과일이며 맛은 딸기와 비슷했다. 노엘이 좋아하는 과일이다.

"예. 금방 준비하죠."

에리나는 미소를 지으면서 저택에 들어갔다. 그리고 모습을 완전히 감췄을 즈음, 나는 입안의 홍차를 뱉었다. 그리고 컵 안의 내용물을 지면에 뿌렸다.

한 모금 마신 순간, 한순간이지만 전생에서 익숙했던 감각을 느꼈던 것이다.

기분 탓일지도 모르지만, 내 감이 옳다면 홍차에 수면제가 들어가 있었다.

하지만 이해가 안 되는걸…… 대체 왜 수면제를 탄 거지?

생각에 잠겨있는 사이, 에리나가 돌아왔기에 나는 의심을 받지 않도록 태연하게 아프를 먹었다.

그리고 적당한 때에 하품을 하면서 잠든 척을 했다.

"……시리우스 님. 피곤하신가요?"

에리나는 내 몸을 흔들었지만, 수면제를 복용하면 웬만해서는 깨어나지 않기에 계속 잠든 척을 했다. 그러자 에리나는 내 몸을 안아든 채 이동했다.

"후후…… 이렇게 무거워지셨군요. 멋지게 성장하셨다는 증거네요."

에리나가 상냥한 목소리로 그렇게 말하면서 향한 곳은 바로 내 방이었다.

내가 깨지 않도록 조심조심 침대에 뉘인 에리나는 내 머리를 상냥하게 쓰다듬었다.

"이런 짓을 한 저를 용서해주세요. 하지만 일어나셨을 때에는 전부 끝나 있을 테니 안심하세요. 제가…… 반드시 지켜드릴게요."

아무래도 차에 수면제를 탄 사람은 에리나인 것 같았다. 그런데 에리나에게서 느껴지는 이 강렬한 각오는 대체 뭐지?

노엘과 디를 다른 마을에 보낸 것도 그렇고, 에리나는 대체 뭘 하려는 걸까.

적어도 나에게 해를 끼치려는 것은 아니었다.

전생에서 더러운 어른이나 미소 속에 나이프를 숨긴 자들과 수도 없이 싸워왔기에, 나는 알 수 있었다. 그녀의 애정은 깊고 순수하며, 무슨 일에서도 나를 우선하고 있었다.

내 친어머니는 아니지만 나에게 있어서는 어머니나 다름없었다.

에리나가 아쉬움 담긴 손길로 내 볼을 쓰다듬은 후 방을 나서는 것을 확인한 후, 나는 눈을 떴다.

"내가 일어났을 때는 전부 끝나 있을 거라니……."

즉, 이제부터 무슨 일이 벌어지는 것 같지만, 에리나가 위험에 처할 가능성도 있는 것이다.

만약 그렇다면 상황에 따라서는 개입할 생각이었기에, 나는 에리나의 기척을 찾으며 방에서 조용히 대기하고 있었다. 바로 그때, 창밖에서 귀에 익지 않은 소리가 들여왔다.

수레바퀴가 굴러가는 소리와 말의 울음소리, 그리고 디 이외의 다른 남자의 목소리가 들려왔다.

내가 태어난 후로 이 집에는 그 누구도 방문한 적이 없었다. 설마 이게 노엘과 디를 다른 곳에 보내고 나를 재운 이유일까?

창문을 통해 몰래 밖을 보니 커다란 덮개가 달린 마차가 현관에 세워져 있었고, 마부석에 앉아 있던 할아버지가 마차의 문을 열었다.

그러자 마차에서 나온 남자는 고급스러운 옷을 입었으며, 관록이 느껴지는 수염을 기른 귀족다운 풍모를 지닌 아저씨였다.

약간 뚱뚱했고 박력이 느껴지지 않았기에, 전혀 믿음직스럽지 않았다.

불길한 예감이 뇌리를 스치고 있을 때, 그 남자는 저택 현관 안으로 들어왔다.

바닥에 귀를 댄 채 위치를 찾아보니 그들의 발소리가 에리나의 방으로 향하고 있었다.

지금까지 의문에 휩싸여 있던 부분에 대해 알아낼 기회일지도 모른다고 생각한 나는 소리를 내지 않으면서 에리나의 방 앞으로 이동했다.

문의 두께가 얇기 때문에 귀를 기울이면 안에서 나는 소리가 잘 들렸다.

'오늘 이렇게 와주셔서 감사합니다.'

'흥, 여전히 아무것도 없는 촌구석이군.'

마침 이야기가 시작된 것 같았다. 신경 쓰이는 점은 바로 에리나의 목소리였다.

그녀의 목소리는 매우 사무적이었으며 감정이 전혀 어려 있지 않았다.

그리고 대화 상대인 남자는 전생에서 자주 본 타입이었다. 거만하고 자기 자신밖에 모르는 지배자의 표본 그 자체인 것이다.

여러모로 상상은 되지만, 지금은 두 사람의 대화에 집중하기로 했다.

──── 에리나 ────

또…… 이날이 오고 말았어요.

가능하면 두 번 다시 만나고 싶지 않았지만, 저희에게는 필요한 일이기에 어쩔 수 없어요.

"오늘 이렇게 와주셔서 감사합니다."

"흥, 여전히 아무것도 없는 촌구석이군."

이곳에 우리를 가둔 장본인이 그런 소리를 하는 건가요. 설마 잊은 건가요?

"어이, 그 무뚝뚝한 남자와 아인(亞人)은 어디 있지? 내가 왔는데 인사도 안 하는 건가?"

"두 사람은 장을 보러 갔습니다. 내일까지는 돌아오지 않을 겁니다."

"그럼 됐다. 아인 따위를 본들 기분만 나빠질 테니까 말이다."

모습도 보고 싶지 않은 상대지만 인사는 받고 싶은 건가요. 자신이 모순되는 소리를 하고 있다는 걸 모르는 걸까요?

게다가 수인인 노엘을 모멸적 표현인 아인으로 부르다니……여전히 속이 좁은 사내군요.

옛날과 마찬가지로 자신의 욕망에 따라 여성을 아내로 들일 뿐만 아니라, 요즘 들어서는 치졸한 수단으로 여자에게 문제가 있다는 소문을 퍼뜨리고 있다더군요. 마을에서 정보를 수집한 디에게서 들었어요.

"그 녀석은 어디 있지? 아버지가 왔는데 왜 얼굴을 보이지 않는 거냐."

"시리우스 님은 열이 있으셔서 다른 방에 격리시켜뒀습니다."

"병인가. 몸이 약한 애는 필요 없다. 대용품이 약해빠져서야 의미가 없지."

누가…… 대용품이라는 거죠! 시리우스 님은 당신의 도구가 아니에요.

자신의 욕망을 채우기 위해 아가씨를 욕보인 걸로 모자라, 시리우스 님을 모욕한 이 남자에게 따귀를 날려주고 싶어요.

하지만…… 시리우스 님을 기를 돈과 권력을 이 남자가 쥐고 있죠.

그러니 저만 참으면…… 시리우스 님의 안전은 보장돼요.

"하지만 이제 대용품도 필요 없다."

"……그게 무슨 말씀이시죠?"

"내 본처가 차남을 낳았거든. 이제 괜한 지출을 줄일 수 있게 됐다."

"윽?! 추, 축하드립니다."

시리우스 님은 서자이기는 해도 차남이기 때문에, 장남에게 무슨 일이 있을 때에 대비해 몰래 길러지고 있었어요.

하지만 본처가 차남을 낳았으니 필요 없다는 건가요?

시리우스 님은…… 존재하지 않는 애라는 건가요?

이런 남자의 후계자나 상속 문제에 휘말리는 것은 싫지만, 시리우스 님을 무사히 기르기 위해서는 그러는 편이 나아요. 그게 저의 유일한 소망이죠.

"장남이 태어나고 아들을 전혀 보지 못했지. 딸도 좋지만 역시 후계자는 남자가 낫거든. 그래. 내 장남은 다섯 살인데 이미 글자를 쓸 수 있지. 장래가 정말 기대되는걸. 하하하!"

확실히 빠른 편이라고 생각하지만, 시리우스 님은 두 살 때부터 글자를 쓰셨어요.

그래요……. 그분의 성장속도는 다른 사람들의 눈에는 비정상적으로 보일지도 모르지만, 저에게 있어서는 귀여운 아이이자 소중한 분이에요.

하루가 다르게 쑥쑥 자라는 그분의 성장을 지켜보는 것이 제 기쁨이에요.

저는 끝없이 성장해나가는 시리우스 님을 계속 지켜보고 싶어요.

아무튼 시리우스 님은 다른 아이와는 다르니, 열네 살…… 아니, 열두 살만 되면 밖에서 살아갈 수 있는 힘을 지니게 되겠죠.

그때가 될 때까지 저는 제가 할 수 있는 일이라면 뭐든 할 거예요.

"저는 많은 아이들을 봐왔지만, 멋진 재능을 가지고 계신 것 같군요."

"음. 우리 가문의 미래는 걱정할 필요가 없겠지."

"하지만 아드님의 건강은 어떠신지요? 일전에 마을에 갔던 디에게서 유행병이 돌고 있다는 소문을 들었습니다만……."

"음? 그래. 장남은 건강하지만, 차남은 태어난 지 얼마 안 됐지."

"시리우스 님의 열은 병 때문이 아니라 공부를 너무 열심히 하셨기 때문이에요. 하지만 갓난아기는 유행병에 약하니……."

"흠. 그 애에게 계속 원조를 해달라는 건가?"

"……예."

이 남자의 차남이 건강하게 자랄 거라는 보증은 없어요.

그 최악의 상황에 대비하게 함으로써, 시리우스 님에게 조금이라도 더 원조를 하게 하는 거죠.

시리우스 님을 무사히 기르기 위해서라면 저는 그 어떤 수단이든 다 동원할 수 있어요.

"주인님의 장남만큼은 아니지만, 제가 보기에도 시리우스 님은 매우 우수하세요. 가문을 잇지는 못하더라도, 장래에 분명 도움이 될 겁니다."

"그런 계집의 자식이 말이냐? 그 여자는 용모 외에는 괜찮은 구석이 하나도 없었지."

당신 따위가 아가씨에 대해 뭘 아는데!

테이블 밑에 있는 주먹을 으스러져라 움켜쥐며 분노를 억누른 저는 그 감정이 표정에 드러나지 않도록 노력했어요.

"제가 결코 주인님을 뜻을 거스르지 않도록 교육시키겠습니다. 그러니 시리우스 님께서 열두 살이 되실 때까지만…… 부탁드립니다."

"그때까지 돈 낭비를 할 수야 없지! 차남은 무사히…… 그래. 앞으로 6년 정도라면 내줄 수도 있다. 물론 차남이 무사하다면 그 녀석은 쓸모가 없지만 말이다. 그 후에는 그 녀석을 비롯해 너희 모두 이곳에서 나가줘야겠다."

그 남자는 볼일이 끝났다는 듯이 자리에서 일어나자, 저는 반사적으로 그를 막아섰어요.

"6년 후면 시리우스 님께서는 아직 어린아이십니다! 하다못해 열두 살까지……."

"비켜라!"

하지만 그 남자가 저를 밀치면서 등 뒤에 있는 책상에 부딪힌 바람에 약품과 물건들이 쓰러졌습니다.

약품 몇 개가 쏟아지기도 했지만, 지금은 그런 걸 신경 쓸 때가 아니에요.

"부탁입니다. 서자라고 해도, 당신의 아들이지 않습니까!"

"그딴 여자의 자식을 아들이라고 생각하지 않는다! 그런데도 6년이나 유예를 주는 내 자비심이 이해가 안 되는 것이냐! 그게 싫으면 지금 바로 나가라!"

"……알았습니다."

아아…… 저는 왜 이렇게 무력한 걸까요. 아가씨, 정말 죄송합니다.

"그리고 이게 이번 돈이다. 울며불며 매달려도 더는 못 준다."

분한 마음에 울음을 터뜨리고 싶었지만, 저는 바닥에 내던져진 돈 자루를 주워서 안에 든 돈을 확인했어요.

지난번보다 금액이 적으니 그 애들에게는 고생을 더 시키게 될 것 같군요.

"흥, 바로 돈부터 확인하는 거냐. 비천한 계집 같으니라고."

입에서 나오는 대로 지껄이세요.

제가 어떻게 보이든 간에, 시리우스 님을 위해서라면 수치심 따위는 얼마든지 버리겠어요.

"그만 돌아가지. 그 녀석의 교육을 잘 시키도록."

"……예."

그 남자를 현관까지 배웅한 후, 마차가 사라진 후에야 저는 한숨 돌렸어요.

겨우겨우 시리우스 님이 저 남자를 만나지 않게 하는데 성공했어요.

저딴 남자가 자신의 아버지라는 사실을 알면, 시리우스 님은 마음에 깊은 상처를 받겠죠.

자아, 지금은 쉴 때가 아니에요. 시리우스 님을 깨울 홍차를 준비하러 가죠.

피로 탓에 몸이 무겁지만 시리우스 님의 얼굴을 보면 이 피로도 날아가버릴 거예요.

하지만 바람직한 결과를 손에 넣지 못한 저는 시리우스 님을 볼 면목이 없어요.

정신을 차리신다면 자신이 수면제를 먹었다는 것도, 아버지에 대한 것도 모르면서 저에게 미소를 지어주시겠죠. 그리고 저는 그 미소를 보며 마음의 평온을 얻겠죠.

이 낙원도 6년 후에는 끝나는군요.

진실을 이야기하기에는 아직 그분은 너무 어려요. 게다가 점점 쇠약해지고 있는 제 몸이 언제까지 버텨줄지…….

아아…… 아가씨, 저는 이제 어쩌면 좋을까요…….

———— 시리우스 ————

두 사람의 대화가 끝난 후, 나는 들키기 전에 내 방으로 돌아가 침대에 드러누웠다.

인정하고 싶지는 않지만…… 저 쓰레기가 내 아버지인가.

에리나가 수면제를 나에게 먹이면서까지 만나지 않게 한 것도 이해가 되었다.

대화 내용으로 유추해볼 때, 저 쓰레기에게 있어 나는 어찌 되든 상관없는 존재인 것 같았다.

나도 만나고 싶지 않으니 저 쓰레기는 잊자. 그것보다 나는 에리나에 대해 알게 되어 정말 기뻤다. 나는 정말 저 사람에게 도움만 받고 있구나.

문제는 내 입장이다.

내 아버지라는 저 쓰레기의 태도로 볼 때, 내가 귀족이라고 생각하지 않는 편이 좋으리라.

그리고 이 안전한 낙원도 6년 후에는 끝나고 말 것이다.

6년 후면 실력적으로는 문제가 없겠지만, 지나치게 어린 내 외모는 바깥 세계에서 살아가기에 여러모로 문제가 많을 것이다.

게다가 세 사람은 이 저택에서 쫓겨나면 어떻게 지낼까?

……억측이라는 것에는 한도 끝도 없으니 심플하게 생각해야겠다.

내가 해야만 하는 일은 두 가지.

하나는…… 나 자신을 열심히 단련하는 것이다.

이 세상을 살아갈 수 있을 정도의 육체를 완성한다.

전생의 움직임을 재현할 수 있는 육체를 만들어내면, 이 세상에서도 충분히 살아갈 수 있을 것이다.

남은 하나는…… 세 사람과 정보를 공유하는 것이다.

에리나를 비롯해, 노엘과 디스는 분명 내 편일 것이다.

내년에라도 내 비밀을 조금이나마 밝히고 다 같이 앞으로 어떻게 할지 고민하는 것이다.

그러니 나에게 전생의 기억이 있다는 설정도 만들어두자. 느닷없이 저한테는 이세계에서 살던 기억이 있어요…… 같은 이야기를 해봤자 수상쩍게만 여길 것이다.

나는 침대에 드러누운 채 가능한 한 의심받지 않을 만한 설정을 계속 생각했다.

"……응. 이러면 되겠네."

다소 억지스럽기는 하지만 다른 이들이 의심스러워하지 않을 만한 설정이 머릿속에 떠올랐다.

그리고 침대에서 몸을 일으켜 스트레칭을 하던 나는 에리나가 방에 오지 않는다는 사실을 눈치챘다.

바람직한 결과를 얻지 못한 탓에 자책에 빠져 있는 걸지도 모르기에 가보기로 했다.

얼마나 강한 수면제를 먹인 건지는 모르지만 슬슬 깨어나도 위화감은 없을 것이다. 그리고 만약 침울해하고 있다면 위로를 해주면서 어깨라도 주물러주자.

그런 생각을 하면서 그녀의 방에 가보니 방문이 열려 있었다.

그리고 열린 문 너머에는…… 바닥에 쓰러진 에리나가 있었다.

"에리나!"

나는 무심코 고함을 지르며 에리나에게 뛰어갔다. 그리고 에리나의 몸을 만져보니 체온이 비정상적일 정도로 높았다.

에리나는 대량의 땀을 흘리며 거친 숨을 내쉬고 있었다. 그리고 아무리 불러도 정신을 차리지 못했다.

증상을 정확하게 파악하지 못한 상태에서 그녀를 옮기는 것은 좋지 않겠지만 이대로 바닥에 드러눕혀둘 수도 없었다.

나는 에리나의 옆구리 밑에 손을 넣고 몸을 잡아당기듯, 그녀를 어찌어찌 침대로 옮겼다.

일단 전생에서 의학을 공부하기는 했지만, 이곳은 이세계다. 증상을 통해 어떤 병인지 짐작이 되지만 그 병이 틀림없다고 단정 지을 수는 없으니 함부로 손을 쓸 수도 없다. 아무튼 우선 응급처치를 해야 한다.

에리나는 홍차를 준비하려다 쓰러진 것 같았다. 조리실은 흐트러져 있었지만, 지금은 에리나에게 수분을 보충시켜야만 한다. 이대로 있다간 탈수증상을 일으킬지도 모르는 것이다.

홍차를 끓이기 위해 준비한 물을 컵에 따른 후, 나이프로 아프를 잘게 잘랐다.

그 아프를 손으로 쥐어짜서 컵 안의 물과 섞은 후, 수분과 비타민을 동시에 섭취할 수 있는 주스를 만들었다. 그리고 물이 든 대야와 천을 가지고 에리나의 곁으로 돌아왔다.

방에 돌아와 보니 에리나가 정신을 차린 상태였다. 하지만 안색은 나빴고, 상반신을 일으킬 수도 없는지 나를 향해 고개만 돌렸다.

"시리우스 님…… 죄송……."

"괜찮으니까 아무 말도 하지 마! 자아, 이걸 마셔."

물은 마실 수 있을 것 같았기에, 나는 컵 안의 물을 에리나에게 조금씩 먹였다.

반 정도 마시자, 나는 에리나의 입에서 컵을 뗐다. 그리고 대야 안의 물로 천을 적셔 에리나의 땀을 닦아준 후, 그 천을 다시 빨아서 그녀의 이마에 얹었다.

"아아…… 꽤 좋아졌어요. 고마워요."

"별거 아냐. 그것보다 뭐가 어떻게 된 거야?"

"아마…… 마수병(魔水病)같군요."

내가 마수병이라는 말을 듣고 떠올린 것은 '앨버트 여행기'다.

그 책에는 어느 마을에서 마수병에 의한 사망자가 많았다고 적혀 있었다.

위험한 병 같지만, 그 책은 의학서가 아니기 때문에 자세한 치료법까지는 적혀 있지 않았다.

"약은 없어?"

"약으로 치료할 수 있고, 저택에도 상비하고 있었어요. 하지만 조금 문제가 있어서……."

에리나의 시선은 용기 안에 든 액체가 쏟아져 있는 책상을 향했다.

에리나와 그 쓰레기가 이야기를 나누고 있을 때 났던 소리는 그녀가 책상과 부딪히는 소리였던 것 같았다. 즉…… 그때 쏟아진 액체가 마수병 치료제인 건가?

"하지만 걱정하지 마세요. 내일이 되면 디와 노엘이 돌아올 거예요."

동요한 나를 진정시키려는 건지, 에리나는 천천히 내 손을 움켜쥐었다.

"이 병이 유행하고 있다는 이야기는 이미 들었기에, 그 두 사람에게 치료제를 사오라고 부탁해뒀어요. 제가 내일까지 참기만 하면 되니 안심하세요."

"……그래. 낫는다면 됐어."

"예. 이 병은 적성이 물속성인 사람만 걸리지만, 무속성이신 시리우스 님에게도 옮을지도 몰라요. 그러니 두 사람이 돌아올 때까지는 저에게 다가오지 마세요."

"그럴 수는 없어. 에리나는 내버려둘 수는 없단 말이야. 무슨 일이 있어도 간병할 거야."

"어쩔 수…… 없군요. 잘 부탁……드려요."

에리나는 그렇게 말하고 의식을 잃었다. 이런 에리나가 내일까지 정말 버틸 수 있을까?

일단 병명은 알았으니 조사해보면 뭔가를 알 수 있을지도 모른다.

에리나는 약학 지식을 지닌 것 같아서 그녀의 책장을 뒤져봤다. 그러자 그럴듯한 책을 발견했다.

이 세계의 병과 상처는 마법으로 치료하는 것이 상식이기 때문에 의학은 그렇기 발전하지 않았다. 그래서 그런지 꽤나 얇은 병 관련 서적을 펼친 후, 원하는 단어를 찾기 위해 대충 훑어보았다.

다행히 마수병에 대한 항목을 금방 찾아냈다.

마수병.

체내에서 자연스럽게 마력이 방출되는 괴병.

감염되면 몸에서 발열 증상이 일어나며 고열 때문에 움직일 수 없다.

감염력이 강한 병이지만, 이 병은 물속성이고 마력이 낮은 이만 감염된다.

'수마초(水魔草)'를 써서 만든 조합약으로 완치할 수 있다.

한나절 안에 손을 쓰지 않으면 마력 고갈과 고열 때문에 환자는 목숨을 잃는다.

이 때문에 완치가 가능한데도 무시무시한 병으로 전 세계에 알려져 있다.

……뭐가 안심하라는 거야.

나에게 걱정을 끼치지 않으려고 그렇게 말한 거겠지만, 그래도 이건 심하잖아.

나는 분노가 치솟았지만, 일단 에리나를 구하는데 전념하기로 했다.

에리나가 마수병에 감염된 것은 낮일 것이다. 그러니 오늘 심야까지 그녀를 치료해야만 한다.

그리고 디와 노엘이 돌아오는 건 내일 오후이니, 두 사람을 기다리고 있다간 치료시기를 놓치고 말 것이다. 그러니 지금 바로 손을 써야만 한다.

우선 방금 본 책을 통해 마수병에 쓰이는 약에 대해 조사했다. 조제법은 쓰여 있지만, 그 약을 만들기 위해서는 '수마초'라 불리는 약초가 필요하다는 사실을 알았다.

나는 초조한 마음을 진정시키며 약초 관련 서적에서 수마초에 관해 적힌 곳이 없는지 뒤졌고, 결국 찾아냈다.

수마초.
물속의 마력을 흡수해서 자라며 특징적인 형태를 지닌 약초.
각종 약에 쓰이며 약의 효능을 높여주는 성질을 지녔다.
맑은 호수에 자생하며 비교적 간단히 채취할 수 있다.

그 페이지에 수마초의 그림이 그려져 있었기에 나는 그 특징적인 형태를 기억했다.

다음은 채집 준비를 해야 하지만, 밖에 나갈 거라면 무기가 필요할 것이다.

이 저택에서 무기를 가지고 있는 이는 디뿐이지만, 그는 현재 장을 보러 갔다. 그러니 조리실에 있는 요리용 나이프를 가지고 가자. 강도에 문제가 있기는 하지만 없는 것보다는 나을 것이다.

이번에는 수마초라는 것을 채취해서 돌아오기만 하면 되니, 움직임에 방해가 될 수 있는 방어구는 필요 없다.

조그마한 가방을 챙기고 에리나의 손이 닿을 만한 곳에 물을 준비해둔 후, 나는 저택 밖으로 뛰쳐나갔다.

조사를 하는 사이, 해가 져서 이미 밖은 어둠에 뒤덮여 있었다.

다행히 오늘은 만월이라 발치가 어렴풋하게나마 보였다.

나는 저택 뒤편에 존재하는 숲 속으로 향했다.

일전에 디는 이쪽으로 쭉 가면 강이 있다고 말한 적이 있다.

수마초가 호수에서 자생한다면 일단 물이 있는 장소를 샅샅이 뒤지는 수밖에 없다.

마물이 존재하는 세계에서 한밤중에 어린애가 혼자 숲에 들어가는 것은 정신 나간 짓이겠지만, 에리나가 죽게 내버려둔다면 나는 평생 후회할 것이다.

각오를 다진 나는 감각을 날카롭게 만들면서 숲으로 걸음을 옮겼다.

숲은 나무와 잡초로 우거져 있고, 기복이 심했다. 그래서 그냥 걷기만 해도 체력이 소모되었다.

전생에서는 사람들이 그다지 발을 들이지 않는 산속에서 살았기 때문에 숲 속을 걷는데 익숙했지만, 지금은 네 살짜리 어린아이의 몸이기에 체력을 온존하면서 신중하게 걸었다.

곧 조그마한 강을 발견했지만, 수마초는 보이지 않았다.

책에는 강이 아니라 호수에 자생한다고 적혀 있었으니 역시 호수를 찾아봐야 할 것 같았다.

표식 삼아 나뭇조각을 지면에 꽂은 후, 나는 강을 따라 상류를 향해 걸었다.

그렇게 20분 정도 걸어갔을 즈음, 좁은 강이 급속도로 넓어지더니 곧 커다란 호수가 눈에 들어왔다.

호수는 몇 개의 강과 이어져 있었으며 내가 따라온 강 또한 그 중 하나인 것 같았다.

그리고 나는 호수에 다가가다 묘한 기척을 느껴 멈춰 섰다.

나무 뒤편에 몸을 숨긴 후, 노골적인 기척을 쳐다보자 그곳에는 머리에 뿔이 하나 달렸으며 온몸이 녹색인 인간형 마물, 고블린이 앉아 있었다.

키는 1미터 정도 되는 것 같으며 낡은 천을 허리에 둘렀다. 책에 적힌 정보에 따르면, 힘은 성인 남성에 버금갔지만 움직임은 그렇게 빠르지 않다고 한다.

또한 엄청난 번식력을 지녔으며 무리를 짓는 습성이 있기 때문에 때때로 토벌대를 파견해 처리한다고 한다.

잡식성이라 인간도 먹으며, 여성의 경우에는 범해서 아이를 낳게 하기 때문에 여성의 적이라고도 불린다고 한다.

고블린을 혼자서 쓰러뜨리는 수준이면 풋내기 모험가라 불린다고 하지만, 네 살짜리 꼬맹이가 덤빌 만한 상대는 절대 아니었다.

게다가 세 마리나 되지만…… 나는 고블린들을 처리하기로 했다.

지면에 퍼져 앉은 그 녀석들에게서 움직일 기색이 전혀 느껴지지 않았다. 시간이 없는데다, 채취에 방해가 될 게 뻔하니 사라져줘야겠다.

지금까지 단련해오기는 했지만, 어린애인 내가 완력으로 고블린에게 이길 수 있을 리가 없으니 전투 방식은 필연적으로 기습을 취해야만 한다. 바람이 나를 향해 불고 있다는 걸 확인한 후, 나는 머릿속을 전투 모드로 전환하면서 요리용 나이프를 움켜쥐었다.

나는 우선 발치에 있는 돌멩이를 하나 주워서 고블린의 등 뒤를 향해 던졌다.

그 소리를 들은 고블린이 고개를 돌리는 모습을 본 후, 나는 조용히 고블린에게 접근했다.

발소리를 안 낼 자신이 있고 바람이 고블린 쪽에서 나를 향해 불고 있으니 고블린이 냄새로 내 존재를 감지할 걱정도 없지만, 만에 하나라도 이쪽을 돌아보기 전에 서둘러 접근했다.

그리고 가장 가까운 곳에 있는 고블린이 나를 돌아본 순간⋯⋯ 나는 자세를 낮추며 그 고블린에게 재빨리 접근했다.

그 순간, 고블린이 나를 발견했지만⋯⋯ 이미 늦었다.

내 나이프는 이미 고블린의 목에 박혀 있었던 것이다.

고블린의 목에서 뿜어져 나온 선혈이 내 몸을 물들인 가운데, 다른 두 마리가 뭔가를 눈치채고 고개를 돌렸다. 하지만 나이프를 목에서 뺀 후, 다른 고블린의 목에 일격을 날렸다.

하지만 나이프가 도중에 부러진 바람에 나는 다른 손의 손바닥으로 부러진 나이프의 날 부분을 밀어 넣었다.

그 후, 나는 순식간에 거리를 벌렸지만 홀로 남은 고블린은 상황 파악을 못 했는지 죽은 동료들을 망연자실한 눈길로 쳐다보고 있었다.

상대는 한 마리밖에 안 되지만, 무기는 이미 없는데다 나이프의 날을 억지로 밀어 넣었던 손바닥이 아팠다. 그리고 그제야 내가 적이라는 사실을 이해했는지 새된 소리를 내고 있는 고블린을 어떻게 처리할지 생각하고 있을 때, 그 고블린이 녹슨 검을 쥐고 있다는 사실을 눈치챘다.

아마 버려져 있던 검을 주운 것이리라. 그것을 빼앗자고 생각한 나는 고블린의 공격을 피하면서 '임팩트'를 영창했다.

공격을 위해서가 아니라 '임팩트'를 고블린의 눈에 맞춰 괴로워하는 틈에 검을 빼앗을 생각이었다. 그래서 고블린이 엉망진창으로 날리는 공격을 피하면서 영창을 계속했지만, 영창이 너무 길었다.

전생에 썼던 총기처럼 방아쇠만 당겨서 마법을 펼칠 수 있다면 좋을 텐데 말이다.

게다가 '임팩트'라는 이름에 걸맞게 내가 전생에서 썼던 그레네이드 런처 정도의 위력과 파괴력을 지녀야 하는 거 아니냐는 생각도 들었다.

내가 짜증을 내면서 그렇게 생각한 순간…… 몸 안에서 뜨거운 느낌이 들었다.

그게 마법을 발사하기 직전의 고양감이라고 생각한 내가 반사적으로 고블린의 안면을 향해 손바닥을 들었다.

"받아라!"

몸에서 열기가 사라지는 감각과 함께 발사된 마력 덩어리는 고블린의 머리를 산산조각 냈다. 목 윗부분이 사라진 고블린은 천천히 지면에 쓰러졌다.

'임팩트'는 나무로 된 표적을 흔드는 정도의 위력뿐일 텐데, 방금 내가 펼친 것은 그레네이드 런처 같았다. 대체 뭐가 어떻게…….

"……나중에 생각해보자. 지금은 수마초를 우선해야 해."

전생에서 수도 없이 경험했다고는 하지만, 전생한 후로 처음 경험한 전투는 상상했던 것보다 체력을 소모시킨 것 같았다. 나는 어느새 거칠어진 호흡을 가다듬으면서 수마초를 계속 탐색했다.

그리고 수마초는 호수 근처에서 금방 발견했다.

육지에서 손이 닿는 위치에 있었기에, 주위를 경계하며 몇 개를 채취했다. 형태로 볼 때 틀림없어 보였다.

그리고 피를 뒤집어쓴 얼굴을 씻은 후, 나는 서둘러 호수를 벗어났다.

호수에 오는 도중에 남긴 표식 덕분에 길을 잃지 않고 저택으로 돌아온 나는 곧바로 에리나가 어떤지 확인했다. 숨결이 거칠었고 의식이 몽롱한 것 같지만, 아직 늦지는 않은 것 같았다.

치료제를 만드는 법이 적힌 책을 펼치며 도구가 있는 책상으로 향한 나는 조제를 시작했다. 하지만 뜨거운 물이 필요하다는 사실을 알고 중단할 수밖에 없었다.

나는 그대로 조리실로 달려가서 아궁이에 장작을 넣었지만, 곧 마도구가 부서졌다는 사실을 떠올렸다.

부싯돌로 불을 지피기 위해 상자를 보았지만, 어찌된 영문인지 상자가 쓰러져서 부싯돌이 전부 갈라져 있었다.

에리나가 쓰러지기 전에 홍차를 끓일 준비를 했으니, 그때 쓰러졌는지도 모른다. 바닥이 돌로 되어 있어서 불이 나지 않은 것만으로도 다행일지도 모른다.

하지만 이래서는 뜨거운 물을 준비할 수 없었기에 자력으로 불을 지피기로 했다.

조리실에 있는 예비용 나이프로 장작을 깎은 후, 그 끝을 다른 나뭇조각에 대고 회전시켰다. 마찰열로 불을 피우는 원시적인 방법이다.

다소 기술이 필요하기는 하지만 전생의 경험 덕분에 몇 분 안에 불을 피우는 데 성공했다.

바람을 공급해 화력을 높여주자 금방 물이 끓었다. 그리고 약 조제를 다시 시작하자 금세 약이 완성됐다.

책에 적힌 것처럼 그 약은 옅은 빛을 뿜고 있었다. 아마 조제에 성공한 것이리라.

마실 수 있을 만큼 약을 식힌 후, 나는 에리나의 곁으로 향했다.

"에리나, 약이야. 빨리 마셔."

"으…… 아, 아리 ……죄, 죄송합…….."

에리나는 나도 알아볼 수가 없는지 다른 누군가의 이름을 중얼거리면서 신음했다.

그래서 나는 약을 억지로 먹이려 했지만, 에리나는 사과만 계속했다. 입가에 약을 가져가도 마시려 하지 않았다.

"죄송…… 죄송……합니다. ……제가…… 제가…….."

누구에게 사과를 하는 것인지는 모르겠지만, 에리나가 사과를 할 필요는 전혀 없다.

게다가 나는 아직 에리나에게 보은을 하지 못했다. 그러니…….

"됐으니까 빨리 마셔! 안 마시면 용서 안 할 거야!"

에리나는 내 고함을 듣더니 몸을 부르르 떨면서 나를 똑바로 쳐다보았다. 바로 그때 내가 컵을 입가에 대자, 에리나는 그제야 약을 마셨다.

"약을 마셨으면 자."

에리나는 내 명령을 듣더니 눈물을 흘리며 눈을 감았다. 그리고 고른 숨을 내쉬면서 잠을 자기 시작했다.

나는 에리나가 잠든 것을 확인한 후, 빈 컵을 바닥에 뒀다. 그리고 목적을 달성했다는 사실을 드디어 실감했다.

남은 것은 결과를 기다리는 것이니, 나는 침대 곁에 앉은 채 에리나를 지켜보았다. 하지만 아직 네 살밖에 되지 않은 이 몸은 이미 한계에 도달한 것 같았다.

그리고…… 나는 스위치가 꺼진 것처럼 의식을 잃었다.

나는 머리에서 부드러운 감촉을 느끼며 정신을 차렸다.

이 자애로 넘친 손길은 에리나가 틀림없…… 에리나?

"에리나?!"

내가 순식간에 정신을 차리며 침대 쪽을 쳐다보니…….

"예."

에리나가 평소처럼 미소를 머금은 채 내 머리를 쓰다듬어주고 있었다.

머리카락과 옷이 흐트러져 있지만, 안색은 나쁘지 않다. 창밖의 해가 하늘 높이 뜬 것을 보니 점심때가 된 것 같았다.

고비는 넘긴 것이다.

"……다행이야."

나는 에리나의 얼굴을 보면서 안도했다.

마수병도 나은 것 같으니, 이제 체력만 회복되면 될 것이다.

나는 먹을 것이라도 준비해야겠다고 생각하며 몸을 일으켰지만, 이상한 자세로 잔 탓인지 다리에 힘이 들어가지 않았다. 결국 에리나를 향해 쓰러지고 말았다.

겨우 고비를 넘긴 환자한테 무슨 짓을 하는 거냐고 생각하며 부끄러워하고 있을 때, 에리나가 갑자기 나를 꼭 끌어안았다.

"흐릿하기는 하지만, 시리우스 님의 목소리가 들렸어요. 그리고…… 시리우스 님이 저를 구해주셨다는 것도 기억해요. 정말…… 정말 감사합니다."

에리나의 품에 안기는 게 싫은 건 아니지만 잠시만 기다려줬으면 한다.

그러고 보니 나는 밖에 나갔다 온 후로 옷도 갈아입지 않았다.

"저기, 이렇게 꼭 붙어 있으면 더러워질……."

"저는 전혀 개의치 않아요. 시리우스 님은 저를 구하려다 이렇게 되신 거잖아요."

"아…… 그래도 에리나에게 피가 묻는 건 싫은데……."

"피?! 어디 다치신 건가요?!"

에리나는 허둥지둥 나에게서 떨어지더니, 고블린의 피로 범벅이 된 셔츠를 보고 비명을 지르려고 했다.

"에리나, 진정해. 이건 내 피가 아냐."

"그, 그럼 대체 어떻게 된 거죠?"

"으음……."

……어쩔 수 없다. 나는 솔직하게 이야기하기로 했다. 1년 후에 하려던 이야기를 좀 당긴 것뿐이다.

"이건 고블린의 피야. 수마초를 채취하는 데 방해가 될 것 같아서 쓰러뜨렸어."

"고블린을…… 쓰러뜨렸다고요?"

"응. 조리실에 있는 나이프로 말이야."

예상대로 에리나는 당황했지만, 내가 진지한 표정으로 에리나를 쳐다보자 그녀는 곧 마음을 진정시켰다.

"……시리우스 님. 당신은 대체……."

"서로가 할 말이 많을 거라고 생각해. 나도 그렇고, 에리나도 그렇지?"

"……예."

"하지만 좀 진정하자. 몸가짐을 단정하게 한 후에 해도 되잖아."

"그렇……죠. 부끄러운 모습을 보여서 죄송해요."

터무니없는 소리처럼 들릴 수도 있으니, 일단 좀 진정한 후에 이야기를 나누는 편이 좋을 것이다.

나는 에리나에게 갈아입을 옷을 건네준 후, 방에서 나왔다. 그리고 방으로 돌아가 옷을 갈아입는 도중, 피로 물든 옷을 보면서 허술한 전투를 벌인 것을 반성했다.

밖에 있는 우물에 가서 몸을 씻은 후, 나는 배가 고팠기에 간단하게 식사를 만들었다.

빵을 적당한 크기로 자른 다음, 달걀과 우유와 설탕을 섞은 것에 담갔다. 그리고 노릇해질 때까지 굽자 이세계판 프렌치토스트가 완성됐다.

식빵이 아니니 토스트라고 할 수 없겠지만 신경 쓰지 않기로 했다.

맛은 이상하지 않을 거라고 생각하며 홍차도 준비한 후, 그것들을 가지고 에리나의 방으로 향했다. 그러자 옷을 갈아입은 에리나가 나를 기다리고 있었다.

바로 이야기를 시작하고 싶었지만, 먼저 식사를 하는 편이 좋을 것이다.

"에리나, 가벼운 식사를 준비했어. 먹을 수 있겠어?"

"예. 그런데 언제 요리를 배운 거죠?"

"그것도 나중에 이야기할게. 이건 프렌치토스트라고 하는데, 부드러워서 먹기 편해. 그러니 지금의 에리나도 먹을 수 있을 거야."

"프렌치토스트…… 처음 보는 요리군요."

가능하면 죽을 끓이고 싶었지만, 쌀이 없기 때문에 무리였다.

에리나는 토스트를 한입 먹더니, 눈을 가늘게 뜨며 기뻐했다.

"정말 맛있어요. 시리우스 님의 상냥함이 느껴져요."

"말도 안 되는 소리 하지 마. 자아, 체력을 회복해야 하니까 더 먹어."

"예. 시리우스 님의 보살핌을 받아서, 저는 정말 행복해요."

에리나가 행복한 얼굴로 식사를 하는 모습을 보며, 그녀를 구하기 정말 잘했다고 다시 한 번 생각했다.

그리고 식사를 끝내고 홍차를 한 모금 마셨을 즈음, 나는 본론에 들어갔다.

"에리나. 슬슬 이야기를 시작해도 될까?"

"예. 그럼 저부터 이야기를 해도 될까요? 시리우스 님의 어머님에 관한 이야기예요."

아버지가 쓰레기라는 건 알았지만, 어머니에 관해서는 아직 아는 게 없었다.

내 이야기를 우선할 이유도 없기에, 나는 약간 긴장하면서 에리나를 향해 고개를 끄덕였다.

"죄송하지만 책상 서랍 안에 있는 물건을 꺼내주시지 않겠어요?"

에리나가 약 조제에 쓰이는 도구가 놓인 책상을 손가락으로 가리키며 그렇게 말하자, 나는 그 책상에 다가가서 서랍을 열었다.

그 안에는 한 여성이 그려진 그림이 있었다.

"그분이 미리아리아 엘드랜드. 시리우스 님의…… 어머님이십니다."

긴 흑발과 상냥한 눈동자를 지닌 여성을 보자, 불가사의하게도 마음이 진정되었다.

이유는 알 수 없지만 이 여성이 분명 내 모친이라는 걸 본능적으로 이해했다.

"그리고 시리우스 님을 낳자마자…… 돌아가셨죠."

"그랬구나……."

"죄송……해요."

에리나는 내 어머니가 죽었다는 사실을 밝힌 후, 눈물을 흘리며 고개를 숙였다.

그것이 지금까지 이 사실을 숨겨온 죄책감에서 비롯된 것인지, 무력감에서 비롯된 것인지는 알 수 없었다. 하지만 나는 별다른 감정을 느끼지 않았다.

이미 이 세상 사람이 아닐 거라는 거라고 어렴풋이 생각하고 있었다.

게다가 전생의 경험이 그것을 용납하지 않았다.

수많은 사람을 죽였고 지인들이 죽는 모습을 수없이 본 탓일까, 슬픔을 느끼면서도 눈물은 흘리지 않았다.

"고개를 들어. 에리나가 사과할 일이 아니잖아."

"하지만! 저는 그런 중요한 일을 계속…… 숨겼……."

"나를 위해서 비밀로 한 거잖아. 고마워한다면 몰라도, 원망할 리가 없지 않아?"

"하지만…… 저는……."

슬퍼하고 있는 에리나에게는 미안하지만, 나는 조금 신경 쓰이는 점에 대해 물어봤다.

"내 어머니는 어디에 잠들어 계셔?"

"무덤은…… 없어요. 아리아 님께서 자신의 유골을 자연으로 돌려보내달라고 하셔서……."

유골을 산산조각내서 아름다운 경치가 보이는 언덕에서 흩뿌렸다고 한다.

아마 나에게 자신의 죽음을 알리지 않기 위해 그런 것이리라. 생전에는 어떤 사람이었을까.

"그렇구나. 에리나, 어머니에 관한 이야기를 해줘."

"아가씨에 관해서…… 말인가요?"

"응. 어떤 사람이었는지, 뭘 좋아했는지…… 뭐든 좋으니까 다 이야기해줘."

"……예. 제가 아는 걸 전부 이야기해드릴게요. 미리아리아…… 아리아 님은 정말 천진난만한 분이셨어요."

에리나는 당시의 어머니를 떠올리며 부드러운 표정을 지었다.

그런데 천진난만이라고? 그림을 볼 때 청순하고 얌전한 분위기의 소유자 같은데 말이다.

"아리아 님은 귀족가문인 엘드랜드 가문의 외동딸이셨어요. 상냥하고 기품이 넘치며, 절망에 빠진 저를 구해주신 분이죠. 귀족답지 않은 행동을 많이 하시지만, 불가사의한 매력을 지니고 계셨어요. 하지만 엘드랜드 가문은 다른 귀족과의 권력다툼에서 진 바람에 일가족 전원이 귀족 자격을 박탈당했죠."

권력다툼은 어느 세상에서나 일어나는구나.

하지만 이제 와서 어찌할 수도 없기에 나는 조용히 에리나의 말에 귀를 기울였다.

"엘드랜드 가문이 길거리에 나앉는 것은 시간문제였지만, 느닷없이 나타난 어리석은 귀족이 아리아 님에게 조건을 제시했어요. 그 조건이란 아리아 님이 그 귀족에게 시집을 오면 아리아 님의 부모님을 보호하겠다는, 거절하기 힘든 내용이었죠. 아리아 님에게는 선택의 여지조차 없었어요."

가족을 위해 스스로를 팔라는 건가. 그러기 위해서는 얼마나 큰 각오가 필요할까.

"그 후로는 힘든 나날이 계속되었어요. 그 어리석은 귀족은 아리아 님의 부모님을 보호했지만, 곧 그 두 분을 멀리 떨어진 곳으로 보내버렸죠. 게다가 잠자리를 한 번 가진 후, 아리아 님에게 질린 그 귀족은 아리아 님에게 제대로 된 지위조차 내리지 않고 이 저택에 가뒀죠. 평민인 저희 셋은 길거리에 나앉을 뻔했지만, 아리아 님 덕분에 이 저택에 기거하게 됐습니다."

에리나의 표정은 무시무시할 정도로 일그러지더니 주먹을 말아 쥐며 분노를 참았다.

"잠시 후, 아리아 님께서 시리우스 님을 임신하셨다는 사실이 판명됐습니다. 그 사실을 안 귀족은 아리아 님에게 약간의 돈을 준 후, 시리우스 님을 만약의 사태에 대비하기 위한 후계자로서 교육시키라고 말했죠."

에리나는 분노로 떨고 있었다. 그 어리석은 귀족이 내 아버지인데도 분노를 주체하지 못했다.

이 울분은…… 몇 년 동안이나 쌓여왔을 것이다. 나는 이 기회에 에리나가 그것을 전부 토해버렸으면 좋겠다고 생각했다.

"나중에는 그 권력다툼도 아리아 님을 손에 넣기 위해 그 귀족이 일부러 일으킨 거라는 걸 알았어요. 목숨을 부지하기는 했지만 아리아 님은 자신의 부모님이 어찌 되었는지 알 수 없었죠. 저는 그 귀족을 증오하고, 또 증오했답니다."

이 진상을 알았으니, 다음에 그 쓰레기를 만난다면 가만 두지 않을 것이다.

내가 무시무시한 상상을 하고 있을 때, 에리나는 미간을 찌푸리면서 갑자기 쓴웃음을 지었다.

"하지만…… 아리아 님은 다르셨어요. 부풀어 오른 배를 쓰다듬으면서 환한 미소를 지으셨죠. 분노에 사로잡힌 제가 그딴 귀족의 아이, 라는 무례한 말을 했는데도 아리아 님께서는 이렇게 말씀하셨어요."

'그딴 남자의 애인 게 뭐 어때서? 이 애는 아무런 잘못도 없으니 잘 길러야 하지 않겠어? 그리고 아버님과 어머님도 어딘가에 살아 계실 테고, 여기에는 에리나와 디와 노엘이 있잖아. 안심하고 이 애를 낳아 기를 수 있는 환경이 갖춰졌는데, 뭘 더 바라겠냔 말이야.'

"……저는 아무 말도 하지 못했어요. 그분은 그저 시리우스 님과 저희가 무사하기만 하면 됐던 거죠. 게다가 시리우스 님은 우리 모두의 아이라면서 다 같이 소중히 기르자고 하셨어요. 정말 그릇이 큰 분이셨답니다."

강한 여성이군. 내 어머니라는 점을 제쳐놓더라도 한번 만나보고 싶어졌다.

"그리고 출산일이 가까워졌을 즈음, 아리아 님의 몸에 문제가 생겼어요. 원래부터 몸이 약한 분이셨으니 당연한 걸지도 모르죠. 쇠약해진 몸으로 갓난아기를 낳는 것은 자살행위지만, 그래도 아리아 님께서는 낳겠다고 하셨고, 결국……."

나를 낳자마자, 어머니는 숨을 거뒀다……는 건가.

'네 이름은 시리우스란다. 나의 시리우스…… 사랑해. 그 무엇에도 얽매이지 말고, 자신의 믿음에 따라 올곧게 살렴. 그게 이 엄마의 소망이야. 에리나…… 뒷일을 부탁해. 내 몫까지 이 아이를 사랑해줘.'

"그게 아리아 님의…… 마지막 말씀이셨어요. 저는 완전히 얼이 나갔지만, 시리우스 님을 안아들면서 아리아 님의 말씀을 떠올렸죠. 설령 증오스러운 남자의 아이일지라도, 이 아이에게는 죄가 없다고 아리아 님께서는 말씀하셨죠. 저는 아리아 님의 유지를 이어받아 시리우스 님을 지키기로 맹세했어요. 지키기로 맹세했는데…… 저는……."

"……앞으로 6년이라고 했지?"

"윽?! 그걸, 어떻게……."

"실은 어제 두 사람이 나누는 이야기를 들었어. 어제 찾아온 남자는 내 아버지이고, 그 아버지라는 인간이 나에게 그 어떤 기대도 하지 않을 뿐만 아니라 필요로 하지 않는다는 걸 알았지."

"그, 그럴 수가……."

알리고 싶지 않았던 사실이 알려졌다는 것을 안 에리나의 표정은 절망에 물들었지만, 나는 에리나의 손을 양손으로 움켜쥐며 안심을 시키듯 미소 지었다.

"하지만 그것보다 에리나가 나를 지켜주고 있다는 걸 알고 기뻤어. 고마워, 에리나. 네가 지켜준 덕분에 나는 이렇게 성장할 수 있었어."

"저한테는 과분한 말씀이세요. 하지만 저는 당신에게 수면제를……."

"수면제? 그러고 보니 에리나가 끓여준 홍차 말인데 쏟아버려서 마시지 못했어. 그러니까 건강을 되찾으면 다시 끓여주면 좋겠네."

"시리우스 님…… 으, 흐흑……."

에리나는 더는 참지 못하겠다는 듯이 나를 꼭 끌어안으며 눈물을 흘렸다.

잠시 후, 마음을 진정시킨 에리나는 포옹을 풀더니 약간 부끄러워하듯 웃음을 흘렸다.

"고마워요. 이제…… 저는 괜찮아요."

"조금은 보은을 한 걸까?"

"무슨 말씀이세요. 저는 시리우스 님에게 항상 많은 걸 받아왔어요. 저에게 있어 시리우스 님을 지켜보는 것은 삶의 보람이랍니다."

"그런 말을 들을 만한 일을 한 적은 없는데 말이야."

"제 목숨을 구해주셨을 뿐만 아니라 보람마저 주시는 주인님을 최선을 다해 모시지 않는다면 시종이라 할 수 없죠. 저는 앞으로도 시리우스 님의 시종으로서 당신을 모시겠어요."

에리나는 공손이 고개를 숙이며 그렇게 말했다. 아무래도 그녀는 이미 결의를 다진 것 같았다.

에리나가 나에게 품고 있는 마음은 자식에 대한 애정 같지만, 그녀는 어디까지나 내 시종이라는 본분을 지키려 하고 있었다.

조금은 자기 자신을 앞세워도 될 것 같은 생각이 들었지만 지금은 그녀의 의지를 존중하기로 했다.

"알았어. 앞으로도 잘 부탁해, 에리나."

"예. 이 목숨이 다할 때까지 최선을 다하겠어요."

그렇게 말하니 꽤나 무겁게 느껴졌지만, 아마 괜찮을 것이다.

에리나의 이야기는 끝난 것 같으니 다음은 내 차례인가.

일단 설정은 생각해뒀지만 이걸로 납득해줄지 걱정인걸.

그런 나를 본 에리나는 뭔가를 망설이고 있다고 판단했는지 미소를 머금으면서 내 손을 감싸 쥐었다.

"뭘 고민하고 계신 건지는 모르겠지만 저에게 들려주세요. 무슨 일이 있더라도, 저는 시리우스 님의 편이랍니다."

나는 믿음직한 그 말을 듣고 자신의 비밀을 밝혔다.

"에리나, 나는…… 매일 꿈을 꿔."

"예? 꿈……이라고요?"

전생의 내가 이세계에서 예순까지 살았던 기억이 있어요……라고 설명을 해봤자 골치 아파질 뿐이다.

그렇다면 내 전생을 전부 '꿈'인 걸로 해버리면 된다고 생각했다.

"그 꿈의 내용은 어떤 남자의 인생이야. 마치 내가 그 남자가 된 것처럼 여러 가지 체험을 하며 여러 가지 지식을 쌓아. 그런 꿈을 나는 매일 꾸고 있어."

"어떤 남자의 인생……인가요."

"그것만이 아냐. 나는 그 꿈의 내용을 정확하게 기억할 뿐만 아니라, 꿈에 나오는 그 남자와 함께 성장하고 있는 것 같아. 그래서 글자도 빨리 깨우쳤고 마수병의 약도 만들 수 있었어."

"믿기지 않는 이야기지만, 그래도 시리우스 님은 마수병의 약을 만드신 걸 생각하면 납득이 돼요."

"내가 고블린을 쓰러뜨린 건 내 꿈에 나오는 그 남자가 전쟁에 참가해서 전투술을 익혔기 때문이야. 왜 이런 일이 일어나는 건지는 모르겠지만 나는 다행이라고 생각해. 그 꿈 덕분에 에리나를 구할 수 있었잖아."

자아, 에리나는 뭐라고 할까?

그녀가 기분 나쁘다고 하거나 괴물이라고 말한다면 꽤나 충격을 받을 것이다.

내가 그런 걱정을 하고 있다는 걸 눈치챈 듯한 에리나는 걱정할 필요 없다는 듯이 미소를 지었다. 그리고 자신의 가슴에 손을 대면서 고개를 천천히 숙였다.

이것은 상대방에게 충성을 맹세할 때 취하는 포즈라는 이야기를 전에 들은 적이 있다.

"시리우스 님은 웬만해서는 울지도 않으시고, 겨우 1년 만에 글자를 깨우치셨으며 마법까지 터득하셨죠. 불가사의한 분이라고 생각했지만 그런 사정이 있었군요."

"증거도 없는 이런 이야기를 믿는 거야?"

"안 그러면 시리우스 님의 급격한 성장이 말도 안 되니까요. 게다가 저는 시리우스 님의 시종이에요. 무슨 일이 있든 저는 당신을 믿으며 모실 거랍니다."

에리나는 내 어머니가 그릇이 큰 사람이라고 말했지만, 에리나도 내 어머니 못지않은걸.

그녀는 무슨 일이 있든 내 아군이며, 설령 범죄자가 될지라도 나를 감싸줄 것이다.

"믿어줘서 고마워. 에리나."

"저야말로 이야기해주셔서 고마워요."

앞으로는 더 격렬한 훈련을 할 수 있을 것이다. 넓은 마음을 지닌 에리나에게 감사해야 할 것 같았다.

"그럼 우리의 미래에 대해서도 이야기하는 편이 좋겠지?"

"그건 기다려주세요. 노엘과 디에게도 설명을 한 후에 다 같이 상의하는 편이 좋지 않을까요?"

"그래. 그 두 사람을 따돌리고 싶지는 않아."

"예. 두 사람은 저와 마찬가지로 아리아 님에게 보호를 받은 후, 함께 고생을 해왔어요. 분명 믿을 수 있는 사람들이에요."

"그럼 두 사람이 돌아올 때까지 이 이야기는 보류해야겠네. 그런데 노엘이 이 상황과 진상을 알면 어떤 표정을 지을까?"

"아마 놀라겠죠. 노엘뿐만 아니라 무표정한 디가 어떤 표정을 지을지 벌써부터 기대가 되는군요."

나와 에리나는 미소를 지으면서 다른 두 시종을 떠올렸다.

걱정할 필요 없다……. 나와 에리나는 자연스럽게 서로를 향해 미소를 짓고 있다.

이 평온한 분위기를 지키기 위해서라도, 나는 더욱 강해져야만 한다.

그 후, 나는 에리나를 간병하면서 어지럽혀진 방과 조리실을 치웠다.

주인인 나에게 집안일을 시키는 게 되어서 에리나는 안타까워하는 것처럼 보였지만, 병에 걸렸을 때는 순순히 쉬어줬으면 좋겠다.

조리실 정리가 끝났을 즈음에는 어느덧 해가 지고 있었다. 그리고 내가 홍차를 끓여 마시면서 에리나의 방에서 쉬고 있을 때, 현관에서 활기찬 목소리가 들렸다.

"다녀왔습니다! ……어, 어머? 아무도 없는 걸까?"

"……설마, 그 남자가?!"

"마, 말도 안 돼! 시리우스 님! 에리나 씨!"

그리고 발소리가 들려오더니, 방의 문이 노크도 없이 열리면서 머리카락이 흐트러진 노엘이 뛰어 들어왔다.

"에리나 씨! 대체 이게……."

"진정하렴, 노엘. 우선 시리우스 님에게 집에 돌아왔다는 걸 보고하는 게 우선이잖니."

"아, 예! 시리우스 님, 저희 돌아왔어요! 그런데 에리나 씨. 대체 무슨 일이 있었던 거죠?! 혹시 그 남자에게……."

"하아…… 아직 수행이 부족한 것 같네."

노엘이 당황할 대로 당황하자, 에리나는 한숨을 내쉬면서 그녀를 달랬다.

내가 준비한 홍차를 마신 후에야 겨우 마음이 진정된 노엘과 디에게 나는 마수병 건과 내 비밀을 밝혔다.

노엘은 에리나가 마수병에 감염됐다는 이야기를 듣더니 얼굴이 새파랗게 질렸고, 내가 고블린을 쓰러뜨렸다는 말을 듣고 흥분했다. 그리고 내가 어른에 버금가는 지식을 지녔다는 사실을 밝히자 눈을 치켜뜬 채 딱딱하게 굳었다. 여전히 재미있는 반응을 보이는 애다.

노엘은 설명을 듣더니 난처한 표정을 지었지만, 내가 끓인 홍차를 한 모금 더 마시더니 만족스러운 표정을 지으며 고개를 끄덕였다.

"믿기지는 않지만, 납득은 돼요. 이 홍차도 끓이는 법을 가르쳐드린 적이 없잖아요. 그런데 이렇게 맛있게 끓이는 건 무리예요. 아니, 제가 끓인 홍차보다 맛있잖아요! 분해요!"

만족스러운 표정을 지으며 고개를 끄덕이나 싶더니, 갑자기 분노를 터뜨렸다.

이 아가씨는 때때로 날카로운 통찰력을 선보이지만, 역시 여러모로 유감스러웠다.

노엘의 말대로, 나는 홍차를 끓이는 방법을 배우지 않았다.

전생의 스승이 홍차를 좋아했기에 어쩔 수 없이 익혔을 뿐이다. 나는 만약 스승이 이 세계의 홍차를 마셨다면 한두 시간은 설교를 했으리라.

아무튼 노엘은 내가 홍차를 끓일 줄 안다는 점을 통해 납득한 것 같았다.

"확실히…… 나도 시리우스 님에게 가르쳐드린 적이 없어."

"홍차를 끓이는 건 저희의 일이죠. 주인님께서 원하지 않으시는 한, 가르쳐드릴 필요가 없어요."

"그렇죠? 으으…… 맛있기는 하지만 분해요. 디 씨도 그렇죠?"

"맛있지만 분하지는 않아. 시리우스 님, 다음에 홍차 끓이는 법을 가르쳐주시지 않겠습니까?"

"주인님에게 가르침을 받는 건 누나로서…… 에잇, 저도 부탁드릴게요!"

누나의 자존심은 값싸군. 뭐, 나도 마실 거니까 다음에 세 사람에게 가르쳐주기로 할까.

전원이 내 비밀을 받아들인 후, 앞으로의 일에 대해 이야기하려고 했을 즈음, 노엘의 배에서 꼬르륵 소리가 났다.

노엘은 얼굴을 새빨갛게 붉히면서 당황했지만 저녁 식사 시간이 다 되었으니 배가 고픈 것도 무리는 아니었다.

게다가 에리나도 아직 몸이 완전히 좋아지지는 않았으니 이야기는 내일 하기로 했다.

"마도구의 교환보다, 우선 식사 준비부터 해야겠군."

"그럼 제가 불을 붙일게요."

"아, 기다려. 아직 내가 만든 불씨가 남아 있을 거야."

"오오! 부싯돌을 쓰는 법도 아시는군요. 점점 시리우스 님이 한 이야기의 신빙성이 짙어지는걸요."

"아, 사용법은 알지만 어제 소동 때 부싯돌이 전부 깨졌거든. 그래서 불을 피우느라 고생했어."

"""……예?!"""

시종들은 내 말을 듣고 딱딱하게 굳어버렸다. 내가 무슨 이상한 이야기라도 한 걸까?

"……디, 저택에 예비용 마도구가 있어?"

"없습니다."

"시리우스 님. 부싯돌을 쓰지 않고 어떻게 불을 피우신 건지 물어봐도 될까요?"

"그야…… 단순히 마찰열을 이용했을 뿐인데?"

"""마찰열?"""

고개를 갸웃거리는 시종들을 위해 내가 어제와 같은 방식으로 시범을 보이자, 그들은 눈을 동그랗게 뜨면서 놀랐다.

"이런 방법으로, 불이……?"

"이러면 마법도, 마도구도 필요 없군요!"

"혁명이에요!"

이런 원시적인 방법이 혁명이라고? 이 세계의 상식은 도통 이해가…… 잠깐만?

"저기, 이걸 진짜로 몰랐던 거야? 상식인 거 아냐?"

"아뇨, 시리우스 님. 이런 방법은 저도 처음 알았어요."

"저도 그렇습니다."

"저도 마찬가지예요. 이건 상식이라고 할 수 없다고 생각해요."

마찰열은 손을 비비기만 해도 일어나는 건데, 아무도 눈치채지 못한 건가?

"미안하지만 불을 피우는 방법을 아는 대로 이야기해주지 않을래?"

"예. 저희가 주로 불을 피울 때 사용하는 건 마법과 마도구예요."

"마도구는 부싯돌을 말하는 거예요."

"그 외에는 마물이 뿜는 불과 자연현상 정도일 거예요. 그 외에는 없다고 생각해요."

……아무래도 나는 이 세계에 너무 익숙해져 있었던 것 같았다.

전생과 현생의 상식을 더 비교했어야만 하는 것이다.

이 세계에서 기른 지식은 대부분 ○○은 ○○다 같은 식이 대부분이라, 그게 상식이라 생각하고 넘어갔다. 하지만 전생의 지식을 지닌 내가 보기에 의문이 생기는 점이 많았다.

즉, 이 세계에는 불을 피우는 수단이라고는 시종들이 말한 방법밖에 없으며 마법도 그런 선입관에 얽매여 있는 것은 아닐까, 라는 점을 눈치챈 것이다.

마법이라는 편리한 힘이 있기 때문에 마찰열을 눈치채지 못한 것도 이해가 되었다.

예를 들자면, 어제 고블린을 향해 쐈던 '임팩트'다.

무속성 마법인 '임팩트'는 표적을 흔드는 정도의 위력밖에 없지만, 내가 고블린에게 쓴 '임팩트'는 고블린의 머리를 박살낼 정도의 위력을 지녔다.

그때는 오래간만에 경험한 전투라 고양감을 느끼면서, 긴 영창 때문에 짜증이 난 나머지 전생에서 사용했던 총기인 그레네이드 런처를 상상했다.

그러자 몸에서 마법이 발동되는 전조가 느껴졌고, 그 감각에 따라 '임팩트'를 펼치자 그레네이드 런처에 버금가는 일격을 날릴 수 있었다.

마법에 있어서 중요한 것은 영창이 아니라 '이미지'일지도 모른다.

내가 사용하는 마법은 전부 노엘이 보여줬던 시범을 흉내 낸 것이며, 그 때문에 '임팩트'는 이런 거라는 선입관에 사로잡혀 있었던 것이리라.

그 사실을 눈치챘으니 내 마법은 진화할 수 있을 것이다.

이 가설이 옳다면 그레네이드 런처 이외의 무기도 재현할 수 있겠지만, 이미 해가 진 데다 밖은 어둑어둑했다. 어젯밤에 불안정한 자세에서 잔 탓에 피로도 쌓였으니, 나중에 좀 더 생각해봐야겠다.

"아, 맞다. 시리우스 님에게 드릴 선물이 있어요!"

그리고 노엘이 꺼낸 물건을 본 순간, 나는 미소를 지었다.

다음 날, 나는 아침 식사를 끝낸 후 정원에서 실험 준비에 힘썼다.

에리나는 혹시 모르니 침대에서 쉬었고, 노엘과 디는 집안일을 하느라 바쁘기 때문에 주위에는 아무도 없었다.

지금부터 하는 실험은 말에 하나라도 누가 맞으면 큰일인 것이다.

실험을 하기 전에, 어제 받은 '중급마법 교본'을 펼쳐 보았다.

초급에서는 영창을 단축할 수 있다고만 적혀 있었지만, 중급에는 궁극의 영창은 무영창이라고 적혀 있었다.

마지막 마법명만 외쳐서 마법을 발동시키는 것이 무영창이며, 그 경지에 도달하기 위해서는 끊임없는 노력과 재능이 필요하다고 한다.

하지만 내가 일전에 사용한 '임팩트'는 별다른 노력을 하지 않았는데도 무영창으로 발동시켰다.

아마 영창을 하지 않으면 발동하지 않는다는 생각이 다른 이들의 무의식에 뿌리 깊게 박혀 있는 것이리라.

그 사실을 검증하기 위해 빨리 실험을 시작하기로 했다.

나는 평소 마법 수련 때 사용하는 표적을 향해 손을 뻗은 후, 고블린을 향해 날렸던 '임팩트'를 떠올렸다.

익숙한 그 총기를 내가 손에 쥐고 있다고 강렬하게…… 이미지 했다.

"…………됐어!"

그리고 몸속에서 뜨거운 무언가가 느껴진 순간, '임팩트'를……아니, 이것은 다른 마법이니 이름도 바꾸는 편이 좋을 것이다.

"'런처'."

내가 그렇게 외친 순간, 마력 덩어리가 손바닥에서 발사되더니, 표적이 소리를 내면서 산산조각 났다.

그뿐만 아니라 주위의 지면이 도려내지고, 나무들이 쓰러졌으며, 그 마법을 정통으로 맞은 곳에는 폭탄이 터진 듯한 참상이 펼쳐졌다.

……예상 이상의 결과지만, 내 가설이 올바르다는 사실이 증명되었다.

하지만 역시 진짜와는 다른 점이 존재했다.

그레네이드 런처는 소형 폭탄을 쏘는 총기이기 때문에 원래 불과 충격에 의한 폭발로 상대를 날려버린다. 하지만 무속성 마법으로 펼친 탓에 충격만이 발생한 것 같았다. 위력은 충분했기에 딱히 불만은 없지만 말이다.

산산조각이 난 돌과 나뭇조각이 쏟아지는 가운데, 갑자기 에리나의 비명이 들려왔다.

"시리우스 님?! 아무나 좋으니 빨리 정원으로 와!"

목소리를 듣고 고개를 돌려보니 에리나가 창밖으로 몸을 날려서 나를 향해 뛰어오고 있었다.

평소 몸가짐이 항상 완벽했던 에리나가 맨발로 뛰어오자, 나는 사고를 쳤다는 사실을 눈치챘다.

"다친 곳은 없으신가요?! 대체 누가 이런 짓을 벌인 거죠?!"

"아…… 응. 다친 데는 없어. 그리고 방금 그건 내 마법이니까 안심해."

"예?! 방금 그게…… 마법이라고요?"

어안이 벙벙해하는 에리나를 달래고 있을 때, 노엘과 디가 뛰어왔다. 세 사람에게 내가 상황을 설명하자, 두 사람을 입을 쩍 벌린 채 망연자실해 했다.

"시리우스 님이 이걸 쓰셨단 건가요?"

"우와아…… 이 정도면 중급마법 수준의 위력이에요. 대체 뭘 쓰신 건가요?"

"'임팩트'를 개량한 오리지널 마법……이라고나 할까? 아직 실험 도중이지만 위력이 내 예상보다 뛰어나서 놀랐어."

"초급마법이 중급 레벨에 도달한 건가요?! 대체 뭘 어떻게 하신 거죠?!"

머리를 감싸 쥔 채 고함을 지르는 노엘을 무시하기로 한 나는 디에게 에리나를 방으로 옮겨달라고 부탁했다.

걱정해주는 건 고맙지만, 맨발로 밖에 뛰어나오기까지 하니 좀 당황스러웠다.

"에리나. 나는 괜찮으니까 방에 돌아가서 쉬어."

"……예. 창문을 통해 지켜보고 있을 테니 무리는 하지 마세요."

에리나가 디에게 업힌 채 방으로 돌아간 후에야, 노엘은 정신을 차렸다.

"저기…… 진짜로 이게 오리지널인가요? 불의 중급마법 '플레임 랜스'를 쓰신 건 아닌 거죠?"

"불의 초급마법도 쓰지 못하는 내가 그런 걸 쓸 수 있을 리가 없잖아. 실제로 보여주고 싶지만 마력을 꽤나 소모했고, 에리나도 걱정할 테니 좀 그러네……."

'런처'의 위력은 뛰어났지만, 그만큼 마력을 소모하기 때문에 현재의 나로서는 두 발밖에 쏠 수 없었다.

"저기…… 괜찮다면 견학을 해도 될까요?"

"응. 하지만 위험하니까 절대 내 앞에는 서지 마."

노엘이 옆에서 지켜보는 가운데, 내가 다음으로 이미지한 것은 자동식 권총이다.

근거리와 중거리에서 안정적으로 사용할 수 있는 사격형 무기를 상상한 순간, 가장 먼저 떠오른 것이 한 손으로 쥘 수 있고 정밀사격이 가능한 권총이었다.

내가 애용한 총이라면 부품 하나하나까지 기억하고 있기에 이미지하기 쉬웠다.

중요한 점은 탄환을 날카롭게 만드는 것과 총신에 존재하는 나선형 홈인 강선(腔線)이다. 이 홈을 따라 탄환이 회전하기 때문에, 발사되면 일직선으로 날아가는 것이다.

나는 근처에 있는 나무를 표적으로 삼은 후, 검지와 엄지를 세워서 권총 모양을 만들었다.

마력을 집중…… 탄환 제작…… 장전…… 강선…… 방아쇠!

"'매그넘'."

표적인 나무가 둔탁한 소리를 내면서 쓰러지더니, 그 나무의 중심에는 엄지만 한 구멍이 뚫렸다.

그대로 다른 나무를 향해 몇 번 쏴봤다. 사정거리, 위력 전부 우수하며, 탄도는 진짜 이상으로 안정되어 있었다.

게다가 발사음과 반동도 거의 없기 때문에 여러모로 써먹기 좋았다.

마력이 고갈된 내가 앉아서 쉬고 있을 때, 옆에 있는 노엘이 거북한 표정을 지은 채 서 있었다.

"시리우스 님, 혹시 방금 그것도 오리지널 마법인가요?"

"그래. 꿈에서 본 무기를 흉내내봤는데, 그 무기보다 위력이 강하네."

"이런 무기가 존재하나요?! 너무 놀라워서 말도 나오지 않을 것 같아요."

"놀랄 시간 있으면 나를 좀 도와줬으면 좋겠어. 이 페이지 말인데……."

내가 노엘에게 보여준 것은 중급 교본의 '명상'이라고 적힌 페이지였다. 그 페이지에는 몸속의 마력에 대해 상세하게 적혀 있었다.

마력이 시간이 경과됨에 따라 회복되는 것은 무의식적으로 대기의 마력을 흡수하고, 그것을 자신이 지닌 마력의 질에 맞춰 변환시키기 때문이며, 그것을 의식적으로 행해서 자연회복력을 높이는 것이 명상이라고 한다.

몸을 릴렉스시켜서 마력을 온몸으로 포착해서 흡수하면 된다고 적혀 있지만, 마력을 포착한다는 부분을 이해할 수가 없었다.

"포착한다고만 적혀 있는데, 구체적인 방법을 모르겠어."

"으음…… 감각적인 부분이라 말로 설명하기 어렵네요. 저도 못하거든요."

"노엘도 못하는 거구나. 그래서 중급인 거네."

"저에게 마법을 가르쳐준 사람은 자신의 몸 안에 있는 마력과 비슷한 무언가를 느낀 후, 그것을 보이지 않는 손으로 잡아당긴다고 했어요."

마법이 발동되기 직전에 온몸을 맴도는 뜨거운 감각이 내 마력이니까, 즉 그것과 비슷한 것을 대기에서 느끼라는 건가?

나는 눈을 감은 후, 숨을 토하면서 마력의 감각을 감지하려 했다. 그러자 몸속에 있는 마력이 느껴졌다.

지금은 소모된 탓에 텅 비어 있으며, 이 빈 부분에 대기에 존재하는 마력을 담으면 되는 것이리라.

그대로 의식을 밖으로 향하게 하자, 확실히 대기에 존재하는 보이지 않는 무언가를 감지할 수 있었다.

마치 마력이라는 안개 안에 있는 듯 하고, 항상 닿아 있는데도 닿지 않은 듯한 감각이었다. 그리고 나는 약간 신경 쓰이는 점을 찾았다.

대기에서 느껴지는 마력…… 내 체내의 마력과 비슷한 것 같은데?

붉은색 안에 붉은색이 존재하고, 숲 속에 나무가 존재하는 것과 비슷한 느낌이었다. 그렇다면 마력을 흡수하는 게 아니라, 주위에 동조하는 건 어떨까?

그리고 주위에 녹아들 듯 기를 순환시키고 있을 때, 갑자기 누군가가 내 어깨를 흔든 탓에 그걸 중단할 수밖에 없었다.

"시리우스 님, 괜찮으세요? 혹시 잠드신 건 아니죠?"

"……조금만 더 했으면 뭔가를 깨달을 수 있었을 텐데 말이야. 너무해, 노엘."

"어…… 혹시 제가 사고를 친 건가요?"

내가 천천히 고개를 끄덕이자, 노엘은 눈을 치켜뜨면서 두려워했다.

딱히 화가 난 것은 아니지만, 방해받은 것에 대한 답례 삼아 약간 겁을 주자고 생각했다.

나는 미소를 머금은 채 당황한 노엘을 노려보다, 문득 깨달았다.

마력이 고갈되었을 때 느껴지던 그 나른함이 지금은 전혀 느껴지지 않은 것이다.

"죄, 죄죄죄, 죄송해요! 에리나 씨에게는 비밀로 해주세요!"

유감이지만 에리나는 창문을 통해 이쪽을 쳐다보고 있으니 이미 들켰을 것이다.

필사적으로 목숨구걸을 하는 노엘을 방치해둔 채, 나는 '매그넘'을 근처에 있는 나무를 향해 쐈다. 그러자 아까와 똑같은 위력의 마법을 펼칠 수 있었다.

이 짧은 시간 만에 소모된 마력이 거의 대부분 회복된 것 같군.

"시, 시리우스 님, 왜 그러세요? 진짜로 화나셨어요?"

"화난 거 아냐. 하나 물어볼게 있어. 명상을 하면 마력이 금방 회복돼?"

"아뇨. 어디까지나 회복이 빨라질 뿐이라고 들었어요. 한나절 만에 회복될 마력이 반나절 정도 만에 회복되는 정도요…….

어, 방금 아무렇지 않게 마법을 펼치셨죠? 설마…….”

“그래. 마력이 회복됐어. 이유는 모르겠지만, 내 명상은 마력을 순식간에 회복시킬 수 있는 것 같아.”

아마 내 마력은 대기에 존재하는 마력과 거의 동일할 것이다.

다른 사람은 마력의 변환에 시간이 걸리지만, 나는 대기의 마력과 동조하면 바로 회복되는 것이다. 즉, 대기에 존재하는 마력이 다 사라지거나 내 체력이 마력 고갈을 견뎌낼 수 없을 때까지 마법을 쓸 수 있을 것이다.

그런 자신에게 놀라고 있을 때, 노엘은 갑자기 진지한 표정을 지으면서 나와 시선을 맞추더니 내 어깨에 손을 얹었다.

“시리우스 님의 능력은 정말 엄청나요. 분명 무색이라는 오명도 날려버릴 수 있을 만큼요. 하지만…… 아무에게도 알려줘서는 안 돼요.”

“물론이야. 이런 능력이 있다는 걸 남들이 알면, 나한테 무슨 짓을 할지 모르잖아. 가족 이외에게는 알려주지 않을 거야.”

“예. 시리우스 님은 정말 똑똑한 분이시군요. 그런데 가족에는 저도 포함되죠?”

“당연하지. 에리나도, 디도, 그리고 노엘도 내 가족이야.”

“으으…… 저, 진짜로 감동했어요. 그럼 저를 누나라고 부르면서 얼마든지 어리광을 부려도 돼요.”

“그건 사양할게.”

“어째서죠?!”

그 후, 나는 마력을 몇 번이나 회복시키면서 실험을 반복했다.

애용하던 권총만이 아니라 다양한 총기를 시험해봤지만 절반 정도는 발동이 되지 않았다.

발동이 되지 않은 것은 사용 빈도가 낮아서 인상이 옅은 총이었다. 즉, 부품 하나하나까지 세세하게 이미지할 수 있는 총기만 가능하다는 사실을 깨달았다.

내가 몇 번에 걸친 마력 고갈 때문에 숨을 헐떡이고 있을 때, 노엘은 마실 것과 수건을 나에게 내밀었다.

"괜찮으세요? 오늘은 이쯤 하시는 편이 좋지 않을까요?"

내가 수건으로 땀을 닦으면서 저택을 쳐다보니, 에리나는 미동조차 하지 않으면서 이쪽을 쳐다보고 있었다. 더 했다간 걱정을 끼칠 것 같으니 슬슬 그만하기로 했다.

"그래. 곧 점심도 먹어야 하니 그만하자. 훈련에 어울려줘서 고마워."

"아뇨. 시리우스 님을 보고, 제가 노력이 부족했다는 사실을 눈치챘어요. 제가 시리우스 님처럼 노력했다면 학교에 입학할 수 있었을지도 몰라요."

"학교? 마법을 가르쳐주는 학교가 있는 거야?"

"예. 하지만 입학을 하기 위해서는 거금이 필요해요. 저희 집과 고향은 가난했기 때문에 학교는 일찌감치 포기했어요. 그래서 고향에 살던 학교 교사 출신 선생님에게 기초만 배웠죠. 그리고 돈을 벌기 위해 고향을 떠났어요."

노엘은 고향이 생각났는지 먼 곳을 쳐다보았다.

"미안. 내가 좀 무신경했어."

"좀 그리워진 것뿐이니 신경 쓰지 마세요. 게다가 저는 지금 행복해요. 아리아 님과 에리나 씨, 디 씨, 그리고 시리우스 님. 여러분과 만나서 정말 다행이라고 생각해요."

나이가 찬 소녀의 진심에서 우러난 미소가 내 마음을 달래줬다.

이러쿵저러쿵 해도 이 애의 신세를 많이 졌다. 그러니 그녀가 행복해졌으면 좋겠다고 진심으로 생각했다.

"그것보다 이 누나를 걱정하기에는 백 년은 일러요. 아무리 많은 걸 알고 있더라도, 시리우스 님은 어린애잖아요."

맞는 말이기는 하지만, 항상 덜렁대는 네가 그런 말을 해봤자 설득력이 없다. 나에게 있어 노엘은 손이 많이 가는 여동생 같은 존재다.

저택으로 돌아가려 하는 노엘이 내 손을 잡자, 나도 그녀의 손을 마주 잡았다.

이런 점은 어엿한 누나 같은데 말이야.

"후후…… 그런데 시리우스 님은 장래의 꿈이 뭔가요?"

"꿈?"

"이런 엄청난 마법을 만드는 시리우스 님이 저는 자랑스러워요. 그런 시리우스 님이 커서 뭘 할지 좀 궁금해요."

"그러는 노엘이야말로 하고 싶은 거 없어?"

"저요? 그야 뭐, 사랑받는 아내가…… 아, 이야기 돌리지 마세요! 시리우스 님의 꿈부터 말해보라고요!"

노엘은 얼굴을 새빨갛게 붉히면서 당황했지만, 그 말을 디에게 전해주면 이뤄질 것 같은 느낌이 들었다.

너희가 서로를 진심으로 좋아한다는 건 나도 안다고.

"미안해. 좀 신경이 쓰였구나. 으음, 장래의 꿈이라."

"아하하. 이런 이야기를 하기에는 좀 일렀나 보네요. 그냥 잊어주세요."

뭘 할 것인가…… 라.

이 세상에 태어나서 자라는 4년 동안, 나는 뭘 하면 좋을지 몇 번이나 생각했다.

전생에서는 피비린내 나는 인생을 살았지만, 나 자신을 관철할 수 있었기에 만족스럽게 생을 마감할 수 있었다.

그러니 미련은 거의 없지만, 노엘에게서 학교 이야기를 듣고 생각난 것이 있다.

전생의 나에게는 제자가 몇 명 있었다.

이름은 기억나지 않지만, 내가 주워서 성심성의를 다해 교육시킨 소년소녀들이다.

결혼도 하지 않았고, 부모도 없는 나에게 제자들은 가족 같은 존재였다.

스승으로서, 부모 대신으로서, 제자들을 끝까지 지켜봐주지 못한 것이 나의 유일한 미련일지도 모른다.

뭘 목표로 삼아야 할지 감이 오는군.

점심식사를 한 후, 거실에 전원이 모여 장래에 대한 이야기를 하기 전에, 나는 입을 열었다.

"학교에 들어갈까 해."

내가 그 말을 하자, 시종들은 서로를 쳐다보면서 당황했다.

특히 노엘은 사고를 쳤다는 듯이 얼굴이 새파랗게 질렸다.

"혹시 저 때문에 그런 마음을 먹으신 건가요?! 시리우스 님의 장래가 제 말 때문에……."

"노엘 탓이 아냐. 내가 곰곰이 생각을 해보고 결정을 내린 거지."

"진정해, 노엘. 그런데 시리우스 님께서는 왜 학교에 가기로 마음먹으신 거죠?"

"학교에서라면 안전하게 성장할 수 있을 테고, 나는 교육자가 되고 싶거든."

이 세상에서는 목숨이 헐값으로 여겨지고 있다.

통일되지 않은 나라가 많고, 다양한 종족과 종교가 뒤엉켜 대립하고 있기도 했다.

분쟁도 빈발하고 있으며, 전 세계에 존재하는 마물 때문에 안전한 곳이 적지만, 그것은 책을 통해 안 지식에 불과했다.

그러니 나는 세계를 여행하면서 다양한 것을 실감한 후, 교육자로서 제자와 학생들에게 삶을 영위하는 방법을 가르치고 싶다.

학교에 다니며 지식을 쌓고, 여행을 하며 세계를 배우며, 그리고 교육자가 된다.

"꿈에서 본 남자는 제자들에게 많은 것을 가르쳤어. 고생스럽기는 했지만 엄청 보람을 느꼈지. 나도 그렇게 되고 싶어. 그러기 위해서는 일단 학교에 가야 할 거 같아."

"그렇군요. 학교라면 숙소를 제공해주니 저희도 안심할 수 있을 거예요. 하지만 시리우스 님은 속성이……."

문제는 내가 무속성이라는 점이다.

그게 알려지면 무능하다는 소리를 들으며, 경멸당할 게 뻔했다.

그런 현실 때문에 시종들은 표정을 굳혔지만, 노엘만은 진지한 표정으로 고개를 끄덕였다.

"……괜찮을 거라고 생각해요."

"노엘, 어째서죠? 당신이라면 고립당하는 게 얼마나 고통스러운 것인지 알 텐데요."

고립…… 종족의 차이에서 비롯된 차별을 말하는 걸까?

노엘도 지금은 명랑하게 웃고 있지만, 옛날에는 고생을 많이 했다고 들었다.

"실은 방금 시리우스 님께서 자신의 마법을 보여주셨어요. 저 따위는 발끝에도 미치지 못할 정도의 기술인데다, 그 누구도 흉내를 낼 수 없을 거예요."

내 마법은 전생의 총기를 알고 있기에 가능한 것이니 흉내를 내는 것은 불가능할 것이다.

"중급도 이미 절반 정도는 이해하셨으니, 6년 후에는 어느 정도 경지까지 성장하셨을지 상상도 되지 않아요. 시리우스 님이라면 그 어떤 상대도 쓰러뜨릴 수 있을 거예요. 그런 시리우스 님은 장래에 분명 유명해지시겠죠. 그러니 저도 제가 할 수 있는 일이라면 전부 하고 싶어요."

노엘이 진지한 목소리로 그렇게 말하자, 에리나는 만족스러운 표정을 지으며 고개를 끄덕였다. 그리고 에리나는 노엘의 어깨에 손을 얹었다.

"……그래요. 당신의 말대로 저희는 그저 주인님을 위해 최선을 다하기만 하면 되죠. 게다가 시리우스 님께서 처음으로 어리광을 부리신 거니, 저도 이뤄드리고 싶어요."

"그렇죠?! 다 같이 힘내요."

"예."

나를 위해 이렇게 헌신하는 세 시종의 신뢰에, 나는 반드시 보답해야겠다고 생각했다.

"다들 고마워. 하지만 아직 6년이나 있으니까 무리는 하지 말자."

"신경 써주셔서 감사합니다. 학교에 가실 거라면 우선 입학금을 마련해야겠군요. 제가 조제한 약을 팔아서 조금이라도 보태는 편이 좋겠죠."

"판매는 제가 하겠습니다."

"저는 학교에 대해 조사해볼게요. 시리우스 님의 재능을 이런 데서 끝나게 두는 건 아까우니까요."

노엘은 힘찬 목소리로 그렇게 말하며 팔을 치켜들었지만, 왠지 그녀가 억지로 그러는 듯한 느낌이 들었다.

노엘이 저렇게 열의를 보이는 것은 과거의 자신과 나를 겹쳐보고 있기 때문일지도 모른다. 자신이 학교에 가지 못한 것이 마음에 걸리는 것이리라.

"이제부터 바쁘겠군요. 참, 디. 그걸 시리우스 님에게 드리세요."

"예."

디는 거실 밖으로 나가더니, 잠시 후 한 자루의 검을 들고 돌아왔다.

디는 그것을 나에게 건네더니, 뽑아보라는 뜻의 눈짓을 보냈다. 그래서 나는 순순히 검을 뽑아들었다.

"이게 뭐야?"

"제가 모험가였던 시절에 손에 넣은 검입니다. 이거라면 고블린을 상대할 때 쓰셨다는 나이프처럼 간단히 부러지지는 않을 겁니다."

50센티미터 정도 되는 날에는 희미하게 문양이 새겨져 있고, 자루 부분에는 장식이 전혀 되어 있지 않은 쇼트소드였다.

네 살밖에 안 된 내가 쓰기에는 좀 크지만, 실용성을 중시하는 겉모습이 마음에 들었다.

하지만 이 검의 날…… 튼튼한 것에 비해 가벼운 걸 보면 아무 데서나 파는 검은 분명 아니었다.

"꽤 좋은 무기 같은데, 내가 가져도 괜찮겠어?"

"예비 무기니까요. 그리고 유적에서 발견한 그 검은 무기로 쓰기에는 너무 가벼워서 아무도 눈길도 주지 않았기에 제가 가진 겁니다. 지금의 시리우스 님께서 호신용으로 쓰시면 딱 좋을 것 같군요."

디가 이렇게 말을 많이 하는 건 처음인 것 같았다.

디의 말대로 호신용으로 쓰기 딱 좋아 보였다. 재질이 뭔지 모르기는 하지만, 감사히 받아두자.

"이게 검을 찰 때 쓰는 벨트입니다. 시리우스 님이 착용하기 좋도록 길이를 맞춰뒀습니다."

"고마워. 잘 쓸게."

내가 고맙다고 말하자, 디는 미소를 머금으며 기뻐했다.

검을 벨트에 넣자, 에리나는 내 손을 움켜쥐며 얼굴을 들여다보았다.

"시리우스 님, 무기를 지녔어도 절대 무모한 짓은 하지 마세요."

"알아. 어제는 피치 못할 사정이 있어서 그랬던 거야. 하지만 언젠가 고블린과 또 싸워볼 생각이야."

"싸움은 가능한 한 피해야 하지만, 강해지기 위해서는 필요……하겠죠. 하지만 그때는 꼭 디를 대동해주세요."

에리나는 진심으로 나를 걱정하면서도, 결국 허락을 해줬다.

나에게는 과분할 정도로 뛰어난 시종이다.

사실 고블린 정도는 내 총마법으로 순식간에 해치울 수 있지만, 직접 싸워보면서 전생의 기량을 되찾고 싶었다. 어제처럼 상대의 피를 뒤집어쓰는 꼴사나운 짓은 두 번 다시 하고 싶지 않았다.

전생의 나라면 고블린 정도는 콧노래를 부르면서 해치웠을 것이다.

마법을 쓰는 것도 좋지만 마법에 너무 의지하면 나 자신이 성장하지 않을 테고, 내 총마법은 지나치게 강력했다.

마음만 먹으면 장거리에서 저격하는 것도 가능하겠지만, 내가 그런 짓을 할 수 있다는 게 알려지면 위험분자로 알려져 전 세계가 나를 노릴 가능성도 있다. 그러니 꼭 필요할 때가 아니면 쓰지 않는 편이 좋을 것이다.

이렇게 나는 이해심 넘치는 시종들 덕분에 어린애인 척할 필요가 없어졌다.

전생의 기술과 체력을 되찾기 위한…….

그리고 새로운 힘인 마법을 익히기 위한 내 진짜 훈련은 이때부터 시작됐다.

《만남》

시종들에게 나에 대해 설명하고 본격적인 훈련을 시작한
지…… 3년이 지났다.

에리나에게 보살핌을 받고, 노엘과 마법을 고찰하며, 디에게
모험가의 기초를 배우는 사이에 나는 일곱 살이 되었다.

그 후로 몸을 본격적으로 단련하기 시작했고 책에 실리지 않
은 새로운 마법을 발명하는 등. 바쁘게 하루하루를 보내며 나는
순조롭게 성장했다.

나는 인간을 상대하는 훈련을 겸해, 디와 몇 번이나 모의전을
했다.

전직 모험가인 디는 꽤 강했지만, 아류라 빈틈이 많았기에 내
가 승리를 거뒀고 거꾸로 내가 가르치는 입장이 되었다.

디의 전투 센스는 나쁘지 않기에 제자로서 길러보고 싶지만,
디는 요리사가 되고 싶다고 했기에 포기했다.

인간은 꿈을 좇을 때 가장 반짝이며, 가족으로서 디의 꿈을 부
수고 싶지 않았다.

요리사가 되고 싶어 하는 디에게 전생의 요리 레시피를 가르
쳐주니, 그는 매우 기뻐했다. 무표정한 디가 최선을 다해 웃는
모습이 인상적이었다.

학교에 가기 위한 준비도 착착 진행됐다.

입학금을 모으기 위해 채취한 약초로 제조한 약이나 산에서

발견한 특이한 소재를 디가 팔았다.

남은 시간은 3년밖에 안 되지만, 이 추세로 가면 별문제 없을 것이다.

그러던 어느 날, 디가 나를 한 사람의 모험가로 인정했다.

즉, 이제 혼자서 저택 밖을 돌아다녀도 아무 문제없는 것이다.

그래서 나는 훈련을 겸해 산을 뛰어다니며 행동범위를 점점 넓혔다.

그리고 오늘, 나는 새로운 세계를 향해…… 하늘을 내달렸다.

상황을 설명하기 위해서는 우선 두 개의 마법을 설명해야만 한다.

하나가 '부스트'다. 마력을 몸에 불어넣으면 신체능력이 향상되는데, 그것을 의식적으로 행하는 것이 바로 이 마법이다.

한계가 존재하기는 하지만, 마력을 몸에 담을수록 강해지며 주먹으로 바위를 부수는 것도 가능하다.

마력은 육체도 보호해주기 때문에 조절만 잘 하면 부상도 입지 않는다.

본인의 재능이 현저하게 드러나며 소모가 극심하기 때문에 사용자는 적다.

무속성 마법으로 분류된다……는 내용이 책의 '부스트' 항목에 적혀 있었다.

실험을 해본 결과, 이 마법은 체내에 마력을 부여하는 것뿐이라는 사실을 깨달았다.

하지만 전생의 의학지식을 통해 인체의 구조를 이해하고 있는 나는 혈액의 흐름과 근육의 신축, 골격의 움직임에 따라 상황에 맞춰 마력으로 보호해야 할 장소를 인식하고, 효율적으로 마력을 침투시켜 효과를 끌어올렸다.

그 결과…… 장시간에 걸친 마력유지, 저택에서 수마초를 채취한 호수까지 몇 분 만에 도달할 수 있을 정도의 각력, 그리고 주먹으로 고블린을 쓰러뜨릴 수 있을 정도의 힘을 얻었다. 인간을 벗어난 듯한 느낌이 들었다.

또 하나는 내 오리지널 마법인 '에어 스텝'이다.

마력은 집중시키면 질량을 지닌다.

그 마력을 발판으로 쓸 수 있을 만큼 모아서 공중에 형성한 후 그걸 밟고 서는 것이다.

즉, 공중을 날 수 있는 마법이지만 발판 하나를 만드는데 대량의 마력이 들기 때문에 연비가 매우 나빴다.

게다가 그 마력은 금세 흩어지기 때문에 발판은 2초도 버티지 못한다.

하지만 내 특성인 마력 회복, 그리고 '부스트'를 통한 신체능력이면 2초로 충분했다.

그 외에도 '임팩트'의 충격파를 맞고 튕겨져서 나는 방법도 생각해봤지만 속도조절이 어려운데다 몸이 아프기 때문에 단념했다.

즉, 두 마법만 있으면 나는 체력이 유지되는 동안은 반영구적으로 하늘을 날 수 있다.

그리고 하늘을 날아서 간 곳은 바로 바다 건너편에 있는 대륙이다.

'메리페스트'라고 불리는 대륙에 있는 내 저택은 대륙 구석에 있기 때문에 산 두 개만 넘으면 그 앞에는 바다가 펼쳐져 있었다.

하늘을 뛰어다니는 연습을 할 겸 바다로 향한 나는 넓은 바다에 펼쳐진 수평선 너머에 있는 대륙을 보았다.

집에 돌아와서 물어보니, 그곳은 '아드로드'라 불리는 대륙이라고 한다.

일부에 독자적인 문화가 존재하지만, 메리페스트와 크게 다르지 않은 대륙이라고 한다.

항구에서 교역이 빈번하게 이뤄지며, 배로 하루 걸리지만, 내가 발견한 이 장소에서라면 한 시간 만에 도착할 수 있을 것 같았다.

하지만 이곳은 거친 파도로 배가 파괴되고 마는 마의 해역이다.

운 좋게 도달하더라도, 절벽이 존재하기 때문에 상륙할 수가 없다.

아드로드 대륙에 가기 위해서는 안정적인 해역을 통과하는 배편을 이용할 수밖에 없다고 한다.

하지만 그것은 배를 타고 갈 때의 이야기이며, 하늘을 내달릴 수 있는 나와는 상관없었다.

그래서 나는 호기심에 이끌린 채 새로운 대륙을 향해 몸을 날렸다.

하늘을 달리면서도 공격을 받지 않을까 걱정했지만, 별다른 문제없이 옆대륙에 도착했다.

아드로드 대륙에는 광대한 숲이 펼쳐져 있으며, 한동안 상공을 내달려봤지만 마을은 보이지 않았다. 어쩌면 이곳은 사람이 발을 들일 수 없는 장소일지도 모른다.

적당히 하늘을 내달리고 있을 때, 어느 방향에서 묘한 반응이 느껴졌다.

뭔가 미세한 것이 소용돌이치고 있는 듯한…… 아무튼 말로 형용할 수 없는 무언가가 느껴졌다.

나는 그 방향에 의식을 집중하면서 '서치' 마법을 발동시켰다.

이 마법은 초음파탐지기와 비슷하다.

초음파탐지기는 초음파를 날려서 반사파로 대상을 감지하는 장치인데, 이 마법을 쓰면 초음파 대신 마력을 날려 감지한다. 이것도 무속성 마법 중 하나다.

결점은 마력을 감지할 수 있는 상대에게 내 존재가 들킨다는 점이다.

하지만 내 마력은 대기의 마력과 차이가 없기 때문에 의식을 해야 어렴풋이 느껴진다고 한다. 적 탐색은 매우 중요한 것이기에 이 이점은 매우 크다.

마법이 발동되면서 뿜어진 마력이 반사되어 머릿속에 주변의

지도가 그려졌지만, 숲 탓인지 마물의 반응만 느껴졌다. 그런 와중에 흐릿하게 인간형 마력이 여섯 개 정도 감지됐다.

위화감의 원인은 모르겠지만 나는 그 반응을 향해 몸을 날렸다.

자아, 이제부터 시종 이외의 인간과 처음 만나지만, 갑자기 모습을 드러내는 것은 좀 그럴 것이다.

나는 아직 일곱 살 밖에 안 된 꼬맹이이니, 상대가 악인이라면 분명 골치 아픈 일이 일어나리라.

우선 상대를 관찰하고, 인격적으로 문제가 없는 상대라는 게 판명되면 모습을 보이는 편이 나을 것이다.

'서치'의 반응에 따르면 한 명만 떨어진 곳에 있는 것 같으니 일단 그쪽으로 향하기로 했다.

상대가 혼자라면 최악의 경우, 전투가 벌어지더라도 하늘을 내달리기만 해도 따돌릴 수 있을 것이다.

반응지점에서 약간 떨어진 곳에 도착한 나는 상대에게 들키지 않도록 기척과 발소리를 죽인 채 접근했다.

이러고 있으니…… 전생에서 적지에 잠입하던 때가 떠올랐다.

보초의 눈을 피해 아무에게도 들키지 않고 표적을 처리하는 게 내 일이었다.

추억에 빠진 채 포복으로 전진하던 나는 드디어 나무 사이로 표적을 포착했다.

그 표적은…… 숲과 함께 산다고 일컬어지는 종족인 엘프였다.

엘프의 겉모습은 나 같은 인간족과 큰 차이가 없지만, 수백 살까지 사는 긴 수명과 옆으로 길쭉한 귀가 특징이다.

그 외에는 자존심이 강하며 미인이 많다고 한다.

눈앞에 있는 엘프는 여성이며 허리까지 기른 장발이 에메랄드 그린 빛깔을 띠고 있었다. 그리고 머리카락과 색과 동일한 눈동자가 매력적이었다.

모델 체형이라고 하는 균형 잡힌 육체는 신비적이면서도 색기가 넘쳤다. 마치 그림에서 바로 튀어나온 듯한 아름다움이 느껴졌다.

남자라면 누구나 가까워지고 싶다고 생각할 만한 여성이었다.

하지만…… 내가 발견한 그녀의 상태는 평범하지 않았다.

호흡이 비정상적으로 거칠고, 땀을 대량으로 흘리고 있었다. 그리고 나무에 등을 맡긴 그녀는 쓰러지지 않기 위해 필사적으로 버티고 있었다.

그녀가 걸친 망토는 너덜너덜했고 안에 입은 복장도 훤히 보였다.

가죽으로 만든 가벼워 보이는 가슴 갑옷과 배꼽이 훤히 드러나고 옆쪽이 트인 치마는 활동성을 중시한 장비 같았다.

방어력이 좀 떨어지는 것 같기는 하지만 어울리기는 했다.

이대로 상황을 지켜보고 있자, 그녀는 거추장스러운 망토를 벗어던졌다. 그러자 그녀의 오른쪽 팔에 난 깊은 자상이 드러났다.

하지만 그녀는 피가 흐르고 있는데도 지혈하지 않고 앞쪽을 노려보면서 고함을 질렀다.

"거기 있는 거 아니까 썩 튀어나와!"

내가 아니라 이쪽으로 접근하고 있는 다섯 개의 반응을 향해 한 말이리라.

심상치 않은 상황이라고 내가 생각하고 있을 때, 그녀가 쳐다보고 있는 방향에서 빛나는 무언가가 날아왔다.

그것이 나이프라는 걸 눈치채자마자 바로 몸을 날릴 뻔했지만, 그녀는 허리에서 뽑아든 나이프로 그것을 쳐냈다.

상당한 실력이라 생각하며 감탄하고 있을 때, 그녀가 튕겨낸 나이프가 내 눈앞에 떨어졌다.

내가 그녀가 다른 곳을 쳐다보는 사이에 그 나이프를 회수했다. 역시 예상대로 그 나이프의 날에는 독이 발라져 있었다.

오른쪽 팔의 상처로 볼 때, 저 여성의 몸 상태가 나쁜 것은 이 독 때문일 것이다.

나는 독에 닿지 않도록 주의하면서 나이프를 천으로 감싸고 있을 때, 나무 사이로 다섯 명의 남성이 모습을 드러냈다. 그들은 전부 인간족이며, 무장을 하고 있는 걸 보면 전원이 모험가 같았다.

그런 남자들은 사냥감을 발견한 자 특유의 야비한 미소를 짓고 있었다. 그중 한 명이 앞으로 한 걸음 나서더니, 그녀의 몸을 핥듯이 살펴보았다.

"엘프치고는 꽤 솜씨가 좋은걸. 그 독에 당하고도 나이프를 튕겨 내다니 말이야."

"하아…… 하아…… 당연하지. 멈춰 있는 것처럼 보일 정도라고."

"헷, 겨우겨우 서 있으면서 센 척하지 말라고."

"그래. 몸이 부들부들 떨리고 있잖아. 춥다면 우리가 따뜻하게 해줄까? 하하하!"

"실은 원하고 있는 거 아냐? 그래서 기다리고 있었던 걸지도 모른다고."

……정말 알기 쉬운 쓰레기군.

저 남자들은 도저히 이해하지 못할 것 같다고 내가 확신하고 있을 때, 그녀는 옅은 미소를 짓고 있다는 사실을 눈치챘다.

"멋대로 지껄여대라고. 내가 너희를 기다리고 있었던 건……."

그녀는 눈을 감으며 마법을…… 아니, 뭔가가 달랐다.

영창도 하지 않은데다 평범한 마법과는 명백하게 마력의 질이 달랐다.

아까부터 느껴진 위화감의 정체는…… 혹시 눈앞에 있는 그녀일까?

"한꺼번에 날려버리기 위해서야! 바람이여, 녀석들을 쓸어버려!"

그녀가 그렇게 말하면서 손을 내젓자, 남자들의 중심으로 폭풍이 생겨났다.

숲 속에 느닷없이 발생한 폭풍은 어찌된 영문인지 남자들을 날려버리기 전에 잦아들었다.

그녀는 또 한 번 발동시키려 했지만, 이번에는 회오리조차 생기지 않았다.

"큭…… 마력이……."

"까, 깜짝 놀랐네. 뭐, 그 독에 당하고도 그런 마법을 쓸 수 있는 것만 해도 대단하네. 평범한 인간이라면 발동도 시키지 못했을 거야. 이거, 예상보다 더 괜찮은 물건인걸."

"팔아버리는 것도 좋지만, 모처럼 엘프를 사로잡았잖아. 우리도 맛 좀 보자고."

"당연하지. 우선 나부터야."

남자들이 추악한 미소를 지으면서 그녀에게 다가가자, 그녀는 각오를 다진 듯한 표정으로 자신의 목에 나이프를 댔다.

"너희 같은 쓰레기에게 당할 바에야 죽는 게 나아. 더 다가오면 자해할 거야."

"죽는 건 좋지만, 가족에게 건강한 모습을 보여주겠다고 하지 않았어?"

"그건……."

두목이라 불리던 남자가 그렇게 말하자, 그녀는 동요한 것처럼 시선을 돌렸다. 바로 그 순간…… 남자는 양손을 휘둘러서 여섯 개의 나이프를 던졌다.

비겁한 녀석이지만 나이프를 여섯 개나 동시에 던지는 걸 보면 솜씨는 꽤 괜찮은 것 같았다.

그녀는 동요한 상태에서도 나이프로 상대가 던진 나이프 두 개를 쳐냈고, 남은 나이프는 몸을 비틀어서 피했다.

하지만 나이프 중 하나가 그녀의 옆구리를 스쳤다. 그리고 억지로 움직인 탓에 지면에 쓰러지고 말았다.

남자가 이야기한 것처럼 독이 몸에 돈 탓에 그녀는 몸을 일으킬 수도 없는 것 같았다. 하지만 그런 상태에서도 그녀가 몸을 일으키려 하자, 남자들은 그 모습을 의기양양한 미소를 머금은 채 쳐다보고 있었다.

"즉효성 독은 아니지만 꽤 잘 듣지? 옆구리에 꽂힌 것도 서서히 효과가 나타날 거야."

"이······ 비겁한······ 놈들······."

"저기, 두목. 죽으면 어떻게 할 건데요?"

"이 녀석은 강력하지만 목숨을 빼앗지는 않아. 대신, 그만큼 가격이 비싸지."

"그럼 본전을 제대로 뽑아야겠네."

"그런 거지. 어이, 얌전히 있으면 금방 기분 좋게 해주지."

"너무 기분이 좋아서 천국에 갈지도 모른다고. 하하하!"

"미안하지만, 천국 같은 건 없었어."

"누구······ 커억?!"

내가 던진 나이프가 남자의 팔에 꽂힌 순간, 나는 몸을 날려서 그녀를 지키듯 남자들을 막아섰다.

"두목?! 이 자식, 어디 사는 누구······ 아앙?"

"······뭐야, 꼬맹이잖아. 어디서 튀어나온 거야?"

나를 보고 동요하기는 했지만, 꼬맹이라는 사실을 알고 바보 취급하는 듯한 눈길로 나를 쳐다보았다.

얕보이는 건 상관없지만, 이대로 무시당해서 그녀가 표적이 되면 곤란하기에 도발을 하기로 했다.

"어디서 튀어나왔냐면 저쪽에서 튀어나왔다고 할 수밖에 없겠네. 아, 참고로 그건 내가 던진 거야. 떨어뜨린 것 같기에 돌려준 것뿐이지."

"쳇…… 건방진 꼬맹이가……. 어이, 죽여버려!"

"안 돼! 빨리 도망쳐!"

가벼운 도발에 이렇게 분노하다니, 예상보다 더 성미가 급한 자식들이군.

그리고 고개를 돌려보니, 그녀는 남자들을 쳐다볼 때와는 달리 걱정으로 가득 찬 눈길로 나를 쳐다보고 있었기에, 적어도 나쁜 사람은 아닌 것 같다고 판단했다.

어느 쪽을 도울지는 이미 정해진 것이나 다름없었다.

"아빠, 여기야!"

나는 우선 남자들의 뒤쪽을 향해 손을 흔들면서 큰 목소리로 외쳤다.

보통은 나 같은 꼬맹이가 혼자서 이런 숲에 있다고는 생각할 리가 없으니, 대부분의 사람들은 보호자가 근처에 있다고 생각하리라.

그런 애가 자신들의 등 뒤를 향해 고함을 지르면, 기습을 경계하여 뒤를 돌아볼 것이다.

당연히 남자들도 나에게 빈틈투성이인 등을 보였다.

그 순간, '부스트'를 발동시켜 두 번 손을 휘두르자 남자들의 발에 나이프가 하나씩 꽂혔다.

물론 이 나이프는 남자가 던진 것이며, 그녀가 쳐낸 것과 빗나간 것을 미리 회수해뒀다.

"어이어이, 전투 중에 등을 보이면 어떻게 해. 빈틈투성이잖아."

"이, 이 꼬맹이가!"

"약해빠진 살기네. 그런데 이 나이프는 네가 던진 거야."

"뭐?! 두, 두목! 해독약 없어?!"

"시끄러워. 우선 나부터…… 아앗!"

남자가 품속에서 꺼낸 가죽 주머니가 뭔가에 부딪혀서 튕겨나더니 그대로 내 손아귀에 들어왔다.

실은 내가 몰래 펼친 '스트링'에 걸린 걸 당겼을 뿐이다. 그리고 남자는 상당히 당황했는지 반응이 느려서 쉽게 빼앗을 수 있었다.

참고로 내 '스트링'은 전생의 강화 와이어를 이미지한 것이며, 1센티미터도 안 될 만큼 가늘지만 차를 지탱할 수 있을 정도로 강도가 좋았다. 가죽주머니를 하나 잡아당기는 것 정도는 식은 죽 먹기였다.

망연자실한 남자들을 곁눈질하면서 내용물을 확인해보니 그 안에는 손바닥 사이즈의 용기가 두 개 정도 들어 있었다.

하나는 독 같은 색깔을 띠고 있었고, 다른 하나에는 투명한 액체가 들어 있었다.

아마 이 투명한 것이 해독약 같지만, 1인분밖에 안 되는 것 같았다.

"어이, 이게 해독약······."

"빨리 그 해독약을 내놔! 그럼 반죽음 정도로 봐주마!"

"진짜가 하나뿐이라는 건 동료는 어찌되든 상관없다는 거네."

"뭐?! 두, 두목, 저게 무슨 소리야!"

"그럴 리가 없어!"

"아하, 이걸 쓰면 보수도 독차지할 수 있겠지? 마실 것에 독을 타면 마음대로 할 수 있으니까 말이야."

"어이, 설마 그럴 생각으로······."

"기, 기다려! 전부 저 꼬맹이의 헛소리라고!"

"그럼 왜 해독약이 하나뿐인 거냐고!"

해독약이 진짜인지 아닌지 물어보며 약간 부채질해봤더니, 이렇게 됐다.

평소의 불만이 이런 식으로 폭발한 것이다.

서로를 비난하느라 바쁜 남자들을 내버려둔 후, 나는 쓰러져 있는 그녀에게 다가갔다.

"괜찮아?"

"으, 으음. 저기, 너는 누구니?"

"이야기는 나중에 하자. 일단 상처를 살펴볼게."

그녀는 느닷없이 나타난 나에게 당혹스러워 했지만, 움직일 수가 없는 것 같았다.

옆구리의 상처는 괜찮아 보였지만 팔은 상처가 깊었기에 일단 가지고 온 수건으로 지혈을 했다.

"이 자식들아, 적당히 하고 저 꼬맹이부터 처리해!"

"빌어먹을, 우선 저 꼬맹이부터 죽이자!"

"이미 늦었어."

나는 어이없어 하면서 빼앗은 주머니를 등에 멘 가방에 넣자, 그녀가 떨리는 손을 내 볼에 댔다.

"여기 있으면 위험해. 나는 괜찮으니까 너는 빨리 도망치렴."

"……알았어. 금방 도망칠게."

"착한 아이구나."

이런 미녀가 앳된 미소를 짓는다면 웬만한 남자들은 다 매료되겠지만, 나는 현재 어린애이기 때문에 그렇게 마음이 흔들리지는 않았다.

말에 동의는 하지만 나는 개의치 않으면서 그녀의 몸 밑에 팔을 넣은 후, 그대로 안아 들었다.

흔히 말하는 공주님 안기식으로 말이다.

"그럼 같이 도망치자."

"어, 자, 잠깐만!"

어린애의 몸으로 성인 여성을 안아 드는 것은 힘들지만, '부스트'에 의한 신체강화를 통해 강제로 안아 들고 달렸다. 그녀는 예상 이상으로 가벼웠기에 달리는 데 전혀 지장이 없었다.

하지만 내가 달리기 시작하자 그녀는 큰 목소리로 항의했다.

"기다려! 나를 안고 뛰었다간 금방 잡힐 거야!"

"너는 가벼우니까 괜찮아."

갓난아기 때부터 단련해온 육체, 그리고 '부스트'에 의한 강화 덕분에 내 발걸음에는 전혀 흔들림이 없었다. 몸의 축을 제대로 단련한다면 이 정도는 일도 아니다.

　매력적인 여성의 부드러운 몸을 만끽하면서 달리고 있을 때, 남자들이 쫓아왔다.

　"기다려!"

　"저딴 꼬맹이는 마비되기 전에 잡으라고!"

　내가 몸을 '부스트'로 강화했기 때문인지, 솔직히 말해 남자들의 걸음은 느렸다.

　마음만 먹으면 간단히 떨쳐낼 수 있겠지만, 나는 일부러 일정 거리를 유지했다.

　이유는 쓰레기들을 확실하게 처리해두고 싶었기 때문이다.

　'매그넘'으로 눈에 보이지 않는 마탄을 쏘면 간단히 처리할 수 있겠지만, 그녀가 보는 앞에서 그런 짓은 하고 싶지 않았다.

　설명을 하는 것도 귀찮고, 이번에는 내 손을 더럽히지 않고 마무리 지을 생각이었다.

　잠시 동안 도주극을 계속한 후, 남자들의 다리가 풀리기 시작하자 나는 멈춰 섰다. 그리고 '서치'로 위치를 확인하면서 남자들을 살폈다.

　"하아…… 하아…… 드디어 지친 거냐."

　"허억…… 우…… 우리도 시간이 얼마 안 남았으니 빨리 처리하자고."

　"아무리 봐도 지친 건 너희 같은데 말이야."

　그건 그렇고 한심하기 그지없는 남자들이다.

　독에 걸리기는 했겠지만, 그래도 지구력을 좀 더 단련하라고 꾸짖고 싶을 만큼 한심했다.

하지만…… 다음 기회가 존재하지 않는 남자들에게 조언을 해봤자 의미가 없을 것이다.

"도망친 건 독이 퍼질 시간을 벌기 위해서지? 꽤 하네."

"절반만 정답…… 이려나? 그것보다 이제 날 거니까 혀를 깨물지 않게 조심해."

"……난다고? 그게 무슨 소리야?"

"왔군."

내가 '에어 스텝'을 발동시키면서 공중으로 몸을 날린 순간, 등 뒤에 잇는 나무 사이에서 커다란 마물이 모습을 드러냈다.

그것은 키가 내 두 배는 될 듯한 거대한 곰이었다. 하지만 코가 묘하게 크며 팔이 네 개나 있어 곰이라 부르기에는 좀 무리가 있을지도 모른다.

'서치'로 이 마물이 주변에 숨어 있다는 사실을 감지했기 때문에, 나는 남자들을 이곳으로 유도하며 도망친 것이다.

"히익! 기, 기그베어다!"

"이쪽에도 있어!"

"젠장, 몸이……."

곰처럼 생긴 이 마물은 집단으로 사냥을 하는 것 같았다. 곰무리는 독 때문에 움직일 수 없는 남자들을 완전히 포위했다.

등 뒤에서 단말마가 들려왔지만, 나는 그걸 무시하며 하늘을 계속 뛰어다녔다.

불쌍하다……고는 눈곱만큼도 생각하지 않았다. 저항하지 않는 여성을 덮치려 하는 놈들에게 걸맞은 말로다.

하늘을 내달려 탈출한 나는 그대로 그녀를 안아 든 채로 물가를 찾았다.

왜냐면 지면을 구르면서 상처와 몸이 더러워진 그녀를 깨끗하게 해주고 싶었기 때문이다.

특히 상처를 제대로 치료해두지 않으면 흉터가 남을 것이다. 그녀의 잡티 하나 없는 깨끗한 피부에 흉터가 남는 건 싫었다.

내가 그런 생각을 하는 가운데, 내 품에 안긴 그녀는 이상하게 얌전했다.

어린애에게 도움을 받은 것으로 모자라 하늘을 날아다니고 있는 지금 상황 때문에 말문이 막힌 걸까?

"……저기…… 우리, 지금 하늘을 날고 있지?"

"그래. 무서우면 잠시 지면에 내려갈까?"

"아냐, 반대야! 하늘을 나는 게 이렇게 기분 좋은 거였구나!"

그녀는 꽤나 정신적으로 굳건한 편인 것 같았다. 그런 일을 당하고도 하늘을 날고 있다는 사실에 정신이 팔려 어린애처럼 기뻐하고 있으니까 말이다.

"후후…… 괜찮아. 이 애는 믿을 수 있다고 생각해."

그리고 갑자기 다른 곳을 쳐다보면서 이야기하기 시작했다.

마치 보이지 않는 누군가와 대화를 나누고 있는 것 같은…… 잠깐만.

그런 그녀의 행동을 보면서 수상쩍게 여기고 있을 때, 그녀는 부끄럽다는 듯한 눈길로 나를 쳐다보았다.

"미안해. 내가 좀 흥분했지? 그런데 우리는 지금 어디에 가고 있는 거야?"

"물가를 찾고 있어. 근처에 강이 있으면 좋겠는데 말이야."

"강? 강이라면 저쪽으로 가면 있어."

그녀의 지시에 따라 나아가보니, 숲을 횡단하는 듯한 강을 발견했다.

'서치'로 주위를 살펴봤지만 적은 없는 것 같았기에 나는 공중에서 내려가 그녀를 근처 바위에 앉혔다.

경치가 좋은 장소라서 마물이나 적이 다가온다면 금방 찾을 수 있을 것이다.

우선 해독약을 꺼내서 살펴보니 이것은 마시는 타입의 약이었다.

"해독약이 있는데, 직접 마실 수 있겠어?"

"그건 어려울 것 같아. 미안하지만…… 먹여주지 않을래?"

그녀는 나를 신용하는지 그렇게 말하면서 입을 벌렸다.

병에 걸린 에리나도 돌본 적이 있지만, 그녀는 묘하게 요염하기 때문에 왠지 음흉한 짓을 하고 있는 듯한 느낌이 들었다. 연령 탓에 성욕은 솟구치지 않았지만 말이다.

"으음…… 후우…… 몸이 뜨거워졌어."

"감각이 되돌아오고 있다는 증거겠지. 마비가 완전히 풀리기 전에 상처를 치료하자."

상처 부위를 살펴보니 피는 멎었지만 상처는 여전히 벌어져 있었다.

상처를 막아뒀던 수건을 강물로 빤 후, 상처 주위의 피를 닦아냈다. 원래라면 아프겠지만 아직 몸이 마비된 탓에 고통을 느끼지 않는 것 같았다.

"하아…… 이렇게 상처가 깊으면 흉터가 남겠네."

"괜찮아. 잠시 동안 상처부위를 만질 건데, 좀 참아."

"아, 치료마법도 쓸 줄 아는 구나."

"좀 달라. 치료방법이라고나 할까?"

물속성 마법 중에는 치료마법이 존재한다.

치유작용을 포함한 물을 만들어내 상처를 치료하는 마법이며, 나도 익히려 했지만, 역시 적성이 무속성인 탓에 생채기도 치유할 수가 없어 포기했다.

하지만 다른 방법으로 상처를 치유할 방법을 찾아냈다.

방법은 상처 부위에 손을 대고 상대방의 몸에 마력을 흘려 넣기만 하면 된다.

마력을 집중시켜서 처치를 하자, 그녀는 약간 거북한 듯이 나를 쳐다보았다.

"으음…… 그리고 보니 통성명은 고사하고 고맙다는 말도 하지 않았네."

"그렇군. 하지만 내가 멋대로 한 짓이니까 개의치 않아도 돼."

"그럴 수는 없어. 은인에게 고맙다는 말을 하는 건 당연한 일이잖아. 하지만 그 전에 이름을 가르쳐주지 않을래?"

"시리우스야. 보통은 물어본 사람이 먼저 이름을 밝히지 않나?"

"미안해. 이것도 엘프에게 전해져 내려오는 관습이야. 내 이름은 셰미피아 아라미스. 네 덕분에 살았어. 정말 고마워."

셰미피아는 진심 어린 미소를 지었다.

흑심이 있어서 구한 것은 아니지만, 미인에게 이런 말을 들으니 기뻤다.

"나야말로 셰미피아가 무사해서 기뻐."

"아, 나는 피아라고 불러줘. 나도 너를 시리우스라고 부를게. 그럼 통성명도 끝났으니 묻는 건데, 시리우스는 정체가 뭐야?"

눈앞에 있는 소녀는 꽤나 호기심이 왕성한 엘프 같았다.

순수한 호기심에서 비롯된 질문 같아서 기분이 나쁘지는 않았지만, 뭐라고 대답하면 좋을까.

"정체? 봐도 모르겠어?"

"인간족 어린아이라는 건 알겠지만, 어른들을 멋대로 가지고 놀 뿐만 아니라 듣도 보도 못한 마법도 쓰잖아. 나도 꽤 이곳저곳 돌아다녔지만 너 같은 인간족은 본 적이 없어."

피아의 말대로 타인이 볼 때 나라는 존재는 비정상적일 것이다. 겉모습은 영락없는 일곱 살 꼬맹이니까 말이다.

하지만 정체가 뭔지 물어도 인간족 어린애라고 대답할 수밖에 없었다.

이 힘은 전부 훈련에서 비롯된 것이며 마법도 독자적인 법칙으로 개발한 것에 지나지 않았다.

나는 전생의 기억을 지니고 전생했을 뿐, 육체 자체는 평범한 인간과 전혀 다르지 않은 것이다.

"그렇지만 나는 평범한 인간족이야. 아직 태어난 지 7년밖에 안 되었다고."

"도저히 평범한 어린애 같아 보이지 않거든? 시리우스는 어린 애지만, 왠지 어른을 상대하고 있는 것 같단 말이야."

"책을 읽으며 나름 공부를 했거든."

"뭐, 납득은 안 되지만 좋아. 그런데 하나 더 물어볼 게 있어. ……왜 나를 구해준 거야?"

그렇게 말한 피아는 진지한 표정으로 나를 응시하며 물었다.

"눈앞에서 사람이 죽었는데도 태연한 시리우스를 도저히 어린 애라고 생각할 수 없어. 딱히 탓하려는 게 아니라, 그렇게 냉정한 부분이 있는 네가 나를 구한 이유를 모르겠어."

"남을 구하는 데 이유가 필요한 거야?"

"그렇지만, 시리우스라면 나 같은 엘프가 얼마나 가치 있는 존재인지 알 텐데? 무방비 상태인 나를 팔아넘길 수도 있을 텐데…… 왜 어른들을 해치우면서까지 나를 구해준 거야?"

피아의 말처럼 엘프는 좀처럼 숲에서 나오지 않는데다 다들 미인이기 때문에 노예로 거액에 거래된다고 들었다.

분명 그녀는 아까처럼 인간들의 표적이 된 적이 몇 번이나 있으리라. 그래서 어른 같은 내가 아무런 대가 없이 도와준 이유를 모르는 것이다.

구해준 이유라면 몇 개나 존재했다. 피아가 미인이라서, 쓰레기들이 그녀를 건드리는 걸 용납할 수 없어서 등. 여러 개가 있었지만, 그중에서 하나를 꼽자면…….

"너 같은 미인 엘프와 아는 사이가 되고 싶어서야."

전생한 뒤로 내가 알고 지내는 이는 여전히 에리나와 노엘, 디뿐이다 그리고 그들은 내 지인이라기보다 시종이다. 그러니 새로운 지인도 만들 겸, 엘프와 아는 사이가 되고 싶었던 것이다.

나는 진지하기 그지없는 목소리로 대답했지만, 피아는 어안이 벙벙한 표정을 짓더니 갑자기 웃음을 터뜨렸다.

"하…… 아하하하하! 나와 아는 사이……가 되고 싶은 거구나. 그럼 미인이 아니라면 구해주지 않았겠네?"

"그래도 구했을 거야. 하지만 나는 어려도 남자거든. 어차피 구해줄 거라면 상대가 미인인 편이 기쁘지 않겠어?"

"후후, 흑심을 이렇게 기분 좋게 밝히는 사람을 처음 봐. 자기 입으로 이런 말을 하는 건 좀 그렇지만, 미인이라 다행이네. 그리고 너를 만나서 다행이야."

"그 말은……."

"응. 친구가 되어줄게. 아니, 내가 부탁할게."

마비 탓에 피아가 천천히 들어 올린 손을 쥔 후, 우리는 악수를 나눴다.

이 세계에 태어나고 7년 만에…… 드디어 시종들 이외의 지인이 생겼다.

"으음…… 마비가 꽤 풀린 것 같아. 그런데 상처를 치료해주겠다고 했지? 어떻게 고칠 거야? 손만 대고만 있는 것 같은데 말이야."

"음, 슬슬 다 된 것 같네."

내가 손을 치우자, 아까까지만 해도 벌어져 있던 상처가 깨끗하게 사라졌다.

피아는 탄성을 터뜨리면서 손으로 상처가 났던 부위를 쓰다듬었다.

"대단하네. 상처가 완전히 사라졌잖아. 이렇게 깨끗하게 낫는 치료마법은 처음 봐."

"이건 마법이 아냐. 피아의 회복력을 높였을 뿐이지."

내가 한 것이라고는 마력을 흘려 넣어 상처 부위 주위의 세포를 활성화시켜서, 대상이 지닌 본연의 재생력을 높인 것뿐이다. 자신의 상처를 치료하기 위해 고안한 방법이지만, 조절만 잘 하면 타인의 상처도 고칠 수 있다. 나는 이것을 '재생활성'이라고 불렀다.

"이렇게 엄청난데 마법이 아니구나. 그럼 나도 할 수 있을까?"

"미안하지만 이건 아마 나밖에 못할 거야."

정밀하기 그지없는 마력 컨트롤이 필요한데다, 마력을 지나치게 쏟아부으면 세포가 파괴될 우려가 있기 때문에 그저 마력을 흘려 넣기만 하면 되는 것이 아니다.

전생에서 의학을 배워서, 인체 구조에 해박한 나만이 가능한 기술인 것이다.

"그럼 그 바람마법을 가르쳐줘. 하늘을 날 때 썼던 그 마법 말이야."

피아는 치료법보다 그게 더 탐이 나는지 눈을 반짝이면서 내 손을 움켜쥐었다.

가르쳐주는 건 괜찮지만, 여러모로 착각을 하고 있는 것 같았기에 지적을 해줘야 할 것 같았다.

"아마 '에어 스텝'을 말하는 것 같은데, 그건 바람마법이 아냐."

"하지만 하늘을 나는 마법이잖아. 바람을 이용하지 않고 날 수 있을 리가 없다고."

"그건 마력으로 발판을 만드는 거지, 하늘을 나는 것과는 달라. 애초에 내 적성은 무속성이기 때문에 바람마법을 잘 쓸 수 없어."

"바람이 아니라니…… 게다가 네가 무속성이라고? 농담하는 거지?"

아무래도 무속성이 무능 취급하는 것은 엘프도 마찬가지인 것 같았다.

속성을 판정하는 마도구가 없으니 지금 이 자리에서 증명할 수는 없겠군.

"그렇게 놀랄 일이야?"

"하늘을 날고, 상처를 깔끔하게 치유하는 애가 무속성이라는 걸 어떻게 믿느냐 말이야. 하지만…… 그러고 보니 하늘을 날 때도 바람은 느껴지지 않았어."

"역시 바람에 민감하구나. 그건 정령이 보이기 때문이야?"

"……내가 정령을 볼 수 있다는 걸 어떻게 안 거야?"

피아는 내 말을 듣더니 얼굴에서 표정을 지웠다. 아무래도 그녀에게는 솔직하게 이야기하는 편이 좋겠다고 생각한 나는 입을 열었다.

"처음에는 그 남자들에게 사용한 바람이 마력에 비해 강력했기 때문이야. 그리고 피아의 주위에서 위화감이 느껴졌거든."

그 남자들에게 날린 폭풍은 불발로 끝났지만, 내가 감지한 바에 따르면 그녀는 한줌의 마력만 사용했다. 만약 독으로 마력이 저해되지 않았다면, 그녀는 그 남자들을 폭풍으로 날려버렸을 것이다.

그리고 피아를 만져보고 확신한 건데, 때때로 느껴지는 위화감은 그녀를 중심으로 소용돌이치고 있었다. 아마 이 위화감이 정령이며 피아가 사용한 마법으로 볼 때, 바람의 정령일 것 같았다.

내 지적을 듣고 표정을 굳힌 피아는 결국 체념한 것처럼 한숨을 내쉬었다.

"하아…… 시리우스는 정령이 보이는 거야?"

"보이지는 않지만, 느낄 수는 있는 것 같아. 증명은 할 수 없지만 말이야."

"정령마법을 보는 건 처음이야?"

"그래. 불발이기는 했지만 엄청난 위력이었어."

아마 전력을 다해 펼친다면 천재지변 급의 소용돌이를 일으킬 수 있을 것이다.

"그렇지? 이 힘을 얻기 위해 강제로 나를 손에 넣으려는 녀석들도 있거든. 그래서 숨기는 거야."

확실히 그 정도 위력이라면 병기라고 해도 과언이 아니었다. 엘프라는 점만으로도 표적이 되기 십상인데, 정령마법을 쓸 수 있다는 게 알려지면 과연 어떻게 될까.

"정령마법은 마력을 정령에게 전달하여 부탁하기만 해도 발동이 되지만, 감정에 휩쓸리면 정령이 지나친 위력을 발휘하거든. 그래서 꽤 신경을 써야만 해."

그 강대한 힘 때문에 많은 고생을 해온 것이리라.

피아는 웃으면서 설명을 했지만, 그 웃음은 억지웃음이었다.

강대한 힘을 지닌 자만이 느끼는 고뇌라는 것이리라.

"정말…… 이건 내 문제니까, 시리우스가 그런 표정을 지을 필요 없어."

"아니, 정령에 관한 것은 모르지만, 힘을 숨기는 고통은 알아."

그래…… 이것도 인연이리라.

혼자서 고민하는 그녀에게 같은 고민을 안고 있는 동료가 있다는 걸 가르쳐주자.

내 말을 듣고 고개를 갸웃거리는 피아에게 내 마법을 보여주자고 생각한 순간, 뭔가 거대한 물체가 다가오고 있는 것이 느껴졌다.

"……뭔가가 다가오고 있어."

"뭐…… 아! 맞아. 정령이 술렁이고 있어. 앗, 이건?!"

하늘을 올려다보니 거대한 뭔가가 다가오고 있었다.

그것은 도마뱀 몸에 날개가 달린 듯한 생물이었다. 내가 본 책에 따르면 용의 아종이라 불리는 마물이다.

"와이번……인가. 보아하니 한 마리뿐인 것 같네. 무리에서 떨어져 나온 걸까?"

"차분하게 관찰하지 말고 빨리 숨자. 표적이 되면 골치 아플 거야."

와이번은 날카로운 울음소리를 내면서 이쪽을 향해 곧장 날아왔다.

몸집이 나의 세 배는 될 것 같지만, 책에 실린 내용에 따르면 더 큰 개체도 있다고 한다.

"어린 용인가? 그래도 꽤나 크네."

"정말! 어쩔 수 없네. 이번에야말로 내가……."

피아는 앉은 채 마법을 펼치려고 했지만, 아직 마비가 완전히 풀리지 않았는지 집중이 잘 되지 않는 것 같았다. 나는 피아를 안심시키려는 것처럼 그녀의 어깨에 손을 얹은 후에 앞으로 나섰다.

"시리우스, 물러나. 쓰러뜨리는 건 무리겠지만 쫓아버릴 수는 있을 거야."

"괜찮아. 나한테 맡겨."

와이번은 코앞까지 다가왔다.

나는 우리를 덮치기 위해 급강하하고 있는 와이번을 향해 검지를 들었다.

"피아, 잘 봐. 정령마법만 강력한 게 아니라는 걸 가르쳐줄게."

"뭐? 무슨 소리를……."

"'매그넘'."

몇 년 동안 몇 번이나 사용한 덕분에 정확도가 좋아진 마력 탄환이 손가락 끝에서 발사됐다.

명중한 순간 '임팩트'가 발생하는 탄환을 이미지하면서 쐈기 때문에 탄환은 순식간에 와이번의 눈을 꿰뚫은 후, 뇌 속에서 충격파를 발생시켜 머리를 산산조각 냈다.

피아는 머리를 잃은 와이번이 우리의 눈앞에 떨어진 후 꼼짝도 하지 않는 광경을 망연자실한 눈길로 쳐다보았다.

"방금 그건…… 뭐야? 대체 뭘 한 거야?"

"내가 쓰는 오리지널 마법 중 하나야. 위력은 보다시피. 피아는 어떻게 생각해?"

"말이 안 나오네. 영창도 하지 않고 이런 위력의 마법을 펼치다니……."

"피아가 보기에도 엄청난가 보네. 그럼 아무한테도 방금 보여 준 마법에 관해 이야기하지 마."

"따, 딱히 이야기할 생각은 없지만, 이유가 뭐야? 이런 마법을 쓸 수 있다면 귀족이나 왕족이 너를 모셔가려고 난리를…… 아?!"

"어린애를 이용하려 드는 녀석들이 많아서 짜증 나겠지? 피아와 마찬가지라고."

강대한 힘을 숨기고 있는 건 피아만이 아닌 것이다.

"그래…… 응. 그럼 나와 시리우스는 동지네."

그렇다……. 나와 피아는 같은 비밀을 공유한 동지인 것이다.

내 의도를 이해한 피아는 이번에야말로 자연스러운 미소를 지었다.

피아가 회복되는 동안, 나는 와이번의 사체를 조사했다. 머리가 파열되며 피를 뿜고 있어서 다른 마물이 몰려들기 전에 처치를 해야만 한다.

마물의 몸에 올라탄 후 돈이 될 만한 부위가 없는지 살펴보고 있을 때, 드디어 걸을 수 있게 된 피아가 와이번을 올려다보면서 중얼거렸다.

"그래도…… 정말 대단하네. 손가락으로 겨누기만 했는데 와이번을 쓰러뜨렸잖아."

"아무 곳이나 노린 게 아니라, 부드러워 보이는 부분을 노리기는 했어. 눈은 비늘에 뒤덮여 있지 않았거든."

"그렇게 좁은 범위를 정확하게 노릴 수 있는 것만으로도 충분히 대단해. 그런데 지금 뭐 하는 거야?"

커다란 개체가 아니라고는 해도 역시 용종은 용종이었다. 해체해서 돈이 될 만한 부위를 떼어낼 생각이었지만 비늘은 고사하고 날개의 피막 부분에도 나이프가 들어가지 않았다.

"이 피막이 필요한데, 이 나이프로는 무리네. 튼튼하고 유연성이 좋아 보이니 손에 넣고 싶은데 말이야."

"아, 그 나이프로는 힘들 거야. 자, 빌려줄게."

피아가 건네준 것은 전체적으로 녹색을 띤 나이프였다. 전생에서 다양한 나이프를 봤지만 이렇게 아름답고 실용성이 뛰어날 듯한 나이프는 처음 봤다.

예술품 같아서 함부로 쓸 엄두가 나지 않았지만, 피아가 괜찮다는 듯이 계속 미소를 짓고 있었기에 그냥 쓰기로 했다.

"오오…… 대단하네."

"가볍고 튼튼한데다, 마력도 잘 띠는 미스릴 금속으로 만든 나이프야."

표면을 가볍게 그었을 뿐인데, 내 나이프로는 흠집도 나지 않던 피막이 깔끔하게 잘렸다. 그 예리함에 놀라면서 작업을 계속한 나는 피막을 확보한 후 만족한 듯한 표정을 지으며 와이번에게서 떨어졌다.

"이야, 엄청난 나이프를 빌려줘서 고마워. 덕분에 손쉽게 일을 마쳤어."

"그건 괜찮은데 피막만 가지고 갈 거야? 비늘이나 다른 부분도 꽤 돈이 될 텐데?"

"피막만으로도 가방이 가득 찼거든. 더 욕심을 부렸다간 하늘로 이동하기 힘들어질 거야."

이렇게 유연하고 튼튼한 피막이라면 여러 용도로 사용할 수 있을 것이다.

내가 피막을 접어서 등에 맨 가방에 넣고 있을 때, 피아는 불가사의한 표정을 지으며 나를 쳐다보았다.

"욕심이 없네. 내가 본 모험가들은 돈이 될 만한 부위라면 뼈까지 다 가져가. 특히 와이번은 용종이라서 비싼 값에 팔릴 텐데."

팔면 돈이 되기야 하겠지만, 디에게 팔아달라 했다가 출처를 의심받는 것도 곤란했다.

그러니 주웠다고 둘러댈 수 있을 만한 몇 장의 비늘만 확보했다.

"나는 꽤 골치 아픈 처지에 놓여 있거든. 그래서 소재를 파는 것도 신경 써야 해. 피아야말로 좀 챙기지그래?"

"나는 고향에 돌아가는 길이야. 가지고 가봤자 팔지도 못하니까 필요 없어."

"그럼 방치해둬야겠네. 그것보다 몸은 좀 어때?"

피아는 손을 움직이며 제자리에서 가볍게 점프를 몇 번 해보더니 내 머리를 쓰다듬으면서 미소를 지었다. 흠…… 미녀가 머리를 쓰다듬어주니 기분이 나쁘지 않네.

"아직 약간 저리기는 하지만, 움직이는 데는 별 무리 없을 것 같아. 네 덕분이야."

"그럼 슬슬 이동하자. 와이번의 시체에 다른 마물들이 몰려들 거잖아. 겸사겸사 피아의 고향까지 데려다줄게."

"정말? 그럼 신세 좀 질게."

피아는 미소를 짓더니 나를 향해 양손을 내밀었다.

처음부터 그럴 생각이기는 했지만, 상대방이 이렇게 재촉을 할 거라고는 생각도 못했다.

"어쩔 수 없지. 그럼 안는다."

"후후, 고마워. 아, 착각은 하지 마. 시리우스라서 이러는 거야. 다른 남자한테는 절대 이런 짓 안 한다고."

"그 정도로 나를 신뢰해준다니, 영광인걸. 그럼 아가씨, 출발하겠사옵니다."

"응. 가자!"

나는 공주님 안기로 피아를 다시 안아 들고 기분이 좋아 보이는 그녀와 잡담을 나누면서 하늘을 내달렸다.

"엘프의 마을에는 일정 연령이 되면 바깥 세계를 여행해야 하는 관습이 있어. 나도 몇 년 전에 마을을 나와서 이렇게 계속 세계를 돌아봤어."

"실은 나도 크면 세계를 여행할 생각이야."

"흐음, 좋은 생각이야. 좀 힘들 때도 있지만, 여행이라는 건 정말 즐겁거든."

엘프는 폐쇄적이며 숲 밖으로 좀처럼 나가지 않는 종족이라고 들었지만, 피아에게서는 그런 느낌이 전혀 느껴지지 않았다. 그녀는 진심 어린 미소를 짓고 있었다.

"무례한 말일지도 모르지만, 피아는 책에서 본 엘프와 좀 다른 것 같네."

"맞아. 내가 이런 말을 하는 것도 좀 그렇지만, 나는 엘프 중에서 좀 별종이야. 평범한 엘프는 숲에 틀어박혀서 밖에 나가려고 하지 않고, 자존심이 강한데 나는 정반대거든. 바깥세상을 알고 싶어서 관습에 따라야 하는 나이가 되자마자 바로 밖으로 나왔어."

"하하, 괜찮네. 나는 그런 성격을 싫어하지 않아."

"후후, 그거 다행이네. 그래서 나는 즐겁게 여행을 했지만 10년 후에는 고향으로 돌아가야 하는 관습이 있거든. 그래서 투덜거리면서 돌아가다 습격을 당한 거야."

"피아라면 그딴 녀석들쯤은 혼자서도 처리할 수 있지 않아?"

"맞아. 정령마법을 사용하면 식은 죽 먹기인데 조금 방심했어."

돌아가던 길에 여행 자금이 다 떨어져서 집단으로 수행하는 일거리를 맡았는데, 그 집단에 그 녀석들이 있었다고 한다.

그 외에도 풋내기 모험가가 있어서, 피아는 선배로서 그 모험가에게 이것저것 가르쳐줬다고 한다. 그런데 그 남자들이 풋내기 모험가를 이용해서 피아에게 마비약을 먹인 것이다.

"나 몰래 그 녀석들에게 이런저런 소리를 들은 것 같아. 그 애는 아무것도 모른 채 답례라면서 나에게 한잔 사려고 했어. 그 녀석들이 약을 탔다는 건 마신 후에 알았지. 그래도 몸이 완전히 마비되기 전에 도망치기는 했는데……."

"결국 따라잡혔고, 나와 만나게 된 거구나."

"맞아. 뭐, 그 녀석들이 그렇게 된 건 자업자득이지만, 조금은 감사해야 할지도 모르겠네. 덕분에 시리우스와 만났잖아."

"부끄러운 소리를 태연하게 하네. 뭐, 나도 마찬가지지만 말이야."

"호의는 숨기지 말자는 주의거든. 시리우스도 그렇게 생각한다니 기쁘네."

그저 구해줬을 뿐인데 이렇게 솔직하게 호의를 표현해줄 줄은 몰랐는걸.

그런 기분 좋은 호의를 느끼며 하늘을 나아가고 있을 때, 마치 잘라낸 것처럼 숲이 끊기면서 초원이 펼쳐졌다.

그렇게 넓은 초원은 아니지만, 마물의 기척이 느껴지지 않는 불가사의한 장소였다.

"초원 끝에 있는 숲이 엘프의 영역인데, 인간과 마물이 다가오지 못하게 하는 결계가 쳐져 있어. 이 초원은 그 경계야."

하늘을 날아서 접근하면 적으로 인식해서 공격해 올 것 같았기에, 피아의 유도에 따라 우리는 숲 바로 앞에 내려섰다.

"여기면 됐어. 이 숲은 내 앞마당 같은 곳이거든."

"흐음, 역시 숲의 민족이네. 그런데 내가 이 숲에 들어가면 어떻게 돼?"

"엘프 이외의 침입자는 결계가 바로 탐지해. 그리고 화살 세례를 받겠지. 그걸 막아내더라도, 방향감각을 흐트러지니 숲에는 도달할 수 없어."

"경비는 엄중한 것 같네. 그 정도면 적에게 공격받을 위험은 거의 없겠는걸."

"확실히 위험은 적지만, 그렇게 경비가 엄중하기 때문에 엘프는 마을에 틀어박혀 있는 거야. 장래를 생각하면 좀 불안해."

피아는 쓴웃음을 짓더니 근처 바위에 걸터앉았다. 그리고 나에게도 앉으라는 것처럼 옆자리를 손으로 두드렸다. 아직 오전이라 시간적으로 여유가 있고, 나도 좀 더 이야기를 나누고 싶었기에 피아의 옆에 앉자 그녀는 미소를 지었다.

"그건 그렇고, 하늘을 나는 건 정말 즐겁네. 원래라면 하루 이틀은 걸릴 거리도 순식간에 이동한데다, 엄청 기분 좋아."

"너무 속도를 내면 풍압이 강렬해지기는 하지만, 기분 좋은 건 맞아."

"저기, 시리우스. 아까도 했던 이야기인데 말이야. 나한테도 하늘을 나는 방법을 가르쳐주지 않을래?"

"가르쳐주는 건 상관없는데, 마력 소모가 심각하기 때문에 추천은 못 하겠어."

"그래도 괜찮아. 지금까지 몇 번이나 날아보려고 했는데, 낙하하기만 해서 재미가 없었거든."

과거에 정령마법의 바람을 자신의 몸을 향해 날려서 날아본 적이 있지만, 그것은 난다기보다 바람에 날려가는 것에 가까웠으며 공중에 떠 있지 못하고 낙하했다고 한다.

"낙하하기 직전에 바람을 날려서 무사하기는 했지만, 몇 번을 해봐도 뜻대로 안 돼. 그래도 하늘을 나는 걸 포기하지 못했어……. 제발 부탁이야!"

그녀는 진심인지 내 앞에서 두 손을 모으며 애원했다.

"내가 할 수 있는 거라면 뭐든 할게. 크면 애인이 되어줄 수도 있어."

"애인이 되어주는 건 좋지만, 그래도 내 방식은 피아에게 맞지 않을 거야."

"……역시 무리인 걸까?"

"아냐. 피아는 바람의 정령마법을 쓸 수 있으니까 연습만 하면 날 수 있을 거야."

"연습? 하지만 바람으로는 하늘로 날려질 뿐이라고 아까도 말했잖아."

"아니, 바람을 잘 사용하기만 하면 돼. 잘 들어. 양력(揚力)이라는 현상이 있는데……."

전세에 존재한 비행기가 하늘을 날 수 있었던 것은 양력이라는 현상을 이용했기 때문이다.

하지만 그것을 설명한들 피아는 이해를 못할 것이기에 나무를 잘라서 만든 모형 비행기를 끈으로 묶은 후, 그것을 피아가 일으킨 바람으로 날리면서 설명했다.

"이 방향으로 바람을 맞히면 뒤쪽이 떠올라. 중요한 건 바람의 방향이지."

"……와아, 왠지 날 수 있을 것 같은 느낌이 들어. 하지만 제어하는 게 어려울 것 같네. 실패하면 목숨을 잃을 거야."

"내가 있잖아? 위험해지면 도와줄 테니까, 실패를 두려워하지 말고 연습해봐."

"실패를 두려워하지 말고……. 응. 도전해볼게!"

피아는 의욕을 내비치면서 연습을 시작했다.

선 채로 바람을 맞아서 떠오르는 것은 어려울 것 같았기에 일단 지면에 누웠다.

"좀 꼴사납지만, 우선 나는 게 중요해. 그런데…… 왜 이동한 거야?"

방금까지 피아의 옆에 서 있던 나는 그녀의 상반신 근처로 이동했다.

"이런 말을 하는 건 좀 그렇지만, 치마 안이 보일 것 같아서 말이야."

"시리우스는 얼마든지 봐도 돼."

"…………이상한 소리 하지 말고, 빨리 시작하기나 해."

"진심으로 한 말이라고. 그럼…… 바람아, 부탁해!"

피아가 그렇게 중얼거린 순간, 앞쪽에서 강한 바람이 불어왔다. 풍압이 안면에 가해질 것 같았지만, 피아는 바람의 흐름을 조작해 눈과 입에는 닿지 않게 했다.

상당한 제어 능력이라고 생각하며 내가 감탄하고 있는 사이, 바람이 점점 강해지더니 그녀는 지면에서 떠오르는 데 성공했다.

"해, 해냈어! 드디어 하늘을 날았…… 앗?!"

피아는 기쁜 나머지 집중력이 흐트러지고 만 것 같았다. 그 탓에 피아의 제어에서 벗어난 바람은 폭풍이 되어 그녀를 하늘 높이 날려버렸다.

"영차, 회수 성공."

하지만 그녀가 낙하하기 전에 내가 하늘로 날아올라서 구출했다.

내 품에 안긴 피아는 흥분한 얼굴로 내 목을 꼭 끌어안았다.

"드디어 날았어! 고마워, 시리우스!"

"그거 다행이네."

"빨리 내려줘! 이번에는 더 높이 날아볼래. 아, 떨어지면 구해줘."

내가 피아를 지면에 내려주자, 그녀는 연습을 다시 시작했다.

연습을 거듭할수록 높이, 그리고 자유자재로 날 수 있게 됐지만, 그만큼 실패해서 떨어지는 횟수도 늘어났다. 그때마다 내가 피아를 구해줬고, 낙하 횟수가 두 자릿수를 가볍게 넘어섰지만 피아는 계속 도전했다.

이렇게 낙하했으니 트라우마가 생기지 않을까 걱정됐지만……

"아, 또 실패했네. 고마워, 나의 왕자님."

"너는 주눅 들지 않는구나."

공중에서 구출되는 게 이야기 속 공주님 같다고 생각하는지 오히려 희희낙락하고 있었다.

즐겁게 연습하는 만큼 그만큼 빨리 능숙해졌는지, 점심시간이 지났을 즈음에는 고도의 유지를 완벽하게 해냈다.

도중에 휴식을 취하며 점심을 먹으려 했지만, 그녀는 남자들에게 서둘러 도망치느라 식량을 지니고 있지 않았기에 디가 만들어준 도시락을 나눠 주었다. 그러자 피아는 내가 이 세계에서 만든 마요네즈를 맛보고 감격했다.

피아는 휴식을 끝내더니 다시 연습을 시작했다. 그녀는 이미 요령을 파악했는지 낙하 횟수가 줄었고 공중에서 회전도 가능하게 되었다. 치마 안이 훤히 보였지만 아까 자기 입으로 말했던 것처럼 전혀 개의치 않는 것 같았다.

그리고 내가 없어도 안전하게 착지할 수 있게 되었을 즈음에는 해가 서서히 지고 있었다.

"음. 이 정도면 합격이야."

"만세! 전부 네 덕분이야."

마지막으로 하이파이브를 하면서 기뻐하던 피아는 내가 저물어가는 태양을 쳐다보자, 갑자기 슬픈 표정을 지었다.

"이제 작별……해야 하는 거지?"

"그래. 하지만 장소는 알았으니까 또 만나러 올게."

"……미안해. 내 고향에서는 여행에서 돌아오면 10년은 숲에서 나가면 안 된다는 관습이 있어. 그러니까 한동안은 무리……일지도 몰라."

"뭐? 그럼 내가 숲에 들어가는 것도…… 무리일 것 같네."

"응. 엘프 이외에는 전부 쫓겨나는데다, 억지로 들어온다면 나도 너를 감싸는 건 힘들 거야."

"종족간의 문제라는 거네. 어이없는 문제는 어디에나 있군."

"맞아. 나와 너는 이렇게 친해졌는데, 종족간의 문제는 무슨! 뭐가 정화 의식이야. 바깥세계의 더러움을 씻어내는데 10년이나 걸릴 리가 없잖아……."

피아는 투덜거리면서 발치에 있는 돌을 걷어찼다.

그런 상태에서 한동안 투덜거리던 피아는 뭔가가 생각났는지 무릎을 굽히면서 나와 눈높이를 맞추더니, 내 눈을 쳐다보았다.

"이미 몇 번이나 말했지만 정말 고마워. 시리우스, 너에게 답례를 하고 싶은데, 뭐가 좋을까?"

"됐어. 피아와 만나서 정말 즐거웠고, 아까 나이프도 빌려줬잖아."

"하지만 나는 납득할 수 없어. 다른 뭔가…… 아, 이걸 줄게."

피아가 그렇게 말하면서 내민 것은 아까 나에게 빌려줬던 미스릴 나이프였다.

솔직히 말해 가지고 싶기는 하지만, 이렇게 비싸 보이는 걸 받아도 될까?

게다가 나이프의 손잡이에 각인 같은 게 새겨져 있었다.

"대대로 전해져오는 그런 물건 아냐? 이런 걸 남한테 주면 안 될 것 같은데…….."

"괜찮아. 나이프보다 자신을 소중히 여기라면서 받은 건데다, 시리우스가 없었으면 나는 무사히 돌아오지 못했을 거잖아. 사양하지 말고 받아."

"……그럼 감사히 받을게."

"그리고 하나 더 주고 싶은 게 있는데, 받아줄래?"

"이것만으로도 충분하지만, 피아가 만족할 수 없다면 감사히 받을게."

"그럼 눈 좀 감아."

이제 와서 그녀가 나쁜 짓을 할 것 같지는 않았기에, 나는 순순히 눈을 감았다.

그리고 몇 초 후…… 입가에서 부드러운 감촉이 느껴져서 무심코 눈을 떠보니, 피아의 얼굴이 눈앞에 있었다. 역시 미인이라고 생각하고 있을 때, 피아가 눈을 뜨더니 얼굴을 약간 붉히면서 나한테서 떨어지더니 멋쩍은 웃음을 흘렸다.

"정말…… 눈을 감고 있으라고 했잖아."

"……보통은 볼이나 이마에 하지 않아?"

"전혀 놀라지 않았네. 나는 처음인데…… 약았어."

"충분히 놀랐다고. 하지만 느닷없이 입술에 하는 걸 보니, 엘프는 우정 표현이 과격하네."

애초에 그녀와 나는 오늘 처음 만났다. 여러모로 도와주기는 했지만, 어린애를 좋아하게 됐다고 보기도 어려웠다.

종족이 다르면 풍습도 다를 테니, 이게 친구에게 감사를 표시할 때 하는 행동이라고 생각했지만…….

"아니, 나는 진심이야. 나도 불가사의하지만, 나는 너를 진심으로 좋아하게 된 것 같아. 그러니까 이건 예약이야. 낮에 말했지? 내가 할 수 있는 거라면 뭐든 하겠다고 말이야."

"농담인 줄 알았는데 말이야. 게다가…… 무슨 예약인데?"

"10년 후면 시리우스도 멋진 어른이 되었겠지? 그때 나를 받아달라는 예약이야. 아, 그래도 그쯤이면 너한테 약혼자가 두세 명 정도는 있을 것 같네. 그렇다면 첩이라도 상관없어."

"……너는 그래도 괜찮은 거야?"

"물론이지. 나는 지금 252살이니까, 네가 할아버지가 되어도 아직 젊고 생생할 거야. 그러니 엄청 이득일걸? 뭐, 어디까지나 내 일방적인 주장이니까 네가 싫다면 포기하겠지만…….."

그녀는 웃고 있지만 포기하겠다고 말한 순간, 약간 슬픈 듯한 표정을 지었다.

이렇게 순수한 마음에는 나 또한 솔직하게 답할 수밖에 없다.

"엘프의 나이에 대해서는 잘 모르지만…… 알았어. 10년 후에 재회했을 때도 피아의 마음이 변치 않았다면, 그때는 너를 받아줄게."

"정말?!"

피아는 미인에 성격도 나쁘지 않다. 그리고 무엇보다 오늘 하루 같이 있으면서 정말 즐거웠다. 나는 분명 그녀에게 끌리고 있었다.

피아는 내 대답을 듣더니 만면에 미소를 지으면서 나를 꼭 끌어안으며 또 입맞춤을 했다.

"그럼 잘 가, 시리우스. 네가 큰 다음에 다시…… 만나자."

"그래. 그때 또 여기에 오겠어."

"응. 기다리고 있을게."

마지막으로 악수를 나누고 피아는 손을 흔들면서 숲으로 들어갔다.

그녀의 모습이 완전히 사라진 후에 나는 하늘을 내달리며 저택으로 돌아갔다.

이렇게 나와 엘프 여성 피아와 만났고, 10년 후에 재회하기로 했다.

앞으로 어떻게 될지는 모르지만 그녀와 다시 만나는 날이 기다려졌다.

※ ※ ※ ※ ※

피아와 만나고 며칠 후, 나는 또 아드로드 대륙에 왔다.

이번에는 피아와 만났던 장소와 다른 방향으로 나아갔지만, 여전히 울창한 숲만 펼쳐져 있었다.

한동안 뒤져보고 아무것도 없다면 다른 방향으로 나아가려고 한 순간…… 나는 뭔가를 치는 듯한 소리를 들었다.

일정한 리듬으로 들려오는 그 소리를 쫓으며 산 하나를 넘자, 나무를 잘라 만든 듯한 토지에 존재하는 집이 눈에 들어왔다.

굴뚝에서 연기가 나오는 걸 보면, 누군가가 살고 있는 것은 틀림없어 보였다.

마물이 우글대는 숲 속에 집을 짓고 사는 괴짜는 대체 어떤 사람일까.

나는 상대가 경계하지 않도록 꽤 떨어진 곳에 착지한 후 걸어서 그 집에 다가갔다.

기척을 숨긴 채 안을 살펴보니, 그곳에는 거대한 체구를 지닌 할아버지가 한 손으로 도끼를 들고 장작을 패고 있었다. 아까 들린 소리는 장작을 치는 소리였던 것 같았다.

그건 그렇고 저 할아버지…… 범상치가 않군.

흰색 셔츠에 검은색 바지 차림이지만 옷 위로도 드러날 만큼 단련된 근육, 그리고 완전히 탈색된 백발, 그리고 왼쪽 눈은 깊은 상처 때문에 완전히 박살이 나 있었다.

겉보기에는 노년에 접어든 것 같지만, 몸에 두른 분위기와 꿰뚫을 듯한 안광은 현역 전사를 방불케 했다. 이런 숲에서 장작을 패기보다 전장의 최전선에서 무기를 휘두르는 게 어울릴 것 같은 할아버지였다.

"……누구냐? 그런데 숨어 있지 말고 튀어나와라!"

눈치챘나? 최선을 다하지는 않았다고 해도 은폐 중인 내 기척을 느끼다니…… 저 사람은 대체 누구지?

깜짝 놀라기는 했지만 숨어 있을 이유가 없었기에 모습을 드러내자, 할아버지는 경계하듯 나를 노려보았다.

"······어린애? 너, 어디서 온 거냐?"

"안녕하세요. 저는 시리우스라고 해요. 이 주변을 산책하다 이 집을 발견한 바람에 약간 실례를 범했어요."

"흥. 수상한 꼬맹이가 무슨 일로 나를 찾아온 거지? 나와 적대한다면 용서하지 않겠다."

그 할아버지는 도끼로 나를 겨눈 채 살기를 날렸다.

아무리 수상쩍다고 해도 너무 성급한 것 같았다. 나는 아직 몇 마디 하지도 않았던 것이다.

"저기, 저는 진짜로 인간족이에요. 당신에게 적대할 생각은 전혀 없다고요."

적의가 없다는 걸 드러내기 위해 양손을 들면서 어필을 하자, 할아버지는 도끼를 내리더니 다시 장작을 패기 시작했다. 이렇게 노골적으로 무시당하니 오히려 상쾌한 느낌마저 들었다.

하지만 이대로 무시당하기만 해서는 이곳에 온 의미가 없었다.

"저기, 물어볼 게 있어요. 왜 이런 곳에서 사는 거죠?"

"어떻게 내가 있는 곳을 알아낸 건지는 모르겠지만, 네놈에게 가르쳐줄 건 없다!"

할아버지는 침이라도 뱉을 듯한 어조로 그렇게 말했다. 아무래도 착각을 하고 있는 것 같았다.

우선 착각을 하고 있는 점에 해명을 해야 할 것 같았다.

"뭔가 착각을 한 것 같은데, 저는 우연히 이곳에 왔어요."

"그럼 왜 이곳에 온 거지? 어린애가 혼자서 올 장소가 아닌데 말이다."

"저는 특수한 마법을 쓸 수 있어서 숲을 걸어 다닐 필요가 없어요. 그리고 초면인 당신을 발견한 건 우연이죠."

"……정말 내가 누구인지 모르는 게냐?"

"몰라요. 그저, 상당한 실력자라는 걸 알겠군요."

이 할아버지가 뿜는 기운은 엄청났다. 일전의 모험가들이 허접스러울 정도였다.

할아버지는 내 대답을 듣더니 흥미롭다는 듯이 나를 쳐다보았다.

"호오…… 너야말로 평범한 꼬맹이는 아닌 것 같구나."

"당신 정도는 아니에요."

"하하하! 말 한번 잘하는군. 잘은 모르겠지만 너는 손님인 것 같구나. 그럼 차 정도는 대접해야겠지."

내 당돌한 태도를 보고 만족했는지 할아버지는 나를 집 안으로 들였다.

할아버지의 집은 수제 통나무집이었다.

방은 하나뿐이지만, 깨끗하게 절단된 목재로 만든 멋진 가옥이며 중앙에는 목제 책상과 의자가 있었다. 또한 마물의 모피로 된 융단과 이불도 있었다.

분위기만 보면 자급자족 생활을 하고 있는 것 같지만, 마물이 활보하고 있는데다 내 저택보다 외진 곳에 있는 듯한 이 장소에 살고 있는 이 할아버지의 정체는 뭘까?

의자에 앉은 나에게 차를 내준 할아버지는 내 맞은편에 앉아서 차를 마시고 있었다.

참고로 이 할아버지는 펄펄 끓고 있는 차를 단숨에 들이켰다. 이 할아버지의 식도는 어떻게 되어먹은 걸까?

"후우…… 맛있군. 그런데 꼬맹이는 무슨 일로 나를 찾아온 거지?"

"아까도 말했다시피 이곳에는 우연히 왔어요. 참, 할아버지의 이름을 물어봐도 될까요?"

범죄자일 가능성도 있지만, 이 할아버지의 분위기로 볼 때 그럴 가능성은 적어 보였다.

할아버지는 잠시 동안 생각에 잠기더니, 머리를 긁적이면서 어쩔 수 없다는 듯이 입을 열었다.

"내 이름은 라이오르다. 들어본 적 있겠지?"

"라이오르? 어딘가에서 들어본 적이…… 어?"

라이오르…… 그러고 보니 '앨버트 여행기'에 실려 있었다.

대검으로 모든 것을 베어 넘기는 인간족 최강의 검사.

한 번 검을 휘두르면 바위가 산산조각 나고, 그 파괴의 일격은 용조차 베어버린다.

인간들이 입을 모아 그를 부르는 호칭은…….

"혹시, 당신이 강검(剛劍)의 라이오르인가요?"

"전부 옛날이야기다. 지금은 은거한 할아범에 지나지 않지."

강한 사람인 것 같기는 했지만, 설마 최강 클래스의 인간일 줄

이야.

하지만 그런 것치고는 패기가 전혀 느껴지지 않았다. 수상한 자에게 살기를 뿜기는 했지만, 내가 적이 아니라는 사실을 알더니 바로 은거중인 노인으로 변해버린 것이다.

"도저히 은거나 할 사람처럼 보이지는 않는데요. 괜찮다면 이유를 물어도 될까요?"

"흥, 뻔뻔한 꼬맹이군. 뭐, 어차피 한가하니 이야기해줄까."

할아버지는 텅 빈 나무 컵에 차를 한 잔 더 따르더니, 천천히 이야기를 시작했다.

"나는 단련을 좋아했지. 자기 자신을 단련해서, 강자를 쓰러뜨리는 게 보람이었다. 그렇게 살다보니 최강이니 강검이니 같은 별명이 붙었지. 하지만 그런 별명으로 불리기 시작한 후로 내 상대가 될 만한 녀석을 찾을 수가 없어서 심심했다."

명성에는 흥미가 없고, 그저 전투만을 즐기는 이 할아버지는 분명 전투광일 것이다.

하지만 그런 할아버지도 지금은 그저 은거중인 노인이다.

"그러던 어느 날, 나는 깨달았지. 나와 대등하게 싸울 상대를 직접 기다리면 된다는 걸 말이다. 우선 제자를 기르겠다고 선언했더니 수많은 녀석들이 몰려들었다."

최강이라 불리는 남자가 제자를 받겠다고 한 것이다.

직접 보지는 않았지만 어떤 사태가 벌어졌을지 얼추 상상이 되었다.

"하지만 모여든 건 하나 같이 귀족이었다. 하지만 강해지는 것에 탐욕적이기만 하면 귀족이라도 상관없다고 가르쳐봤더니…… 전부 얼간이들이었지. 좀 혹독하게 가르치면 도망치고, 봐주면서 했더니 강해지지 않는다면서 어리광을 부리더구나. 국왕에게도 몇 번이나 이야기를 했지만 전혀 개선되지 않았다. 결국 내가 직접 제자를 찾아보기로 했지."

귀족이라는 말을 들으니 내 쓰레기 같은 아버지가 생각났다. 그런 녀석들만 제자가 되겠다고 몰려들었다면 정말 지긋지긋할 것이다.

그중에는 진지하게 임하는 사람도 있었을지도 모르지만, 다른 귀족들이 훼방을 놓았을 가능성이 컸다.

그래서 직접 제자를 찾으려 한 것도 이해가 되었다.

"몇 명 구하기는 했지만, 얼간이 귀족들이 또 난리를 폈지. 주제를 알라는 둥, 자신을 무시하지 말라는 둥……. 그렇게 난리만 피웠으면 괜찮지만, 썩어빠진 귀족이 내가 없는 사이에 자기 수하들과 함께 내 제자들을 습격했지. 제자들은 전부 죽었고, 분노에 사로잡힌 나는 범인인 귀족을 찾아내서 왕과 귀족들이 모인 자리에 팔을 잘라버린 멍청이들을 내던졌지. 그 후로 전부 바보 같아져서 이렇게 은거하고 있는 거다."

할아버지는 기나긴 설명을 끝내더니 차로 목을 축였다.

이 할아버지에게서 패기가 느껴지지 않는 이유를 알았다.

누가 잘못했냐면…… 전원에게 잘못이 있었다.

몇 번이나 말을 했는데도 귀족을 제지하지 않은 왕과 측근, 그리고 일을 저지른 귀족.

그리고…….

"……물러."

"뭐?"

"귀족에게 한 복수가 너무 물러 터졌어! 그런 하찮은 짓을 한 귀족 따위 백해무익해. 가문 자체를 박살내줬어야 했어."

"……흠."

"사전에 몇 번이나 왕에게 말을 했다면서? 그런데 이런 사태가 벌어졌어. 하찮은 이유로 일을 벌이면 어떻게 되는지 똑똑히 가르쳐주지 않으면 또 기어오를 거야."

"……지나쳤다고 비난당하기는 했지만, 물러 터졌다는 소리를 들은 건 처음이구나."

"무엇보다 할아버지가 잘못했어! 가르치는 것뿐만이 아니라 환경을 조성하는 것도 스승의 일이잖아."

이것은 지론이지만, 제자가 스승보다 먼저 죽어서는 안 된다고 생각한다. 또한 제자에게 맞는 환경을 조성해주는 것도 스승이 할 일이다.

이야기만 들으면 귀족이 가장 잘못한 것 같지만, 그 귀족을 방치해둔 이 할아버지에게도 잘못이 있었다.

제자는 지도하기만 하는 게 아니라 미숙할 때는 지켜줘야만 하는 것이다.

"시끄럽구나. 너 같은 꼬맹이가 뭘 안다고 지껄여대는 거냐."

"위에 서는 사람으로서 자신의 실수를 인정해. 확실히 나는 꼬맹이지만, 교육자를 목표로 한 사람으로서 할아버지에게 한 마디 해주고 싶은 게 있어."

"교육자? 뜻은 훌륭하지만 어중간한 솜씨로는 무리일 거다."

"그럼…… 시험해보겠어?"

내가 약간 위압감을 뿜으면서 도발했다.

내가 생각하기에도 노골적인 도발이라고 생각하지만, 할아버지는 눈을 가늘게 뜨면서 미소를 지었다.

"……좋다. 아무것도 모르는 꼬맹이에게 뜨거운 맛을 보여주지."

이때까지만 해도 분위기는 은거 노인이지만, 눈빛에서는 최강이라는 호칭에 걸맞은 패기가 느껴졌다.

자아, 최강이라 불린 실력…… 시험해볼까.

우리는 집에서 나온 후, 눈앞에 펼쳐진 광장에서 목검을 들고 대치했다.

나에게 맞는 어린이용 목검이 있는 건 제자들의 물건이 남아 있기 때문이리라.

손질이 잘되어 있는 걸 보면 소중히 사용했던 것 같았다.

겉보기에는 쉽게 부러질 것 같지만, 이 목검을 매우 튼튼해서 훈련용으로 최적이었다. 자신과 비등한 실력자를 상대하지 않는 한, 부러질 염려는 없다고 할아버지는 자신만만하게 말했다.

참고로 그 할아버지는 내 앞에서 기쁜 듯이 목검을 휘두르고 있었다. 이 근처에는 마물밖에 없기 때문에 인간과 오래간만에 싸우는지라 기쁜 것 같았다.

실은 인간에게 굶주린 걸지도…… 은거와 맞지 않는 할아버지였다.

"나에게 한 방이라도 먹인다면 네 승리다. 그리고 적당히 봐줄 테니 안심해라."

"그거 고맙네. 그 여유 탓에 따끔한 맛을 보게 될 거야."

"헛소리 마라, 꼬맹이. 말보다 행동으로 증명해봐라."

자아, 이렇게 도발해놓고 한심한 모습을 보일 수야 없지.

검을 들었으면서도 덤벼들지 않는다는 건 나를 얕보고 있다는 증거겠지.

우선…… 저 물러 터진 분위기부터 바꿔볼까.

나는 산책을 하듯 천천히 걸음을 옮긴 후, 상대에게서 몇 걸음 떨어진 지점에서 상반신을 숙이고 다리에 힘을 주며…… 가속했다.

내가 정(靜)에서 동(動)으로 순식간에 변경하자 할아버지는 놀라면서도 재빨리 그 움직임에 반응하며 검을 휘둘렀다. 역시 최강이라 불릴 만하지만 방심한 상태에서 어설프게 펼친 공격은 쉬이 읽을 수 있었다. 나는 대각선으로 휘두른 목검을 오른손에 쥔 목검으로 막아내며 할아버지의 옆구리를 만지고 물러났다.

그대로 거리를 벌리자 할아버지의 옆구리를 만진 왼손을 가볍게 흔들었다.

"이 손이 나이프였다면…… 어떻게 됐을까?"

"……전장이었다면 치명상을 입었겠지. 감이 둔해졌다는 건 알고 있었지만, 이 정도일 줄이야…….”

할아버지는 자신의 실수를 그제야 깨닫더니 고개를 저으면서 쓴웃음을 지었다.

방금 응수 덕분에 정신을 바짝 차린 할아버지는 무시무시한 미소를 지으면서 힘을 끌어올렸다.

“미안하군…… 그리고 고맙다! 네가 아니었으면 마음까지 썩어버렸을 거다!”

할아버지의 포효가 충격파를 발생시키더니 주변의 나무들을 뒤흔들었다.

그저 서 있기만 한 저 할아버지에게서 느껴지는 중압감 때문에 주위의 마물들이 허둥지둥 도망치는 게 느껴졌다.

아무리 그래도 그렇지, 너무 변한 거 아냐?! 은거 전에는 대체 얼마나 강했던 건데?

하지만 이 긴장감…… 스승과의 훈련이 생각나는걸. 그 지옥의 대련이 생각이 날 때마다 눈물이 날 것 같지만…… 지금은 관두자.

준비는 다 됐다. 할아버지도 진심이 된 것 같으니, 이제부터가 진정한 대결이다.

할아버지의 자세는 검을 치켜든 채 꼼짝도 하지 않는, 전생에서의 시현류에 가까웠다.

일격에 모든 것을 거는 그 자세와 패기가 저 할아버지에게 정말 어울렸다.

"······본 적 없는 자세구나. 어느 유파지?"

"아류라서 유파 같은 건 없어."

그리고 나는 상대 앞에서 비스듬히 서며 검을 치켜든 후, 다른 한 손을 몸으로 가리는 독특한 자세를 취하고 있었다.

나는 스승에게 가르침을 받기는 했지만 스승은 유파를 지니지 않은 사람이었다.

그저 경험만을 쌓게 하여 각 상황에 맞춰 적절한 동작을 취한다.

상황에 따라 자유자재로 변환하는 유동적인 자세인 것이다. 그리고 나에게 있어 가장 맞는 자세가 이것이다.

"그래. 그럼 내가 먼저 공격해주지!"

할아버지가 지면이 함몰될 것만 같을 만큼 강하게 땅을 박차면서 돌격해 오자······ 나는 '부스트'를 최대 출력으로 발동시켰다.

그리고······ 머릿속의 전투 스위치를 켰다.

────라이오르────

······하찮군.

단련이, 싸움이 보람이었던 나는 어느새 최강이 되었지만······ 나는 텅 빈 껍질이 되고 말았다.

최강이라는 칭호를 얻기 위해 나에게 도전하는 상대는 줄을 이었지만, 하나같이 한두 방에 나가 떨어졌다.

……약해빠졌다.

이 활화산처럼 끓어오르는 전투충동이 없어지고 얼마나 지났을까.

하찮으니까…… 직접 기르기로 했다.

강한 제자를 길러내 싸우면 된다는 사실을 눈치챈 것이다.

하지만 제자가 되고 싶다면서 몰려드는 것은 검도 제대로 쥘 줄 모르면서 욕심만 많은 귀족 자제들이었다.

다소 쓸 만한 녀석이 나타나도 다른 귀족이 권력으로 눌러버렸다. 돈으로 제자라는 칭호를 사려고 한 쓰레기도 있었지만, 그런 녀석은 한 방에 입을 다물게 만들어줬다.

제자는 기다리는 게 아니라 찾는 것이라는 사실을 깨닫고, 나는 직접 제자를 찾아다녔다. 탐욕적으로 힘을 갈구하고, 나를 쓰러뜨리기 위해 진심으로 검을 휘두를 것 같은 녀석이 내 이상적인 제자다.

마침내 그런 제자를 찾아내서서 기르던 나날은 정말 즐거웠다. 나를 쓰러뜨리기 위해 하루가 다르게 강해지는 제자를 보고, 처음으로 싸움 이외의 행위에서 기쁨을 느꼈다.

그것을…… 그 귀족이 박살냈다.

원흉의 팔을 잘랐지만, 그래도 마음이 풀리지 않았다. 이제 귀족을 보는 것 자체가 싫어졌다.

실의에 빠진 채 나라를 떠난 나는 인적이 드문 이곳에 은거했다.

집을 짓고, 마물과 싸우며, 느긋하고 평온한 나날이 계속되었다.

하지만 마음에 생긴 구멍은 메워지지 않았다. 마음이 약해지자 몸도 약해졌다. 애용하던 검이 점점 무겁게 느껴지는 데도 위기감을 느끼지 않을 만큼 나는 약해졌다.

그런 공허한 나날이 계속되던 어느 날…… 나는 꼬맹이와 만났다.

정체불명의 꼬맹이였다. 상급 모험가도 좀처럼 들어오지 않는 이 장소에, 시장이라도 보러 가는 것처럼 가벼운 복장으로 나타난 것이다.

귀족이 호위를 대동하고 나를 찾으러온 건 줄 알았는데 꼬맹이는 혼자였다.

그리고 내가 누구인지 알고도 그다지 놀라지 않는 꼬맹이에게 흥미가 생겼다.

꼬맹이 주제에 나와 비슷한 분위기가 느껴지는 데다, 오래간만에 사람과 만나서 그런지 입이 가벼워졌다.

그런데 이 꼬맹이는 내 이야기를 듣자마자 나에게 설교를 했다.

게다가 도발까지 해댔기에, 나는 이 건방진 꼬맹이를 훈계를 해주기 위해 그 도발에 일부러 넘어갔다.

그리고 목검을 쥔 우리는 밖으로 나가 대치했다.

공격을 막아낸 후에 정수리를 살짝 때려주면 반성할 거라고 생각해서 공격할 때까지 기다렸지만, 꼬맹이는 느긋한 걸음으로 다가왔다. 전투 중에 이런 행동을 취하는 녀석은 처음 봤다.

자연체를 유지한 채 걸어온 꼬맹이는 내 간격에 들어서기 직전에 움직였다.

갑자기 지면에 닿을 것 같을 만큼 자세를 낮춘 상태에서 돌진하더니, 한 걸음에 내 품속에 파고든 것이다. 예전의 나라면 방심한 상태에서도 상대의 접근을 허락하지 않았을 것이다.

자신이 무뎌졌다는 사실에 놀라면서도 겨우겨우 움직이기는 했지만, 그 꼬맹이는 반사적으로 날린 공격을 간단히 막아내더니 내 옆구리를 만졌다.

"이 손이 나이프라면…… 어떻게 됐을까?"

그 말을 들은 순간, 나는 분노를 느꼈다. 이 꼬맹이가 아니라 나 자신한테 말이다.

나는…… 대체 뭘 하고 있는 거지?

대미지를 입지는 않았지만, 정신이 번쩍 들게 하는 일격이었다. 꼬맹이가 겉모습과는 다르게 내 상대로 걸맞은 강자라는 사실을 이해했다.

오래전에 꺼졌던 마음의 불꽃이 다시 타오르더니, 몸이 열기를 띠기 시작했다. 이 감각…… 오래간만이다.

사죄와 감사의 마음을 담아, 나는 꼬맹이와 다시 대치했다.

꼬맹이…… 아니, 그도 전력을 다할 생각인지 처음 보는 자세를 취했지만, 그것은 내가 알 바 아니다.

내 '강파일도류(剛破一刀流)'를 전력을 다해 펼칠 만한 상대라는 걸 안 이상, 그 외에는 아무래도 상관없다.

강파일도류…… '강천(剛天)'.

치켜든 검에 모든 것을 담아 휘두르는 기본형이다.

단순히 검을 휘두르는 것에 지나지 않지만 경지에 달하면 강철도 간단히 벨 수 있다.

궤도는 단조롭지만, 혼신의 일격에서 뿜어져 나오는 위압감과 엄청난 속도 때문에 피하는 것은 어렵다. 단순하기에 피할 수 없는 일격…… 그렇기에 대부분의 상대는 이 공격에 쓰러졌다.

지면이 갈라질 것 같을 만큼 세게 걸음을 내디디며 '강천'을 펼쳤지만…… 그는 피했다.

게다가 몸을 약간만 기울여 피했다는 것은 내 검을 완벽하게 꿰뚫어 보고 여유롭게 피했다는 증거다. 그의 반사 신경과 안력은 내 입가에 절로 웃음이 맺히게 하기에 충분했다.

나는 휘두른 검을 다시 그어 올리면서 상대방을 노리는 '강상(剛翔)'으로 그를 공격했지만, 이것도 몸을 비틀어 피해버렸다. 그 후 그는 회피의 기세를 이용해 공격을 펼쳤지만, 나는 검으로 그것을 막아냈다.

처음 보는 게 분명한 내 공격을 피했을 뿐만 아니라 반격까지 하다니…… 상상했던 것보다 더 강한 상대이기에 피가 끓어올랐다.

그는 신체능력의 차이를 '부스트'로 메우고 있는 것 같지만, 이 정도로 완성된 '부스트'는 본 적이 없다.

그 뒤를 이어 여덟 번의 공격을 동시에 펼치는 '산파(散破)'를 펼쳤지만…… 네 번은 검으로 흘려냈고, 남은 네 번은 피했다.

검에 마력을 담아 광범위한 충격파를 펼치는 '충파(衝破)'를 펼치려 하자, 검을 치켜든 순간에 내 옆을 지나치며 충격의 범위 밖에 있는 내 후방으로 이동하더니, 그대로 공격을 날렸다.

나는 검을 휘두르면서 전방으로 몸을 날려 그의 공격을 피했다.

오오…… 통하지 않는다. 내 공격이 하나도 통하지 않아!

대단해! 정말 가슴 뛰는 시간이다. 즐겁기 그지없었다.

자신의 힘과 기술을 겨루며 전력으로 맞닥뜨리는 극한의 싸움 덕분에, 쇠약해진 육체가 활력을 되찾고 둔해졌던 기술이 다시 다듬어져가는 감각이 정말 기분 좋았다.

드디어…… 드디어 갈망해왔던 강자가 나타났다.

뭐가 강검이냐. 뭐가 최강이냐. 이렇게 나를 뛰어넘는 자가 눈앞에 있지 않느냐.

이런 목검이 아니라 오랫동안 애용해온 대검을 들고 싸우고 싶다.

승패는 일격이 아니라 한 명이 한계에 도달할 때까지로 바꾸고 싶다.

방어구를 걸치고 목숨을 건 사투를 벌이고 싶다.

그리고…… 영원토록 싸우고 싶다.

부활한 마음이 욕망을 토하고 있지만, 늙은 몸은 한계를 호소하고 있었다.

호흡이 거칠어졌고 방어에 치중하고 있다는 게 증거이리라. 전성기 때와는 비교도 되지 않는 육체지만, 단련을 계속해왔다면 더 싸울 수 있었을 것이다.

좀 더 일찍 그와 만났다면…… 아니, 이제 와서 이런 말을 해 봤자 의미가 없을 것이다.

내 목을 노리는 공격을 쳐내자, 그는 도약해서 거리를 벌렸다.

이상했다. 그러면 내가 공격을 쳐낸 순간을 노리며 공격을 펼쳤을 것이다.

내가 의문을 느끼면서 호흡을 다듬고 있을 때, 그도 크게 숨을 내쉬면서 손가락 하나를 세웠다.

"나도 당신도 이제 한계야. 그러니 다음 공격으로 결판을 내자."

"……음."

그래……. 그도 한계인 건가.

겉보기에는 아무렇지도 않아 보이지만, 희미하게 떨리고 있는 팔과 흐트러진 호흡으로 볼 때 그도 한계인 것 같았다. 피로를 감추는 기술 또한 뛰어났다.

이대로 계속 싸우면 내가 먼저 힘이 다해 그가 승리를 했을 테지만, 그는 일부러 거리를 두더니 다음 공격으로 결판을 내자고 선언했다. 정말 고마웠다. 이렇게 되면 나도 최선을 다할 수밖에 없다.

흐트러진 호흡을 가다듬은 후, 나는 검을 고쳐 쥐면서 자세를 취했다.

자아, 덤벼라. 내가 지금 펼칠 수 있는 최고의 일격을 보여주마.

그는 단숨에 가속하더니 정면에서 돌진해 왔다.

힘은 내가 뛰어나지만 그의 행동은 예측할 수가 없다. 그는 가

속하는 기세를 이용해 검을 그어 올렸지만, 나는 그저 위에서 아래로 우직하게 휘둘렀다.

목재에서 날 것 같지 않은 파쇄음이 울려 퍼지더니 서로의 목 검이 산산조각 났다.

이것으로 이 행복한 시간은 끝났다고 생각하니 한숨이 나왔다.

하지만…… 나는 어리석었다.

싸움이 아직 끝나지 않았다는 것은 그의 발이 내 턱에 꽂힌 순 간 깨달았다.

하하…… 그래. 무기가 부서졌다고 싸움이 끝날 리가 없지.

그의 발이 내 턱을 가격한 순간…… 나는 정신을 잃었다.

──시리우스──

"하아…… 진짜 말도 안 되는 할아버지네."

예상했던 것보다 몇 배는 강했다.

동시에 여덟 번이나 날리는 공격은 뭐지? 여기가 만화 속 세 계냐고, 라는 소리가 목구멍까지 올라왔다.

그걸 피한 나도 나지만, '부스트'에 익숙하지 않았다면 이미 당했을 것이다.

게다가 할아버지도 꽤나 쇠약해진 것 같았다. 만약 전성기의 상태였다면 내가 분명 졌을 것이다.

이런 괴물에게 이길 수 있었던 것은 서로의 무기가 목검이었 기 때문이리라.

목검의 같은 부분을 일부러 몇 번이나 공격하며 충분히 약해졌다는 것을 알고 최후의 일격을 있는 힘껏 날렸으니 목검이 버텨낼 수 있을 리가 없다.

전생에서 탄환을 피하기 위해 단련한 시력과 '부스트' 덕분에 가능한 작전이었다. 실패했다면 항복하거나 전력으로 도망쳤을 것이다.

전투 중에 큰 목소리로 웃어댄 걸 보면, 이 할아버지는 타고난 전투광이다. 이런 대결에서는 감정이 격해질수록 움직임을 읽히기 쉬우니, 나는 무기 파괴 후의 빈틈을 이용해 할아버지의 턱에 발차기를 날렸다.

턱을 공격당하면 뇌가 격렬하게 흔들리니 한동안은 일어나지 못할 것이다.

그건 그렇고, 역시 최강이라 불린 할아버지는 강했다.

우리 둘 다 전성기는 아니지만 이렇게 전력을 다해본 것은 스승과 싸웠을 때 이후로 처음이다.

만족스러운 표정으로 뻗어 있는 할아버지 정도는 아니지만, 나도 오래간만에 전력을 다한 덕분에 만족했다.

가능하면 또 싸워보고 싶다는 생각마저 들었다.

"으……음. 후…… 하하…… 하하핫!"

호흡을 가다듬은 후, 할아버지를 살펴보기 위해 다가간 순간, 그 할아버지는 쓰러진 채 큰 목소리로 웃음을 터뜨렸다.

"즐거웠다! 이런 싸움을 정말 오래간만에 해보는구나. 되살아난 기분이다."

할아버지는 아무 일도 없었다는 듯이 몸을 일으키더니, 환한 미소를 지었다.

확실히 뇌를 뒤흔들었는데…… 엄청난 회복력이다.

"그대의 승리다. 미안하지만 한 번 더 이름을 가르쳐줬으면 한다."

"왜 이름으로 안 부르나 했더니 기억하지 못했던 거네요. 시리우스예요."

"존댓말을 쓸 필요 없다! 그대는 나에게 이겼으니까 말이다!"

할아버지는 허리에 손을 대더니, 숲을 뒤흔들 만큼 큰 목소리로 웃어댔다.

나를 꼬맹이라 부르지 않는 걸 보면 이 할아버지에게 인정받은 것 같았다.

"하지만 기습이었잖아. 정공법으로 싸웠다면 내가 분명 졌을 거야."

"그건 내가 방심했기 때문이다. 그런 사소한 일로 불만을 표시했다간 부끄러워서 죽고 싶어질 거다!"

"알았어. 그럼 내가 이긴 걸로 할게."

"음. 그대의 승리다. 이야, 정말 즐거웠다. 내 기술이 전혀 통하지 않더군."

"흥분 중인 사람한테 이런 소리를 해서 미안하지만, 우선 몸부터 추스르자. 우리 둘 다 엉망이잖아."

할아버지는 물론이고, 공격을 맞지는 않았던 나 또한 땀으로 범벅이 되어 있었다. 게다가 할아버지의 검이 스친 탓에 옷 곳곳이 찢어졌다.

"그건 그렇군. 일단 안에 들어가서 좀 쉬어…… 우왓!"

아까 입은 대미지가 다리까지 전해진 건지 문 앞에서 쓰러진 할아버지는 그대로 문을 부수고 말았다.

괴물인 줄 알았는데 이렇게 보니 인간이긴 한 것 같네. 다행이야.

집에 들어간 우리는 몸을 추스른 후, 마주 앉아서 차를 마셨다.

""하아…… 맛있어.""

내 실제 연령은 저 할아버지와 비슷하다. 그래서 그런지 땀을 흘린 후에 차 한잔 하면서 같은 소리를 해도 딱히 이상하지 않았다. 다른 점이 있다면 펄펄 끓는 차를 단숨에 들이키는 저 할아버지의 목구멍일 것이다.

"휴우…… 기분 좋은 피로감이구나. 자아, 시리우스여. 우선 감사 인사부터 해야겠지."

할아버지는 한숨 돌리더니 그렇게 말하면서 머리를 숙였다.

이유는 짐작이 되기에 순순히 받아들이기로 했다.

"인사를 받을 테니 고개를 들어줘. 나도 만족하고 있단 말이야."

"그럴 수는 없다. 나는 그대 같은 강자를 오랫동안 기다려왔지. 그대가 나타나지 않았다면 나는 이대로 썩어가다, 결국 조용히 이 세상에서 사라졌을 거다. 그러니 인사는 해야겠다. 정말 고맙다!"

할아버지는 갓 만났을 때의 짜증 섞인 표정과는 다른 환하기 그지없는 미소를 짓고 있었다. 열 살은 젊어진 것처럼 보였다.

나도 할아버지와 싸우고 싶었으니 서로의 이해관계가 일치했던 걸로 봐도 될 것이다.

그리고 할아버지는 차를 또 따르더니 진지한 표정으로 나를 쳐다보면서 말했다.

"실은 그대에게 부탁하고 싶은 게 있다. 나와 또 싸워주지 않겠느냐?"

"그건 오늘이 아니라, 다음에 싸워달라는 거지?"

"그렇다. 오늘처럼 둔해진 상태가 아니라, 나는 전력을 다해 그대와 싸우고 싶다."

"단련할 생각이야? 나이를 생각하면 무리 아냐?"

"문제없다! 이 충실감을 위해서라면 전성기 시절의 몸으로 되돌아가는 것 정도는 고생도 아니지. 게다가 그대도 내가 그래주기를 바라고 있을 텐데?"

"……눈치챘어?"

"당연하지. 그대의 전투방식은 이질적이며, 기습과 빈틈을 찌르는 전법이 많다. 그런데도 나와 정면대결을 펼친 것은 자기 자신을 단련하고 싶어서겠지?"

본능에 따라 싸우는 사람치고는 꽤 눈썰미가 좋았다.

이 할아버지가 말한 것처럼, 내 전법은 기습과 난전에 적합했다.

전생에는 홀로 적진에 잠입해서 암살을 하거나 내부에서 날뛰어서 혼란을 일으키는 일이 많았기 때문이다.

사실 수단과 방법을 가리지 않아도 된다면 근거리에서 '매그넘'을 날리거나 '스트링'으로 상대의 균형을 흐트러뜨리는 방법도 썼겠지만……. 기습을 할 수 없고, 마법조차 쓸 수 없는 상황에 처할 수도 있으니, 정면대결에 대비한 기술도 단련해둘 필요가 있다.

게다가 나 또한 이 할아버지와 마찬가지로 자기 자신을 단련하는 기쁨을 알고 있다.

"그대는 단련을 위해, 나는 그대와 싸우기 위해서다. 어떠냐. 우리 둘 다 손해 볼 게 없지 않느냐."

"그렇게까지 말하지 않아도 알 텐데? 나야말로 부탁할게."

"음! 앞으로 잘 부탁한다."

나와 할아버지는 악수를 나눴다.

하지만 나는 앞으로 성장할 테지만, 할아버지는 노화로 체력이 떨어질 것이다.

게다가 떨어진 체력을 되찾기 위해서는 상상을 초월하는 고행을 해야 하리라.

"하하하! 이 나이가 되어서 쫓아가는 처지가 될 줄이야. 아무리 쫓아가도 따라잡지 못할 것 같아 정말 즐겁구나!"

……어쩌면 이 할아버지라면 간단히 해낼 것 같았다. 어쩌면 전성기 때보다 강해질 것 같은 느낌이 들었다. 이런 전투광은 목적이 있으면 엄청난 능력을 발휘하니, 나도 방심할 수는 없을 것 같았다.

이렇게 피아에 이어 새로운 지인이자 대등하게 싸울 수 있는 라이벌을 얻었다.

그 후, 체력이 회복될 때까지 할아버지와 대화를 즐겼다.

내 신변을 설명하고 라이오르의 과거 이야기를 들으며 실로 유익한 시간을 보냈다.

시험 삼아 내 마법을 보여줬더니, 전 세계를 돌아다녔던 이 할아버지도 놀라고 말했다.

"흠…… 재미있는 마법이구나. 언젠가 마법을 마음껏 사용하는 그대와 싸워보고 싶군. 어떻게 싸우면 될지 생각하기만 해도 정말 즐거운걸."

"완전 병이네."

"평생 낫지 않겠지. 하하하!"

드디어 체력이 회복되었을 즈음, 나는 통나무 집 앞에서 할아버지와 작별했다.

"그럼 할아버지. 열흘 안에 또 올게."

"음. 다음에 올 때는 애검을 휘두를 수 있을 만큼 실력을 회복해두지."

"나이를 생각해서 너무 무리는 하지 말라고."

"헛소리 마라! 나는 아직 현역이다!"

할아버지의 애검은 본인의 키만 한 거대한 대검이었다. 아까 봤는데, 100킬로그램은 더 될 것 같았다. 그걸 자유자재로 휘두르던 전성기 수준의 체력으로 되돌아가겠다고 선언하는 할아버지를 보며 전율한 후, 나는 라이오르와 헤어져 저택으로 돌아왔다.

저택에 돌아온 내가 현관 앞에 서자, 에리나가 밖으로 나와서 나를 마중했다.

"시리우스 님, 어서 오십시오."

"다녀왔어, 에리나."

지금까지 몇 번이나 외출을 했지만, 에리나가 나를 마중하지 않은 날은 없었다.

현관 앞에 서면 마치 나를 지켜보고 있었던 것 같은 타이밍에 문이 열렸다. 에리나의 말에 따르면 이것도 시종이 당연히 지녀야 할 기술이라고 한다.

내가 귀가하자 에리나는 안심했다. 하지만 다음 순간, 그녀의 얼굴이 새파랗게 질렸다.

"무, 무슨 일이 있으셨던 거죠?! 빨리 치료해드릴게요!"

아차……. 할아버지가 날린 공격의 여파로 내 옷이 찢어졌다는 걸 깜빡했다.

"괘, 괜찮아. 옷은 찢어졌지만 나는 다치지 않았어."

"확인해볼테니 빨리 벗어주세요."

"여, 여기서?!"

에리나는 상처를 확인하겠다며 내 옷을 잡아당겼지만, 현관에서 알몸이 되고 싶지는 않았다. 하지만 그녀는 순수하게 나를 걱정하고 있는 것뿐이기에 함부로 대할 수도 없었다.

나중에 확인하게 해주겠다고 말하면서 저택 안으로 들어가 보니, 청소도구를 들고 있는 노엘이 다가왔다.

"아, 시리우스 님. 다녀오셨습니까. 아까 에리나 씨의 목소리가…… 어, 어쩌다 옷이 그렇게 되신 거죠?!"

"다녀왔어. 이런저런 일이 좀 있었거든. 옷이 이렇게 되기는 했지만 다친 곳은 없으니까 안심해."

"시리우스 님의 말을 믿을게요. 그런데 디 씨가 보고할 일이 있다고 했어요."

"알았어. 옷을 갈아입은 후에 거실로 갈 테니까, 디에게 거실로 오라고 전해줘."

에리나는 직접 확인하지 않으면 안심을 못하겠는지 빨리 방으로 가자면서 눈빛으로 재촉했다. 참고로 노엘이 평소와 별반 다르지 않은 것은 내 기행에 익숙하기 때문이리라.

나에게 있어 어머니 같은 인물이라고는 해도, 에리나 앞에서 옷을 갈아입는 건 힘들었다.

하지만 에리나는 만족한 것처럼 몇 번이나 고개를 끄덕였다.

"시리우스 님…… 믿음직해지셨군요."

"근육이 붙었다는 말이지?"

옷을 갈아입고 거실에 가보니 노엘과 디가 나무로 된 용기를 안아 든 채 기다리고 있었다.

"시리우스 님, 어서 오십시오."

"다녀왔어, 디. 나한테 보고할 게 있다면서?"

"예. 이걸 봐주십시오."

"오, 드디어 완성됐구나."

디가 내민 용기에는 물이 들어 있으며 안에는 희고 네모난 물체가 가라앉아 있었다. 가볍게 맛을 봤더니 틀림없는 것 같았다.

"……어떻습니까?"

"음, 완벽해. 이거야말로 내가 상상했던 거야."

디에게 만들게 한 것은 바로 두부다. 이 세계에는 대두와 비슷한 콩이 있었으며, 내가 나름대로 조사해본 결과, 대두와 크게 다르지 않다는 게 판명됐다.

콩에는 기나긴 이름이 붙어 있었지만, 내가 대두라고 부르자 다들 그렇게 불렀다. 그래서 결국 대두라고 부르기로 했다.

대두로 이것저것 만들어보자고 생각한 나는 디와 함께 시행착오를 반복했다.

그중 하나가 이 두부이며 드디어 완성된 것이다.

지식과 소재는 내가 준비했지만, 실제로 두부를 만드는 것은 디에게 맡겨버렸다. 두부는 콩을 장시간 물에 담가둔 후, 끓이는 과정에서 여러모로 손을 써야 한다. 그런 번거로운 작업을 디에게 떠넘겨서 좀 미안했다.

"번거로운 작업을 항상 떠넘겨서 미안해."

"그렇지 않습니다. 공부가 되었고, 저도 즐거웠습니다."

"디 씨는 여전히 요리를 좋아한다니까요. 그것보다 이게 두부인가요? 엄청 부드러우면서도 네모난 형태를 유지하고 있네요……. 불가사의한 요리예요."

딱딱한 콩이 이런 모습이 될 거라고는 상상도 못 한 것 같았다.

참고로 내가 요리나 두부 만드는 법에 해박한 것은 전생에서 요리가 취미였기 때문이다.

전 세계의 분쟁지역을 돌아다니며 식량난을 몇 번이나 경험한 탓에 제 아무리 맛없는 것도 독이 들어 있지만 않으면 먹을 수 있게 됐다.

하지만 그 외의 상황에서는 맛있는 음식을 먹어야겠다고 생각해서 요리점을 돌아다녔고, 직접 만들기도 하다보니 취미가 된 것이다. 독학이기는 하지만, 요리에 관해서는 꽤 자신이 있었다.

"디 씨는 맛을 봤죠? 어떤가요?"

"맛있기는 하지만, 약간 밍숭맹숭하더군."

"그냥 먹어도 맛있지만, 이건 다른 것과 조합해서 먹으면 더 맛있어."

노엘은 두부의 감촉이 재미있는지 몇 번이나 만져봤다. 그건 그렇고 딱 좋은 타이밍에 만들어줬다. 오늘 만들 예정이었던 요리의 완성도가 더욱 높아질 것 같았다.

"예?! 그 말은 설마……."

"새로운 요리……군요."

"그래. 바다에서 이걸 잡았거든."

두 사람은 새로운 요리를 먹게 됐다는 사실을 알더니 손을 맞잡으면서 기뻐했다.

시종들에게는 내가 이 세계에 존재하지 않는 요리를 개발할 때마다 시식을 시켜줬다. 다소 취향이 갈리기는 했지만 내가 만든 것을 대부분 마음에 들어 했으며, 정신을 차리고 보니 내가 두 사람의 위장을 손아귀에 넣게 되었다.

참고로 노엘은 마요네즈와 푸딩을 마음에 들어 했고, 디는 닭튀김을 좋아했다. 에리나는 프렌치토스트를 좋아했다. 내가 처음으로 만들어줬을 때의 그 맛을 잊을 수 없다고 한다.

하지만 내가 뭔가를 꺼내들자 두 사람은 더 이상 기뻐하지 않았다.

식재료일 줄 알았는데 건조시킨 해조류가 나왔으니 불가사의하게 생각하는 것도 무리는 아닐 것이다.

"그 거무튀튀한 건 뭔가요? 꿈틀꿈틀거리는 게, 영 기분 나쁘네요."

"이건 바다에서 자라는 해조류의 일종이야. 나는 다시마라고 불러."

아드로드 대륙에 가는 길에 건져서 해낭에 말려둔 후, 돌아오는 길에 회수해 왔다.

한나절 정도 말렸으니 맛있는 육수를 낼 수 있을 것이다.

"이런 걸 먹을 수 있나요?"

"이건 먹는 게 아니라, 육수를 내기 위해 쓰는 거야. 그럼 바로⋯⋯."

"시리우스 님. 요리를 시작하시기 전에 조금 쉬시는 게 어떤가요?"

내가 조리실로 향하려 하자, 에리나가 홍차를 준비하면서 나에게 그렇게 말했다.

방금 돌아왔으니 조금 쉬는 것도 좋겠지.

"그렇게 할게. 고마워, 에리나."

"자아 당신들도 같이 쉬세요. 그리고 시리우스 님. 옷이 너덜 너덜해진 이유를 이야기해주셨으면 해요."

에리나는 보살 같은 미소를 지었지만, 그 안에서는 반론을 용납하지 않는 박력이 존재했다. 제대로 설명할 테니까 그 표정은 그만 지었으면 좋겠다.

그 후 홍차를 마시면서 라이오르와 만났던 이야기를 간단하게 설명하자, 시종들은 입을 쩍 벌린 채 망연자실한 표정을 지었다.

"다들 왜 그래? 그렇게 놀랄 이야기야?"

"다, 당연하죠! 만난 적은 없지만 강검의 라이오르 님은 엄청난 사람이에요. 이야기 속 주인공이었을 정도라고요."

"전설이라고 불리고 있습니다."

"싸움에 대해서는 잘 모르는 저도 강검에 대한 이야기는 알고 있어요. 천 명이 넘는 군대를 홀로 전멸시켰다, 같은 무용담은 셀 수도 없을 만큼 많죠."

겉보기에는 단순한 은거 노인인데 말이다.

하지만 혼자서 천 명이 넘는 군대에게 도전하다니…… 그야말로 전투광다운 행동이라 약간 어이가 없었다.

"혹시 강검과 싸운…… 건 아니겠죠?"

"확실히 강검이라는 호칭이 어울릴 만큼 강했어. 이번에는 이겼지만, 다음에는 질 것 같아."

"게다가 이겼다고요?! 노, 농담 같지만, 시리우스 님이라면 납득이 된다고나 할까……."

노엘이 머리를 감싸 쥐었지만, 사실이기에 어쩔 수 없다. 앞으로 강검과 자주 모의전을 하기로 했다고 말하자, 에리나는 납득한 것처럼 고개를 끄덕였다.

"확실히 강검이라는 분과 싸웠다면 옷이 찢어지는 것도 무리는 아니죠. 하지만 시리우스 님. 무리는 하지 말아주세요."

"그래도 무리를 하지 않으면 강해질 수 없어."

"설령 그럴지라도 저는 계속 말할 거예요. 부디…… 무리는 하지 말아주세요."

"……알았어."

에리나는 순수하게 나를 걱정하고 있을 뿐이다.

내가 투덜거린들 계속 이런 말을 할 게 뻔하기에 그냥 고개를 끄덕이는 편이 나을 것이다.

하지만 어느 정도의 행동은 묵인해주고 있지만, 매번 에리나에게 걱정을 끼치는 것도 좀 그랬다. 무사하다는 걸 알리면 안심할 테니 통신수단 같은 게 있으면 좋을 것 같다는 생각이 들었다.

"그건 그렇고, 시리우스 님은 정말 상상을 초월하시네요. 그렇게 희소하다는 여성 엘프와 만난 걸로 모자라, 이번에는 전설의 강검을 만났잖아요."

"양쪽 다 우연히 만난 거야."

"우연이라도 좋으니 저도 만나보고 싶어요. 그런데 시리우스 님. 그 엘프 여성은 엄청난 미인이었죠? 혹시 반한 거 아니에요?"

"시리우스 님, 언젠가 그 엘프 여성분을 꼭…… 저에게 소개해주세요."

에리나가 완벽하게 시어머니 같은 눈빛을 띠었다.

피아가 에리나에게 혼나는 모습은 상상도 되지 않았다. 피아가 나에게 반했다는 이야기는 절대 하면 안 되겠다. 특히 입맞춤을 했다는 사실을 안다면 에리나가 화낼 것 같았다.

"아무튼 앞으로도 라이오르와 모의전을 하기로 했어. 앞으로는 찢어져도 되는 옷을 입고 갈게."

"알았습니다. 하지만 부디 조심해주세요."

"물론이야. 자아, 그럼 슬슬 만들어볼까. 디, 두부를 두 개만 가지고 와."

"예."

나는 조리실에 간 후, 준비한 다시마와 두부로 요리를 시작했다.

내가 만들려고 하는 것은 모둠전골이다.

이 세계에는 조미료가 적고 채소나 육류와 상성이 좋은 육수가 없었다.

그리고 나는 바다에서 다시마를 발견한 것이다. 형태와 분위기는 비슷하지만, 맛이 다를지도 모르니 실험을 겸해 요리를 해보기로 했다.

우선 꼭 짠 천으로 다시마의 표면을 닦은 후, 냄비에 물과 함께 넣어서 중불로 끓이자 육수가 완성됐다. 맛은 전생에서 맛본 다시마 육수와 비슷했기에 안심했다.

그리고 디가 준비해준 채소와 육류를 적당한 사이즈로 잘라서 잘 익지 않는 것부터 육수에 넣어서 끓였다. 간장이 없기 때문에 소금으로 간을 한 후, 이제 충분히 끓이기만 하면 식재료의 맛이 밴 모둠전골이 완성되는 것이다. 가볍게 맛을 보니 나쁘지 않았다.

"간단하지만 매우 맛있을 것 같군요. 하지만 1인분씩 덜기 힘들지 않을까요?"

"이건 다 같이 둘러앉아서 함께 먹는 요리야."

옆에서 메모를 하던 디에게 조그마한 테이블을 준비하라고 한후, 다 같이 냄비에 둘러앉았다.

가스버너가 없기 때문에, 열을 발생시키는 마도구에 약한 열기를 내도록 설정한 후에 냄비 밑에 깔았다.

에리나와 노엘은 완성된 전골을 쳐다보면서 고개를 갸웃거렸다.

"이게 전골인가요? 그 검은 해초류는 안 보이네요."

"이 요리를 먹는 방법이 따로 있나요?"

"다시마는 바닥에 가라앉아 있어. 그리고 노엘의 입에는 맞지 않을지도 몰라. 참고로 먹는 방법은 딱히 없어. 작은 접시에 덜어서 먹어도 되고, 직접 먹어도 되니까. 편하게 먹어."

"직접 먹는다고요? 그건……."

에리나가 표정을 굳힌 것은 시종이 주인과 같은 냄비의 음식을 먹는 것이 실례라고 생각했기 때문이리라. 하지만 나는 그런 걸 개의치 않는다.

"전골은 가족들이 단란하게 먹으며 몸과 마음을 따뜻하게 하는 요리야. 우리에게 딱 맞지 않아?"

전원이 웃으면서 안에 든 음식을 건져서 먹는다. 흠, 역시 조미료가 조금만 들어가 있어서 맛이 연하지만, 대신 식재료의 맛이 살아 있어서 맛있었다.

"가족이 단란하게…… 말인가요. 가족이니 어쩔 수 없군요."

"시리우스 님의 말씀대로, 저희를 위한 요리군요. 그럼 잘 먹겠습니…… 아뜨뜨!"

며칠 전에 내가 젓가락을 쓰는 법을 가르쳐준 후로 다들 젓가락을 사용하게 되었다. 에리나와 디는 금방 익숙해졌지만 노엘은 아직 익숙하지 않은지 고기를 집으려다 뜨거운 국물에 역습을 당했다.

"노엘, 괜찮아?! 화상을 입은 건 아니지?"

"에헤헤, 이 정도는 별거 아니에요. 다음에는 확실하게 잡을게요!"

"무리하지 마. 그냥 접시를 줘."

"디 씨……."

디가 자신을 챙겨주자, 노엘은 기뻐했다.

꽤 분위기가 좋지만, 이 두 사람은 아직 연인 사이도 되지 않았다. 만약 맺어진다면 전력을 다해 축복해줄 텐데…… 아직 갈 길이 먼 것 같았다.

그들이 둘만의 세계에 빠져 있는 가운데, 마이페이스로 식사를 하던 에리나가 두부를 먹어보고 미소를 지었다.

"육수와 두부의 상성이 정말 좋군요."

"참고로 두부는 몸에도 좋고, 다이어트에도 도움이 돼."

"정말인가요! 디 씨, 두부를 많이 떠주세요!"

"진정해, 노엘. 두부는 매우 뜨거우니까 조심해서 먹어."

"물론이죠. 이만큼 식히면 문제없을…… 뜨거워요!"

노엘은 고양이 수인이라 그런지 고양이혀였다. 게다가 두부는 표면을 식혀도 내부가 뜨겁기 때문에 그녀와 상성이 나빴다. 여전히 내 기대를 배신하지 않는 애다.

몸과 마음이 전부 만족스러운 식사를 끝낸 후, 나는 디와 노엘의 훈련을 도왔다.

훈련이라고 해도 디에게는 새로운 요리의 레시피를 만드는 걸 돕는 것이고 노엘은 내가 고안한 마법을 재현하는 연습이다.

나는 그런 두 사람을 지켜보며 조언을 했지만…… 부족했다.

필요 이상으로 돕지 않는 것은 편해서 좋지만, 원래 교육자였던 나는 왠지 쓸쓸했다.

라이오르에게서 제자 이야기를 듣고 전생을 떠올린 나는 제자를 기르고 싶다는 마음이 솟구쳤다.

이 두 사람은 시종이니 제자가 아니며, 내가 직접 기르는 제대로 된 제자를 기르고 싶다. 그런 감정을 안은 채 침대에 들어간 나는 할아버지와 전력을 다해 싸운 탓인지 금방 잠에 빠져들었다.

문득 생각났다.

전생의 나는 왜 에이전트에서 교육자가 된 것일까?

발단은 어떤 여자애와의 만남이다.

나는 위법적인 인체실험을 저지르는 조직을 박살내라는 지령을 받고, 내부에 잠입해 간부를 전부 처리했다.

지령은 완수했지만 시설에는 신원불명의 어린애들이 잔뜩 있었다.

내가 소속된 조직에서 조사해서 아이들을 부모에게 돌려보내거나 보육시설로 보내기도 했지만…… 한사코 내 곁에서 떨어지려 하지 않는 여자애가 있었다.

자신을 구해준 나를 정의의 히어로라고 생각하는지 매우 따랐다.

부모도 이미 이 세상을 떠난 데다 내 곁을 떠나려고 하지 않았기 때문에 어쩔 수 없이 내가 맡기로 했다.

하지만 전 세계를 돌아다니는 내가 그녀를 데리고 다닐 수는 없기에 그 여자애를 믿을 수 있는 여성에게 맡겼다. 일 때문에 바빠서 자주 얼굴을 비추지 못했지만, 그 여자애는 내가 돌아갈 때마다 미소 띤 얼굴로 나를 꼭 끌어안았다.

그러던 어느 날, 성장한 여자애는 내 일을 배우고 싶다고 말했다.

나를 돕고 싶다. 그리고 자신을 구해준 당신 같은 사람이 되고 싶다……고 여자애는 말했던 것이다.

하지만 그것은 잘못된 생각이다. 내 일은 그런 깨끗한 일이 아니라, 사람을 죽이는 일인 것이다. 한번 그녀를 데리고 임무를 수행하러 가서 내가 하는 일이 얼마나 더러운지 알려줬지만 여자애의 생각은 변하지 않았다.

악을 멸하고 정의를 바로 세우겠다며 고집을 부리는 그 여자애에게…… 나는 결국 지고 말았다.

이제 내 자식이나 다름없는 그 여자애가 죽지 않도록, 그리고 슬슬 일선에서 물러설 때일지도 모른다고 생각한 나는 교육자가 되기로 결심했다.

이렇게 나를 아버지라고 부르는 버릇이 있던 이 여자애는 내 첫 제자가 되었다.

그런 이유로 교육자의 길을 걷기 시작했지만 하루가 다르게 성장하는 제자를 지켜보는 게 즐거운 나머지 나는 완전히 빠져들고 말았다.

그리고 여러 제자들이 충분히 성장했을 즈음…… 나는 죽었다.

교육자가 된 이유는 그러했다. 그리고 전생을 한 후에도 나의 그 마음에는 변함이 없었다.

※ ※ ※ ※ ※

그리고 1년 후, 나는 여덟 살이 되었다.

라이오르와의 모의전을 훈련에 포함시킨 덕분에 나는 눈에 띠게 강해졌다.

오늘도 아침 훈련을 끝낸 후, 아드로드 대륙의 숲을 탐색했다.

요즘 들어 하늘에서 뭔가를 찾는 것보다 숲을 산책할 때가 많았다. 덤벼드는 마물을 해치우고 산을 탐색하는 모험가로서의 훈련을 중점적으로 시작한 것이다.

"슬슬 식사를 할까."

나무 밑동에 있던 진귀한 버섯을 채취한 후, 태양을 보니 어느새 점심때가 다 되어 있었다.

점심용 도시락은 시종들이 돌아가면서 만들어주지만, 내용물을 보아하니 오늘은 에리나가 만든 것 같았다. 나는 바위에 걸터앉은 후, 도시락을 펼치며 잘 먹겠다는 인사를 했다.

도시락 안에는 각종 반찬, 그리고 내가 좋아하는 고기와 채소가 들어간 샌드위치가 잔뜩 들어 있었다.

작년의 곱절은 될 것 같은 양이지만, 요즘 들어 성장이 빨라져서 그런지 이 정도 양은 아무렇지도 않게 먹어치웠다.

"음, 맛있네. 아, 연락하는 걸 깜빡했어."

나는 저택에 있을 에리나에게 마력을 보내면서 입을 열었다.

"아아~…… 여기는 북극성. 현재 점심 식사 중이며 별다른 문제는 없습니다. 오늘도 맛있어. 오버."

방금 그것은 혼잣말이 아니라 새롭게 개발한 마법인 '콜'이다.

특정 상대를 향해 마력을 전파처럼 날려 말을 전달하는 마법이다.

받아본 사람의 감상에 따르면 머릿속에 말이 직접 전해지는 듯한 불가사의한 느낌이라고 한다. 휴대전화와 마찬가지이기 때문에 매우 편리하지만, 쓸 수 있는 사람이 나뿐이라 일방통행이었다.

하지만 전파를 이미지하고 있다고는 해도 결국은 마력이기 때문에 비슷한 파장을 지닌 사람에게 노출될 가능성도 있다. 그러니 자신을 코드네임으로 부르고 상대방의 이름을 입에 담지 않았다.

아직 시험 단계지만, 에리나를 안심시키기 위해 사용하고 있었다.

언젠가 사람들이 많은 장소에서 시험해보거나 최대거리를 조사해보고 싶었다.

참고로 내 목소리를 바람에 태워 멀리 있는 사람에게 전하는 편리한 바람마법도 있지만, 도중에 다른 사람이 개입하면 그 사람에게 전해진다는 결점이 있었다.

그런 점에서 볼 때 '콜'은 꽤나 엄청난 마법이기에 남들에게 알려지지 않도록 조심해야 한다.

나는 에리나에게 연락을 한 후, 점심 식사를 다시 시작했다. 그건 그렇고 에리나가 만든 샌드위치는 몇 번을 먹어도 맛있었다. 에리나는 내 취향을 완벽하게 파악하고 있는 듯한 느낌이 들었다.

나는 느긋하게 식사를 하다 기척을 감지했기에 '서치'를 발동시켰다.

머릿속의 레이더가 고속으로 접근하는 물체를 포착했다. 도시락을 느긋하게 정리한 순간, 그 물체가 나타났다.

튼튼해 보이는 네 다리와 비대한 몸통, 그리고 멋진 뿔을 지닌 멧돼지형 마물이었다.

이름은 아마 베오니팡고였을 것이다. 그 마물은 표적인 나를 향해 뿔을 내밀더니, 맹렬한 몸통박치기를 시도했다.

엄청난 속도지만 정면에서 직선으로 날아오는 공격을 피하는 건 식은 죽 먹기다.

"단조롭네."

나는 몸통박치기를 공중으로 뛰어올라 피한 뒤에 그대로 마물의 몸통에 착지했다. 그리고 미스릴 나이프를 마물의 정수리에 꽂았다.

피부가 튼튼하다고 들었지만, 미스릴 나이프는 부드럽게 파고들었다. 마물은 한순간 몸을 부르르 떨더니 그대로 지면에 쓰러졌다.

"음, 오늘 저녁거리를 확보했네. 이 녀석은 이 부분이 맛있지."

이 마물은 칼날을 튕겨낼 정도로 단단한 피부와 몸통박치기로 나무마저 꺾어버릴 정도의 힘을 지녔다. 그래서 중급 모험가도 무리지어 상대할 정도의 마물이지만, 날카로운 무기로 약점을 찌르면 간단히 해치울 수 있었다. 할아버지라면 한 방에 두 동강을 냈을 것이다.

피를 빼고 고기를 발라내고 있을 때, 또 숲 안쪽에서 기척이 느껴졌다.

반사적으로 '서치'를 발동시키자 베오니팡고의 반응이 포착됐다. 하지만 그 마물은 이쪽이 아니라 다른 방향으로 이동하고 있었다.

고기를 가방 안에 넣으면서 '서치'의 범위를 넓히자 인간형 반응이 포착됐다.

그 반응은 두 개였다. 그리고 이동하는 방향으로 볼 때 마물에게서 도망치고 있는 것 같았다.

하늘을 달려서 쫓아야 할 만큼 떨어져 있지는 않았기에 '부스트'를 발동시키면서 숲 속을 질주했다.

속도를 떨어뜨리지 않고 계속 달려 그 두 반응이 느껴진 곳으로 가보니, 마물의 몸통 박치기에 의해 박살난 나무 바로 옆에 두 어린애가 쓰러져 있었다. 그 광경을 본 순간, 무슨 일이 벌어진 것인지 바로 눈치챘다.

"안 돼!"

나는 주저 없이 뛰어들면서 마물의 얼굴을 향해 날라차기를 날렸다.

'부스트'에 의한 신체강화 덕분에 걷어차인 마물은 나무를 박살내면서 수평으로 날아갔다. 그리고 나는 날아가는 마물을 향해 '매그넘'을 날려서 머리를 박살내줬다.

보기에 따라서는 내 발차기로 마물의 머리가 박살난 것처럼 보일 것이다.

하지만 이 총마법…… 해가 갈수록 위력이 강해지는 것 같은데? 진짜 총보다 위력이 강하다고.

피 냄새를 맡은 다른 마물들이 몰려들 것 같았기에, 나는 쓰러져 있는 아이들에게 서둘러 다가갔다.

쓰러진 애들은 남녀 수인이었다.

나이는 나와 비슷해 보였고, 늑대 귀와 폭신폭신해 보이는 꼬리, 그리고 머리카락은 전부 은색이었다. 여자애 쪽이 약간 나이가 많아 보였으며 두 사람의 얼굴 생김새가 닮은 걸 보면 남매 같았다.

하지만…… 두 사람의 꼴은 말이 아니었다.

중요 부위만 겨우 가리는 천조각을 걸쳤으며 뼈가 앙상하게 들러날 만큼 말랐다. 그리고 온몸에는 상처와 멍이 수없이 존재했다.

게다가 가장 신경 쓰이는 것은 목에 찬 금속제 구속구였다. 어린애가 좋아서 착용할 만한 액세서리는 절대 아니었다.

남자애는 의식을 잃었지만, 여자애는 눈을 뜨더니 나를 망연자실한 눈빛으로 쳐다보았다.

그리고 나와 시선이 마주치자 여자애는 정신이 퍼뜩 들었는지 남자애를 감싸며 나를 노려보았다.

"아…… 우…… 아!"

목을 다쳤는지 여자애의 목소리가 잘 들리지 않았지만, 필사적으로 남자애를 지키려 한다는 것만큼은 알 수 있었다.

이런 애들은 전생에서도 질리도록 봤다.

무법지대에서 자주 봤던, 나라의 보호를 받지 못하는 노예들이다.

인권이라고는 눈곱만큼도 없으며 소모품처럼 쓰이다 버려지는 노예는 하나같이 시체 같은 눈을 지녔다.

하지만 이 여자애는 달랐다. 겉모습은 노예와 다름없지만, 눈

에는 단호한 의지가 맺혀 있었다.

그 강한 의지는…… 전생의 제자들을 방불케 했다.

내가 무서울 텐데도, 여자애는 남자애를 감싸며 서더니 나에게서 눈을 떼지 않았다.

나는 그녀에게 겁을 주지 않기 위해 천천히 다가간 후, 몸을 숙여서 그녀와 눈높이를 맞췄다. 그리고 그녀의 머리에 손을 얹으면서 미소 지었다.

"걱정하지 마. 나는 네 적이 아냐."

전생에서 교육자가 되는 계기가 됐던 그 여자애에게 했던 말과 똑같은 말을 건네자 그녀는 약간 경계심을 푼 것 같았다. 우선 내가 적이 아니라는 사실을 이해시켜야 할 것 같았다.

"너는 동생을 지키려는 거지? 고생이 많았겠구나. 뒷일은 나에게 맡기고, 너는 천천히 쉬어."

그리고 에리나가 나에게 했던 것처럼 여자애의 머리를 상냥하게 쓰다듬어줬다.

그게 효과가 있었는지 여자애는 한 줄기 눈물을 흘리며 의식을 잃었다.

이런 애들은 이 세계에서는 흔하다. 그러니 이대로 내버려둔들 그 누구도 나를 탓하지 않으리라. 아니, 내버려두지 않는다면 골치가 아파질 것이다.

나는 아직 여덟 살 꼬맹이이며, 세 명의 시종도 있었다.

장래를 생각하면 이 두 사람을 맡은 여유는 없지만, 나는 이 여자애에게 뒷일은 나에게 맡기라고 말했다.

그러니 이 두 사람을 내버려둔다는 선택지는 존재하지 않는 것이나 마찬가지이기에, 시종들에게 뭐라고 설명할지 고민했다.

　"……일단 보류해야겠네."

　내가 고민하는 사이, 피 냄새를 맡은 마물들이 몰려들었다.

　그다지 느긋하게 생각하고 있을 여유는 없을 것 같았기에, 나는 두 사람을 '스트링'으로 묶은 후, 그대로 이 자리에서 벗어났다.

　"……그래서 여기에 왔어. 할아버지의 지혜를 빌려줘."

　내가 두 사람을 데리고 향한 곳은 라이오르의 집이었다. 할아버지는 묘한 짐을 들고 온 나를 보더니 고개를 갸웃거렸지만 별말 없이 침상을 준비해줬다.

　그리고 두 사람을 눕혀둔 후, 나는 상황을 설명했다. 그리고 지금에 이른 것이다.

　"흐음…… 지혜라. 그 전에 그대는 이 아이들을 어떻게 할 생각이지?"

　"저택에 데리고 갈 거야. 하지만 에리나가 뭐라고 할지……."

　"하하하! 나한테 이길 정도의 강자가 시종 한 명한테 이렇게 벌벌 떠는 것이냐. 한심하구나."

　"거 되게 시끄럽네. 무서운 게 아니라, 미안한 것뿐이라고."

　이대로 두 사람을 데리고 간들, 시종들은 별말 하지 않고 받아줄 것이다.

　하지만 그렇게 되면 지금보다 더 그들을 고생시킬 것이다. 항상 나에게 성심성의를 다하는 시종들에게 더는 부담을 주고 싶지 않았다.

"뭐, 그건 그대의 문제니 내가 왈가왈부할 수 없겠지. 그런데 나한테 물어보고 싶은 게 뭐지? 나는 검 이외에는 그다지 아는 게 없는데 말이다."

"그래도 나보다는 나을 거 아냐. 아무튼, 내가 알고 싶은 건 이 두 사람이 노예가 맞느냐 아니냐, 야."

쇠약해진 몸과 기묘한 구속구로 볼 때 노예가 틀림없을 것 같지만 세계를 여행했던 라이오르의 의견을 들어두고 싶었다.

"노예가 틀림없다. 저 구속구가 증거지."

"대체 저 구속구가 뭔데? 마력이 느껴지는 걸 보면 일종의 마도구 같은데 말이야."

"저건 '예속의 목걸이'라고 불리는 마도구다. 저걸 착용하게 되면 계약자에게 목숨을 맡기게 되지. 계약자가 마음속으로 명령을 내리면 저걸 착용한 노예에게 극심한 고통이 가해지고, 항상 위치를 알려주는 마력이 방출된다. 게다가 착용자의 마력이 소비되니 마력 회복이 느린 자는 언젠가 마력이 고갈되어서 죽고 말지."

"그럼 빨리 풀어줘야겠네. 열쇠구멍이 있지만 열쇠가 없으니…… 피킹으로 따도 되려나?"

"피킹이 뭔지는 모르지만, 억지로 벗기지 않는 편이 좋을 거다. 억지로 벗기려고 하거나 물리적으로 부수려고 하면, 목걸이가 장착자를 길동무로 삼으니까 말이다."

정말 골치 아픈 물건이다. 이런 마도구라면 꽤 비싼 값에 팔

수 있을 것 같지만, 저 남매의 목숨을 위험하게 하면서까지 얻고 싶지는 않았다.

물리적으로 파괴할 수 없다면…… 마법적으로 파괴해볼까?

"내 검으로 잘라볼까? 마도구의 핵을 베면 괜찮을지도 모른다."

"할아버지의 실력은 믿지만, 그건 최종수단으로 삼자. 좀 시험해보고 싶은 게 있거든."

"호오? 이번에는 뭘 보여줄 생각인 거지?"

내 뒤편에 서서 즐거운 듯한 목소리로 그렇게 말하는 할아버지를 무시했다. 그럼 우선 남자애부터 해볼까.

나는 그 목걸이에 손을 대면서 새로 개발한 마법인 '스캔'을 발동시켰다.

이 마법은 대상자에게 마력을 흘려 넣어 물체 내부를 머릿속에 그려내는 탐사마법이다.

내 전생에 존재했던 뢴트겐 같은 것이며, '서치'가 광범위 탐사라면 '스캔'은 범위를 좁힌 대신 정확도를 높인 능력이다.

문제점은 손으로 만진 것의 대상만 머릿속에 그릴 수 있다는 점이다. 하지만 마물이나 도구로 실험해보니 무해했고, 디에게 협력을 요청해서 실험해본 결과 인체에도 무해했다.

우선 목걸이의 구조를 파악해서 발견한 마법진을 중심으로 '스캔'의 방향성을 물리적인 것에서 마력적인 것으로 변화시켰다.

그러자 마력의 흐름이 보이게 되면서 마법진에 떠 있는 여러 개의 마력핵을 발견했다.

"······보였어. 다음은······."

그리고 가느다란 '스트링'을 열쇠 구멍을 통해 침입시킨 후, 그 마력의 핵을 뒤덮었다. 나는 마법진에 그려진 내용을 이해할 수 없지만, 예속이라는 글자가 있는 마법진을 부숴도 큰 문제는 없을 것 같았다.

그리고 빈틈없이 뒤덮은 후, 나는 '스트링'을 당겨서 핵을 옥 죄여 부쉈다.

"음······ 뭔가가 변했구나."

"이제 억지로 떼어내도 문제없을 거야."

나는 미스릴 나이프를 꺼내 목걸이를 잘라버렸다.

목에 손을 대고 맥을 집어보니 살아 있었다. 성공한 것 같았다.

"좋아. 다음은 여자애네."

"하하하! 여전히 그대는 나를 놀라게 하는 구나. 전에 목걸이 를 억지로 떼어냈던 녀석이 온몸으로 피를 흘리며 죽는 모습을 본 적이 있지."

"그걸 봤으면서 검으로 자르려고 한 거야?"

"마법진을 베면 괜찮을지도 모른다고 생각했다. 하하하!"

일리가 있는 말이기는 하지만, 왠지 저 즐거워 보이는 태도가 마음에 들지 않았다.

그리고 부상자 앞이니 좀 조용히 해줬으면 했다.

나는 할아버지의 웃음소리를 들으면서 여자애의 목걸이도 같 은 방법으로 해체한 후, 한숨 돌렸다.

아직 긴장을 풀기에는 이르지만 두 사람의 상태가 악화되는 것은 막았다.

마법진의 핵을 파괴한 바람에 목걸이는 단순한 잡동사니가 되었다. 하지만 나중에 어딘가 쓰일 데가 있을지도 모르니 가지고 돌아가기로 했다.

"목걸이를 풀면 이 두 사람은 어떻게 돼?"

"이게 노예의 증거지만 원래 주인 외에는 풀 수 없지. 그러니 일반시민이라 생각해도 될 거다."

"그럼 괜찮지만, 이 두 사람…… 노예 치고는 너무 어리지 않아?"

보통은 범죄자가 노예가 된다. 그러니 이 두 사람은…….

"음. 너도 눈치챘겠지만, 이 두 사람은 납치를 당해서 노예가 된 것일 게다. 이 주변에서는 보기 드문 은랑족의 어린애니까 말이다."

은랑족…… 나는 그 말을 듣고 '앨버트 여행기'에 실려 있던 내용을 떠올렸다.

은색 늑대귀와 꼬리를 지녔으며, 깊은 숲 속에서 사는 특수한 종족이고, 전투능력이 뛰어나다고 한다.

거친 성미를 지닌 자가 많지만, 가족과 종족간의 유대를 소중히 여기는 종족이라고 한다.

"그래. 이 애들이 은랑족이구나. 뭐, 보기 드물든 말든 상관은 없지만 말이야."

"그대답군. 그런데 이제 어떻게 할 거지?"

몸 상태로 볼 때, 뭐라도 좀 먹이지 않으면 큰일이 날 것 같았다.

이곳에는 조리도구가 거의 없으니, 빨리 저택에 돌아가서 준비를 하는 편이 좋을지도 모른다.

"정신을 차리면 날뛸지도 모르니 그 전에 데리고 돌아갈 거야. 그럼 할아버지. 실례했어."

"한판 붙고 싶었지만 어쩔 수 없지."

"미안해. 먹다 남은 거지만 이걸 줄 테니 봐줘."

나는 먹다 남은 도시락을 할아버지에게 건넨 후, 남매를 양쪽 허리에 안아들면서 밖으로 나왔다. 물론 '스트링'으로 떨어지지 않게 고정시켰다.

"네 시종이 만든 음식은 여전히 맛있구나."

"당연하지. 그럼 갈게."

나는 남은 도시락을 먹으며 손을 흔드는 할아버지에게 배웅을 받으면서 '콜'로 에리나에게 보고를 한 후, 저택으로 돌아갔다.

──노엘──

제 이름은 노엘이에요. 주인님이신 시리우스 님을 모시는 가련한 시종이죠.

시리우스 님은 아직 어린애이기 때문에 시종인 저희가 보살펴 드려야 한다……고 말하고 싶지만, 시리우스 님은 저희의 보살핌이 필요 없을 만큼 대단한 분이세요.

겨우 세 살 때부터 마법을 쓰기 시작하셨고, 지금도 새로운 마법을 계속 개발하고 계신데다, 모험가였던 디 씨한테도 이길 만큼 강하죠.

게다가 저희는 전혀 알지 못하는 지식을 지닌 데다가 그것을 활용해 매일같이 저희를 행복하게 해주는 멋진 분이세요.

게다가 요리도 잘하셔서 항상 맛있는 걸 만들어주시죠.

처음 보는 요리를 만들어주실 때마다 정말 행복해요.

특히 마요네즈와 푸딩은 그야말로 혁명이었죠. 처음 맛본 순간, 이렇게 맛있는 게 존재한다는 걸 알고 눈물을 흘렸어요.

지금도 그때를 떠올리기만 해도 행복한 기분이…… 아, 침이 흘러내렸네요.

하지만 그런 시리우스 님의 적성속성은 무색이에요.

세간에서 무능이라 부르는 불운한 속성이지만, 그분은 절대 무능하지 않아요. 거꾸로 저희가 무능해 보일 정도죠.

그렇게 완벽한 분인 시리우스 님은…… 현재 엄청 거북한 표정으로 머리를 긁적이고 계세요. 이렇게 난처해하는 시리우스 님은 처음 봤어요.

지금 이곳은 저택의 손님방이며 침대에는 수인 두 명이 누워 있어요.

어쩌다 이런 상황이 벌어졌는지 설명하려면…… 점심 직후에 있었던 일부터 이야기해야 할 것 같군요.

디 씨가 만든 점심을 먹고 난 후, 에리나 씨가 저에게 손님방을 청소해달라고 하셨어요. 손님이 온다고 하는데, 에리나 씨의 표정으로 보아 그 사람이 오는 건 아닌가 봐요.

재빨리 청소를 끝낸 후, 보고를 하기 위해 에리나 씨를 찾고 있을 즈음, 시리우스 님께서 돌아오셨어요. 오늘은 빨리 돌아오셨다고 생각하며 현관에 가보니, 시리우스 님은 두 어린애를 안아든 채 에리나 씨와 이야기를 하고 계셨어요.

"어서 오세요, 시리우스 님. 저기…… 이게 어떻게 된 거죠?"

"자초지종은 나중에 이야기할 테니 우선 이 아이들은 침대에 눕히죠."

잘은 모르겠지만, 시리우스 님에게서 아이들을 건네받은 에리나 씨가 그렇게 말했기에 저는 손님방의 문을 열었어요. 이미 그곳에서 약과 물을 준비하고 있던 디 씨도 자세한 이야기를 듣지 못했는지 어린애들을 보며 고개를 갸웃거렸죠.

그리고 두 애들을 침대에 눕힌 후, 치료를 방금 끝냈죠.

상황이 좀 정리되자, 시리우스 님은 저 두 사람을 데리고 오게 된 연유를 이야기하셨어요.

간단하게 설명하자면, 숲을 산책하다 마물에게 공격을 받고 있던 저 아이들을 발견했기에 보호한 것 같아요.

마물로부터 이 애들을 지켜줬을 뿐만 아니라 집으로 데리고 오시다니, 역시 시리우스 님은 대단하세요. 웬만하면 못 본 척할 텐데…… 아리아 님 못지않게 그릇이 큰 분이시라니까요.

그건 그렇고 이 애들의 옷차림…… 눈에 익네요.

"이 두 사람, 아무래도 노예 같아."

눈에 익은 게 당연하죠. 저도 예전에는 노예였으니까요.

저는 최악의 상황에 처하기 전에 아리아 님에게 구원받았지만, 이 애들은 저보다 더 심한 일을 겪었을 거예요. 하지만 노예인 이 애들에게서 위화감이 느껴져요.

그런 생각을 하고 있을 때, 디 씨가 아이들의 목덜미를 손가락으로 가리키면서 질문을 했어요.

"시리우스 님. 이 애들은 노예의 증표인 목걸이를 하지 않았습니다만……."

"내가 박살내서 억지로 벗겼어. 그딴 걸 계속 채워둘 수는 없잖아."

"""박살냈다고요?!"""

그 목걸이를 억지로 벗기면 죽어버리는데요?! 저는 그러다 죽은 사람을 몇 명이나 봤어요.

저희가 너무 놀라자, 시리우스 님은 박살낸 방법을 가르쳐주셨어요. 하지만…… 저희에게는 절대 불가능한 방법이라는 걸 이해했어요.

"어떻게 된 건지는 알았어요. 아무튼 이 두 사람이 정신을 차릴 때까지 재워두죠."

"부탁해. 나는 이 두 사람이 먹을 음식을 만들게."

"노엘은 이 애들을 지켜보고 있으세요. 당신은 같은 수인이니 이 애들도 덜 경계하겠죠."

"예!"

안 그래도 제가 할 생각이었어요. 이런 애들을 내버려둘 수야 없으니까요!

"시리우스 님, 저도 돕겠습니다."

"아냐. 디는 노엘과 같이 있어줘. 그리고 무슨 일 있으면 나한테 바로 알려줬으면 해."

"그러겠습니다."

시리우스 님과 에리나 씨가 나가자, 방 안은 조용해졌어요.

디 씨는 말이 많은 분이 아니고, 저도 쓸데없는 소리를 할 기분이 아니었죠.

저는 침대 옆으로 옮긴 의자에 앉아 그 아이들의 얼굴을 지그시 쳐다보았다.

디 씨는 약간 떨어진 곳에서 지켜보고 있었죠. 저희는 한동안 아무 말 없이 그 애들을 지켜보고 있었어요.

그건 그렇고…… 이 애들은 정말 고초를 겪은 것 같아요.

채찍 흉터와 두들겨 맞아서 생긴 멍을 보자, 저는 과거에 있었던 일이 생각났어요. 그리고 자연스레 몸이 떨렸어요.

값이 떨어진다는 이유로 여자의 존엄까지 짓밟히지는 않았지만, 그래도 심한 짓을 당했어요. 그때 아리아 님이 저를 구해주지 않았다면, 저는 어떻게 됐을까요?

아…… 과거를 두려워하고 있을 때가 아니에요.

이 애들의 마음을 이해하는 사람은 저뿐이잖아요. 그러니 제가 정신을 바짝 차려야 해요.

"노엘."

제가 필사적으로 마음을 다잡고 있을 때, 디 씨의 목소리가 들려왔어요.

디 씨의 얼굴은 평소와 마찬가지로 무표정했지만, 저를 진심으로 걱정하고 있다는 게 느껴졌어요.

분명…… 너무 괴로워하지 말라는 뜻일 거예요.

"너는 괜찮아. 내가…… 아니, 지금은 시리우스 님이 계시잖아."

"……예."

그래요. 지금의 저는 예전의 저와 달라요. 상처도, 멍도 다 나았고 다른 분들에게 둘러싸여 행복하게 살고 있잖아요. 그러니 지금은 이 아이들에 대해서만 생각하죠.

이 아이들이 노예가 된 것은 불행한 일이지만, 운 좋게 시리우스 님과 만났어요.

시리우스 님이라면 분명 이 애들도 저처럼 웃으면서 지낼 수 있게 해주실 게 틀림없어요.

그렇지만…… 정말 시리우스 님과 아리아 님은 친모자지간이군요. 아리아 님이 저를 구해주셨던 것처럼, 시리우스 님도 이 아이들을 구해줬으니까요.

그리고 디 씨가 홍차를 준비해줬기에 저희는 번갈아 휴식을 취하면서 두 사람을 지켜봤어요.

어느새 저녁을 준비할 시간이 되었지만 두 사람은 깨어나지 않았죠.

숨을 쉬고 있으니 괜찮은 것 같지만 조금 걱정이 되기 시작했어요.

시리우스 님에게 보고할지 말지 고민하고 있을 때, 노크 소리가 들려왔어요.

"어이, 냐야. 문 좀 열어줘."

마침 딱 좋은 타이밍에 시리우스 님께서 돌아오셨어요. 디 씨가 문을 열자 맛있는 향기가 방 안으로 들어왔어요.

양손으로 냄비를 든 시리우스 님이 들어오시자, 배가 고플 시간대라 그런지 무심코 군침을 삼켰어요. 아아, 냄새가 정말 좋네요.

"……맛 좀 볼래?"

"예? 이건 저 두 아이들이 먹을 것 아닌가요?"

"좀 많이 만들었어. 하지만 병약한 사람을 위한 음식이라 간이 좀 싱거울 거야."

"그럼 잘 먹을게요."

시리우스 님은 제 마음을 꿰뚫어 보고 계셨어요.

시리우스 님은 건더기가 없는 옅은 갈색 수프를 컵에 따라서 저에게 주셨어요.

음…… 간이 싱겁기는 하지만 진한 향기가 코를 즐겁게 해주는데다, 정말 상냥한 맛이에요. 천천히 배 속을 퍼져나가면서 만족시켜주는…… 그런 느낌이네요.

"시리우스 님, 만드는 법을 가르쳐주십시오."

디 씨도 요리사의 피가 끓어오르는 것 같아요.

확실히 이거라면 몸이 약해진 사람들이 먹기 좋으니 저도 만드는 법을 배워둬야겠어요.

"……아…… 으으."

저희가 수프에 감동하고 있을 때, 여자애가 눈을 떴어요. 이 맛있는 냄새 때문에 깬 걸까요? 아무튼 이런 상황에서는 첫인상이 중요할 테니, 상냥한 목소리로 말을 걸었어요.

막 깨어났을 때 모르는 사람이 눈앞에 있으면 당연히 겁먹을 거예요.

"으음…… 괜찮……니?"

──시리우스──

"으음…… 괜찮……니?"

노엘은 눈을 뜬 여자애에게 긴장한 표정으로 말을 걸었다.

긴장하는 것도 무리는 아니지만, 같은 수인인 노엘이 저 두 사람의 대화상대로는 적임이니 잘 해줬으면 좋겠다.

여자애는 노엘의 목소리를 듣고 놀란 듯한 표정을 지었다. 그리고 주위를 필사적으로 둘러보던 그 여자애는 옆에서 자고 있는 남자애를 보더니 안도 섞인 표정을 지으며 그 애의 머리를 쓰다듬어줬다.

"아, 그 애는 무사해. 그것보다 너는 괜찮아? 혹시 필요한 건 없어?"

"아…… 우."

노엘이 차분하게 말을 건네자 여자애는 마음이 조금 진정된 것 같았다.

그렇다. 노엘은 자연체일 때가 가장 좋으니, 처음부터 저랬으면 좋았을 것이다.

"시리우스 님, 이 애는 말을 못하는 걸까요?"

"아마 목에 염증이 생긴 걸 거야. 충분히 나을 수 있어."

나는 라이오르의 집에서 이 두 사람의 몸을 '스캔'했었다. 몸 곳곳에 염증과 고름이 존재했으며, 영양실조와 수분 부족으로 위험한 상태였다.

하지만 치명적인 병에 걸리지는 않았으며 여자애의 목도 내 재생활성으로 치료할 수 있을 것이다.

단 지금은 치료를 할 때가 아니다. 일단 두 사람이 긴장과 경계를 풀 수 있도록 노엘에게 맡기기로 했다.

"자, 봐. 나는 목걸이를 안 했지? 이 집 사람들은 너희에게 해를 끼치지 않으니까 안심해."

"……아?!"

여자애는 자신의 목을 만져보고 놀라더니, 동생의 목을 보고 아예 혼란에 빠졌다.

그리고 목걸이가 없다는 사실을 깨달은 여자애는 눈물을 흘리면서 자신의 목을 계속 만졌다.

"우…… 아?"

"목걸이를 벗겼으니까 너희는 이제 자유야. 맞다. 배고프지는 않아? 따뜻한 수프가 있는데 마실래? 정말 맛있는 수프야."

"윽?! ……으으."

수프라는 말에 여자애는 반응을 했지만, 옆에서 자고 있는 남자애를 쳐다보더니 고개를 저었다.

"아, 동생과 같이 먹고 싶은 거구나. 그럼 동생이 깨어날 때까지 나와 이야기나 할까?"

노엘이 들고 있던 손수건으로 눈물을 닦아주자 여자애는 천천히 고개를 끄덕였다. 겉과 속이 똑같은 노엘의 성격이 유감없이 발휘되고 있는 것 같았다.

"내 이름은 노엘이라고 해. 네 이름을 가르쳐주지 않겠니?"

"……이아."

"아, 미안해. 지금은 말을 하기 힘들지? 글자로 쓰는 건 어때? 아, 글을 모르는구나. 으음…….'"

노엘이 바로 나에게 도움을 요청했다. 너무 빨리 포기하는 거 아냐?

"하아…… 디는 에리나를 불러와. 그리고 노엘은 나를 소개해줘."

"예."

"으음, 저 남자애는 우리의 주인인 시리우스 님이야. 너희를 구해주신 분이기도 해."

"……응."

그녀는 아직 경계심을 품고 있는 것 같지만 나를 기억하는지 고개를 끄덕였다.

디는 여자애를 자극하지 않기 위해 조용히 방을 나갔고 나는 노엘의 옆으로 향했다.

"그럼 자기소개를 할게. 나는 시리우스라고 해. 노엘의 주인이자 너희를 이곳으로 데려온 사람이야."

"……아."

"나는 너희에 대해 알고 싶어. 하지만 너는 지금 말을 못하지? 우선 네 목을 치료하고 싶은데, 목을 좀 만져도 될까?"

"시리우스 님은 상냥한 분이야. 자아, 이런 짓을 해도 화를 내지 않으신다고."

노엘은 그렇게 말하면서 내 등 뒤로 이동하더니, 내 볼을 양손으로 잡아당겼다. 저 여자애를 안심시키기 위해서 이러는 건 알지만, 나중에 두고 봐.

내가 가만히 있자, 여자애는 천천히 고개를 끄덕였다.

"고마워. 그럼 네 목을 만질게. 좀 뜨거울지도 모르지만 아프지는 않을 테니까 안심해."

"아…… 우."

여자애는 약간 미심쩍어하면서도 나를 향해 목을 내밀었다.

내가 목에 손을 댄 후, 마력을 불어넣기 위해 집중한 순간…… 그 일은 일어났다.

"누나를…… 건드리지 마아아아앗!"

옆에서 자고 있던 남자애가 갑자기 벌떡 일어나더니 내 팔을 물어뜯었다.

"시리우스 님?!"

"움직이지 마!"

나는 화들짝 놀란 노엘을 말리면서 계속 여자애를 치료했다.

쇠약해진 상태라 턱 힘은 약했지만 송곳니가 박히자 약간 아팠다.

"어── 아!"

"치료에 차질이 생기니까 말하지 마!"

이 여자애가 말을 하면 치료 부위가 안정되지 않기 때문에 나는 그렇게 말했다.

누나라고 하는 것을 보면, 이 남자애는 자신의 누나를 지키기 위해 필사적인 것이리라. 상처 입은 짐승이나 마찬가지지만 피해라고 해봤자 팔을 물린 것뿐이니 쓸데없이 말리기보다는 마음대로 하게 두는 편이 나을 것 같았다.

"으으……우아안에어 떠러저어엇!"

"기운이 넘치네. 다행인걸."

"시, 시리우스 님?! 피가 나요…….'

송곳니에 찔린 부분에서 피가 흘러나왔다.

고통은 참을 만했지만 에리나가 이 광경을 봤다면 난리가 날 것이다.

"저기, 손은 움직여도 되니까 이 애의 머리라도 쓰다듬어줘."

여자애는 내 말에 따라 남자애의 등을 살며시 쓰다듬었다.

"누나, 왜 말리는 거야?!"

"으…….'

"싫어! 나는 안 믿어. 어이, 누나를 놔!"

남자애는 또 나를 물어뜯으려고 했지만 누나가 말렸다. 누나와 달리 이 애는 반골정신이 투철한 것 같았다. 그래도 노예였다는 점을 고려해볼 때, 이 애가 올바른 반응을 하고 있는 것일지도 모른다.

그렇게 동생을 말리기 시작하고 몇 분이 흘렀을 즈음, 드디어 치료가 끝낸 나는 그녀에게서 떨어졌다.

"……음, 이쯤하면 됐겠지. 말 좀 해봐."

"우리 누나한테 무리한 일을 시키지 마!"

"네 목은 다 나았을 거야. 그러니까 말을 해봐."

남자애가 옆에서 시끄럽게 떠들어댔지만, 나는 개의치 않으면서 말을 이었다. 그러자 여자애는 당혹스러워하면서도 숨을 들이마신 후…….

"……레, 우스?"

"누나?!"

"레우스…… 레우스. 내 말을 알아들을 수 있니?"

"응! 잘 들려, 누나!"

"훌쩍, 다행이네요."

노엘은 포옹을 나누는 남매를 보며 감격하고 있었지만 너는 그 전에 할 일이 있지 않아?

"수프는?"

"아, 맞다! 금방 준비할게요."

식지 않도록 손을 쓰기는 했지만 모처럼 만든 것이니 빨리 저 남매가 먹었으면 좋겠다.

노엘은 접시에 수프를 담더니 두 사람을 향해 미소를 지으며 내밀었다.

"동생분도 정신을 차렸으니, 이제 괜찮죠? 자아, 따뜻한 수프 드세요."

"흐…… 흥! 안 속아! 맛없는 걸 먹인 후에, 우리를 비웃을 속셈이지?!"

"그런 짓 안 해요. 자, 봐요. ……으음, 맛있어."

경계심이 많은 남자애…… 레우스라고 불린 애를 위해 노엘은 그가 보는 앞에서 수프를 마셨다. 그러자 레우스는 입을 다물었고, 노엘은 진지한 표정을 지으며 그에게 수프가 담긴 접시를 억지로 쥐어줬다.

"너희는 고생을 많이 했을 거라고 생각해. 그러니 더욱 이걸 먹어줬으면 해. 이건 시리우스 님이 너희를 위해 열심히 만드신 거란 말이야."

"어…… 어째서야?"

"이유 같은 건 아무래도 상관없잖아. 지금은 아무것도 신경 쓰지 말고 빨리 먹어. 엄청 맛있다고."

노엘이 필사적으로 설득하자, 여자애는 머뭇거리면서 수프를 먹었다.

"……맛있어."

"누, 누나, 정말이야? 독 같은 게 들어 있지는 않은 거야?"

"괜찮아. 엄청…… 맛있고, 따뜻해……. 이런 건 처음 먹어 봐……."

누나의 뒤를 따르듯 레우스도 수프를 먹더니, 고개를 들면서 커다란 눈물방울을 흘렸다.

"이게 뭐야……. 맛있어. 이게 뭐냐고…… 훌쩍, 젠장!"

"맛있어……. 정말…… 으, 으흐흐흑!"

수프의 온기 때문에 참아왔던 감정이 폭발한 것이리라. 수치심을 내던진 두 사람은 큰 소리로 엉엉 울었다.

마음껏 울고 진정하면 우리가 적이 아니라는 것을 이해해줄 것이다.

"……뒷일을 부탁할게."

"예. 맡겨만 주세요."

나는 울고 있는 두 사람을 노엘에게 맡긴 후, 조용히 방에서 나왔다.

방에서 나와 보니 디와 에리나가 방 앞에서 기다리고 있었다.

에리나는 레우스에게 물린 내 팔에 약을 발라주더니 붕대를 감아줬다.

"시리우스 님, 수고하셨습니다. 하지만…… 너무 무리하셨어요. 만약 그 애가 힘이 셌다면 시리우스 님께서는 큰 부상을 입으셨을 겁니다."

"걱정 끼쳐서 미안해."

"아신다니 됐습니다. 자아, 거실에 차를 준비해뒀으니 잠시 휴식을 취하시죠."

디는 조리실로 향했고, 나는 에리나와 함께 거실 테이블을 사이에 두고 앉았다.

에리나가 준비한 차를 마시면서 한숨 돌리고 있는 사이, 에리나는 아무 말도 하지 않았다.

아마 내가 입을 열기를 기다리고 있는 것이리라. 나는 에리나와 진심 어린 대화를 나누기 위해 입을 열었다.

"우선…… 저 두 사람을 멋대로 데려와서 미안해, 에리나."

"사과하실 필요 없습니다. 시리우스 님이 아리아 님의 피를 이어받으셨다는 걸 알 수 있어서 기쁠 지경이니까요."

"어머니와?"

"예. 상황은 다르지만, 아리아 님도 노엘을 주우셨죠. 시리우스 님처럼 거북한 표정을 지으면서요."

에리나는 즐겁다는 듯이 웃었다. 몰랐다고는 해도, 어머니와 같은 행동을 했을 줄이야. 기쁘다고 해야 할까…… 왠지 떨떠름했다.

내가 말로 형용할 수 없는 감정을 느끼고 있을 때, 에리나는 진지한 표정을 지었다. 그래서 나 또한 표정을 굳히며 그녀가 입을 열 때까지 기다렸다.

"시리우스 님, 저 아이들은 어떻게 할 생각이시죠?"

"글쎄……. 우리에게는 저 두 사람을 보살필 여유가……."

"시리우스 님."

에리나는 평소와 달리 내 말을 도중에 잘랐다. 그리고 내 두 어깨에 손을 얹었다.

"저택이나 저희는 개의치 마시고, 시리우스 님의 솔직한 마음을 들려주세요. 저희는 당신의 시종이니, 시리우스 님의 뜻에 따를 겁니다."

"……설령 그게 무리한 일이더라도?"

"예. 하지만 무리한 일이라면 의견을 내놓는 것은 허락해주세요."

큰일이네……. 이 사람은 진짜로 나를 잘 이해하고 있다.

에리나의 말 덕분에 내 마음속에 존재하던 미안함은 완전히 사라졌다.

"이대로 저 두 사람을 보호해주고 싶어. 겸사겸사 단련도 시킨 후에, 본인들의 자주성에 맡길까 해."

"저 둘은 재산도 없는데다 몸도 미성숙해요. 솔직히 말해 저희의 부담만 늘어나겠죠. 그래도 그렇게 하실 건가요?"

"그래. 이건 어디까지나 내 자기만족이거든."

1년 전부터 나는 제자를 육성하고 싶다는 마음을 품고 있었다.

즉, 그 남매는 내 욕구를 풀기 위해 휘말린 피해자 같은 것이다.

전생과 달리 마법이 있기 때문에 다소 무모한 짓도 할 수 있고 종족의 차이에 따른 성장 차이 등도 조사해보고 싶다.

"그럼 저 두 사람을 고른 이유는 뭐죠? 우연히 구했기 때문인가요?"

"아무라도 상관없었던 것은 아냐. 구한 직후에는 골치 아프게 됐다고 생각하기도 했어."

내가 저 두 사람을 보호하기로 결정한 것은 여자애의 눈을 본 순간이었다.

자신이 아무리 상처 입든, 지켜야만 하는 자를 지키려하는 결의로 찬 그 눈빛은 전생의 내 제자를 떠올리게 했던 것이다.

지나치게 감정에 휩쓸렸다는 것은 자각하고 있지만, 그래도 괜찮다는 생각이 들었다.

그것도 그럴 것이, 지금의 나는 예순이 넘은 할아버지가 아니라 여덟 살짜리 꼬맹이다. 꼬맹이답게 본능에 몸을 맡기면 살아보자고 생각했다.

"서로를 지키기 위해 필사적이었거든. 그런 두 남매라면 신뢰할 수 있다고 생각했어."

"시리우스 님께서 그렇게 말씀하신다면 저도 신뢰하죠. 그것보다 저도 제안을 하나 할까 합니다. 저 두 사람에게 시종 교육을 해도 될까요?"

"시종 교육? 나는 시종으로 삼으려고 두 사람을 데려온 건 아냐."

"하지만 무상으로 먹이고 재워줄 수는 없어요. 의식주에 대한 대가로써 저희의 일을 돕게 하는 것이 가장 적절하겠죠."

"그것도 그래. 미안, 쟤들을 단련시키는 것만 생각했어."

몸을 단련시키는 것뿐만 아니라 교양도 익히게 해야 하니, 시종 교육은 도움이 될 것 같았다.

"아뇨. 시리우스 님을 보필하는 게 제 역할……이라고 하고 싶지만, 실은 타산적인 생각도 포함되어 있답니다. 저 애들에게 시종으로서 필요한 기술을 가르쳐보고 적성이 있다면 시리우스 님을 보필할 시종으로 기르고 싶어요."

"내 시종은 세 명으로 충분해."

"제가 영원히…… 시리우스 님의 곁에 있을 수는 없을 테니까요……."

"에리나……."

231

에리나는 요즘 들어 몸이 쇠약해지는지 힘쓰는 일을 할 때면 빨리 지치는 것 같았다.

그래서 에리나는 만약의 사태에 대비해 자신의 후계자를 키워야겠다고 생각하는 걸지도 모른다. 나는 무심코 눈을 가늘게 떴지만, 에리나는 고개를 가로로 저으면서 미소를 지었다.

"먼 나중의 일이니 시리우스 님께서 그런 표정을 지으실 것 없습니다."

에리나는 자신의 상태를 냉정하게 판단한 끝에 장래를 대비하기로 한 것이다.

그 의지를 존중해야 한다고 판단한 나는 마음을 다잡으면서 고개를 끄덕였다.

"알았어. 에리나의 제안을 허락할게. 하지만 그 애들의 뜻을 확인한 후에 결정하자."

"시리우스 님은 목숨의 은인이니 강요해도 괜찮지 않을까요?"

"살아남기 위한 기술은 강제로 가르치겠지만, 다른 것은 본인의 의지에 따라 선택하게 하고 싶어."

"정말…… 아리아 님을 쏙 빼닮으셨군요."

내 어머니를 그리워하는 건지, 에리나는 눈을 가늘게 뜨면서 상냥한 미소를 지었다. 왠지 부끄러워진 나는 에리나의 얼굴을 똑바로 쳐다볼 수가 없었다.

"아…… 저녁 준비를 할게. 우리가 식사를 끝냈을 즈음이면 그 두 사람도 진정했을 거야. 오늘은 신선한 고기를 얻었으니까 돈가스를 만들까 해."

"새로운 요리인가요? 디가 좋아할 것 같네요."

"그렇겠지. 노엘이 먹을 것도 만들어둬야겠어."

오늘의 공로자인 노엘이 좋아하는 게 들어간 요리를 만들도록 할까.

그리고 노엘을 제외한 우리가 식사를 끝낸 후, 손님방에 전원이 모였다.

두 사람이 좀 진정한 것 같았기에 슬슬 면접을 시작할까 했지만……

"이게 뭔가요?! 마요네즈도 들어갔네요! 정말 최고예요!"

"시끄러워."

두 사람을 지켜보고 있던 노엘에게 음식을 가져다주자, 이 난리가 났다.

오늘의 메뉴는 빵에 돈가스를 끼운 돈가스 샌드위치였는데, 이 자리에서 노엘에게 이걸 준 것은 실수였던 것 같았다. 노엘은 자신이 좋아하는 마요네즈가 들어간 음식을 보고 흥분했고, 침대 위에 있는 두 사람 또한 부럽다는 듯이 쳐다보고 있었던 것이다. 레우스는 침도 흘리고 있었다.

"너희는 먹으면 안 돼."

"이유가 뭐야! 저 누나는 먹는데!"

"레, 레우스! 죄송해요. 동생이 무례를 범했어요."

"신경 쓰지 마. 그런데 너희가 최근에 먹은 게 뭔지 가르쳐 줄래?"

"저기…… 아까 먹은 수프가 정말 오래간만에 먹은 제대로 된 음식이에요. 그 외에는 들풀밖에……."

"그렇다면 절대 먹으면 안 돼. 너희는 식사를 제대로 하지 않은 탓에 위가 약해져 있으니까, 저걸 먹으면 몸이 받아들이지 못해서 토하고 말 거야."

"나는 안 토해!"

"죄송해요, 죄송해요!"

레우스는 자기 처지를 이해하지 못했는지 건방진 소리만 해 댔다.

나이에 걸맞은 행동 같기는 하지만, 이런 태도를 취하면서 용케도 살아남았다는 생각이 들었다.

"건강해지면 만들어 줄 테니까, 지금은 참아."

"예! 아…… 죄, 죄송해요."

역시 여자애 쪽도 먹고 싶었는지, 부끄러워하면서 얼굴을 붉혔다.

"아까 간단히 소개하기는 했지만, 다시 자기소개를 하자. 처음 보는 사람도 있을 테니까 말이야."

"좋아. 너희는 대체 뭐야?"

"그럼 우리부터 소개를 하도록 할까? 나는 시리우스. 이 집의 주인이야."

그 뒤를 이어 에리나, 디, 노엘이 간략하게 자기소개를 했다. 도중에 노엘은 허둥지둥 음식을 먹은 탓에 목이 막힌다고 하는 사고가 발생했지만, 그 외에는 별문제가 없었다.

"저기…… 시리우스 님은 귀족……인가요?"

"일단은 귀족이려나? 하지만 개의치 말고 평범하게 대해도 돼."

"그, 그럴 수는……. 아, 제, 제 이름은 에밀리아예요. 늦었지만, 구해주셔서 고맙습니다. 자, 레우스. 너도 빨리 인사를 해."

"레우스…… 예요."

내가 귀족이라는 사실을 알자마자, 두 사람은 위축됐다. 노엘이 귓속말로 알려준 정보에 따르면, 노예는 귀족에게 반항하지 못하도록 조교를 당한다고 한다.

"목소리가 갑자기 작아졌네. 아까 전까지의 위세는 다 어디간 거야?"

"시끄러워! 나는 레우스야! 엄청 세고, 긍지 높은 아빠의 아들이라고!"

"그 엄청 세고 긍지 높은 아빠의 아들이, 도움을 받아놓고 고맙다는 말도 못 하는 거냐?"

"윽?!"

건방진 꼬맹이를 괴롭히는 게 아니라, 이것은 어디까지나 교육의 일환이다.

어린이든, 과거에 무슨 일이 있었든, 은인에게 감사의 인사도 못 하는 녀석이 제대로 성장할 리가 없다.

내 의도를 눈치챘는지 시종들은 아무 말도 하지 않고 가만히 있었다.

"고, 고마……워."

"흠, 좋아. 이걸로 자기소개는 끝났는데, 물어볼 거라도 있어?"

"저희는…… 이제 어떻게 되는 거죠?"

어떻게 되냐……라. 한마디로 말해 선택할 여지조차 없는 선택지를 제시할 생각이다.

하지만 내가 대답하기 전에 에밀리아는 공허한 눈빛을 띠며 말을 이었다.

"저에게는 레우스 이외에는 아무것도…… 없어요. 부모님도, 집도, 돈도 없죠. 그러니 뭘 하면 좋을지도…… 모르겠어요."

"아무것도 없다면 만들면 돼. 너희는 일단 상처가 나을 때까지 여기서 지내."

"하지만 저희는 노예라서 아무것도……."

"목걸이를 안 했으니, 노예가 아니잖아? 그리고 다 나은 후에는 두 가지 길이 있어. 하나는 마을까지 데려다줄 테니까 그 후에는 너희가 원하는 대로 하는 거야. 그리고 다른 하나는 나한테서 살아남는 법을 배우는 거지."

"배운……다고요?"

"그래. 살아남기 위해 필요한 지식을 가르쳐주겠어. 그리고 식사도 지급해주지."

"거짓말하는 게 틀림없어, 누나! 저런 소리를 하는 어른들이 우리한테 심한 짓만 해댔잖아!"

생명의 은인이라고는 해도, 만난 지 얼마 안 된 나를 신용하는 것은 무리일 것이다.

하지만 선택할 여지가 없다는 것을 이해한 듯한 에밀리아는 눈에 힘이 돌아오기 시작했다.

"그리고 너희는 분하지도 않은 거야?"

"뭐, 뭐가?"

"서로를 지켜주고 싶은데, 반항 한 번 제대로 못해보고 마물에게 당한 게 분하지 않느냔 말이야. 앞으로도 어른들에게 속으면서 살 거야?"

두 사람은 내 말을 듣더니 분하다는 듯이 고개를 숙였다.

"동생 외에는 아무것도 없다고 했지? 잃을 것이 없다면 나를 따라와."

"왜…… 저희한테 그렇게까지 해주시는 거죠?"

"이유는 없어. 굳이 이유를 들자면 억지를 부리는 거야. 운이 좋았다고 생각하면서 받아들여."

"……예. 저희는 당신을 따르겠어요."

"누나?!"

원래라면 하루 정도 기다린 후, 한 번 더 결단을 내리라고 종용할 생각이었다. 하지만 여자애는 생각보다 적극적이었다. 말이 통하는 것 같아 다행이다.

"우리에게는 다른 길이 없어. 그리고 저 사람은 우리를 강하게 만들어주겠다잖아? 그렇다면 나는 레우스를 지키기 위해 강해지고 싶어."

"나, 나도 누나를 지킬 거야! 저, 저 녀석을 따르면 되는 거지?"

"시리우스 님이야. 저분을 따르기로 결심했다면, 시리우스 님이라고 불러야 해."

"아, 알았어, 누나. 시, 시리우스…… 님."

"시리우스 님, 못난 저희 남매를 잘 부탁드려요."

동생 쪽은 조금 반항적이기는 하지만, 남매는 나를 향해 깊이 고개를 숙였다.

반쯤 강제로 제자로 삼기는 했지만, 나는 교육자로서 공부를 할 수 있고 두 사람은 의식주를 제공받을 수 있는데다 강해질 수 있다.

서로가 손해는 보지 않으니 결과적으로 잘된 일이라 할 수 있으리라.

"나야말로 잘 부탁해."

"힘낼게요."

"식은 죽…… 히, 힘낼게요!"

둘 다 행색은 누추하지만, 두 사람 다 처음 만났을 때보다 표정이 부드러워졌다.

아직 한 번도 웃지 않았지만 언젠가 과거를 극복하고 웃을 수 있게 됐으면 좋겠다. 어린애는 웃을 때가 가장 좋으니까 말이다.

"이야기가 일단락된 것 같으니, 뒷일은 저희에게 맡겨주시지 않겠습니까?"

"응. 부탁해."

이 집의 룰은 비슷한 처지인 시종들에게 배우는 편이 좋을 것이다.

게다가 노엘도 있으니, 내가 가르치는 것보다 나을 것이다.

"우선 몸가짐부터 고치죠. 약을 먹은 후에는 몸을 닦으세요."

"약이다."

"자아, 따뜻한 물과 수건이에요!"

""어?""

"다음은 옷이에요. 치수를 잰 후, 당신들의 옷 중에 크기에 맞는 걸 입히세요."

"자아, 치수 다 쟀어요!"

"옷이다."

""어어?!""

남매는 시종 세 사람에 의해 순식간에 몸가짐이 단정해졌다.

상처는 내 재생활성으로 고친다면 닷새 정도 걸릴 것이다.

은색 머리카락을 지닌 여자애…… 에밀리아. 나이는 아홉 살.

에밀리아의 동생이자, 은색 단발을 지닌 개구쟁이 남자애…… 레우스. 나이는 일곱 살.

이제부터 이 두 사람을 어떻게 기르고, 어떤 식으로 성장시킬지 벌써부터 기대됐다.

이게 제자 육성의 가장 큰 재미일 것이다.

나는 시종들에게 휘둘리는 두 사람을 바라보면서 훈련 계획을 머릿속으로 짰다.

은랑족의 마을은 아드로드 대륙의 각지에 존재하며, 에밀리아와 레우스는 그중 한 마을에 살고 있었다.

1년 전 《시종》 남매가 살던 마을이 마물 무리에게 공격을 받았다. 주민들보다 많은 마물들을 상대로 마을의 촌장이자 실력자인 남매의 아버지가 분전했지만, 결국 에밀리아가 보는 앞에서 마물에게 잡아먹히고 말았다.

레우스는 어머니와 함께 떨어진 곳에 있었기 때문에 아버지의 비극적인 최후를 보지 않았다.

아버지가 죽은 탓에 절망한 에밀리아를 향해 레우스를 안고 있던 어머니가 몸을 날렸지만, 이미 그들은 마물에게 완전히 포위당하고 말았다.

결국 어머니는 에밀리아에게 레우스를 맡긴 후, 홀로 마물들의 무리에 뛰어들어 남매가 도망칠 길을 만들었다. 자신의 목숨을 바쳐서 말이다.

어머니가 목숨을 걸고 돌격한 덕분에 남매는 마물의 무리에게서 도망칠 수 있었다.

마을에서 빠져나온 후, 하염없이 도망치던 남매는 지나가던 인간족과 마주쳤는데 운이 없게도 그 인간족은 노예상인이었다.

그 인간족은 남매에게 목걸이를 채운 후, 노예로 삼았다.

은랑족은 희소종족이지만 반항적인 태도가 마음에 들지 않았는지 남매를 험하게 다뤘던 것 같았다.

제대로 식사를 주지 않은 데다 조금이라도 반항하면 두들겨 팼다.

에밀리아가 말을 못했던 것은 독이 들었는지 확인해보기 위해 먹은 음식 때문에 목이 상했기 때문이라고 한다. 인간을 믿지 못하게 된 탓에 아무것도 먹지 않으려 하는 레우스를 안심시키기 위해 취한 행동 때문에 그렇게 된 것이다.

하지만 부모님의 희생을 헛되이 할 수 없기에 남매는 서로를 격려하며 견뎠다.

반항적인 태도를 고치기 위한 조교를 견뎌내고 남매가 떨어지지 않기 위해 발버둥을 치던 어느 날…… 결국 도망칠 기회가 생겼다.

노예상인의 수송대가 마물 무리에게 공격을 받은 것이다.

그 틈에 남매는 도망쳤고 노예상인에게 추적당할까 봐 숲에 숨었다. 마물로부터 몸을 숨기며 숲을 헤매던 남매는 결국 마물에게 들켜 필사적으로 도망치다 힘이 다하고 만 것이다.

그런 절망적인 상황에서 내가 이 남매를 발견했고, 마물을 쓰러뜨려 구한 것이다…….

"……뭐, 남매의 과거는 얼추 이래."

남매를 줍고 며칠 후, 나는 라이오르의 집에서 차를 마셨다.

오늘은 할아버지와 대련을 하는 날이며, 지금은 대련을 끝내고 휴식을 취하고 있었다. 그리고 할아버지가 남매가 어떻게 지

241

내는지 물었기에 나는 상황을 설명해준 것이다.

"흠. 마물 무리가 마을을 습격한 건가. 노예생활을 한 것도 그렇고, 정말 운이 없구나."

"그 탓에 마음에 깊은 상처를 입은 것 같아. 몸에 난 상처는 거의 다 나아가는데도, 전혀 웃지를 않네."

"가족이 눈앞에서 죽었으니 그만큼 상처도 깊겠지. 그대가 제자로 삼았다면서? 앞으로 어떻게 할 거지?"

"우선 친해져야겠지."

남매는 분명 강해지고 싶다는 의지를 가지고 있다.

강해지기 위해 소중한 요소를 이미 가지고 있으니, 상처가 완치되면 바로 훈련을 시작하고 싶다. 하지만 마음에 상처를 가지고 있기에 그러기가 쉽지 않았다.

에밀리아는 내가 생명의 은인이라는 걸 알기에 순종적이지만, 내면이 매우 불안정했다.

동생 앞에서는 믿음직한 누나다운 모습을 보이지만 혼자 있을 때 우는 모습을 몇 번이나 목격했다. 노예생활을 통해 심어진 공포와 불안, 그리고 부모님을 눈앞에서 잃었다는 슬픔이 아직 낫지 않은 것이리라. 아무에게도 의지하지 못한 채, 홀로 슬픔을 견뎌왔던 것이다.

내버려뒀다간 마음이 무너지고 말지도 모르기에 가능한 한 빨리 손을 쓰고 싶다.

레우스는 건방진 꼬맹이지만 그건 그저 강한 척하는 것뿐이다.

실은 무서워서 도망치고 싶지만 유일한 가족인 누나를 지키기 위해 용기를 쥐어짜내고 있는 것이다.

그 사실을 눈치챈 에리나는 레우스가 혼자 있을 때 어리광을 받아줬고, 그러자 그는 간단히 마음의 문을 열었다.

에리나는 포용력이 뛰어난 데다 레우스는 아직 어린애이니 당연한 결과였다.

하지만 자신의 누나에게 인정받고 있는 내가 마음에 들지 않는지 나한테만 무조건 반발했다. 결국, 모든 것은 내가 저 남매에게 신뢰받지 못하고 있다는 것에 기인했다.

"어린애니까 좀 더 웃었으면 좋겠어."

"그럼 검을 쥐여줘라. 나는 검을 휘두를 때는 웃지."

"그건 할아버지가 변태라서 그래."

"하하하! 그런 골치 아픈 녀석들을 주운 그대의 자업자득이다."

나라는 호적수를 얻은 후로 충실한 나날을 보내고 있는 이 할아버지에게서 정론을 들으니 짜증이 났다.

"두고 보라고. 할아버지가 부러워할 만한 제자로 길러낼 테니까 말이야."

"음, 기대하지. 맞다. 제자에게 검술을 가르치고 싶다면 나에게 데리고 와라. 가망이 있는 애라면 내가 직접 가르쳐주지."

"……그것도 괜찮을지도 모르겠네. 할아버지에게 가르침을 받는 게 좀 불안하지만, 한번 생각해볼게. 그럼 슬슬 돌아가볼까."

"한 번 더 싸울까 했는데 어쩔 수 없지."

완벽하게 막아낼 수 없는 일격을 받으면 진다는 룰로 할아버지와 몇 번이나 싸웠지만, 내 승률은 7할 정도다. 언뜻 보기에는 앞서고 있는 것 같지만, 할아버지가 무시무시하게 강해지고 있기에 방심한 적은 한 번도 없었다.

한 번 사용한 기술이나 작전이 두 번째에는 통하지 않는 것은 당연한 일이며, 전생에서는 아무도 간파하지 못했던 기술에 겨우 한 번 보고 대응한 이 할아버지는 정말 말도 안 될 만큼 강했다.

오늘도 겨우 이겼지만, 조금이라도 방심했다간 순식간에 역전당하고 말 것이다.

항상 긴장감을 지닐 수 있기 때문에 호적수로서 정말 고마운 존재였다.

때때로 이기기도 하지만, 이 할아버지는 강자에게 도전하는 걸 즐기기 때문에 질 때 더 기뻐했다. 정말 무시무시한 변태다. 하지만 일부러 지지는 않는 골치 아픈 변태이기도 했다.

라이오르와 헤어진 후, 마물의 고기를 확보하여 저택으로 돌아가 보니 어느새 저녁이 되었다.

현관 앞을 청소하고 있던 노엘과 에밀리아 앞에 내가 착지하자, 노엘은 평소와 마찬가지로 고개를 숙였다. 하지만 에밀리아는 눈을 동그랗게 뜬 채 망연자실한 눈빛으로 나를 쳐다보았다.

"다녀오셨습니까, 시리우스 님. 자아, 에미도 인사해야지."

"아…… 예! 다녀오셨습니까, 시리우스 님."

"응. 왜 그렇게 놀란 거야?"

"어쩔 수 없잖아요. 에미는 시리우스 님의 마법을 처음 보니까요."

그러고 보니 에밀리아의 앞에서 하늘을 난 것은 처음이었다.

"방금 그건 마법……인가요?"

"그래. 그리고 시리우스 님의 행동에 사사건건 놀랐다간 끝이 없으니까, 그냥 그런 인간이라고 생각하면서 체념하는 게 나아."

"예. 알았어요, 노엘 씨."

"으음, 감점!"

노엘은 갑자기 손가락을 하나 세우면서 화를 냈다. 감점이라고 말하기는 했지만, 에밀리아에게 뭔가를 잘못한 것 같지는 않은데…… 혹시 시종만이 알 수 있는 미스를 범한 것일까?

만약 그렇다면 노엘도 성장을…….

"아, 맞다! 으, 으음, 언니?"

"완벽해! 나를 부를 때는 언니라고…… 아야야야야얏!"

아이언클로 형벌에 처하노라. 노엘에게 벌 줄 때 쓰는 방법 중 하나다.

"아야야…… 제 얼굴이 점점 작아지는 것 같아요. 좀 봐달라고요!"

"딱히 잘못한 건 아니지만, 그 호칭은 좀 그렇지 않아? 선배가 더 적절하다고."

후배 앞에서 선배를 꾸짖는 것은 올바른 행동이 아니지만, 무심코 손이 나가고 말았다.

"본인도 납득했다고요. 그렇지? 에미."

"아, 예. 저는 언니라고 부르는 것도 괜찮다고 생각해요."

당황하기는 한 것 같지만 사이가 좋아진 것 같으니 다행이라고 생각하기로 했다.

"뭐…… 좋아. 그것보다 오늘은 새로운 요리에 도전할 거야."

"호오! 그건 흘려들을 수 없는 말이군요. 요리의 이름을 물어봐도 될까요?"

"다진 고기와 두부를 이용한 두부 햄버그를 만들 거야."

"그렇군요! 어떤 요리인지는 모르겠지만, 기대하고 있을게요!"

"좀 이해하려고 노력해보란 말이야."

쓴웃음을 짓던 내가 에밀리아의 시선을 느끼고 고개를 돌려보니, 그녀는 허둥지둥 시선을 피했다.

"왜 그래. 할 말 있어?"

"아…… 아뇨. 딱히…….."

"잔뜩 만들 테니까 얼마든지 더 달라고 해."

"아, 예."

에밀리아는 일을 도울 수 있을 만큼은 회복됐지만, 잡담을 나누려고 하면 갑자기 굳어버리고는 했다.

슬슬 내가 손을 쓰는 편이 좋을 것 같았다.

"아아…… 배불러요. 또 새로운 맛과 만났네요."

저녁 식사 후, 시종들은 두부 햄버그를 맛보더니 만족스러운 표정을 지었다.

"고기만으로 만든 것과는 달리, 깔끔한 맛이 나서 정말 먹기 좋았어요."

"음. 요리는 이렇게 심도가 깊은 것이었군. 다음에 나도 도전해봐야겠어."

"".............""

시종들이 찬사를 입에 담는 가운데도, 남매는 여전히 침묵을 지켰다.

맛있게 먹어댄 것치고는 아무 말도 없기에 왜 그러냐 싶어 쳐다보고 있을 때, 에리나가 남매에게 말을 걸었다.

"당신들, 왜 그러죠? 더 달라고 하면서 먹은 걸 보면, 요리가 입에 맞기는 한 거죠?"

"으음…… 예."

"아, 아마도……."

"그럼 자신의 마음을 말로 표현하세요. 주종관계를 떠나, 맛있다고 느꼈다면 그걸 솔직하게 밝히는 게 예의예요."

"예. 시리우스 님, 맛있었어요."

"윽! 마, 맛있었……어요."

에리나가 지적을 하자, 에밀리아는 담담한 표정으로, 그리고 레우스는 퉁명한 표정으로 감상을 말했다. 남매의 표정과 태도를 떠나 맛있었다고 말해주니 나도 만족했다.

에리나는 이런 식으로 정서교육을 해주고 있지만, 에밀리아의 상태가 점점 나빠지는 것 같은 느낌이 들었다.

무표정한 얼굴로 멍하니 있을 때가 늘어난 것도 같으니……

서두르는 편이 좋을지도 모른다.

나는 결단을 내린 후, 식후 뒷정리를 돕고 있는 에밀리아에게 말을 걸었다.

"에밀리아. 지금 바로 내 방으로 와."

"아, 예……."

"아, 안 돼! 우리 누나에게 무슨 짓을……."

"당신은 저와 함께 공부하죠."

"에, 에리나 씨, 잠깐만! 누나가, 누나가…… 아——!"

내가 에밀리아와 단둘이 있고 싶어 한다는 사실을 눈치챈 에리나가 레우스를 데리고 가줬다.

레우스의 목소리가 들리지 않자, 나는 뒷정리 중인 노엘과 디에게 말을 걸었다.

"두 사람도 잠시 동안은 내 방 근처에 오지 마."

""예.""

두 사람의 대답을 들으며 방으로 돌아가고 있을 때, 노엘이 나를 불러 세우더니, 엄지를 치켜세우며 미소를 지었다.

"시리우스 님. 여자애는 상냥하게 대해야 해요."

"그 정도는 나도 알아."

"정말인가요? 느닷없이 덮치지 말고, 우선 입맞춤부터…… 아야야야야야! 안면은 안 돼요오오오오!"

노엘에게 한 방 먹인 후, 에밀리아와 함께 방으로 돌아간 나는 그녀에게 옷을 벗으라고 명령하자, 그녀는 잠옷 대신 걸치고 있던 커다란 로브를 벗었다.

그리고 속옷 차림이 된 에밀리아는 얼굴을 새빨갛게 붉힌 채 고개를 돌리고 있었다.

"그럼 침대에 드러누워."

"……예."

내 말은 꽤나 수상쩍었지만, 딱히 음흉한 짓을 하기 위해 옷을 벗으라고 한 것은 아니었다. 에밀리아가 노예생활을 하면서 입은 흉터를 없애주려는 것뿐이다.

그녀는 찰과상과 멍 같은 것이 온몸에 나 있었다. 그리고 이 정도는 수술이나 약 같은 것을 쓰지 않고도, 내 재생활성만으로 치료할 수 있다.

흉터가 남은 원인을 설명하자면, 자기재생을 통해 회복된 세포가 원래 세포와 다르기 때문에 흉터가 남는 것이다.

그러니 내가 그 세포에 마력을 흘려 넣어 분해한 후, 원래 세포로 재생시키는 방법으로 없애는 것이다. 마법과 의학을 겸비한 나만이 가능한 치료법이다.

물속성 치료마법을 쓰면 더 간단하지만, 나는 무속성이라 다른 속성과 상성이 나빴다. 그래서 초급마법도 제대로 쓸 수 없기에 포기했다.

뭐, 내 속성은 아무래도 상관없다. 빨리 치료를 시작하자.

"오늘은 배 언저리부터 할게. 그럼 만진다?"

"부탁드려요."

겉으로 드러나는 팔이나 다리는 이미 치료를 마쳤기에, 남은 것은 옷에 가려지는 복부와 등이다.

레우스는 자잘한 상처 이외에는 대부분 치료했지만, 에밀리아는 여자애이기 때문에 신경을 써가면서 치료했다.

내 손이 움직일 때마다 그녀는 부르르 떨었고, 얼굴을 새빨갛게 붉히면서도 필사적으로 참았다.

그리고 치료가 끝나자, 흉터가 사라진 배를 만지면서 만족스러운 표정을 지었다.

"자아, 피부가 깨끗해졌네. 어때?"

"가, 감사……합니다."

"다음은 등이야. 돌아누워."

에밀리아는 내 말에 따라 돌아누웠다. 그녀의 등에도 흉터가 많았다.

인간은 본능적으로 폭력에 등으로 맞서는 경향이 있다. 그 탓에 수많은 상처로 뒤덮인 등을 보며, 나는 한숨을 내쉬었다. 어떻게 어린애에게 이런 짓을 할 수 있는 걸까, 하는 생각이 들었다.

치밀어 오르는 분노를 삭이기 위해, 나는 치료를 계속하면서 에밀리아에게 말을 걸었다.

"이 집에서의 생활에는 익숙해졌어? 노엘을 상대하느라 피곤하지 않아?"

"아…… 꽤 익숙해졌어요. 그리고 노엘…… 언니는 상냥한 분……이세요."

말문이 약간 막힌 것은 노엘이 사사건건 치근덕대기 때문이리라.

"혹시 원하는 게 있으면 얼마든지 말해. 사치는 좀 무리지만 말이야."

"괘, 괜찮아요. 저는 만족하고 있거든요."

"……진짜로 만족하고 있는 거야?"

"예. 시리우스 님은 저희를 구해주셨을 뿐만 아니라 따뜻한 밥과 잘 곳도 주셨어요. 저희는 그것만으로 충분해요."

그녀는 입으로는 그렇게 말했지만, 얼굴은 여전히 무표정했다.

말과 표정이 맞물리지 않는데, 뭐가 충분하다는 걸까.

"충분? 대체 뭐가 충분하다는 건데? 너는 계속 참고 있는 거 아냐?"

"그, 그게……."

"에밀리아가 남몰래 운다는 걸 알아. 울지 말라고는 하지 않겠지만, 나에게 이유를 가르쳐주지 않겠어?"

"…………."

내가 핵심에 다가서려 했지만, 에밀리아는 아무 말 없이 고개만 돌렸다.

역시 아직 일렀던 것 같지만, 이대로 방치했다간 그녀의 마음이 버티지 못할 것이다.

본심을 털어놓게 만들 계기가 없을지 생각하면서 작업을 계속하고 있을 때, 에밀리아의 어깨에 존재하는 이질적인 흉터를 발견했다.

이것은 찰과상이나 채찍자국이 아니라, 물려서 난 흉터였다.

"어깨에 있는 이 상처는 뭐야? 이것도 치료……."

"안 돼!"

내가 어깨에 손을 대려고 한 순간, 에밀리아는 몸을 벌떡 일으키며 도망쳤다.

방구석에서 몸을 웅크린 채 벌벌 떨고 있는 그녀는 어깨의 흉터를 감싸더니 거친 숨을 내쉬었다.

매우 흥분한 것 같았기에 나는 그 자리에서 양손을 든 채 말을 이었다.

"자아, 나는 아무 짓도 안 할 거고, 여기서 꼼짝도 안 할 거야. 화내지 않을 테니까 이유를 말해줘."

"이건…… 이건, 안 돼……."

"뭐가 안 된다는 건데? 그 흉터를 없애면 안 된다는 거야?"

내가 그렇게 말하자 에밀리아는 몇 번이나 고개를 끄덕였다.

내가 잠시 동안 지켜보는 사이 마음이 좀 진정된 것 같지만 그래도 위험한 상태였다.

원래라면 노엘을 불러서 진정시켜야겠지만 이것이 그녀의 본심을 알아낼 계기일지도 모르기에, 나는 위험하다는 것을 알면서도 에밀리아의 마음속에 발을 들이기로 결심했다.

"저기, 에밀리아. 그 상처는 누가 낸 거야?"

"…………엄마."

"그렇구나. 엄마가 왜 어깨를 문 건데?"

"우리는…… 상대를 좋아하면…… 물어."

강아지가 서로를 물거나 개가 주인에게 애정표현 삼아 살며시 무는 것과 비슷한 걸까?

그러고 보니 전생에서 내가 주웠던 개도 나를 자주 물었다.

"어깨를 무는 건…… 진심으로 사랑한다는 뜻이야. 엄마는 나를 꼭 깨문 후…… 마물들을 향해……!"

에밀리아는 어머니의 최후를 떠올렸는지 눈물을 흘렸다.

"왜야…… 왜야? 엄마, 아빠…… 왜 나를 두고 가버린 거야! 나를 사랑한다고 했잖아! 사랑한다면…… 돌아와! 레우스를 나 혼자서 돌보는 건 무리야! 언니가 생겨도 하나도 기쁘지 않아! 엄마와 아빠가 없으면 안 된단 말이야! 왜 나를 때리는 거야?! 아픈 건 싫어! 왜…… 왜 내가 이런 꼴을 당하는 건데?! 싫어…… 다 싫어…….”

에밀리아는 울부짖더니, 모든 것으로부터 도망치듯 무릎 사이에 얼굴을 묻으며 몸을 동그랗게 말았다.

부모님이 눈앞에서 죽으면서 생긴 마음의 상처는 내 예상보다 더 깊었던 것 같았다. 동생 앞에서는 필사적으로 강한 척을 했지만, 이런 큰 슬픔을 용케도 참아냈다.

하지만…… 드디어 본심을 털어놨구나.

"에밀리아."

"……싫어."

"에밀리아, 내 말 들어."

나는 현실을 거부하는 에밀리아에게 천천히 다가간 후, 몸을 숙여서 그녀와 눈높이를 맞췄다.

"에밀리아의 어머니는 아버지처럼 싸움을 잘하셨어?"

그녀는 내 말을 듣더니 고개를 저었다.

"그런데도 네 어머니는 마물들을 향해 몸을 날렸어. 왜 그랬다고 생각해?"

"……모르겠어."

나는 그 광경을 못 봤지만, 그녀의 어머니가 죽을 걸 알면서 몸을 날린 이유는 짐작이 되었다.

"에밀리아와 레우스를 지키기 위해서야. 힘들겠지만, 떠올려 봐. 그때 네 어머니는 어떤 표정을 짓고 계셨지?"

"……웃고 있었어."

"그건 말이야. 너희를 지키기 위해서라면 자신의 목숨도 아깝지 않기 때문이야. 그리고 흉터가 남을 정도로 네 어깨를 세게 문 건 에밀리아를 그만큼 사랑하기 때문일 거야."

"……엄마."

"네 어머니는 마지막에 뭐라고 하셨어?"

"강하게 살렴. 사랑해, 라고……."

"그럼 강하게 살아야겠네. 그리고 동생을 지켜야지?"

"응……. 레우스는, 내가 지킬 거야……."

"그래. 레우스를 지키기 위해, 살기 위해, 강해지는 거야. 내가 지켜봐줄게."

"우…… 아…… 아앗!"

결국 한계에 부딪힌 에밀리아는 내 품에 뛰어들더니 울음을 터뜨렸다.

처음 만났을 때는 더러웠지만, 지금은 깨끗한 그녀의 은발을 상냥히 쓰다듬어줬다.

"많이 힘들었지? 하지만 이제 괜찮아. 여기에는 에밀리아를 때리는 사람은 없어. 네가 운다고 화낼 사람도 없어. 안심해."

"응…… 응……."

"앞으로도 배부르게 먹고, 마음 편히 자. 그리고 그만큼 강해지는 거야. 네 어머니처럼, 마음도 강해지는 거야."

"응…… 강해질게."

"자신의 생각을 똑바로 밝히도록 해. 그리고 곤란할 때는 우리와 상의하는 거야."

"응…… 말할게……."

"언젠가 자신이 하고 싶은 일을 찾아내. 나는 그걸 도와줄게."

"……응!"

그녀는 그렇게 말하며 나를 끌어안은 손에 더욱 힘을 주더니, 내 가슴에 얼굴을 묻고 엉엉 울었다.

에밀리아는 마음껏 운 후, 그대로 고른 숨소리를 내면서 잠들었다.

옷이 눈물과 콧물로 범벅이 됐지만, 그녀의 편안한 얼굴을 보니 전혀 찝찝하지 않았다.

나는 에밀리아의 얼굴을 깨끗하게 닦아준 후, 침대에 눕히고 모포를 덮어줬다.

이런 모습을 동생에게 보이고 싶지 않을 테니, 오늘은 내 침대에서 재우자.

그녀가 깨지 않도록 조용히 방에서 나가자, 복도에는 레우스 이외의 시종들이 서 있었다. 저렇게 크게 울어댔으니 무슨 일인가 싶어 와보는 것도 무리는 아니었다.

그들이 준비해준 상의로 갈아입고 있을 때, 에리나가 나를 향해 고개를 숙이면서 상냥한 미소를 지었다.

"시리우스 님, 수고하셨어요. 저 아이의 마음속에 존재하던 울분은 이걸로 해소됐겠죠. 멋진 수완이세요."

"응. 성공해서 다행이야."

결과적으로 잘 풀리기는 했지만, 나는 그녀의 상처를 후벼 판 것이나 마찬가지다. 그러니 마음이 견뎌내지 못하고 망가질 가능성도 있었다. 하지만 그것을 견뎌낸 그녀의 강한 마음에는 탄복할 수밖에 없었다.

그녀는 내일 어떤 표정을 보여줄까? 희미하게나마 웃어줬으면 좋겠는데 말이다.

나는 그런 생각을 하다, 홀로 웃고 있는 노엘과 눈이 마주쳤다.

"그건 그렇고 시리우스 님은 여자 홀리는 데도 재주가 있으시네요. 에미는 내일부터 시리우스 님에게서 헤어나지 못할 거예요."

"나는 부모처럼 그녀를 대했을 뿐이야. 내 여자로 만들기 위해 위로한 건 아니라고."

"아뇨. 그런 식으로 대해준 사람에게 반하지 않는 여자는 없을걸요?"

"그런 감정은 금방 사라질 거야. 며칠 후부터 내가 짜둔 특훈을 시작할 거니까, 그런 감정에 사로잡혀 있을 여유는 없을걸?"

"아, 그걸 할 건가요? 상냥하게 대해줄 생각은…… 없는 것 같네요."

노엘은 내가 평소에 하는 훈련을 떠올렸는지 얼굴이 새파랗게 질렸다.

"레우스는 어때?"

"그 애도 에밀리아만큼은 아니지만, 마음속에 쌓여 있던 걸 토해냈어요. 덕분에 누나와 마찬가지로 곤히 잠을 자고 있죠."

"고마워, 에리나. 원래라면 레우스를 데리고 온 내가 해야 할 일인데……."

"그 애한테는 제가 적임일 거예요. 게다가 열심히 어리광을 부리는 모습도 정말 귀엽습니다."

"에리나라면 엄마 역할도 딱 맞을 거야. 나도 때때로 엄마라고 생각할 정도니까 말이야."

"윽?! 가, 감사합니다!"

에리나는 기쁜지 깊이 고개를 숙였다. 그런데 왜 방금 그 말을 듣고 저렇게 고마워하는 거지?

잘은 모르겠지만, 에리나가 기뻐하는 것 같으니 잘됐다고 생각하기로 했다.

"에밀리아가 지금 내 방 침대에서 자고 있으니, 나는 어디서……."

"제 침대를 쓰세요!"

잘까…… 하고 말하기도 전에, 에리나가 손을 번쩍 들었다.

너무 빠른 행동이었기에 노엘과 디도 놀란 것 같았다.

"아, 나는 거실 소파에서 잘 테니까 모포만 준비해줘."

"주인님을 그런 곳에서 자게 할 수는 없습니다! 제 침대를 써주세요."

"하지만 에리나에게 폐를 끼치는 건 좀……."

에리나는 요즘 들어 많이 피곤해 보이니, 더는 부담을 끼칠 수 없다.

그래서 다른 두 사람을 쳐다보니, 시선을 피했다. 특히 고양이귀 아가씨 쪽은 불 줄도 모르는 휘파람을 부는 시늉을 하고 있었다. 공기 새는 소리밖에 안 들린다고.

"제 방은…… 어질러진 상태라서요."

"저는 에미와 같이 잘까 해요. 깨어났을 때 혼자 있으면 쓸쓸할 거잖아요."

"그럼 노엘의 침대가 비겠네."

"아, 저기…… 요즘 꼬리털이 많이 빠져서, 이불이 털 범벅이라……."

왜 저렇게 거절을…… 아, 저러는 이유는 짐작이 되었다. 그래도 변명이 너무 궁색한 거 아냐?

"하아…… 에리나. 같이 자도 될까?"

"예! 그럼 즉시 준비하겠습니다!"

에리나는 만면에 미소를 지으면서 고개를 끄덕이더니, 재빨리 자신의 방으로 돌아갔다.

"좀 이르지만 저도 잘게요. 저도 시리우스 님의 침대에서 자도 되죠?"

"그래…… 좋을 대로 해. 딴죽 날리기도 귀찮거든."

에리나의 준비도 금방 끝날 것 같으니, 그녀가 재촉하러 오기 전에 가기로 했다.

하품하면서 에리나의 방에 간 나는 완벽하게 정돈이 된 에리나의 침대에 드러누웠다.

에리나가 내 옆으로 오는 사이, 나는 그 남매에 대해 생각했다.

내 제자가 된 것을 후회하는 일만은 절대 없게 할 생각이다. 언젠가 헤어져야만 하는 순간이 찾아올지도 모르지만, 그때까지 전력을 다해 그들을 이끌어주고 싶다.

……나는 그런 생각을 하면서 잠들려 했지만, 좀처럼 잠들 수가 없었다. 결국 만면에 미소를 지은 채 내 얼굴을 뚫어져라 쳐다보고 있는 원흉에게 말했다.

"저기…… 그렇게 쳐다보면 신경 쓰인다고."

"죄송합니다. 하지만 저는 옆을 보면서 누워야만 잠을 잘 수 있어서요."

"거짓말하지 마."

신경 쓰이기는 하지만…… 에리나가 기뻐하니 어쩔 수 없지.

나는 뜨거운 시선을 느끼면서도 어떻게든 잠에 빠져들기 위해 눈을 감았다.

아직 해가 완전히 뜨기 전부터, 나의 하루는 시작된다.

옆에서 자고 있는 에리나가 깨지 않도록 조용히 몸을 일으킨 후, 나는 거실에 놓인 운동복으로 갈아입었다.

수분을 대량으로 섭취하고 밖에 나가 준비운동을 한 뒤에 몸이 풀리자 정원에서 달리기를 시작했다. 아직 깨지 않은 사람들을 생각해 발소리를 죽인 채 뛰고 있지만, 이것도 훈련의 일환이다. 서서히 달리는 속도를 올린 후, 몸이 충분히 풀리자 '부스트'를 발동시키면서 숲에 들어갔다.

나는 하늘을 날지 않고 나무들을 장애물 삼아 숲을 내달렸다. 나뭇가지를 박차고, 강을 뛰어넘으며, 고블린을 발판 삼고, 절벽을 날듯이 뛰어 올라간 끝에, 이 주변에서 가장 높은 산꼭대기가 골 지점이다.

그곳에 도착하면 '부스트'를 멈추고 러닝에 중점을 둔 근육 트레이닝을 시작한다.

고지대에서는 저산소, 저압이라 몸에 가해지는 부담이 크지만 그 덕분에 훈련 효과가 비약적으로 상승했다. 전생에서는 저산소 트레이닝이라고 불렸다.

전생에서 하던 훈련 중 하나지만, 스승과 함께…… 아니, 끌려간 산은 고도 5천 미터가 넘는 설산이었다. 그때는 진짜로 죽는 줄 알았다.

산에서의 훈련을 한 시간 만에 끝낸 후, 하늘을 날아서 하산한 나는 집에 도착하자마자 마무리 체조를 했다.

이것이 내 아침 훈련 메뉴다.

마법이 있기 때문에 가능한 훈련이며, 마법이 없었다면 산에 올라갔다 내려오는 데만 한나절은 걸릴 것이다.

그리고 훈련이 끝나는 것과 동시에 에리나가 수건과 음료수를

가져다주지만…… 오늘은 그녀가 나타나지 않았기에 고개를 갸웃거렸다. 바로 그때, 등 뒤에서 발소리가 들려와 고개를 돌렸다.

"시, 시리우스 님. 좋은 아침입니다."

그 발소리의 주인은 에리나가 아니라, 에밀리아였다.

에밀리아는 컵과 수건을 든 채 매우 긴장한 표정을 짓고 있었다. 하지만 어제까지 느껴지던 어두운 분위기는 전혀 느껴지지 않았다.

"안녕, 에밀리아. 수건 줄래?"

"아, 예!"

내가 에밀리아에게서 건네받은 수건으로 땀을 닦고 있을 때, 그녀는 나를 향해 천천히 고개를 숙였다.

"시리우스 님. 어제…… 정말 감사했습니다."

"이제 괜찮은 거야?"

"저기…… 아직 아빠와 엄마를 잊을 수 없지만, 저는 이제 괜찮아요."

눈과 볼은 빨갛지만, 에밀리아는 온화한 표정을 짓고 있었다.

"시리우스 님, 저는 엄마와 아빠처럼 강해지고 싶어요. 그러니 다시 부탁드릴게요. 저를 강하게 만들어주세요!"

"노예로 지내던 때보다 더 힘들지도 몰라. 그래도 괜찮겠어?"

"예! 열심히 시리우스 님을 쫓아 갈게요!"

"그래. 에밀리아…… 너는 강한 아이구나. 부모님의 죽음을 용케도 받아들였어."

"아……."

나는 그런 에밀리아의 머리를 무심코 쓰다듬어줬다. 그러자 에밀리아는 잠시 놀란 듯한 반응을 보였지만, 곧 기분 좋은 것처럼 눈을 감았다. 그리고…….

"에헤헤……."

처음으로 미소를 지었다.

자기 나이에 걸맞은, 귀여우면서도 화사한 미소였다. 역시 어린애에게는 미소가 어울렸다.

고개를 돌려보니, 에밀리아의 엉덩이에 달린 꼬리가 엄청난 기세로 흔들리고 있었다. 그래서 나는 시험 삼아 그녀의 머리에서 손을 뗐다.

"아……."

그러자 에밀리아는 슬픈 표정을 지었고 꼬리 또한 움직임을 멈췄다.

나는 그런 에밀리아를 보고 전생에서 길렀던 개를 떠올렸다. 그리고 평온한 마음으로 그녀의 머리를 계속 쓰다듬어줬다.

충분히 쓰다듬어준 후 손을 떼자, 에밀리아는 희미하게 눈을 뜨더니 양손을 가슴 앞에 모으면서 열기 띤 시선으로 나를 응시했다.

"……시리우스 님."

그 순간…… 어제 노엘이 했던 말이 머릿속에 떠올랐다.

'그건 그렇고 시리우스 님은 여자 홀리는 데도 재주가 있으시

네요. 에미는 내일부터 시리우스 님에게서 헤어나지 못할 거예
요.'

……좀 정리를 해보자.

나는 에밀리아를 위로해주기는 했지만, 남자로서가 아니라 부
모 같은 입장에서 위로했다.

전생에서 에밀리아와 비슷한 처지의 여자애를 주웠을 때도 같
은 방식으로 위로했다. 그러자 다음 날에 그녀는 나를 아버지라
부르게 되었고 진짜 아버지처럼 나를 따랐다.

그러니 에밀리아도 그렇게 될…… 아버지?

전생의 나…… 쉰이 넘은 아저씨. 상대는 일곱 살 정도의 여자애.

현재의 나…… 여덟 살 꼬맹이. 에밀리아는 아홉 살.

……내가 꼬맹이라는 걸 깜빡했어! 이 나이 차이로는 아버지
라고 생각할 턱이 없다.

게다가 비슷한 또래의 남자가 자신을 구해줬을 뿐만 아니라,
심정적으로 약해져 있을 때 상냥하게 포용해줬으니 반할 가능
성은 충분히 있었다. 그리고 에밀리아의 눈빛을 봐도 그 가능성
은 높았다.

아니…… 잠깐만 있어봐. 아직 반했다고 단정 지을 수는 없어.

에밀리아는 그저 동경할 만한 인물을 만난 것뿐일지도 모른다.

나에게 연애 감정을 가졌다고 생각하기에는 이르다.

일단 신뢰를 얻는 데는 성공한 것 같았다.

과거를 극복한 에밀리아는 이제부터 강해질 것이다. 나도 마

음 편히 특훈을 시작할 수 있으니 문제 될 것은 없다.

"아침때가 다 되었네. 에밀리아, 안으로 들어갈까?"

"예! 시리우스 님."

에밀리아는 꼬리를 흔들면서 현관으로 향하는 내 뒤를 따라 왔다.

방에 가서 옷을 갈아입고 거실로 향하고 있을 때, 노엘이 행복한 표정으로 내 앞에 나타났다. 장난에 성공한 어린애 같은 그 미소가 마음에 들지 않았기에 나는 그녀에게 벌을 주기로 했다.

"꺄아아아아아~! 에, 에미가 행복해하니까 잘됐잖아요——!"

역시 네가 에밀리아를 부추긴 거냐. 오늘은 정성들여 괴롭혀 줘야겠다.

축 늘어진 채 쓰러져 있는 노엘을 내버려두고 거실로 가보니, 마침 아침 준비가 끝나 있었다. 오늘 메뉴는 디가 만든 프렌치토스트였다.

우아하게 식사를 하는 에리나, 만족스러운 표정을 짓고 있는 디, 맛있게 먹고 있는 에밀리아와 레우스, 그리고…… 노엘. 아까까지만 해도 쓰러져 있던 그녀는 어느새 아침을 먹고 있었다. 정말 회복 속도가 빠르네.

디는 식사를 하고 있는 남매에게 밝은 목소리로 말을 걸었다.

"어때?"

"맛있어요. 이렇게 맛있는 건 처음 먹어요."

"달달하고 맛있어, 디 형. 이런 것도 만들 줄 아는구나. 정말

265

최고야."

"이건 시리우스 님에게 배운 요리야."

""어?""

그 말을 듣고 나를 향해 고개를 돌린 남매의 표정은 두 종류로 나뉘었다.

대단하다는 듯이 눈을 반짝이고 있는 누나와 노골적으로 싫어하고 있는 동생으로 말이다.

"놀랄 일은 아니에요. 디가 만드는 요리는 대부분 시리우스 님에게 배운 것이니까요."

"시리우스 님께서는 내가 상상도 하지 못하는 요리를 만드시지."

"와아…… 시리우스 님, 대단하세요."

"흐, 흥. 이딴 거, 맛없다고!"

레우스는 아까까지만 해도 맛있다고 했으면서 갑자기 말을 바꿨다.

내가 주의를 주려고 했을 때, 노엘이 먼저 언성을 높였다.

"레우 군! 그런 소리 하면 안 돼."

노엘에게 혼날 거라고는 생각도 못 한 걸까, 레우스는 난처한 표정을 지었다. 자신이 실언했다는 사실을 눈치챈 것 같았다.

"맛있는 음식에는 아무 죄도 없어. 자아, 꿀 뿌려서 먹어봐."

"……맛있어."

"그렇지? 시리우스 님이 안 계셨다면 이런 요리를 맛보지 못했을 테니까, 빨리 사과해."

"……잘못했어요."

"참 잘했어요. 상으로 내 몫을 나눠줄게."

……이 녀석, 대체 누구야? 노엘의 탈을 쓴 에리나인가?

삐친 어린애가 순순히 사과하게 만드는 노엘의 수완에 놀라고 있을 때, 에리나가 나에게 귓속말로 말했다.

"사실 노엘은 어린애를 잘 다룬답니다. 특히 에밀리아와 레우스는 자신과 비슷한 처지였기 때문인지 더 가깝게 여기는 것 같아요."

그러고 보니 지금까지 이 집에서 노엘보다 나이가 어린 사람은 나뿐이었다. 그런데 나는 연하 같지 않은 행동만 했기에, 노엘은 저 남매가 나타나고서야 비로소 자신의 특기분야를 선보일 수 있는 것이다.

노엘에 대한 평가를 조금 상향수정하자.

"저기 노엘 누나. 안 줘도 되니까 울상 짓지 마……."

"아냐! 나는 누나니까, 조금은……."

"……한 장 더 구워줄까?"

"“예!”"

……역시 관두자.

아침 식사를 끝낸 나와 남매는 움직이기 편한 옷으로 갈아입은 후, 훈련을 하기 위해 정원으로 향했다.

남매는 아직 피골이 상접했지만, 치료와 균형 잡힌 식사 덕분에 마음대로 움직일 수 있을 만큼 회복됐다.

그리고 준비체조를 끝낸 후, 남매는 긴장한 표정으로 내 앞에 섰다.

"그럼 우선 지구력을 확인할 테니까 지금부터 이 정원을 뛰어 봐."

저택의 정원은 꽤 넓기 때문에 가장자리를 따라서 돌면 거리가 상당했다.

"그 정도는 별것 아니라고."

"몇 바퀴 돌면 되나요?"

"쓰러질 때까지."

""어?""

"왜 그렇게 당황하는 거지? 쓰러질 때까지 뛰어. 한계를 뛰어 넘기 위해서는 우선 한계가 어느 정도인지 알아야 하거든. 쓰러지더라도 간호해줄 사람이 있으니 안심해."

정원 구석을 쳐다보니, 수건과 음료수를 준비한 노엘이 대기하고 있었다.

"저는 준비 다 됐어요! 간호사 노엘을 믿으라고요!"

내가 가르쳐준 단어를 사용하고 있는 노엘은 일단 무시하기로 하고, 강해지기 위해 우선 필요한 것은 지구력이다. 이것은 필수적인 것이기에 스승도, 나도, 지구력에 대해서는 엄격했다.

"도중에 전력질주도 할 거야. 나도 같이 달릴 테니 열심히 뛰어."

"허, 헛소리하지 마! 쓰러질 때까지 뛰라는 게 말이 돼?!"

"……하자, 레우스."

"누나?!"

레우스는 시끄럽게 떠들어댔지만, 에밀리아는 천천히 달리면서 레우스에게 말을 건넸다.

"나는 시리우스 님을 따르기로 결심했어. 레우스가 뛰지 않아도, 나는 뛸 거야."

"아…… 알았어! 나도 할게. 하지만 나는 저 자식은 인정 못 해!"

"레우스, 말조심해. 자식이 아니라 시리우스 님이야."

"젠장! 시리우스 님 자식!"

레우스는 전력으로 뛰었고, 에밀리아는 쓴웃음을 지으면서 동생의 뒤를 따랐다. 두 사람 다 페이스가 너무 빨랐지만, 어차피 쓰러질 때까지 뛰게 할 거니 하고 싶은 대로 하게 두기로 했다.

……한 시간 후.

"……이걸로 몇 바퀴째지?"

"하아…… 하아…… 휴우."

"…………으…….."

일정한 리듬으로 숨을 쉬라고 지적하면서 계속 뛰게 한 결과…… 쓰러진 남매를 노엘이 옆에서 간호하는 광경이 펼쳐졌다.

"음, 나도 지나간 길이라서 알아. 너희에게 문제가 있는 게 아니라, 시리우스 님이 비정상적인 거야."

과거에 사흘 정도 체험 훈련을 한 적 있는 노엘이 구구절절한 목소리로 그렇게 말하는 가운데, 나는 남매가 회복될 때까지 정원을 뛰어다녔다.

"시리우스 님~. 두 사람 다 괜찮은 것 같아요~."

노엘이 그렇게 말하자, 나는 마지막으로 정원을 전력질주한 후, 겨우겨우 상반신을 일으킨 에밀리아와 쓰러진 채 꼼짝도 하지 않는 레우스의 앞에 섰다.

"자아, 둘 다 자신의 한계를 알았지? 아, 억지로 말하지 않아도 돼."

에밀리아는 땀에 젖은 머리카락이 볼에 붙어 있는데도 개의치 않으며 멍하니 나를 쳐다보았고, 레우스는 새파랗게 질린 얼굴로 쓰러진 채 꼼짝도 하지 않았다.

죽은 것처럼 보이지만, 배가 들썩거리는 걸 보면 괜찮은 것 같았다.

"지금 푹 쉬어둬. 회복되면 점심때까지 계속 달릴 거야."

남매는 그 말을 듣더니 부르르 떨었다. 반론하고 싶지만, 말도 제대로 할 수 없는 것 같았다.

"저기…… 시리우스 님? 좀 지나친 것 같은데요…….'"

"그래? 휴식은 중간중간에 취할 거야. 그리고 각오를 다진 인간은 보기보다 튼튼하다고."

"아아…… 아무것도 할 수 없는 못난 나를 용서해주렴."

게다가 남매는 나에 비하면 아직 편한 수준이다.

전생의 나는 휴식 시간은 고사하고 긴장을 풀 짬도 없었다. 시시콜콜 스승이 고무탄으로 나를 쏴댔기 때문이다. 그래서 휴식을 취하면서도 감각은 날카롭게 유지한다……고 하는 무시무시한 짓을 억지로 익혀야만 했다.

그것은 언젠가 하기로 하고, 지금 이 달리기로 남매의 한계는 파악했다. 남은 것은 서서히 엄격하게 가르치면서 반복시키는 것이지만, 너무 엄격하게 했다간 남매의 몸과 마음이 무너지고 말 것이다.

교육의 기본은 당근과 채찍이니, 힘내는 남매에게 당근을 줘야겠다. 뭐가 좋을까?

일단은 맛있는 음식을 준비해주는 것밖에 떠오르지 않는걸.

"오늘 점심 말인데, 뭐 먹고 싶은 거 있어?"

"얼마 전에 먹었던 돈가스 샌드위치가 먹고 싶어요!"

"저도…… 그게 먹고 싶어요!"

"저, 저도……."

……식사만으로 충분할 것 같았다.

수인족은 이렇게 식욕이 왕성한 종족인 건가?

충분한 휴식을 취한 후, 남매가 다시 움직일 수 있게 되자 다시 뛰게 했다. 하지만 이번에는 쓰러질 때까지 뛰는 것이 아니라 장시간 뛰는 것이 목표였다.

페이스 배분을 지적하면서, 설령 걷는 거나 다름없는 속도일지라도 걸음을 멈추지 않게 했다. 이런 건 질색이겠지만, 남매는 불평하지 않으면서 계속했다. 솔직히 말해 좀 의외였다.

특히 레우스는 나에게 반발하고 있으니 난리를 칠 줄 알았지만, 묵묵히 계속하는 누나를 보더니 순순히 훈련을 받았다.

그리고 드디어 점심시간이 되자, 나는 쓰러져 있는 남매를 칭찬했다.

""잘 먹었습니다!""

그렇게 뛰었으니 식욕이 없을 줄 알았지만, 남매는 크고 꽤 기름진 돈가스 샌드위치를 환한 미소를 지으며 맛있게 먹어치웠다. 위가 튼튼한 것 같아 정말 다행이다.

어떤 상황에서도 식사를 할 수 있다는 것은 매우 중요하기 때문이다.

나는 다른 시종들에게 뒷정리를 맡긴 뒤에 남매에게 직접 만든 음료를 건넸다.

"저기, 무시무시한 색깔을 띠고 있는데요…….."

그것은 전체적으로 녹색이며, 흰색과 적색을 띤 자잘한 고형물이 떠 있는 불가사의한 음료였다.

에밀리아가 딴죽을 날리는 것도 무리는 아니었다.

"식사만으로는 부족할 수 있는 영양소가 잔뜩 든 영양제야. 마셔."

"영양제? 이딴 걸 어떻게 마셔!"

"잔말 말고 마셔."

이것은 각종 채소와 과일을 짜고, 식재료에서 영양소가 듬뿍 든 부위를 잘게 다져서 섞은 음료다. 벌꿀도 넣었으니 먹는 데 무리는 없을 것이다.

머뭇거리면서 그 음료를 마신 남매가 속이 좋지 않은 듯한 표정을 지었기에, 입가심하라고 푸딩을 준비해줬다.

""""와아~!""""

고양이귀 수인이 한목소리를 낸 것 같은 느낌이 들었지만 개의치 않기로 했다.

그리고 디저트를 먹고 만족한 남매에게 나는 다음 지시를 내렸다.

"다음에 너희가 할 건 낮잠이야."

""낮잠?""

남매는 내 얼굴을 쳐다보면서 고개를 갸웃거렸다.

아까까지 죽도록 달리라고 했던 상대가 저렇게 물러 터진 소리를 하니 미심쩍어하는 것도 무리는 아닐 것이다.

"낮잠이라기보다 휴식에 가깝겠지. 그게 끝나면 에리나가 너희를 교육할 거야."

체력을 기르는 것도 중요하지만 지식과 교양을 가벼이 여길 수는 없기에 오후에는 에리나가 시종 교육과 기본지식 교육을 하기로 했다.

그 전에 휴식을 취하게 하는 것은 체력 회복을 도모해서 조는 것을 방지하기 위해서다.

"그래. 저 소파에서 자."

식사 후에 바로 잠을 자면 살찐다고 하지만, 노예 생활 때문에 삐삐 마른 남매는 살이 좀 쪄야 한다.

우선 지방을 만든 후, 그것을 근육으로 바꾸면 되는 것이다.

"자라니…… 뜬금없네."

"쉴 수 있을 때 쉬는 건 중요해. 저 소파의 중앙에 내가 앉을 테니까, 두 사람은 내 옆에 머리가 오게 자도록 해."

남매는 내 지시에 의문을 품으면서도 시키는 대로 소파에 드러누웠다.

"레우스, 왜 그래? 안 잘 거야?"

"느닷없이 어떻게 잠드냔 말이야!"

"그럼 내가 도와주지. 내 손가락을 지그시 쳐다보면 점점 졸릴 거야."

레우스의 눈앞에 있는 검지를 일정한 리듬으로 흔들자, 그것을 주시하던 레우스의 눈꺼풀이 서서히 감기기 시작했다.

"잘 들어. 내가 손가락을 튕기면 너는 잠들 거야. 셋……둘…… 하나…….."

그리고 손가락을 튕기자…… 레우스는 코를 골며 잠들었다.

그것은 암시 같은 것이며 단순한 어린애가 잘 걸린다.

그리고 에밀리아는 뭔가를 원하듯 나를 올려다보았다.

"왜 그래. 못 자겠어? 나를 쳐다보고 있어봤자 피로는 풀리지 않을 거야."

"저기…… 머리를 쓰다듬어주셨으면 해요."

"어쩔 수 없네."

"에헤헤……."

그녀가 원하는 대로 머리를 쓰다듬어주자, 에밀리아는 만족스러운 표정을 지으며 눈을 감았다.

몇 초 후에는 곤한 숨소리가 들려오더니 곧 기분 좋은 듯이 숙면에 빠져들었다.

"오오…… 두 사람을 이렇게 간단히 재우다니. 마치 마법의 손 같네요."

"아침에 그렇게 뛰느라 지쳤을 테니 당연해. 좀 릴렉스시켜주면 바로 잠들어버릴 거야."

숙면을 취하고 있는 남매의 머리에 손을 얹어, 잠을 방해하지 않도록 신중하게 마력을 흘려 넣었다.

마력을 통해 몸을 활성화시키면, 수면 시의 회복력이 높아진다.

그것을 잠시 동안 계속한 후, 소파에서 일어선 내가 테이블 앞에 앉자, 에리나가 홍차를 가지고 왔다.

"수고하셨어요. 두 사람이 일어나면 그때부터는 제 차례군요."

"부탁해. 아까까지 꽤 엄격하게 대했으니 좀 살살 해줘."

"맡겨주세요. 어디 내놓아도 부끄럽지 않은 멋진 시종으로 만들죠."

"아, 시종으로 만들겠다고는 한마디도 한 적 없거든? 그렇게 철저하게 할 필요는……."

"시종 교육도 엄연한 교양이에요. 그리고 시종이 되는 것도 시간문제라고 생각합니다만……."

에리나가 그렇게 말하자, 남매를 쳐다보던 노엘이 동의하듯 고개를 끄덕였다.

"특히 에미는 분명 그렇게 될 거예요. 시리우스 님께 도움이 되고 싶다고 저한테도 몇 번이나 말했거든요."

"노엘. 그녀는 나를 동경하는 거지, 네가 생각하는 그런 감정을 품고 있지 않아. 그리고 이제부터 나한테 계속 훈련을 받다 보면 그런 생각을 할 짬도 없어질 거야."

몸이 적응하면 실전 훈련, 마법 훈련, 야외 훈련 등, 할 것은 산더미처럼 쌓여 있다.

설령 나를 좋아하게 되더라도, 엄격하게 대하다보면 결국 그 감정은 식어버리고 말 것이다.

"시리우스 님은 무르네요. 여자애의 사랑은 무한대! 설령 그 어떤 상황에서도 사랑이라는 것에 빠져버리고 만다고요."

"소설을 너무 봤나 보네. 아무튼 에밀리아는 안정됐지만, 레우스가 문제군."

"예. 저한테 고민을 털어놓기는 했지만, 역시 불안정한 상태예요."

에리나도 나와 같은 의견인 것 같았다. 하지만 노엘은 영문을 모르겠다는 듯이 고개를 갸웃거렸다.

"불안정하다니…… 레우 군은 건강해 보이는데요?"

"노엘, 잘 들으세요. 저 두 사람은 유일한 가족인 서로를 지키려고 해요. 제삼자의 입장에서 보면 매우 멋지고 순수하지만, 거꾸로 생각하자면 그게 전부인 거죠."

"그게 당연한 게 아닌가요? 서로를 소중하게 여긴다는 증거니까요."

"레우스가 살아가는 이유는 누나인 에밀리아뿐이에요. 만약 에밀리아에게 무슨 일이 있어서 사라진다면 레우스도 그 뒤를 따르겠죠. 그 두 사람은 서로의 버팀목이자, 한 명이 사라지면 다른 한 명도 붕괴되고 마는 매우 불안정한 존재예요."

"에밀리아는 새로운 목표를 찾으려 하고 있지만, 레우스는 아직 누나밖에 없어."

그리고 레우스가 나에게 반발하는 이유는 바로 질투다.

소중하고 사랑하는 누나의 시선이 나를 향하는 것이 분해서 견딜 수가 없는 것이다.

"지금은 괜찮지만, 이대로 있다간 어른이 되고 나서도 에밀리아에게서 벗어나지 못하는 애로 자라고 말겠죠. 뭔가 다른 목표를 찾는다면 좋겠지만……."

"그래. 빨리 찾았으면 좋겠어."

이 저택에서 지낼 수 있는 시간도 이제 2년밖에 남지 않았다.

나는 학교에 갈 것이니 괜찮지만, 남매가 어떻게 할 것인지는 빠른 시일 안에 물어봐야만 한다.

에리나와 함께 고민에 잠겨 있을 때, 노엘이 작게 웃음을 터뜨렸다.

"왠지 시리우스 님과 에리나 씨는 저 두 사람의 아빠와 엄마 같네요."

"어이, 이 나이에 아빠는 좀 그렇잖아. 하다못해 형이나 오빠라고 해."

"그럼 저는 시리우스 님의 어머니군요. 정말 좋아요."

감격에 잠긴 에리나를 내버려둔 채, 나는 느긋한 시간을 보냈다.

그리고 한 시간 후, 충분히 휴식을 취한 남매를 깨웠다.

"……어라. 몸이 아프지 않아."

"응. 왠지 몸이 가벼워."

"언젠가 비밀은 가르쳐줄 테니까, 지금은 공부에 전념해."

고개를 갸웃거리는 남매를 테이블 앞에 앉게 한 뒤, 나와 에리나는 두 사람과 마주 보고 앉았다. 그리고 시종 교육이 시작됐다.

"그럼 시종에 관하여 공부하도록 할까요. 우선 시종이 어떤 존재인지부터 가르쳐드리겠어요."

"예."

"응."

"레우스. 저는 당신들의 선생님이에요. 그러니 응, 이 아니라, 예라고 말하세요."

"으…… 예!"

이미 에리나의 교육은 시작됐다.

에리나는 평소 온화하고 상냥하지만, 일을 가르칠 때만큼은 엄격한 선생님이 되었다.

레우스는 평소와 다른 에리나를 보고 놀라면서도 순순히 지적을 받아들였다.

"시종은 주인과 함께하며 성심성의를 다해 모시는 자입니다. 소중한 것은 헌신하는 마음이죠. 모시고 싶다고 생각하는 주인과 만나게 된다면 분명 제가 방금 한 말을 이해할 수 있을 겁니다."

"예!"

"예?"

에리나가 주인이라는 말을 입에 담자, 남매는 나를 힐끔 쳐다보며 다른 반응을 보였다.

에밀리아는 납득한 듯한 표정을 짓고 있었지만, 레우스는 노골적으로 질색하는 듯한 표정을 지었다. 그러자 에리나는 날카로운 눈빛으로 레우스를 쳐다보았다.

"레우스. 모르겠으면 모르겠다고 말하세요."

"하지만 나는 시종이 되겠다고 말한 적 없어…… 으음, 없어요. 그러니까 시종의 마음 같은 건 몰라도 된다고요."

"그래요. 꼭 시리우스 님을 주인으로 모셔야 한다는 법은 없고, 애초에 두 사람은 시종이 될 필요가 없죠. 하지만 배워두면 여러모로 좋을 거예요. 우선 말투에 관해 이야기해볼까요."

레우스가 고개를 갸웃거리는 와중에도 에리나는 설명을 계속했다.

"말투라는 것은 중요하답니다. 정중한 말투를 사용하면 좋은 인상을 줄 수 있으며, 우아하면서도 똑똑해 보이죠. 레우스, 당신을 바보 취급했던 어른들이 어떤 말투를 썼는지 기억하나요?"

"……잘은 모르겠지만, 엄청 험했어……요."

"학식이 모자라고 정중한 말투를 배우지 않았기 때문에 그런 어른이 된 겁니다. 당신도 그렇게 되고 싶나요?"

레우스는 노예상인과 자신을 때리던 상대의 말투를 떠올렸는지 질색을 하는 듯한 표정을 지으며 고개를 저었다.

"그러니 배워야 하는 겁니다. 초조해하지 말고, 자신의 페이스로 천천히 익혀가세요."

"예! 알았어요."

"바로 그런 말투예요. 잘했어요."

에리나는 칭찬을 해야 할 때는 주저 없이 칭찬했다.

에리나가 상냥하게 쓰다듬어주자, 레우스는 만면에 미소를 지
으며 기뻐했다.

"말투는 다음에 고치기로 하고, 우선 시종의 몸놀림을 보여드
리도록 하죠."

에리나는 소리를 내지 않고 일어서더니 남매의 눈앞에서 시종
의 몸놀림을 선보였다.

내가 매일같이 봐온 것이지만 이렇게 보니 정말 세련되고 멋
진 움직임이었다.

걸음을 우아하고, 발소리를 내지 않는 데다, 인사를 건네는
각도와 쟁반에 놓은 컵의 물이 흔들리지 않게 옮기는 기술은 정
말 멋졌다.

남매는 평소 상냥한 어머니 같던 사람의 이런 모습을 멍하니
쳐다보고 있었다. 그리고 그게 끝나자, 남매의 눈빛이 완전히
변했다.

에밀리아는 목표로 삼을 만한 사람을 쳐다보는 눈빛을 띠었
고, 레우스는 존경심이 어린 눈빛을 띠었다.

"……이게 기본적인 동작이에요. 자아, 일단 실제로 해보도록
할까요."

""예!""

남매는 에리나의 움직임을 흉내 내봤지만, 당연히 잘 되지 않
았다.

발소리가 나거나 인사를 건넬 때 몸을 살짝만 숙인 바람에 지
적을 당하는 경우가 많았다. 하지만 에리나는 끈기 있게 가르쳤

고, 이해할 때까지 몇 번이나 시범을 보이면서 반복시켰다.

걸음걸이는 나도 가르칠 수 있기에 에리나를 도왔다.

내가 발소리를 완전히 없애며 움직이자 다른 사람들은 깜짝 놀랐다. 하지만 이건 암살기술이다. 그래도 익혀두면 손해가 될 것은 없기에 요령을 가르쳐줬다.

이렇게 에리나의 시종 교육은 계속되었고, 남매가 어느 정도 익혔을 즈음, 일단 끝냈다.

"오늘은 이쯤 하기로 하죠. 매일같이 복습을 하면서 서서히 익혀가도록 해요."

""감사합니다.""

오늘의 시종 교육은 끝났지만, 아직 다음 교육이 남아 있었다.

그 전에 잠시 휴식을 취할까 한 순간, 노엘이 어느새 쉴 준비를 끝내뒀다.

"수고하셨어요. 자아, 간식을 드시면서 쉬세요."

카스텔라 조각을 기름에 튀겨 만드는 러스크를 본 남매는 눈을 반짝이면서 의자에 앉았다. 하지만 나와 에리나가 자리에 앉을 때까지 함부로 먹지는 않았다.

내가 노엘에게 고맙다고 말하면서 자리에 앉자, 티타임이 시작되었다.

수인들이 러스크를 맛보는 가운데, 홍차를 마시며 남매를 쳐다보던 에리나가 입을 열었다.

"차를 끓이는 법도 가르쳐야겠군요."

"아, 맞다. 시리우스 님, 두 사람에게 홍차를 끓이는 법을 가르쳐줘도 될까요?"

"그건 나한테 허락을 받을 일은 아니잖아?"

"하지만, 그 방법을 배운 후로 제가 끓인 홍차의 맛이 엄청 좋아졌다고요. 멋진 기술을 전수할 때는 당연히 허락을 받아야 하지 않을까요?"

"시리우스 님은 홍차를 끓이는 법에도 해박하신가요?"

나와 노엘의 대화를 듣던 에밀리아가 눈을 반짝이면서 물었다.

"예, 그렇답니다. 저는 홍차에 있어서는 경지에 올랐다고 생각했지만, 아직 더 높은 경지가 존재한다는 걸 깨달았죠."

"시리우스 님은 뭐든 잘하신다니까요. 가르쳐드린 적도 없는 예의범절도 아시죠. 대체 어디서 배우신 건가요?"

"눈으로 보고 배웠어."

"어?"

노엘과 레우스는 내 말을 듣더니 미심쩍은 표정을 지었다.

"그럼 아까 에리나가 했던 걸 내가 해볼까? 에리나, 주인 역할을 맡아줘."

"영광입니다."

묘하게 기뻐하는 에리나를 주인 삼아, 나는 시종 흉내를 시작했다.

우아하게 인사를 건네고, 소리를 내지 않으면서 식기를 정렬했으며, 주인의 행동에 지장을 주지 않는 자연스러운 개입을 선

보였다. 이것들은 전부 에리나의 움직임을 보고 배운 것이다.

전생에서 중요인사로 변장해서 적진에 숨어드는 작전을 자주 했기에, 그런 인물들을 완벽하게 흉내 내기 위해 관찰하는 기술을 자연스럽게 터득한 것이다.

이 기술은 전투에서도 도움이 되기 때문에, 시종의 움직임을 흉내 내는 것 정도는 일도 아니었다.

하지만 어디까지나 모방이기 때문에 몸에 완전히 밴 에리나에게는 비교도 되지 않았다.

에리나의 움직임을 모방한 나는 마지막으로 홍차를 끓여서 따라서 건넸다.

"완벽해요. 저는 몸도 마음도 만족했어요."

"큭…… 왜 진 것 같은 느낌이 드는 거죠?! 하지만 시리우스 님은 제 주인님이지 라이벌은 아니죠. 그러니 에미도 무리해서……."

"이 정도 각도에, 다리는…… 이렇게 하는 거죠?"

"정말 열성적이군요. 노엘은 이제 어떻게 할 거야?"

"트, 특훈을 하겠어요! 이 언니를 뛰어넘으려면 10년은 이르다는 걸 가르쳐주죠!"

노엘은 악당 같은 대사를 입에 담으면서 거실을 뛰쳐나갔다.

한숨을 내쉬는 에리나와 시선이 마주치자, 나는 무심코 쓴웃음을 지었다.

"……누나, 그 정도로 그 녀석을……."

휴식을 끝낸 후, 다음 교육이 시작됐다.

이번에는 글자를 읽고 쓰는 법과 간단한 계산처럼, 삶을 사는 데 있어 꼭 필요한 지식을 가르치는 시간이다.

이것은 나와 에리나가 협력하면서 가르칠 생각이었다.

"자아, 문자와 산수는 매우 중요해. 어째서라고 생각해?"

"몰라…… 아, 몰라요."

"레우스. 그걸 몰랐던 너희는 어떻게 됐지?"

"……어른들에게 속았어요."

"맞아. 즉, 너희가 그걸 익히면 남들에게 속는 일이 적어질 거야."

제아무리 실력을 쌓아 강해지더라도, 이 세상에는 완력만으로 해결할 수 없는 문제가 잔뜩 존재했다. 예를 들자면, 횡령이나 서류 부재 같은 것인데, 그것은 지식을 쌓으면 대처할 수 있다.

"자신도 모르는 사이에 속아, 어느새 노예가 되었다……. 그런 사태도 벌어질 수 있어."

"으……."

노예라는 밑바닥 생활을 1년가량 한 탓일까, 레우스는 그 말을 듣더니 얌전해졌다.

가능하게 그 일을 떠올리지 않게 해주고 싶지만, 전생과 달리 목숨이 가볍게 여겨지는 이 세계에서 살아남기 위해서는 다양한 지식이 필요하다. 설령 레우스에게 미움을 받는 한이 있더라도, 공부는 제대로 시켜야만 한다.

"그렇게 되지 않기 위해 지식을 쌓아서, 네가 지키고 싶은 사람을 지키는 거야. 지식 또한 힘이지."

"지식도 힘…… 멋진 말이에요! 저한테도 문자를 가르쳐주세요!"

"좋아. 에밀리아. 우선 자기 이름부터 배우도록 해."

"예, 힘낼게요!"

"레우스의 이름은 이렇게 쓴단다. 써보렴."

"……이렇게?"

"그래. 두 사람 다 잘하는구나."

미리 만들어둔 글자표, 그리고 에리나와 내가 쓴 글을 보면서, 남매는 글자를 배웠다. 결국 중요한 것은 암기지만, 일상에서 쓰이는 것이니 끈기와 시간이 있으면 익힐 수 있을 것이다.

얼추 글자 공부를 끝내고 다음은 산수를 공부했다.

100까지의 숫자를 가리킨 후, 한 자리 숫자의 덧셈과 뺄셈을 반복하며 숫자를 이해시켰다.

그리고 이 세계에서의 돈인 동화 한 닢을 건네준 후, 매매를 체험시켰다.

"돈가스 샌드위치를 개당 철화 세 닢으로 치자. 자아, 돈가스 샌드위치를 두 개 사면 잔돈이 얼마지?"

이 세계에서의 돈은 전부 동전이며 재질에 따라 가격이 달라진다.

대략적으로나마 종류와 대체적인 가치를 전생의 돈으로 환산하면 아래와 같다.

석화는 1엔.

철화는 50엔.

동화는 500엔.

은화는 5천 엔.

금화는 10만 엔.

그것보다 더 비싼 동전도 존재하지만, 지금은 손에 넣을 수 없으니 생략하겠다.

은화 몇 닢이면 4인 가족이 한 달 정도 먹고 살 수 있을 것이다.

지방에 따라서는 물물교환이 주류이기도 하고, 가치도 다르지만…… 대략적으로는 이런 느낌이다.

그리고 남매가 사려고 하는 것은 점심때 먹고 남은 돈가스 샌드위치다.

계산을 틀리지 않으면 먹어도 된다고 말해두자, 남매는 이 문제에 귀를 기울였다.

"으음, 동화 하나가 철화……."

에밀리아가 금액을 계산하고 있을 때, 레우스는 동화를 나에게 내밀면서 말했다.

"있는 대로 다 줘. 나는 다 먹을 수 있어."

"좋아. 잔돈 삼아 아이언클로를 먹여주지."

"어? 왜 나를 노엘 누나와 똑같이 취급하는 건데?! 아프니까 그만해! 그만하라고요!"

"이건 계산 이전의 문제야. 앞으로 바보 같은 소리를 하면 이

걸 먹여주겠어."

에리나도 방금 그 말을 듣고 어이가 없는지, 쓴웃음을 머금은 채 지켜보고만 있었다.

반성한 것 같기에 놔주자, 레우스는 책상에 머리를 댄 채 괴로워했다.

"알았어요! 어? 레우스, 왜 그러니?"

"신경 쓰지 마. 그럼 동화 하나를 건네고 받아야 하는 잔돈은 얼마지?"

"철화 네 닢이에요."

"정답이야. 자아, 받아."

내가 동화를 받고 돈가스 샌드위치를 건네주자, 에밀리아는 둘 중 하나를 레우스에게 건넸다.

"누나…… 나는 맞추지 못했어."

"괜찮아. 나 혼자서 두 개는 못 먹거든. ……자아, 받아."

레우스가 이쪽을 쳐다보자, 나와 에리나는 고개를 돌리며 아무것도 못 본 척했다.

우리가 암묵적인 동의를 하자, 남매는 돈가스 샌드위치를 먹으면서 미소를 지었다.

"식어도 맛있네. 다음에는 꼭 맞추자. 알았지?"

"……응!"

남매는 사이가 좋아 보였지만, 누나에게 의존하고 있는 레우스에게 이 상황은 바람직하지 않을지도 모른다. 하지만 느닷없이 변화시키는 것도 좋지는 않을 것 같기에 천천히 바꿔나가기로 했다.

남매는 사이좋게 돈가스 샌드위치를 먹었지만…… 오늘 훈련은 아직 끝나지 않았다.

"그걸 다 먹고 나면, 또 밖에서 달리기를 할 거야."

""으?!""

그 후, 남매는 나와 함께 해가 질 때까지 달렸다.

────레우스────

……요즘 들어, 누나가 이상했다.

뭐랄까, 누나는 틈만 나면 인간족인 그 녀석을 쳐다보고 있다.

인간족은 누나와 나를 괴롭히기만 했다. 그만하라고 해도 웃으면서 계속 때려댔고, 배가 고파도 먹을 걸 주지 않았다. 그런 나쁜 녀석들 천지였다.

하지만 그 녀석은…… 시리우스는 달랐다.

웃으면서 우리를 때리지도 않았고, 맛있는 음식을 잔뜩 주고, 만약 우리가 다치면 치료해줘다. 누나가 아빠 같다고 하지만 전혀 달랐다.

아빠는 우리를 항상 지켜보기만 했고, 우리가 나쁜 짓을 하면 꾸짖어주는 긍지 높은 남자다.

그에 비해 그 녀석은 항상 우리 근처에 있으면서, 나쁜 짓을 하면 화내는 너무한 녀석이다. 그딴 녀석이 아빠와 비슷할 리가 없다.

하지만…… 왜 누나는 그 녀석을 항상 쳐다보는 걸까?

그 녀석이 뭘 하면 누나는 얼굴을 새빨갛게 붉히면서 기뻐하지만, 나는 그 모습을 볼 때마다 기분이 나빴다.

하지만 그 녀석의 시종인 에리나 씨는 좋아한다.

내 머리를 상냥하게 쓰다듬어주고, 꼭 안아준다. 그런 에리나 씨에게서는 엄마와 같은 냄새가 난다.

그리고 노엘은 말이 많기는 해도 자주 같이 놀아주기 때문에 좋아한다.

디 형은 눈매가 사납지만 맛있는 음식을 잔뜩 만들어주고, 내가 배고플 때마다 몰래 빵을 주기 때문에 좋아한다.

하지만…… 내가 좋아하는 사람들은 하나같이 그 녀석이 대단하다고 말한다.

확실히 그 녀석은 대단하긴 했다. 뭐든 알고, 내가 죽을힘을 다해 뛰어도 그 녀석에게는 한 번도 이기지 못했다.

아빠는 자신보다 강한 상대를 인정하라고 자주 말했지만, 나는 그 녀석을 인정하고 싶지 않다.

나는 그 녀석이 싫다. 이유는 모르겠지만…… 아무튼 싫다.

그 녀석이 나를 구해준 후로, 나는 매일같이 뛰기만 했다.

아침에 일어나서 뛰고, 아침밥을 먹고 뛰었으며, 낮잠을 자고 나면 또 뛰었다.

누나는 불평을 하지 않지만, 나는 이제 질렸다. 그래서 다른 걸 하고 싶다고 하자, 달리기로 자신한테 이기면 생각해보겠다고 말했다. 그래서 그 녀석을 이기기 위해 열심히 뛰었지만……
오늘도 지고 말았다.

젠장, 다음에는 이길 거야. 그 녀석의 뛰는 방법을 흉내 내서
깜짝 놀라게 해주겠어.

맛있는 점심을 먹고 나면 공부한다. 그건 그렇고…… 오늘 점
심은 맛있었다.

그 녀석이 만든 거기는 하지만, 그래도 요리 실력 하나는 인정
해줄 수도 있다.

점심을 먹은 후에는 에리나 씨에게 시종 교육을 받았다.

항상 웃고 있는 에리나 씨도 이때만큼은 엄격하지만, 그래도
정말 멋졌다. 접시를 놓을 때도 소리가 나지 않고, 상대가 원하
는 걸 말하기 전에 준비했다. 대체 어떻게 그런 걸 하는 걸까?

모시고 싶은 주인을 찾으면 자연스럽게 가능해진다고 에리나
씨가 말했지만, 나는 그 녀석을 주인으로 모실 생각이 없다.

하지만 누나는 진심인 것 같고, 나도 에리나 씨처럼 되고 싶기
때문에 열심히 했다. 잘 해내면 에리나 씨가 칭찬해주기 때문
에, 더 열심히 하게 됐다.

그다음에는 산수라는 걸 공부했다.

여러 숫자를 더하거나 빼면서 답을 말하는 것도, 너무 어려워
서 머리가 아플 지경이었다.

하지만 이걸 해내면 우리를 괴롭혔던 어른들에게 속지 않게
될 거라고 그 녀석이 말했기 때문에 열심히 했다.

건네받은 종이에 적힌 문제를 풀자, 다음에는 동화 하나를 건네받은 후 물건을 사는 연습을 했다. 그 녀석이 내놓은 물건을 정확한 가격에 사면 먹을 수 있다. 오늘 물건은 나와 노엘 누나가 좋아하는 푸딩이기 때문에 꼭 맞춰서 먹고 말겠다.

"푸딩 하나의 가격이 철화 한 닢과 석화 열 닢이라고 치자. 그럼 푸딩 네 개를 사면 잔돈을 얼마 받아야 하지?"

"저요~! 철화 다섯 닢과 석화 열 닢이에요!"

갑자기 튀어나온 노엘 누나는 푸딩으로 입이 막힌 탓에 말문이 막히고 말았다. 오늘도 활기차네.

"문제를 바꾸겠어. 푸딩 한 개가 철화 한 닢과 석화 스무 닢이라고 치자. 그럼 푸딩 다섯 개를 사면 잔돈이 얼마지?"

쳇…… 역시 문제가 바뀌었네. 아무튼 그 녀석이 준 금전표를 보면서 생각해보자. 철화 열 닢이 동화 한 닢이라니까…… 으음?

"시리우스 님, 이게 맞나요?"

"응. 정답이야. 푸딩을 줄게."

역시 누나다. 이미 답을 적어서 맞혔다.

"푸딩도 좋지만, 머리를 쓰다듬어줬으면 해요."

"좋아. 자."

"에헤헤."

……또다. 또 속이 부글부글 끓었다. 왜 이런 기분이 되는 걸까.

"레우스. 차분하게 문제를 읽어보렴."

에리나 씨가 머리를 쓰다듬어준 덕분에 마음이 진정됐다.

그렇다. 빨리 맞춰서 푸딩을 받지 못하면, 누나와 같이 먹을 수 없다.

으음, 석화 쉰 닢이 철화 한 닢이니까…….

"……잔돈은 철화 세 닢……이에요!"

"정답이야. 용케도 석화에 휘둘리지 않고 혼자서 맞췄구나."

정답을 맞혔기에 푸딩을 받기는 했지만, 그 녀석이 내 머리를 쓰다듬었기에 기분이 조금 나빠졌다. 하지만 손을 쳐낼 마음은 들지 않았다. 정말 기묘했다.

"레우스, 맛있지?"

"응!"

신경이 쓰이기는 하지만 푸딩이 맛있으니 됐다. 노엘 누나도 자주 이러니까 말이다.

그날 밤…… 나는 왠지 잠이 오지 않았다.

피곤한데도 가슴속이 시끄러워서 전혀 잠이 오지 않고, 목이 탔다.

같은 침대에 누워 있는 누나를 깨우지 않도록 조용히 방에서 나와 조리실에 가서 물을 마시자, 조금 나아졌다. 그리고 방에 돌아가려고 하다 현관이 문득 눈에 들어온 순간, 왠지 밖으로 나가고 싶어졌다.

아직 가슴이 진정되지 않아서 밖에 나가보니, 의외로 밝았다. 하늘에 떠 있는 달이 빛을 뿜고 있어서 밝은 것이었다. 마을에 있던 시절에도 몇 번이나 달은 봤지만, 오늘은 특히 아름다워 보였다. 달을 보고 있으니, 가슴이 뜨거워지면서 눈을…… 뗄

수가 없었다.

몸이 뜨거워지자…… 힘이 끓어오르면서…… 어…… 왜 이러지?

누나…… 나는…… 나는…… 이런 거…… 싫어…….

──시리우스──

내가 오늘의 훈련과 저녁 식사를 끝내고 방에서 잘 준비를 하고 있을 때, 에밀리아가 나를 찾아왔다.

"레우스가 이상해요."

"확실히 레우스가 오늘 좀 이상하긴 했지. 어제 무슨 일이 있었어?"

"실은 어제, 레우스가 잠이 오지 않는지 방에서 나가는 모습을 봤어요. 잠시 후에 돌아오기는 했는데, 초조해하면서 모포를 덮더니 그대로 잠들어버렸죠."

"수상한걸. 그래서?"

"아침에는 엄청 안심한 듯한 표정을 짓고 있었지만, 무슨 일이 있었는지 물어봐도 가르쳐주지 않았어요. 그뿐만 아니라 시리우스 님에게 아무 말도 하지 말라면서 화를 냈죠."

"그랬구나. 가능하면 아침에 보고해주지 그랬어."

"죄, 죄송해요. 하지만 레우스가 너무 필사적이라서……."

가족이니 차마 그러지 못한 것이리라.

에밀리아도 걱정하는 것 같으니, 일단 레우스와 면담을 해보자.

"에리나와 레우스를 불러와. 에리나가 있으면 이야기해줄지도 몰라."

"예."

에밀리아가 두 사람을 부르러 간 후, 나는 레우스에 대해 생각했다.

식욕은 여전히 왕성했지만, 평소 같으면 나에게 대항하기 위해 전력을 다해 달렸을 레우스가 갑자기 얌전해졌다고나 할까, 뭔가를 두려워하는 것처럼 보였다.

그래서 어떤 점을 떠올린 내가 '서치'를 발동시킨 순간…….

"시리우스 님!"

종이 한 장을 손에 든 에밀리아가 금방이라도 울음을 터뜨릴 것 같은 표정으로 내 방에 뛰어 들어왔다.

"레우스가…… 레우스가…… 저택을 나가버렸어요!"

나는 에밀리아의 보고를 듣자마자 이 집에 있는 모든 사람을 거실에 집합시켰다.

테이블 위에는 짧은 문장이 적힌 종이가 놓여 있었다. 아까 에밀리아가 방에 돌아가 보니 이게 있었다고 한다.

'누나를 잘 부탁해요. 잘 있어요.'

──나는 그런 내용이 적힌 종이를 시종들에게 보여주며 의견

을 물었다.

"어떻게 생각해? 훈련이 힘들다고 도망칠 녀석은 아니라고 보는데 말이야."

"동감이에요. 그 애는 그런 짓을 할 애가 아니에요."

"저도 그렇게 생각해요!"

"제 생각도 같습니다."

그 후, 나는 레우스에 대해 가장 잘 아는 에밀리아를 쳐다보니, 그녀는 노엘의 품에 안긴 채 필사적으로 눈물을 참고 있었다.

"에밀리아, 가르쳐줘. 레우스는 여기서의 생활을 싫어했어?"

"그럴 리가…… 없어요. 여러분이 상냥하게 대해주셔서…… 정말 기뻐했는데…… 도망치다니…… 그런 짓을 할 리가 없어요!"

"그렇구나. 그럼 다른 이유가 있겠지……. 역시 어젯밤 일 때문인가."

"어젯밤에 무슨 일이 있었나요?"

에밀리아에게 들었던 이야기를 시종들에게 해주자, 그들 또한 무슨 일이 벌어진 것인지 짐작조차 하지 못하는 것 같았다.

"……직접 물어볼 수밖에 없나."

"오오, 역시 시리우스 님! 레우 군을 데려올 생각이시군요!"

"아냐. 이유를 물으러 가는 것뿐이야. 어디 있는지는 아니깐, 잠시 갔다 올게."

레우스의 위치는 '서치'로 포착해뒀지만 내가 바로 데리러 가지 않은 것은, 레우스의 자주성을 존중하고 싶기 때문이다. 나는 제자를 단련시키지만, 그 제자가 다른 목표나 꿈을 찾는다면 존중해주자는 주의다.

그러니 레우스가 자주적으로 나간 것이라면 잡을 생각이 없지만, 누나인 에밀리아에게 아무 말도 하지 않고 간 것은 너무했다. 하다못해 이유 정도는 알아야겠다고 생각했다.

"시리우스 님, 무기를 가져가시죠."

내 의도를 이해한 에리나는 내 장비인 검과 나이프가 꽂힌 벨트를 가지고 왔다. 에리나는 걱정스러운 눈빛으로 나를 쳐다봤지만, 나는 괜찮다고 말하며 미소 지었다.

벨트를 매고 있을 때, 에밀리아가 내 앞에 서서 머리를 숙였다.

"부탁이에요! 저도…… 데려가주세요!"

"……에밀리아."

"자아, 에밀리아. 이걸 입고 가렴."

"예?"

에리나가 움직이기 편해 보이는 옷을 건네주자, 에밀리아는 망연자실한 표정을 지었다.

"왜 그래? 서두를 거니까 빨리 갈아입어."

"어…… 저기, 위험하다고 말리실 줄 알았거든요. 정말…… 괜찮나요?"

"너는 레우스의 누나잖아. 이 집을 나간 납득할 수 있는 이유 정도는 들어야 하지 않겠어?"

"……감사합니다!"

에밀리아는 눈물을 흘리며 고개를 숙였지만, 아직 아무것도 해결되지 않았다.

나는 노엘에게 눈짓을 보내면서 벨트를 맸다.

"예. 에미, 그만 울고 빨리 갈아입죠."

"예!"

에밀리아가 옷을 갈아입는 사이, 나는 에리나와 디에게 지시를 내렸다.

"마물에게 공격을 받고 있을지도 모르니까, 약을 준비해줘."

"맡겨주십시오. 레우스를 데리고 돌아오실 거라 믿고 있겠습니다."

내가 현관에 나간 순간, 옷을 갈아입은 에밀리아가 나타났다. 그녀는 튼튼해 보이는 바지와 하프 코트를 입고 있었다. 모험가가 일반적으로 애용하는 복장이었다.

"기다리게 해서 죄송합니다."

"좋아. 그럼 가자. 에밀리아는 내 등에 업혀."

"아, 예. 실례하겠습니다."

내가 등을 보이며 몸을 웅크리자, 에밀리아는 약간 당혹해하면서 내 등에 업혔다.

내가 '스트링'으로 서로를 고정시키자, 에밀리아는 눈에 띄게 동요했다. 하지만 나는 개의치 않고 '부스트'를 발동시켰다.

"내 목을 조르지 않도록 조심해. 그럼 갔다 올게."

"다, 다녀오겠습니다!"

""다녀오십시오.""

나와 에밀리아는 시종들의 목소리를 들으면서 하늘을 내달렸다.

"무섭지 않아?"

"괘, 괜찮아요! 좀 더 서둘러도 괜찮으니, 한시라도 빨리 레우스의 곁에…….""

"네 마음은 알지만 좀 진정해. 자아, 달이라도 봐."

"다, 달…… 아아…….""

에밀리아가 지상에 있을 때보다 가까워진 달을 올려다본 순간, 그녀의 팔에 들어가 있던 힘이 약간 빠졌다.

잠시 동안 아무 말 없이 이동하는 사이, 서서히 마음이 진정된 에밀리아가 갑자기 입을 열었다.

"레우스도 이 달을 본 걸까요? 정말…… 못 말리는 아이라니까요."

"동감이야. 어이없는 이유로 가출한 거라면, 확 두들겨 패줄까?"

"저는 뺨을 갈겨줄 거예요."

"좋은 생각이야. 그럼 속도를 조금 높일게."

"예!"

그리고 반응을 쫓으며 나아간 우리가 도착한 곳은 몇 년 전에 내가 수마초를 채취했던 호수였다.

'서치'로 주위에 마물이 없다는 사실을 확인한 후, 지상에 내려간 나는 에밀리아를 내려줬다. 그리고 주위를 수색하기 시작했다.

"레우스! 어디 있니!"

"큰 목소리 내지 마."

이런 곳에서 떠들어댔다간 마물들이 몰려들지도 모른다.

다행스럽게도 이곳 주변에는 마물이 없는 것 같지만, 쓸데없는 행동은 피하는 편이 좋을 것이다.

"하지만 레우스는 혼자……."

"괜찮아. 레우스는 근처에 있어."

내가 손가락으로 가리킨 곳에는, 호수 옆에서 무릎을 꿇고 있는 레우스가 있었다.

동생이 무사하다는 사실을 확인한 에밀리아는 안도하면서 레우스를 향해 뛰어가려 했지만…….

"오지 마!"

평소 누나에게 절대 사용하지 않는, 위협의 의도가 어린 목소리로 레우스가 그렇게 말하자, 에밀리아는 당황하면서 그 자리에 멈춰 섰다.

"레, 레우스? 무슨 소리를 하는 거야. 누나와 저택으로 돌아가자. ……응?"

"오지 말라고 했잖아!"

동생에게 거절당하고 충격을 받기는 했지만, 에밀리아는 자신의 마음을 북돋우면서 다시 입을 열었다.

"대체 왜 그래? 함께 힘내자고 내가 말했잖아. 다른 사람들이 얼마나 걱정하는지 아니? ……너한테 무슨 일이 있으면 어쩔 건데!"

"나는 이제 괜찮아. 달리기 덕분에 체력도 길렀고, 공부를 해서 지식도 쌓았어. 이제 혼자서 살아갈 수 있어!"

"말도 안 되는 소리 하지 마! 이렇게 금방 강해질 리가 없잖아!"

"강해졌어! 나는…… 강해졌단 말이야!"

이야기는 평행선을 이루고 있었다. 이대로 말다툼을 해봤자 시간낭비일 것 같았기에 끼어들기로 했다.

내가 에밀리아의 어깨를 두드리자, 그녀는 나를 향해 고개를 돌렸다. 에밀리아는 눈물을 흘리면서 고개를 저었다.

"죄송해요! 금방…… 금방 설득할 테니까, 저 애를 버리지 말아주세요."

"두 사람 다 너무 흥분한 것 같으니까 내가 대신 나설게. 이야기는 돌아가서 해도 되잖아."

"……예."

나는 울음을 흘리는 에밀리아의 옆을 지나, 레우스에게 다가갔다.

자아, 대체 어떤 이유로 가출을 한 것일까.

"레우스. 이런 데서 뭘 하고 있는 거지?"

"……너와는 상관없어."

"상관있어. 나는 너희의 보호자이자 스승이야. 폭주하는 제자가 신경 쓰이는 건 당연하잖아?"

"나는 네 제자가 된 적 없어!"

확실히 레우스는 나를 따르겠다고만 했을 뿐, 제자가 되겠다고 말한 적은 없었다.

"하지만 우리는 지금까지 너에게 식사와 묵을 곳, 그리고 지식을 제공했어. 그러니 이런 걸 물을 권리 정도는 있지 않을까?"

"…………."

"입을 다무는 건가. 아무튼 대답해. 왜 저택에서 나간 거지? 그런 쪽지만으로는 납득할 수 없어."

"나는…… 강해졌어."

"겨우 그 정도 훈련으로? 어린애 같은 착각 좀 작작해줬으면 좋겠는걸."

내가 도발하듯 그렇게 말하자, 레우스는 벌떡 일어서면서 고함을 질렀다.

"나는 너보다 강해졌어. 그러니까 빨리 누나를 데리고 돌아가!"

"오늘도 나한테 달리기로 졌으면서? 말로만 강해졌다고 말하는 거라면 너는 꼬맹이 그 이상도 그 이하도 아냐."

"시끄러워! 시끄러워, 시끄러워, 시끄러워, 시끄러워!"

처음 만났을 때부터 가족을 잃으면서 생긴 마음의 상처와 노예생활 때문에 감정이 불안정하기는 했지만, 에리나 덕분에 어느 정도 상태가 호전됐었다.

훈련이 힘들어도, 만족스러운 식사와 편안한 잠자리를 제공했으니, 이렇게 감정을 폭발시키면서 가출할 리가 없다. 뭔가 다른 이유가 있을 것이다.

"왜야! 왜 돌아가지 않는 거냐고! 안 돌아간다면…… 강제로라도 돌아가게 만들어주겠어!"

내가 생각에 잠겨 있을 때, 레우스가 고함을 멈추더니 눈물을 흘리면서 몸에 힘을 주기 시작했다.

그러자 달빛을 반사하고 있던 레우스의 은발이 갑자기 길어지기 시작했다.

"윽?! 레우스…… 말도…… 안 돼……."

에밀리아가 절망한 듯한 표정을 지으면서 주저앉았지만, 레우스의 이변은 멈출 줄을 몰랐다.

머리카락이 늘어날 뿐만 아니라, 온몸에서 털이 자라났다. 그리고 코가 길어진 레우스는 이족보행 하는 늑대나 다름없었다. 몸에 걸친 의복만이 저 늑대가 레우스라는 사실을 증명하고 있었다.

"맙소사. 레우스가 저주받은 아이였다니……."

"저주…… 위험한 상태인 거야?"

"저건 저희 은랑족에 전해져 내려오는 저주받은 아이라는 존재예요. 온몸이 늑대로 변한 자는 재앙과 불행을 부른다고 해서, 은랑족의 규율에 따라…… 죽임을 당하죠."

은랑족은 동료를 소중히 여기는 상냥한 종족으로 알고 있었는데, 무시무시한 규율이 있었을 줄이야.

역시 자신의 눈과 귀로 접해야만 알 수 있는 정보도 많은 것 같았다.

"2년 전, 저희 마을에 살던 한 남성이 갑자기 저주받은 아이로 변했어요. 그 사람은 혼란에 빠져 날뛰기 시작했고, 저희를 공격하려던 순간 아버지에게……."

"살해당했군. 그 남자는 너희 눈앞에서 죽은 거야?"

"……예."

왠지 이유를 알 것 같았다.

레우스는 자신이 저주받은 아이라는 사실을 알았고, 그 결말을 직접 봤기 때문에 자신도 그렇게 될 것이라고 생각하며 절망한 것이리라.

자살을 할 용기도 없고, 누나와 함께 있을 수 없기에 도망쳤다…… 같은 건가?

"내 모습을 봐! 이런 괴물이 누나의 곁에 있을 수는 없어! 그러니까 누나를 데리고 빨리 돌아가!"

"싫어……. 레우스, 그런 소리 하지 마. 너 혼자 두고 갈 수는……."

"괜찮아, 누나. 나는 이 모습이 되면 엄청 강해지니까, 혼자서 살아갈 수 있어."

"안 돼…… 나를…… 외톨이로 만들지 마!"

저주받은 아이는 죽어야만 한다는 규율, 그리고 가족과 떨어지고 싶지 않다는 감정 사이에서 망설이고 있는 에밀리아의 목소리는 힘이 없었다. 그런 그녀는 그저 조용히 눈물만 흘리고 있었다.

모든 것을 포기하고 달관한 레우스와 에밀리아가 절망에 빠진 가운데…….

"흥…… 한심하군."

나는 코웃음을 쳤다.

"어?! 시리우스…… 님?"

"뭐?! 이 자식…… 한 번 더 말해봐!"

"좋아. 몇 번이든 말해주지. 너희가 하고 있는 건 한심하기 그지없는 고민이다. 너무 한심해서 어이가 없을 지경이라고."

에밀리아는 내 말을 듣고 충격을 받은 것 같지만, 나는 개의치 않으면서 손가락 하나를 들었다.

"레우스, 나와 승부해라. 나를 이기면 네가 가고 싶은 곳에 가도 돼. 하지만 내가 이기면 한 번만 내 말을 들어."

"뭐야. 너는 전에 내가 좋을 대로 해도 된다고 했었잖아. 그래서 멋대로 하는 건데…… 왜 방해하는 거냐고! 이 거짓말쟁이야!"

"거짓말쟁이한테 거짓말쟁이라는 소리는 듣고 싶지 않은걸. 그리고 이게 네가 좋을 대로 하는 거냐? 웃기지도 않는군."

나는 분명 본인의 자주성을 존중하지만, 그것은 서로가 납득할 수 있는 경우일 때뿐이다.

지키고 싶은 여성이 생겼다고 말하면서 나를 떠나려 해도, 그여성이 제자를 속이고 있다면 나는 두들겨 패서라도 잡는다.

"너는 강해졌다면서? 이길 자신이 있다면 빨리 덤벼."

나는 손짓을 하면서 무기가 꽂힌 벨트를 벗어서 던져버렸다.

늑대처럼 으르렁거리기 시작한 레우스에게서 눈을 떼지 않은 채, 비스듬히 선 나는 한 손을 앞으로 내밀면서 도수공권(徒手空拳)의 자세를 취했다.

"항상 잘난 척하지 말라고. 내 진짜 힘을 보여주겠어!"

늑대인간이 된 레우스는 눈을 번뜩이면서 나에게 몸을 날렸다.

"받아라!"

레우스가 오른 주먹을 크게 휘두르면서 달려들자, 나는 주먹의 측면을 쳐내서 흘려보내려 했다. 하지만 예상보다 주먹의 속도가 빨랐기에 몸을 비틀면서 회피 동작을 취했다.

오른쪽 볼을 스치고 지나간 주먹의 풍압에 정신이 팔린 사이바로 왼 주먹을 휘둘렀기에, 나는 몸을 굽혀서 공격을 피하는 것과 동시에 무방비한 레우스의 배를 향해 주먹을 날렸다.

"……안 통해!"

단단한 근육 탓에 효과가 없는 것 같았다. 레우스가 흉흉한 웃음을 흘리면서 발차기를 날리자, 나는 후퇴하면서 거리를 벌렸다.

"어때! 나는 강해졌다고!"

"확실히 강해지기는 했지만, 공격을 명중시키지 못하면 의미가 없어."

"나중에도 그딴 소리를 할 수 있을까! 사과하더라도 용서하지 않을 거야!"

레우스는 또 달려들더니 노도처럼 공격을 퍼부었다.

오른 주먹을 피하고, 왼손 어퍼컷은 목을 움직여서 회피한 후, 발차기를 흘려내면서 나는 서서히 후퇴했다.

너무 후퇴한 탓에 내 등이 나무에 닿자, 레우스는 기회를 잡았다는 듯이 오른손 스트레이트를 날렸다. 하지만 내가 옆으로 크게 몸을 날려서 공격을 피하자, 등 뒤에 있던 나무가 레우스의 주먹에 부러졌다.

"젠장, 피하지 말라고! 잘난 척은 다 해놓고 피하는 것밖에 못 하는 거냐!"

"얼마든지 짖어대."

레우스는 도약하면서 날라차기를 날렸지만, 나는 몸을 비틀어서 공격을 피한 후, 카운터 삼아 오른손을 그의 배에 꽂았다. 하지만 레우스의 몸은 단단한 바위 같아서 공격이 통하지 않았다.

"하나도 아프지 않아! 나는 강하다고!"

또 주먹을 휘둘렀지만, 나는 레우스의 품으로 뛰어들어서 피한 후, 명치를 향해 발차기를 날렸다. 충격은 받지 않더라도 밀려나는 걸 막을 수는 없는지 레우스는 바닥을 굴렀다. 하지만 그는 아무 일도 없었다는 듯이 몸을 일으키면서 웃음을 터뜨렸다.

"아하하하! 안 통해! 이미 내가 이긴 거나 다름없으니까 그만 포기하라고!"

레우스는 주먹을 뒤로 당기더니, 힘과 기세에 의존한 주먹을 날렸다. 변신하면서 상승한 속도와 힘으로 펼치는 공격을 맨몸으로 받아낸다면 아까 부러진 나무처럼 무사하지 못할 것이다.

하지만…….

"풋내기군."

지금부터 공격을 날리겠다고 가르쳐주는 듯한 공격을 피한 후, 나는 상대의 멱살을 잡아당기면서 발차기를 날리듯 상대의 발을 걸어찼다.

그러자 레우스는 공중에서 세 바퀴 회전하더니, 낙법도 하지 못하면서 바닥에 낙하했다.

"으윽?! ……어, 째서……?!"

상대를 예상하지 못한 방향으로 회전시켜서, 반고리관을 마비시키는 기술이다.

풋내기에게 사용하기에는 위험한 기술이지만, 힘조절을 했으니 균형감각을 일시적으로 잃기만 할 것이다. 그 증거로, 레우스는 바로 일어서지 못했으며, 무릎을 꿇은 채 경악을 금치 못하는 듯한 얼굴로 나를 올려다보고 있었다.

"아무리 빠르고 힘이 강하더라도, 기술 같은 건 눈곱만큼도 없는 애들 주먹질이 나한테 통할 것 같아?!"

척 봐도 피할 수 있을 만큼 준비 동작이 큰 공격과 페인트 같은 건 전혀 섞이지 않는 날라차기, 그리고 피해달라고 말하는 듯한 어설픈 펀치…… 싸움을 너무 얕보는 거 아냐?

"젠……자아아앙!"

아직 회복되지는 않았으면서 억지로 몸을 일으킨 레우스는 나에게 달려들었다. 엄청난 회복력과 근성은 인정해주겠지만, 작아서 맞추기 힘든 얼굴을 노리는 것은 감점 대상이다.

나는 목만 까닥여서 공격을 피한 후, 레우스의 명치에 주먹을 꽂았다.

"안 통…… 커억!"

레우스는 예상하지 못한 공격을 받고 두세 걸음 물러서더니,

무릎을 꿇으면서 배 속에 있던 것들을 토했다.

지금까지의 공격은 레우스의 방어력을 파악하기 위해 '부스트' 없이 날렸다.

이제 어느 정도 위력으로 공격하면 될지 파악했기에, 뒷일은 죽지 않을 정도만 패면 된다.

"쿨럭, 쿨럭…… 재, 재수가 좋았던 것뿐이야!"

그렇게 생각하는 것도 감점 대상이군. 이럴 때는 거리를 벌리면서 다시 재정비해야 한다.

하지만 내 생각을 알 리가 없는 레우스가 날린 돌려차기를 몸을 숙여 피한 후, 그가 지면을 딛고 있는 발을 걷어찼다. 그리고 한순간 공중에 떠오른 레우스의 다리를 잡은 후, 그대로 몇 바퀴 돌린 후에 지면에 내던졌다.

"레우스, 어때? 그 정도 힘으로 정말 혼자 살아갈 수 있겠어?"

"아직…… 멀었어. 나는 아직…… 지지…… 않았다고."

레우스는 아직도 투지가 남았는지 비틀거리면서 몸을 일으키더니 주먹을 휘둘렀다.

아까와 달리 이번에는 작게 주먹을 휘두르며 연속으로 공격을 퍼부었지만, 예측 가능한 공격을 피하는 것은 간단했다. 때때로 큰 공격을 날렸기에, 나는 그 틈을 노려 반격했다.

그런 응수가 한동안 계속됐지만, 레우스는 패배를 인정하고 싶지 않은지 계속 공격을 날렸다. 열 번째 공격을 배에 꽂으면서 레우스의 얼굴을 쳐다보니, 그는 눈물을 줄줄 흘리며 고통을 참고 있었다.

"왜……야. 왜…… 안 맞는 거냐고. 왜…… 쓰러지지 않는
건데."

"이런 애들 주먹질에 맞아주는 게 오히려 힘들거든."

"쓰러져…… 내가 이기게 해달라고……. 나를, 보내달란……
말이야."

"진짜로 가고 싶은 거야?"

"가고 싶어……. 가지 않으면…… 안 돼. 나는…… 너희 저택
에 있으면 안 된단 말이야."

이제 힘이 실리지 않은 레우스의 주먹을 쳐낸 후, 그대로 그의
오른쪽 뺨에 주먹을 꽂자, 그는 그대로 쓰러졌다.

입안이 찢겨졌는지 피를 흘리면서도 레우스는 몸을 일으켰지
만…… 더는 무리였다.

움직이지 못하는 레우스에게 다가가서 눈을 쳐다보니, 그는
강자에게 겁먹은 듯한 눈빛을 띠고 있었다.

"한 번 더 묻지. 진짜로 너는 누나와 떨어지고 싶은 거야?"

"그……래. 안 그러면…… 누나가…… 불행해……진단 말이
야!"

최후의 힘을 쥐어짜내어 휘두른 주먹은, 한심할 정도로 약했
기에 피할 필요도 없었다.

내가 그 주먹을 가슴으로 받아낸 후, 레우스의 멱살을 잡고 일
으켜 세웠다.

"레우스, 나를 봐라."

내가 잡아당기자, 레우스의 겁먹은 눈동자에 내 얼굴이 비

쳤다.

"내가 뭐지? 네 눈에는 내가 은랑족으로 보여?"

"……아니."

"그래, 나는 인간족이야. 그러니 너를 저주받은 아이든 말든 상관없어. 내가 보기에 너는 늑대로 변신할 수 있는 평범한 꼬맹이야. 앞으로 어떻게 기를지 기대가 되는걸."

"어…… 뭐?"

"저주받은 아이는 죽여야 한다, 같은 하찮은 규율은 내가 알 바 아냐! 너는 내 제자니까, 그딴 규율과는 상관없어. 그런데도 불평을 늘어놓는 녀석이 있다면 내가 두들겨 패주지."

나는 어안이 벙벙해하는 레우스에게서 시선을 뗐다. 그리고 에밀리아를 향해 레우스를 내밀면서 물었다.

"에밀리아. 너는 어떻게 할 거지? 은랑족의 규율에 따라 저주받은 아이를 죽일 거야?"

레우스는 죽인다는 말을 듣고 부르르 떨었지만, 에밀리아는 당황한 채 고개를 저었다.

"그래. 너는 그러기 싫어서 망설이고 있는 거지? 네가 어떻게 하고 싶은지…… 네 진심을 말해봐!"

"저는…… 저는…… 싫어……요. 레우스를 죽이는 것도, 레우스와 헤어지는 것도 싫어요! 레우스와 함께 있을 수 있다면 규율 같은 건 얼마든지 내던져버릴 수 있어요!"

규율이라는 족쇄에서 풀려난 에밀리아는 고함을 지르듯 자신의 본심을 털어놓았다.

에밀리아의 본심을 들은 후, 나는 다시 레우스를 쳐다보았다.

"들은 대로, 네가 저주받은 아이라는 걸 나나 네 누나는 신경 쓰지 않아. 자아, 한 번 더 묻겠어. 너는 진짜로 우리 곁을 떠나고 싶은 거야?"

"⋯⋯싫⋯⋯어."

레우스의 눈에서 눈물이 흘러나오더니, 그와 동시에 몸이 다시 원래 상태로 되돌아갔다.

멍투성이인 얼굴이 눈물과 콧물로 범벅이 된 레우스는 엉엉 울기 시작했다.

"싫어⋯⋯ 싫어, 싫어, 싫어! 외톨이는 싫어! 쓸쓸한 건 싫어! 누나와 떨어지고 싶지 않아! 에리나 씨가 더 쓰다듬어줬으면 해! 노엘 누나와 더 놀고 싶어! 디 형이 만든 음식을 더 먹고 싶어! 떠나기 싫어! 집으로⋯⋯ 돌아가고 싶어⋯⋯."

그래⋯⋯. 너는 어린애니까 하고 싶은 말이 있으면 전부 털어놓으면 된다.

어린이라는 시기이기에 할 수 있는 말도 잔뜩 있으니까 말이다.

소동이 벌어진 데다 이런 곳에 오게 됐지만, 레우스의 본심을 알 수 있었으니 잘된 것으로 치기로 했다.

울먹거리는 동생을 에밀리아에게 넘기자, 그녀는 눈물과 콧물로 범벅이 된 레우스를 꼭 끌어안았다.

"레우스⋯⋯ 다행이야⋯⋯. 레우스⋯⋯."

"누나⋯⋯ 미안. 미안해⋯⋯."

남매는 눈물을 흘리면서 꼭 끌어안고 있었다. 그러고 보니 레우스는 나와 싸우기 전에 약속을 하나 했었다.

빨리 약속을 이행하게 해야겠다.

"레우스. 내가 이기면 내 말을 듣기로 했었지?"

"시리우스 님. 그 약속은 제가 대신 지킬게요. 그러니 레우스에게……."

"이건 우리의 승부였으니까 그럴 수 없어. 그리고 에밀리아가 대신하는 건 불가능할걸?"

나는 미소 띤 얼굴로 레우스의 얼굴을 쳐다보면서 말했다.

"저택으로 돌아와."

"…………응."

마지막으로 어린애다운 미소를 지은 후, 레우스는 기절했다.

그 후, 나는 에밀리아를 업고 기절한 레우스를 안아 든 채, 저택으로 돌아갔다.

저택에 도착한 내가 현관문을 여니, 시종들이 미소를 머금은 채 나를 맞이해줬다.

"시리우스 님, 어서 오세요. 에밀리아…… 그리고 레우스도 잘 왔어."

"응, 다녀왔어. 미안하지만 레우스를 간호해줘."

"예."

"우와아…… 레우 군, 완전 엉망이 됐네요. 저택에 있는 붕대만으로 충분하려나요."

긴장의 완화와 피로 탓에 기절한 레우스를 디에게 넘기고 에밀리아를 내려놓자, 나는 그제야 이 일이 일단락됐다는 실감을 받았다.

레우스를 안고 이동하는 디와 노엘을 쳐다보고 있을 때, 에리나와 음료와 수건을 들고 왔다.

"수고하셨습니다. 레우스도 이제 제멋대로 행동하지는 않겠죠."

"좀 심한 것 같기도 하지만, 그래도 데리고 돌아왔으니 됐어."

"아뇨, 시리우스 님. 이 정도는 물러 터진 대응입니다. 시종이 주인 몰래 집을 빠져나가는 건 있어서는 안 되는 일입니다. 경우에 따라서는 살해당할 수도 있죠."

레우스는 내 시종이 아니지만, 에리나는 진심으로 화내고 있는 것 같았기에 괜한 소리를 할 수도 없었다.

"하지만 시리우스 님 덕분에 이제 올바르게 성장하겠죠. 레우스가 편안한 표정으로 자고 있는 모습만 봐도 알 수 있어요."

"그래도 내가 꽤 많이 때렸거든. 나를 두려워하지 않으면 좋겠어."

"걱정하지 마세요. 레우스를 생각하는 마음에서 우러나온 사랑의 채찍이니, 그 애도 이해할 겁니다."

괜한 걱정이라면서 웃는 에리나와 함께 저택에 들어가려던 나는 에밀리아가 멍하니 서 있다는 사실을 눈치챘다.

아까부터 아무 말도 하지 않았기에, 혹시 내가 동생을 때린 것 때문에 화난 건지도 모른다는 생각이 들었다.

"레우스에게 가보지 않을 거야?"

"아…… 예. 그렇게 할게요."

내가 에밀리아에게 말을 걸자, 그녀는 허둥지둥 내 옆을 지나갔다. 하지만 갑자기 돌아오더니 나를 향해 고개를 숙였다.

"저기…… 정말 감사해요. 저희 남매가 같이 있을 수 있는 건 시리우스 님 덕분이에요."

"대신 마구 때려줬지만 말이야. 에밀리아, 잘 들어. 이번에는 레우스가 한심한 이유로 뛰쳐나갔기 때문에 잡았지만, 내가 납득할 수 있는 이유로 떠나려 한다면 그대로 보내줄 거야. 너도 다른 목표가 생긴다면 주저하지 말고 말해."

"시리우스 님, 저는 이미 새로운 목표를 찾았어요. 저기…… 실례할게요."

에밀리아는 열기를 띤 눈으로 나를 쳐다보더니, 사과하면서 나를 꼭 끌어안았다. 그녀답지 않은 행동이라 당혹스러워하고 있을 때, 어깨에서 고통이 느껴졌다.

아무래도 에밀리아가 내 어깨를 깨문 것 같았다. 많이 아프지는 않았지만, 내가 왜 그러는지 물어보기도 전에 에밀리아는 말한마디를 남기면서 떨어졌다. 그리고 얼굴을 새빨갛게 붉힌 채 저택으로 들어갔다.

이곳에는 멍한 표정을 짓고 있는 나와 화가 난 에리나만이 남아 있었다.

"주인님을 깨물다니……. 아무래도 교육이라는 명목의 벌을 줄 필요가 있을 것 같군요."

"자, 잠깐만! 이건 은랑족의 습성이지 공격을 한 건 아냐."

나는 에밀리아에게 설교하려는 에리나를 말리기 위해, 은랑족의 습성에 관해 설명했다. 은랑족에게 있어 깨문다는 행위는 애정 표현이며, 에밀리아는 떨어지면서 나에게 한 말은 이러했다.

'사랑해요. 저는 언제까지나…… 당신을 따를 거예요.'

……아무래도 나를 향한 동경이 사랑으로 바뀐 것 같았다.

참고로 에밀리아가 시종이 되는 것도 확정된 듯하다.

"그렇군요. 노엘이 이 자리에 있다면 완전히 넘어갔다고 말했겠군요."

"……기뻐 보이네."

"물론이죠. 시리우스 님에게 충성을 맹세하는 사람이 생겼으니까요."

아까까지 화를 내고 있던 에리나는 미소를 지으면서 에밀리아의 뒷모습을 바라보았다.

"에밀리아의 교육은 저에게 맡겨주세요. 완벽한 시종으로 교육시키겠습니다."

"내 제자이기도 하니까, 평범한 시종으로 충분한데……."

"아뇨. 완벽해야만 해요. 게다가 그 애도 받아들일 겁니다."

"에밀리아라면 받아들일 것 같지만…… 너무 무리는 하지 마."

"알았습니다. 뒷일은 맡겨주세요."

에리나는 촐랑이인 노엘에게 때로는 엄격하게, 그리고 때로는 상냥하게 교육해왔다.

내가 가장 신뢰하는 사람이니, 에밀리아를 맡겨도 될 것이다.

하지만…….

"이걸로…… 성장하신 시리우스 님을……."

저택으로 들어가려 할 때, 희미하게 들려온 에리나의 말은 못 들은 것으로 하기로 했다.

다음 날 아침…… 나는 정원을 달리고 있었다.

요즘 들어 아침에 남매와 같이 달렸지만, 어제 소동 탓에 레우스가 아직 깨어나지 않았고, 에밀리아는 동생 곁을 한시도 떠나지 않으며 간호하고 있었기에, 오늘은 혼자서 뛰게 되었다.

남매의 페이스에 맞출 필요가 없기에 발소리를 최대한 죽이면서 전력으로 정원을 뛰었다. 그리고 세기도 귀찮을 정도로 정원을 돈 덕분에 몸에서 꽤 땀이 나자 달리기를 끝냈다.

그러자 에리나가 수건과 음료를 들고 왔기에, 나는 그것을 받으면서 남매가 어떻게 하고 있는지 물었다.

"에밀리아와 레우스는 일어났어?"

"아직 깨어나지 못했습니다. 방에는 있는 것 같습니다만, 아직 다른 사람과 얼굴을 마주하기 좀 그런지 시간을 달라고 문 너머에서 말하더군요."

잔뜩 폐를 끼쳤기 때문에 얼굴을 마주하기 힘든 것은 이해가 되지만, 방에 틀어박혀 있는 것도 곤란했다. 에밀리아가 나오지 않는 것은 레우스를 홀로 두지 않기 위해서일 것이다.

"최악의 경우, 방 앞에 먹을 걸 가져다 놔서 유인해볼까?"

"그건 최후의 방법으로 쓰죠."

역시 먹을 것으로 낚는 것은 동물 취급하는 것 같아서 좀 불쌍했다.

하지만 레우스는 갯과인 늑대라 그런지 통할 것 같은 느낌이 들었다.

""시리우스 님, 안녕하십니까.""

이미 준비된 아침 식사 자리에는 노엘과 디뿐이었다.

우리 모두의 시선은 빈자리로 향했지만, 남매가 모습을 드러낼 기색은 없었다. 결국 노엘이 한 번 더 부르러 가겠다면서 자리에서 일어나 거실의 문을 향해 손을 뻗은 순간, 그녀는 뭔가를 눈치챘는지 움직임을 멈췄다.

"어? 두 사람 다 일어났구나."

""아?!""

문이 약간 열려 있었고, 그 틈으로 남매가 이쪽을 쳐다보고 있었다. 남매는 내 목소리를 듣고 당황했지만, 노엘은 거리낌 없이 문을 열어젖혔다.

"좋은 아침……입니다."

"…………."

체념한 듯한 에밀리아는 아침 인사를 했지만, 나한테 두들겨 맞은 탓에 얼굴이 멍투성이가 된 레우스는 고개를 돌린 채 우리와 시선을 마주하려 하지 않았다.

눈이 새빨갛게 부은 걸 보면, 깨어난 후에도 꽤나 운 것 같았다.

에리나는 거북한 표정으로 서 있는 레우스에게 차분한 목소리로 말했다.

"좋은 아침이구나. 레우스, 아침 인사는 안 할 거니?"

"으…… 조, 좋은 아침……입니……다."

"잘했어. 자아, 아침 식사가 식기 전에 자리에 앉으렴."

"두 사람 다 빨리 앉아."

노엘에게 떠밀린 두 사람은 머뭇거리면서 자리에 앉았다.

테이블에는 아침 식사인 빵과 베이컨이 놓여 있었지만, 레우스의 앞에는 아무것도 없었다. 그 탓에 레우스는 낙담했지만…….

"레우스의 아침은 이거다."

잠시 후, 디는 따뜻한 수프를 가져왔다.

디는 평소와 다름없이 무표정했지만, 레우스를 향한 시선만큼은 따뜻했다.

"입안이 찢어졌지? 이걸 별 무리 없이 먹을 수 있다면, 다른 것도 준비해주마."

디가 담담한 목소리로 설명한 후에 식탁 앞에 앉는 모습을 남매가 멍하니 쳐다보고 있는 가운데, 다른 사람들은 두 손을 모았다.

"그럼 여러분, 신에게 감사 인사를 드리죠. 잘 먹겠습니다."

""""잘 먹겠습니다.""""

""자, 잘 먹겠습니다.""

에리나가 그렇게 말한 후, 우리는 식사를 시작했다.

참고로 식사 전에 신에게 기도를 올리는 것은 이 세계에서 상식이지만, 합장은 하지 않았기에 내가 전파했다.

남매는 당황한 채 식사를 시작했지만, 레우스는 수프를 입에 머금자 인상을 썼다. 입안에 난 상처가 아픈 것이리라.

"으음, 뜨거워서 아픈가 보네요. 식히는 편이 좋지 않았을까요?"

"그래도 따뜻한 게 더 맛있지 않아?"

"그것도 그러네요. 저기, 레우 군. 그건 당신들이 이 저택에 와서 처음으로 먹었던 수프인데, 맛이 어때?"

"가능하면 소감을 말해줬으면 좋겠어."

내가 가르쳐준 레시피로 이 수프를 만든 디는 맛이 신경 쓰이는지 긴장한 표정으로 레우스를 쳐다보고 있었다. 레우스는 주목을 받더니 눈물을 글썽거리면서 또 수프를 마셨다.

"으…… 응. 맛있어…… 맛있다고…….."

눈물이 수프에 떨어지고 있었지만, 레우스는 식사를 멈추지 않았다.

레우스는 순식간에 수프를 다 먹더니, 양손을 테이블에 올려두면서 고개를 깊이 숙였다.

"잘못했어요! 제멋대로 이 저택을 나가서 죄송해요. 나……이제 그런 짓은 안 할 테니까, 그러니까…… 누나와 함께 이 저택에서 지내게 해주세요!"

레우스의 참회를 들으며 다들 식사를 멈춘 가운데, 에리나는 천천히 젓가락을 내려놓으면서 입을 열었다.

"레우스, 시리우스 님께서 어제 마지막으로 너에게 무슨 말을 했는지 기억하니?"

"……저택으로 돌아오라고……."

"그럼 그걸로 충분하단다. 어서 오렴, 레우스."

"'"어서 와."'"

"으으…… 흐흑…… 흐흐흐흑……."

레우스는 자신이 용서받았다는 사실을 깨닫더니 엉엉 울기 시작했다.

에밀리아는 그런 레우스의 등을 상냥하게 쓰다듬어줬고, 노엘은 손수건으로 눈물을 닦아줬다.

"자아, 우는 것도 좋지만 레우 군은 배고프잖아? 빵 먹을 수 있겠어?"

"고기도 먹어. 힘이 날 거다."

"레우스, 내 달걀 나눠 줄게."

"응…… 전부…… 먹을래."

에밀리아와 노엘이 레우스를 상냥하게 대해주는 가운데 시끌 벅적한 아침 식사는 한동안 계속되었다.

아침 식사를 마치고 차를 마시고 있을 때, 레우스가 내 앞에 나타났다.

예전과 달리 레우스에게서는 혐오감이 전혀 느껴지지 않았다. 지금은 나한테 어떤 식으로 말을 걸면 좋겠는지 고민하고 있는 어린애처럼 보였다.

내가 말을 걸지 않고 기다리자, 레우스는 먼저 입을 열면서 고개를 숙였다.

"시리우스 님…… 죄송해요. 그리고 감사합니다."

"신경 쓰지 마. 다친 데는 이제 괜찮아?"

"아직 좀 아프지만, 괜찮아요."

"튼튼한 것 같아 다행이야. 하지만 그 상처는 치료해주지 않을 거야. 자신이 범한 실패를 반성하도록 해."

"예!"

드디어 레우스는 나이에 걸맞은 자연스러운 미소를 지었다. 내가 시험 삼아 레우스의 머리를 쓰다듬어주자, 전혀 싫어하지 뿐만 아니라 꼬리까지 흔들며 겸연쩍어했다.

이런저런 일이 있기는 했지만, 레우스의 신뢰를 얻는 데 성공한 것 같았다.

"그러고 보니 저주받은 아이는 어떻게 된 거야. 밤이 되면 멋대로 변신하는 거야?"

"처음에는 멋대로 변했지만, 지금은 제가 되고 싶다고 생각하지 않는 한 변하지 않는 것 같아요."

아무래도 늑대로 변신하는 것은 제어가 가능한 것 같았다. 달을 보면 몸이 뜨거워지면서 변신하고 싶어지지만, 강제적인 것은 아닌 것 같으니 다행이다.

하지만 어른이 되어도 마찬가지일지는 알 수 없으니, 여러모로 실험을 해보면서 조사해봐야겠다. 아무튼 함부로 변신하지는 말고, 무슨 일이 있으면 바로 보고하라고 말해뒀다.

원래 레우스는 솔직한 성격이기에, 나를 따르게 되고 나니 순순히 고개를 끄덕였다.

"시리우스 님, 저는 강해지고 싶어요. 무슨 일이 있어도 누나를 지켜줄 수 있을 만큼요. 그러니까…… 저를 제자로 삼아주세요!"

"이미 제자라고 생각하고 있어. 앞으로 더욱 힘든 훈련을 시킬 거니까 열심히 따라와."

"예! 저도 시리우스 님처럼 강해지고 싶어요!"

이렇게 남매의 신뢰를 쟁취한 덕분에 우리는 드디어 스타트 라인에 섰다.

앞으로 남매를 단련시키면서, 나 또한 스승으로서 더욱 단련해나가야만 할 것이다.

갈 길이 멀지만, 보람 있는 미래를 상상한 내 얼굴에는 절로 미소가 맺혔다.

──이렇게 새로운 각오를 다졌지만, 남매에게 오늘 훈련을 시키지 않기로 했다.

레우스는 상처가 아직 낫지 않았고, 에밀리아는 시종으로서 중요한 것을 가르치겠다면서 에리나가 데리고 간 것이다. 시종 분야에 대해서는 에리나에게 일임하기로 했기 때문에 나는 아무 말도 하지 않았다.

그런 고로 오늘은 할아버지를 찾아가자고 생각한 나는 디가 도시락을 싸줄 때까지 정원에서 목검을 휘두르고 있었다.

내가 이미지하고 있는 것은 라이오르의 강파일도류다.

몇 번이나 싸우면서 관찰한 움직임을 흉내 내며 이미지대로 움직였다. 모든 일격이 필살이라고 해도 과언이 아닌 이 유파는 공격을 확실하게 명중시킬 기량이 필수이기 때문에 반복 연습이 매우 중요하다.

한 번에 여덟 번의 공격을 날리는 산파는 '부스트' 상태인 나도 여섯 번만 겨우 펼칠 수 있었다. 내 힘과 기량이 부족한 탓이기도 하지만, 그 할아버지는 이것을 무거운 대검으로 펼치는 것이다. 그 할아버지가 얼마나 괴물인지 다시 한 번 이해했다.

목검을 휘두르고 있을 때, 레우스가 현관에서 나를 쳐다보고 있다는 사실을 눈치챘다.

쉬고 있으라고 했는데 이렇게 나와 보는 걸 보면 정말 건강한 녀석이다.

내가 쓴웃음을 지으면서 손짓을 하자, 레우스는 꼬리를 흔들면서 달려왔다.

"안 쉬어도 괜찮은 거야?"

"시리우스 님이 뭘 하고 계신가 싶어서요. 그리고 몸은 그다지 아프지 않아요."

회복이 빠른 것 같아서 다행이다. 이것도 저주받은 아이라서일까?

내가 그런 생각을 하고 있을 때, 레우스의 시선은 내 목검을 향하고 있었다. 그러고 보니 레우스에게 검을 휘두르는 모습을 보여준 것은 이번이 처음이다.

흠…… 다양한 체험을 시키는 편이 좋을지도 모르겠군.

"검이 신경 쓰이는 거야?"

"예! 붕붕 휘둘러대는 모습이 정말 멋졌어요."

"그렇구나. 그럼 휘둘러볼래?"

내가 목검을 내밀자, 레우스는 반사적으로 그걸 움켜쥐었다. 그리고 장난감을 받은 것처럼 눈을 반짝였다.

"……괜찮아요?"

"무리하지 않을 정도만 말이야. 몸이 아프면 그만 하는 거야."

뭐든 경험해보는 게 중요하다. 레우스가 어떤 전투 스타일을 지니게 될지는 모르겠지만, 검을 휘둘러보는 것도 좋은 경험이 될 것이다.

레우스는 희희낙락하면서 검을 휘둘렀지만, 오늘 처음 검을 쥐어본 그가 검을 휘두르면서 내는 소리는 정말 엉망진창이었다. 내가 휘두를 때와는 전혀 다른 소리가 나기에 고개를 갸웃거리고 있는 레우스의 모습이 꽤나 사랑스러웠다.

"……어?"

"팔만으로 휘두르니까 그런 거야. 줘봐."

나는 목검을 건네받은 후, 시범을 보였다.

나는 검에 대해서는 해박하지 않지만, 아는 범위 내에서 지적을 해주면서 목검을 건네줬다. 레우스가 다시 검을 휘두르자, 아주 약간이지만 소리가 좋아졌다. 흡수가 빠른걸.

"기다리게 해서 죄송합니다. 레우스에게 검을 가르치는 겁니까?"

"시험 삼아 말이야. 꽤 소질이 있는걸."

도시락을 가지고 온 디는 검을 휘두르는 레우스를 보더니 감탄했다.

나는 간략하게 상황을 설명하며 도시락을 넘겨받았다. 그리고 뒷일은 디에게 맡기고 출발하기로 했다.

"디도 짬이 나면 레우스를 가르쳐줘. 그럼 나는 다녀올게."

""다녀오십시오.""

나는 두 사람에게 배웅을 받으면서 출발했다.

도중에 돌아보니 디가 레우스에게 조언을 하고 있었기에, 나는 마음 편히 라이오르의 집으로 향했다.

그리고 평소와 마찬가지로 라이오르와 싸웠지만…….

"커억!"

의표를 찌르는 공격을 막아내지 못한 탓에, 나는 그대로 튕겨져 날아갔다.

공격에 실린 힘이 지나치게 강력했기에 지면에 몇 번이나 튕겨지면서도 겨우겨우 균형을 되찾으며 두 발로 착지하기는 했지만, 방금 공격으로 왼팔의 뼈에 금이 간 것 같았다.

만약 상대가 휘두른 게 진짜 검이었다면 그대로 결판이 났을 것이다. 그러니 이번에는 내가 졌다고 봐야 할 것이다.

"하아…… 하아…… 어떠냐. 더 할 거냐?"

"아니…… 졌어."

라이오르도 한계였는지 만족스러운 미소를 지으면서 주저앉았다.

하지만 마지막 공격에는 완전히 당했다. 강파일도류는 그 명칭에 걸맞게 일격필살의 기술이 대부분이며, 공격 횟수를 늘리는 기술은 있어도 의표를 찌르는 기술은 거의 없었다.

내가 이번에 진 것은 그런 억측 때문이다. 덕분에 정신이 바짝 들었다.

"설마 그런 기술이 있을 줄은 몰랐어. 강파일도류, 무시무시한걸."

"음. 아직 이름도 없는 기술이지만, 그대에게 통해서 다행이구나."

"이름이 없다고?"

"방금 그건 그대를 상대하기 위해 새로 만든 기술이다. 재빠른 상대의 허를 찌르는 기술이지. 강파일도류와는 방향성이 달라서 고생했지."

설마 나를 쓰러뜨리기 위해 유파의 방향성을 거스르는 기술을 개발할 줄이야.

강해지기 위해서라면 그 어떤 짓도 주저하지 않는, 당치도 않은 할아버지다.

"하지만 그대의 적응 속도는 상상을 초월하니 다음에는 통하지 않겠지. 이 기술을 승화시킬지 말지는 나중에 생각해볼까."

할아버지의 말대로 다음번에 완벽하게 피할 자신은 있다. 그렇기 때문에 라이오르가 이 기술을 버릴 가능성도 있을 것이다.

나와 라이오르의 대결은 하루가 다르게 진화하고 있으며, 한쪽이 싸울 수 없게 될 때까지 계속되지만, 우리가 그걸 즐기고 있으니 문제 될 것은 없다.

"방어에는 성공한 것 같다만, 팔은 어떻지?"

"이 정도는 금방 나아. 하지만 오늘은 이제 무리일 것 같아."

뼈에 금이 갔지만, 이 정도는 재생활성을 사용하면 몇 시간 안에 나을 것이다.

"어쩔 수 없지. 점심때가 됐으니 식사나 하기로 할까."

"맞다. 디가 점심을 싸줬어. 할아버지 몫도 있는데, 어쩔래?"

"호오! 그거 기대되는구나."

내 도시락을 몇 번이나 맛본 할아버지는 어느새 내 시종들이 만드는 음식에 푹 빠졌다.

어린애처럼 웃으면서 집으로 향하는 할아버지를 쳐다보면서, 나는 그의 뒤를 따랐다.

"그러고 보니 레우스가 검에 흥미를 느끼기 시작했어."

오늘 도시락은 각종 반찬과 돈가스 샌드위치였다.

디는 내가 가르쳐준 요리를 약간 어레인지해서 만들기 때문에 맛있다.

나는 도시락을 먹으면서 잡담 삼아 오늘 아침에 있었던 일을 이야기했다.

"흠…… 잘됐구나. 나도 그대만 할 때부터 검을 쥐었지."

"그럼 할아버지는 50년 동안 검을 휘둘러온 거네. 용케도 이

때까지 검 일변도로 살아왔구나."

"50년 넘게 검을 휘둘러왔는데도 그대에게 지고 있지만 말이다. 그런데 그대는 내 유파를 이을 생각은 없느냐?"

몇 번이나 싸웠지만 유파를 이어달라는 말은 오늘 처음 들었다.

"마음은 고맙지만, 내 전투방식과 맞지 않을 것 같으니까 사양할게. 기술 몇 개는 흡수했지만, 완전히 받아들였다간 강파일도류의 색깔 자체가 사라져버릴 거야."

"그런가. 그럼 강요는 하지 않겠다. 후계자가 꼭 필요한 것은 아니지만, 내가 만든 기술이 아까워서 말이지."

강파일도류는 누군가에게 계승 받은 것이 아니라, 라이오르가 홀로 만든 유파라고 한다.

본인은 강해지는 것에만 흥미가 있으며, 유파를 만들면 강자가 도전할 거라는 생각에 시작한 것이기에 딱히 아쉽지는 않은 것 같았다.

"그럼 레우스에게 가르쳐볼래?"

"호오, 그래도 괜찮겠느냐?"

"본인의 의사에 달렸지만 말이야."

애초에 내 기술과 전술은 전생의 근대 무기에 맞춘 것이며, 스승이 만든 독특한 기술도 포함되어 있기에, 그 모든 기술을 이 세계의 인간에게 가르치는 것은 불가능에 가깝다.

그러니 내 육성방침은 기초체력을 중점적으로 기른 후 상황판단력을 길러줘서, 개인에게 맞는 무기와 유파로 육성해나가는 것이었다.

그러니 내 제자가 라이오르에게서 강파일도류를 배우는 것은 찬성이었다.

"적어도 앞으로 반년 동안은 기초훈련과 공부를 시키며 밑 준비를 해야겠지만 말이야. 그리고 본인이 배우고 싶어 한다면 소개해줄게."

"나쁘지 않은 제안이구나. 벌써부터 기대되는걸."

"잔뜩 기대하라고. 아, 할아버지의 기술을 레우스에게 보여줘도 될까?"

"물론이지. 철제 검으로 바위를 벨 수 있게 되거나 산파로 네 번 정도 공격을 펼칠 수 있게 되면 제자로 받아주지."

"말도 안 되는 소리 하지 마. 나도 아직 여섯 번 밖에 못한다고."

"가르쳐주지도 않았는데 여섯 번이나 할 수 있는 그대가 오히려 말도 안 되느니라!"

"할 수 있는 걸 어쩌냔 말이야!"

나는 상처가 회복될 때까지 이 할아버지와 말다툼을 계속 벌였다.

하지만 저택에 돌아가 보니…… 뜻밖의 사태가 기다리고 있었다.

"아, 시리우스 님. 다녀오셨습니까."

내가 돌아왔을 때도 레우스는 정원에서 목검을 휘두르고 있었다.

아침부터 지금까지 계속 훈련을 한 것은 아니겠지만, 상처도 완치된 듯한 레우스는 즐겁게 목검을 휘두르고 있었다.

하지만 옆에서 레우스를 지켜보고 있던 디는 긴장한 듯한 표정으로 나에게 귓속말을 했다.

"시리우스 님…… 당신은 엄청난 재능을 지녔지만, 이 애도 못지않습니다."

나는 그 말을 듣고 레우스를 쳐다보았다. 레우스는 아침과는 비교도 되지 않을 만큼 날카롭게 목검을 휘두르고 있었으며, 강 파일도류의 산파 같은 기술도 펼치고 있었다.

"으음…… 역시 무리네. 시리우스 님, 한 번에 여섯 번의 공격을 펼치는 기술 말인데, 세 번밖에 못하겠어요. 어떻게 해야 하죠?"

"……그거 대단하네."

"예."

겨우 한 번 본 기술을 그대로 익힌 건가. 게다가 내가 몇 번 공격을 날렸는지 꿰뚫어 볼 수 있을 정도의 동체시력을 지닌 것 같으니, 어쩌면 엄청난 천재일지도 모른다.

나는 조언을 해준 후, 훈련을 계속하겠다는 두 사람을 남겨두고 저택으로 들어갔다. 그러자 에밀리아가 새빨개진 얼굴로 나를 맞이했다.

"저, 저기…… 다녀오셨습니까!"

"응."

어제 고백을 한 후로 나를 쳐다보는 눈빛이 바뀌기는 했지만, 지금은 더 상태가 이상했다. 에리나한테 대체 뭘 배운 걸까.

"에밀리아, 괜찮아? 무슨 일 있으면 주저하지 말고 말해."

"그, 그럼 질문을 드리겠습니다. 제 머리카락 말인데…… 긴 편이 좋을까요, 짧은 편이 좋을까요?"

"머리카락……."

에밀리아는 현재 어깨 언저리까지 머리카락을 길렀다. 하지만 그녀의 아름다운 은발은 더 길면 예쁠 것 같았다. 내가 그렇게 말하자, 그녀는 눈을 반짝이면서 몇 번이나 고개를 끄덕였다.

"예. 시리우스 님을 위해 최선을 다할게요. 저기…… 어른이 되면 침대에서도 힘낼 테니…… 기대해주세요!"

왠지 흘려들을 수 없는 말이 들린 것 같지만…… 기분 탓이겠지?

나는 캐물으려 했지만, 에밀리아가 도망친 바람에 그대로 이 이야기는 유야무야되고 말았다.

그 후, 배가 조금 고파서 조리실에 가보니 에밀리아와 노엘이 우유를 한 손에 든 채 대화를 나누고 있는 모습을 보고 말았다.

"시리우스 님을 위해 가슴을 더욱 키울 거예요!"

"이 언니도 질 수 없지! 가슴이 커지면 더욱 매력적일 거야!"

나는 두 사람에 비밀리에 노력하는 장면을 못 본 척하면서 그곳을 벗어났다.

그날 밤, 나는 남매 이외의 시종들과 함께 달빛이 쏟아지고 있는 저택의 정원에 서 있었다.

이 세계의 달은 옅은 그림자가 드리워진 채 항상 원형을 이루고 있었다. 오늘은 만월이라 빛이 강렬해서 월광욕을 하기에 좋았지만, 그런 짓을 하기 위해 우리가 이곳에 모인 것은 아니었다. 우리가 이곳에 온 것은 남매가 불러냈기 때문이다.

'오늘 밤, 달이 가장 밝게 빛날 때 정원에 모여주세요.'

저녁 식사 후에 남매에게서 그런 말을 들은 우리는 이곳에 왔지만, 그 두 사람은 집에서 뭔가를 하고 있는지 아직 모습을 드러내지 않았다.

"아름다운 만월이네요~. 그런데 그 두 사람은 뭘 하고 있는 거죠?"

"아까 와인을 준비해달라고 하더군."

"와인? 그럼 여기서 마시려는 걸까요? 달도 아름다우니 여기서 한잔하는 것도 나쁘지 않겠네요."

"미성년자인 시리우스 님과 그 아이들에게는 일러요. 두 사람의 의도는 모르겠지만, 진지해 보였죠. 아마 중요한 일일 겁니다."

"아, 당사자들이 나타났네."

저택 현관을 통해 밖으로 나온 남매는 조그마한 나무 상자와 책상을 안아 든 채 우리를 향해 걸어왔다.

"기다리게 해서 죄송합니다."

"괜찮아. 그런데 우리를 이 자리에 모은 이유가 뭐야?"

"실은 여러분에게 보여드리고 싶은 의식이 있어서 이렇게 와 달라고 한 거예요. 레우스."

"응. 여기면 되지?"

레우스는 들고 있던 책상을 지면에 놓았고, 에밀리아가 들고 온 나무 상자에서 주스와 와인이 든 용기를 꺼내 책상 위에 놓았다. 마치 달에 공물을 바치는 것 같군.

"여러분. 이렇게 모여주셔서 감사합니다."

"감사합니다."

두 사람은 우리 앞에 서더니 고개를 숙였다.

처음으로 연설하는 듯한 저 두 사람의 모습을 보고 있자니 절로 입가에 미소가 맺혔다.

"설명을 드리자면, 저희 은랑족에게는 축제나 결혼 때만 하는 은월(銀月)의 맹세라는 의식이 있어요. 이것은 달에 자신의 맹세를 선서하는 소중한 의식이며, 한 번 맹세를 하면 어길 수가 없죠."

에밀리아가 설명을 하는 사이, 레우스는 아프로 만든 주스를 컵에 따라 책상에 놓았다.

"절대 어겨서는 안 된다니…… 은랑족은 엄청나네요!"

"아버지의 말에 따르면 어디까지나 방편인 것 같아요. 하지만 맹세를 어긴 사람을 저는 본 적이 없어요."

"결혼을 할 때 하는 의식이라며? 은랑족은 가족을 아끼는 종족이니까 어기는 사람이 없을 거야."

"그렇군요. 시리우스 님은 역시 박식하시네요."

"책에 그렇게 적혀 있었을 뿐이야. 실제로 보게 될 줄은 몰랐어."

"여러분이 저희가 달에 맹세하는 모습을 지켜봐주셨으면 해서 이렇게 모여달라고 한 거예요. 시리우스 님, 이쪽으로 와주시겠 어요?"

에밀리아가 그렇게 말하자, 나는 책상 앞에 섰다.

뭐하는 거지? 나는 그저 지켜보기만 하면 되는 거 아닌가?

"준비됐어?"

"응, 누나."

남매는 내 앞에서 무릎을 꿇더니, 마치 신에게 기도를 하듯 양 손을 자신의 가슴 앞에서 교차시켰다.

"저희의 어머니 되시는 은월이시여. 지금 이 자리에서 새로운 맹세를 읊조리는 저희를 지켜봐주소서."

입을 열지 못하게 만드는 엄숙한 분위기 속에서, 남매는 달을 향해 맹세의 말을 읊조렸다.

"저, 에밀리아 실버리온은……."

"저, 레우스 실버리온은……."

""평생 동안, 목숨이 다할 때까지 시리우스 님을 주인으로 모 실 것을, 달에 맹세합니다.""

그 순간, 어딘가에서 숨을 삼키는 소리가 들려온 듯한 느낌이 들었다.

솔직히 말하자면, 이 남매가 나를 따르는 것만으로 충분했다.

남매는 아직 어리며, 장래에는 나보다 더 좋아하는 이성을 만나, 결혼해서 자식을 가지게 될 것이다.

그때 이 맹세가 족쇄가 될 것이라고 생각했기에 마음만으로 충분하다고 말하려 했지만…… 말이 나오지 않았다.

남매의 표정은 진지하기 그지없으며, 그저 나를 지그시 응시하고 있었다.

"오늘, 둘이서 이야기를 나눈 끝에 결심했어요. 앞으로도 계속 시리우스 님의 곁에 있기로요."

"저는 아직 어린애라 도움이 되지 않지만, 언젠가 강해져서 시리우스 님을 지켜드리고 싶어요."

"저희는 결코 후회하지 않을 거예요. 이 맹세를…… 받아주시겠어요?"

어린애라고 해도, 남매는 신성한 의식을 통해 이 맹세를 할 만큼 각오를 다진 것이다.

그러니 나도 남매의 각오에 응해야만 한다.

이들의 스승으로서가 아니라, 한 명의 남자로서…… 말이다.

"……너희의 각오, 받아주마."

내가 그렇게 말하자, 남매는 부둥켜안으면서 기뻐했고, 그 모습을 지켜보던 시종들도 아낌없는 박수를 보냈다.

내가 머리를 긁적이자, 에밀리아는 책상에 놓인 컵을 나에게 내밀었다.

"의식은 아직 끝나지 않았으니, 잠시만 기다려주세요."

원래는 술이어야 하지만, 하고 중얼거린 에밀리아는 자신의 손가락을 깨물어서 피를 내더니 그것을 주스가 담긴 컵에 한 방울 떨어뜨렸다. 레우스도 그렇게 하자, 남매의 피가 주스에 섞였다.

"이건 저희의 피를 당신에게 바친다, 라는 의미예요. 원래 결혼식 때 남편이 될 사람이 마시지만, 억지로 마시지 않으셔도 돼요."

"아니, 마시겠어. 그리고 나도 맹세할게. 너희를 단련시켜서, 나를 따르기로 한 걸 절대 후회하지 않도록 만들겠다고…… 달에 맹세하지."

원래부터 그럴 생각이었지만, 나는 남매에게 내 생각을 전했다.

지금 이 자리에서 말한다면 진심으로 믿을 수 있을 거라고 생각했기 때문이다.

"이것은 저희가 멋대로 하는 맹세이니, 시리우스 님까지 맹세하지 않아도 돼요."

"그래. 우리가 멋대로 하는 거란 말이야."

나는 남매의 말을 무시하면서 주스를 단숨에 들이켰다.

피가 섞였든 말든, 남매의 마음이 담긴 것을 마시지 않는 것은 실례일 것이다.

"잘 마셨어. 그럼 이걸로 끝이야?"

주저 없이 주스를 마시는 나를 멍하니 쳐다보던 남매는 곧 만면에 미소를 지으면서 나를 끌어안았다.

"예. 앞으로도 잘 부탁드려요."

"나도 시리우스 님을 위해 최선을 다할게!"

"응. 나야말로 잘 부탁해."

서로를 바라보며 웃고 있는 우리를, 다른 시종들이 축하했다.

"축하해. 너희의 신성한 의식의 증인이 되어서 영광이구나."

"즉, 에미와 레우 군도 오늘부터 우리와 마찬가지로 시종인 거지? 앞으로도 함께 힘내자."

"모르는 게 있으면 언제든 물으러 와."

""감사합니다!""

정식으로 다른 시종들의 동료가 된 남매는 진심 어린 미소를 지으며 시종들과 악수를 나눴다. 이제 서로의 유대는 더욱 깊어질 것이다.

"저기, 에밀리아. 이 와인은 다 같이 마시려고 준비한 거야?"

"예. 원래 수많은 음식을 준비해서 연회를 벌이지만, 저희에게는 무리라서 하다못해 술이라도⋯⋯."

"너무하네. 미리 말해줬으면 우리가 준비했을 거야."

"요리라면 얼마든지 준비해줬을 거다."

"죄송해요. 이건 저희의 의식이니까, 저희가 준비하고 싶었어요."

"으음⋯⋯ 그것도 그러네. 남의 손을 빌리는 것도 좀 그럴 거야."

"자아, 이야기 그만하고 받으세요."

노엘과 에밀리아가 이야기를 나누고 있는 사이, 에리나가 잔에 와인을 따라서 나눠줬다. 물론 나와 남매의 음료는 주스였다.

"그럼 축배를 들기로 할까요. 건배사는⋯⋯ 노엘, 너한테 맡길게."

"무리하지 말고 심플하게 해."

"예에~?! 어쩔 수 없군요. 평범하게 할게요. 으음⋯⋯."

우리는 책상에 둘러선 후, 노엘의 목소리에 맞춰 컵을 들었다.

"시리우스 님의 시종이 늘어난 것과 에미와 레우 군의 맹세를 기념하며⋯⋯ 건배!"

""""""건배!""""""

환한 달빛 아래에서 잔을 부딪치는 소리가 울려 퍼진 후, 우리는 웃음소리가 이곳을 가득 채웠다.

※ ※ ※ ※ ※

"에잇!"

에밀리아는 고블린의 공격을 피하더니, 나이프를 상대의 목에 찔렀다. 그리고 그 나이프를 뽑아 들자마자 등 뒤에서 달려드는 고블린의 목을 향해 집어 던졌다. 그 틈을 노리듯 옆에서 또 고블린이 달려들었지만⋯⋯.

"에어 슬래시!"

에밀리아가 바람마법을 펼치자, 한 줄기 바람이 부는 것과 동시에 고블린의 목이 떨어졌다.

그리고 자신에게 달려드는 상대가 없다는 사실을 확인한 에밀리아는 나이프를 재빨리 회수했다.

"이얍!"

레우스가 기합성을 지르면서 휘두른 검은 고블린의 머리를 두 동강 냈다.

그 공격을 보고 겁먹은 탓에 꼼짝도 못하는 다른 한 마리를 향해 검을 수평으로 휘둘러 베어 넘긴 레우스는 남은 한 마리의 안면에 무릎 차기를 날렸다.

"산파!"

고블린 여러 마리가 동시에 달려들었지만, 레우스가 펼친 다섯 번의 공격이 그들에게 비명을 지를 틈도 주지 않으면서 갈가리 찢어버렸다.

나는 근처에 있는 바위에 걸터앉아 남매의 전투를 지켜보고 있었다.

딱히 농땡이를 피우고 있는 것은 아니었다. 고블린 퇴치는 남매의 훈련이기 때문이다.

그들이 위험에 처한다면 도와주겠지만, 그런 걱정은 하지 않아도 될 것 같았다.

은월의 맹세를 하고 1년이 흘렀다.

그 후, 남매는 예전보다 더 훈련에 열성적으로 임하며 몸과 마음이 강해졌다. 그리고 지금은 훌륭한 전사로 성장한 것이다.

우리는 저택에서 떨어진 산 깊은 곳에서 고블린과 싸우고 있지만, 이제 고블린 정도는 상대조차 되지 않을 만큼 남매는 강해졌다.

오늘은 집단전을 가정한 훈련이지만, 남매가 서른 마리가량

되는 고블린을 나뭇가지를 쳐내듯 간단히 해치우자 왠지 고블린이 불쌍해 보였다.

겨우 1년밖에 안 됐지만…… 처음 데려왔을 때와는 비교도 되지 않을 만큼 강해진 두 사람을 보니 감개무량했다.

에밀리아의 적성은 바람속성이었다. 그래서 평소에는 나이프를 주무기로 삼아 싸우면서 바람마법으로도 상대를 갈가리 찢었다. 물론 내가 가르쳐준 이미지를 통한 무영창도 습득했다.

상대가 여성이라 그런지 고블린이 잔뜩 몰려 왔지만, 그녀는 등 뒤를 잡히지 않기 위해 교묘하게 움직이면서 나이프로 약점을 노려 확실하게 적의 숫자를 줄여나갔다.

접근한 적은 내가 전수해준 합기도로 던졌고, 거리를 둔 적은 바람마법으로 해치웠다. 빠르면서도 확실하게 마물을 해치워나가는 그 모습은 내 눈에도 아름다워 보였다.

레우스의 적성은 불속성이었고, 나에게서 무영창도 배웠다. 하지만 마법을 사용하지 않고 순수하게 검술만으로 고블린을 해치웠다.

그의 유파는 라이오르 할아버지에게 배운 강파일도류다.

반년 전에 레우스와 처음으로 만난 라이오르는 그를 마음에 들어 했다. 그 후로 나는 레우스를 데리고 할아버지를 찾아가게 되었다. 라이오르에게 검술을 배운 레우스의 실력은 평범한 철검으로 고블린을 두 동강 내는 것을 통해 짐작해주기를 바란다.

하지만 할아버지의 말에 따르면 이 정도는 초심자 레벨이라고 한다. 강파일도류는 정말 대단한 유파인 것 같았다.

내가 그런 생각에 잠겨 있는 사이, 레우스가 마지막 고블린을 해치웠다. 레우스가 고블린의 피를 뒤집어쓰기는 했지만, 남매는 생채기 하나 입지 않고 완벽한 승리를 거뒀다.

전투를 벌이고 있던 남매는 매우 늠름하고 믿음직했지만…….

"시리우스 님!"

"형님!"

만면에 미소를 지은 채 꼬리를 흔들면서 다가오는 두 사람의 모습은 애완동물이나 다름없었다.

"다치지 않고 전멸시켰어요. 레우스가 피를 좀 뒤집어쓰기는 했지만……."

"누나는 마법을 너무 써. 항상 형님이 마법에 너무 의지하지 말라고 하잖아. 나는 마법도 안 쓰고 해치웠다고. 어때? 대단하지?"

남매는 내 눈앞에서 말다툼을 벌였지만, 내가 머리를 쓰다듬어주자 다툼을 멈췄다.

"우후후……."

"헤헤……."

내 손길을 느끼고 기뻐하는 두 사람의 표정은 비슷했다. 하지만 내가 갓 데려왔을 때만 해도 거의 비슷한 외모를 지녔던 두 사람은 1년 동안 겉모습이 많이 달라졌다.

에밀리아는 키가 컸을 뿐만 아니라 겉모습이 꽤나 어른스러워졌으며, 머리카락 또한 허리에 닿을 정도로 기르면서 꽤나 성숙한 매력을 뿜고 있었다.

그중에서도 특히 성장한 것은 가슴으로, 옷 위로도 확연하게 알 수 있을 만큼 커졌다. 가슴이 커지길 바라던 본인의 의지가 몸에 영향을 끼친 것 같았다.

이유는 짐작이 되지만 일부러 가르쳐주지 않았다. 그녀의 호의를 받아줄 마음은 있지만, 아직 연령적으로 이르기 때문이다.

이야기가 조금 탈선하기는 했지만, 아무튼 에밀리아는 귀여워졌다. 장래에는 분명 미인이 되리라.

레우스는 몸 전체가 듬직해졌고, 정신과 사고방식 또한 꽤 안정되었다.

그에 맞춰 감정에 휘둘리며 행동하는 일도 적어졌다.

그리고 그 맹세 이후로 나를 형님이라 부르게 되었다.

주인님을 그렇게 부르면 안 된다는 지적도 받았지만, 레우스에게 있어 형님이란 최고의 호칭인 것 같았다. 몇 번이나 주의를 받고도 고치지 못하자, 결국 공적인 자리 이외에서는 형님이라고 불러도 된다고 허락해줬다. 게다가 존댓말도 입에 익지 않는지 몇 번을 지적당하고도 실수를 해댔기에 에리나도 고생하고 있는 것 같았다.

나는…… 키만 조금 컸다. 내 성장속도는 또래와 비슷한 수준이지만, 레우스의 성장속도가 비정상적으로 빠르기에 곧 나를 추월할 것 같았다.

그 외에도 새로운 마법을 개발했고, 준비가 필요하기는 하지만 각 속성 마법도 쓸 수 있게 되었다. 나는 그렇게 충실한 하루하루를 보냈다.

저택에서 나와 학교에 입학할 때까지 1년 남았다.

우리는 그때까지 훈련을 계속해서, 바깥 세계에서도 살아갈 수 있도록 노력할 뿐이다.

"오늘은 이걸로 끝인가요?"

"그래. 좀 이르지만 오늘 훈련은 이쯤에서 끝내자. 집에 돌아가서 점심이나 먹자고."

"디 형이 오늘은 뭘 만들고 있을까?"

고블린의 뿔을 채취해서 마을에 있는 모험가 길드라는 시설에 가지고 가면 돈을 받을 수 있다. 하지만 단가가 싼 데다 우리는 아직 연령 제한 때문에 길드에 등록할 수가 없기 때문에, 쓰러뜨린 고블린은 기본적으로 방치해둔다. 나중에 야생 마물이 처리해줄 것이다.

우리는 방금 전투에서의 반성점을 지적하면서 저택으로 돌아갔다.

저택으로 돌아온 우리는 피를 뒤집어써서 씻어야 하는 레우스를 밖에 남겨두고 안으로 들어갔다.

에밀리아와 함께 거실에 가보니, 소파에 앉아서 뜨개질을 하던 에리나가 자리에서 일어나려 했지만 나는 그녀를 말렸다.

"다녀왔어, 에리나. 아, 일어나지 않아도 되니까 앉아 있어."

"죄송합니다. 오늘도 무사히 돌아오셔서 다행이에요."

"두 사람이 우수하거든. 오늘은 좀 어때?"

"좀 나른하기는 하지만 괜찮답니다."

실은 반년 전부터 에리나의 몸 상태가 나빠지기 시작했다.

예전 같으면 우리가 돌아오는 걸 일찌감치 눈치채고 현관에서 맞아줬겠지만, 요즘은 앉아 있는 시간이 늘어났다. 그리고 현관까지 걷는 것도 힘들어할 때가 있었다. 그래서 현관에서 마중하는 것을 금지하고, 시종으로서의 일도 최소한으로만 하기로 약속했다.

"시리우스 님, 오후에는 어쩌실 건가요?"

"레우스를 데리고 라이오르한테 갈 거야. 오늘도 교육을 할 거야?"

"예. 에밀리아는 제가 맡겠습니다. 에밀리아, 점심을 먹은 후에 바로 시작할 거야."

"예. 그럼 시리우스 님, 저는 옷을 갈아입고 올게요."

에리나는 옷을 갈아입기 위해 방으로 향하는 에밀리아의 뒷모습을 온화한 눈길로 바라보았다.

"……저 아이는 성장속도가 빠르군요. 얼마 전에 옷을 새로 수선했는데, 벌써 작아진 것 같아요."

"그래. 정말 매력적으로 성장했다고 생각해. 에리나는 옷을 수선하느라 힘들지?"

"아뇨. 저 아이가 성장하고 있다는 걸 실감할 수 있어, 기쁘답니다. 게다가 앉아서 할 수 있는 일이죠. 이제는 제 즐거운 중 하나예요."

물론 당신의 옷도 마찬가지랍니다, 라고 에리나가 눈으로 말했기에 나는 미소로 답했다.

에리나가 직접 만든 메이드복으로 갈아입고 온 에밀리아는 나를 향해 공손히 인사를 건넸다.

"시리우스 님, 짐은 제가 맡겠습니다."

나는 에밀리아에게 무기 벨트를 건네줬다. 그 정도는 내가 할 수 있지만 이것도 시종으로서의 교육이기에 그녀가 하고 싶은 대로 하게 해줬다.

그녀는 내 전속 시종이 될 생각이기에, 전투 훈련뿐만 아니라 에리나에게 시종 교육도 받고 있었다. 육체적으로 힘든 전투 훈련과 정신적으로 힘든 시종 교육을 동시에 받으면서도, 그녀는 군소리 한 번 하지 않았다.

"……어떤가요?"

"완벽해요. 성장했군요."

"그래. 스무스하게 벨트도 벗겼고, 인사도 완벽했어."

"와아, 감사합니다!"

칭찬을 듣자 원래 성품이 드러났지만, 이건 어리니 어쩔 수 없을 것이다.

내가 에밀리아의 머리를 쓰다듬어주자, 에리나는 만족스러운 듯이 고개를 끄덕였다.

"노엘 보다 재능이 있는 것 같네. 아, 이건 좀 말이 심했으려나?"

에리나가 그렇게 말한 순간, 등 뒤에서 쟁반이 땅에 떨어지는 소리가 들렸다.

고개를 돌려보니 식사를 준비하던 노엘이 믿기지 않는다는 듯한 눈빛을 띤 채 딱딱하게 굳어 있었다. 침묵이 이 공간을 지배하는 가운데, 나는 쟁반에 아무것도 놓여 있지 않아서 다행이라고 생각했다.

"괘, 괜찮아, 언니! 나는 시리우스 님 이외의 다른 사람한테는 완전 꽝이잖아! 누구나 잘 상대하는 언니의 발끝에도 미치지 못해."

"아, 아하하…… 그래. 이 언니는 아직 지지 않은 거지?"

맙소사. 열 살 넘게 차이 나는 애한테 위로받고 있잖아.

"저 성격만 어떻게 하면 우수할 텐데 말이죠……."

에리나의 한탄이 내 귀에 흘러들어왔다.

점심을 먹은 후, 나와 레우스는 할아버지의 집으로 향했다.

레우스를 할아버지에게 맡긴 후, 나는 조금 떨어진 곳에 있는 언덕 위에서 마법 연습을 했다.

"하하하!"

"빌어먹을!"

대결을 펼치고 있는 두 사람의 목소리가 들려오는 가운데, 나는 먼 곳에 설치한 표적을 총마법으로 저격했다.

전생에서 특정 상대를 라이플로 저격해서 암살한 적이 몇 번 있었다. 그때 표적과 나 사이의 거리는 2천 미터 정도지만, 지금 내가 노리는 표정은 4천 미터는 떨어져 있었다.

내가 이미지하고 있는 것은 물론 스나이퍼 라이플이며, 무릎 쏴 자세로 저격을 하자 한가운데는 아니지만 명중은 했다. 원래라면 맞출 수 있을 리가 없지만, 이곳은 마법이 존재하는 세계다. 한도는 존재하지만, 어느 정도는 불가능을 가능하게 만들 수 있다.

"하하하! 뭐하는 거냐, 꼬맹이!"

"잠깐! 그건 무리라고!"

먼 곳을 살피기 위한 조준기는 반년 전부터 만든 수제 마도구로 대용하고 있다.

안쪽이 빈 통 모양 나무에 물마법진을 그리고, 투명한 물을 렌즈 삼아 망원경과 같은 구조로 만든 것이다. 이 세계에 망원경은 없기 때문에 이것은 내가 독자적으로 만든 것이지만, 학교에서는 마도구에 관한 각종 기술도 가르쳐준다고 하니 벌써부터 기대가 되었다.

위력과 사정거리를 더욱 끌어올린 마법의 탄환을 몇 분 동안 쏜 후…… 드디어 표적의 한가운데에 탄환이 명중했다. 다음에는 표적의 크기를 좀 더 줄여야겠다.

"이것도 견뎌낸 것이냐! 다음은 이거다!"

"혀, 형님, 살려줘——!"

원래 발사된 탄환은 공기 저항 때문에 감속되거나 휘어지지만, 마력에 의한 탄환은 바람의 저항을 받지 않기 때문에 거의 감속되지 않는 데다, 휘어지지도 않았다.

이제는 전생의 근대무기를 가볍게 능가하는 성능을 발휘하고 있었다.

"하하하!"

"끄아아아아아ㅡ!"

……레우스도 당한 것 같으니 오늘은 이만 돌아갈까.

"혀…… 형님……."

"오오, 왔구나. 이 녀석, 드디어 내 3할 실력까지 견뎌내게 되었다."

두 사람의 곁으로 돌아가 보니, 레우스는 엉망이 되어 있었고, 할아버지는 호탕하게 웃음을 터뜨리고 있었다.

나는 울상을 지으며 나를 향해 손을 뻗는 레우스의 머리를 쓰다듬어준 후, 떨어져 있는 목검을 주워들면서 할아버지와 대치했다.

"레우스, 용케도 버텼구나. 내가 이 어른스럽지 못한 할아버지에게 복수를 해줄게."

"으음, 어른스럽지 못하다는 건 너무하구나. 나는 저 녀석을 성장시키기 위해 마음을 독하게 먹은 것뿐이다."

"시끄러워. 마음을 독하게 먹었다는 사람이 그렇게 웃어댈 리가 없잖아!"

"그야 즐거우니 어쩔 수 없지 않으냐!"

"헛소리하지 마!"

나는 '부스트'를 최대 출력으로 사용하며 할아버지에게 돌격했다.

그 결과…… 평소 쓰지 않는 공격을 사용해 압승하기는 했지만, 할아버지는 만족스러운 표정을 지으며 쓰러졌다.

다음 날, 나는 아침 식사 자리에 모인 시종들을 둘러보면서 전부터 계획해왔던 것을 말했다.

"소풍 갈까?"

"소풍……말인가요? 누구와 말이죠?"

"그야 너희와 말이지. 다 같이 도시락을 싸서 놀러 가자."

""""찬성!""""

고양이귀 어른을 비롯한 이 집의 어린이 멤버들이 양손을 들며 찬성했다.

디는 이미 도시락 식단을 생각하고 있지만, 에리나만은 유감스럽다는 듯이 고개를 저었다.

"미안하지만 나는 집을 지키고 있을 테니 다들 즐겁게 다녀오렴."

"에리나 씨만 두고 가는 건 싫어요."

"에리나 씨가 안 가면 재미없단 말이야."

"다들…… 미안하구나. 나도 가고 싶지만 나는 요즘 다리가 잘 움직이지 않아."

"걱정하지 마. 에리나를 위해 이걸 준비했거든."

내가 가지고 온 것은 나무를 잘라서 만든 등짐형 의자였다.

에리나가 이 의자에 앉고, 나나 디가 의자를 메고 가면 그녀가 걸을 필요가 없는 것이다.

"이런 것까지 준비하시다니……. 이래서야 디는 거절할 수가 없겠군요."

"그럼 만장일치네. 다 같이 소풍 가자."

"만세! 소풍이다!"

"저도 기대돼요."

매일같이 훈련만 했기에 놀러 가는 것이 처음인 남매는 예상했던 것보다 더 기뻐했다.

어린애다운 그 순진무구한 미소가 내 가슴을 아리게 만들었다.

앞으로는 노는 시간을 늘려줘야겠다고 몰래 생각했다.

"그럼 다들 준비해. 디와 노엘은 도시락을 맡아. 에밀리아와 레우스는 우리가 앉을 돗자리를 준비해. 그리고 에리나는 대기하고 있어. 그럼 해산!"

"""예!"""

각자가 준비를 위해 흩어진 후, 나는 의자가 부서지지 않도록 최종적으로 손봤다. 그런 사이, 홀로 남아 있던 에리나가 나에게 말을 걸었다.

"시리우스 님, 왜 소풍을 계획하신 거죠? 저희에게는 이제 1년밖에 남지 않았어요."

"이런 때이기 때문이야. 다 같이 즐거운 추억을 만들자는 거지."

그녀의 말대로 우리에게는 시간이 없기에 놀 짬은 없다. 하지만 나는 몰라도 시종들이 1년 후에 어떻게 될지 아무도 모른다. 그러니 그들과의 즐거운 추억을 남기고 싶어 소풍을 계획하게 됐다.

"게다가 에리나는 요즘 여유가 없었잖아? 초조한 건 알지만, 조금은 기분 전환을 해줬으면 해."

자신의 몸이 나빠진 탓인지, 에리나는 요즘 들어 조급해하고 있는 것 같았다.

에밀리아의 교육에 지나치게 힘을 쏟는 광경도 봤기에, 그런 것을 조금이라도 잊고 쉬어줬으면 했다.

"어려운 일은 일단 제쳐놓고, 오늘은 즐겁고 느긋하게 보내자."

"……예. 수고를 끼쳐 죄송하지만, 잘 부탁드릴게요."

"응. 맡겨줘."

에리나에게 직접 의자에 앉아보라고 해서 괜찮은지 확인한 후에 우리는 출발했다.

목적지는 저택 뒤편에 있는 산에 들어가 30분 정도 나아간 곳에 있는 들판이다.

하늘을 날다 발견한 그곳은 나무가 없고 마물도 좀처럼 나타나지 않기 때문에 마침 적당하다고 생각했다.

감이 좋은 레우스가 선두에 서고, 에리나를 짊어진 내가 그 뒤를 따랐으며, 그 뒤를 노엘, 에밀리아, 그리고 디 순서로 나아갔다. 이 주변에 있는 위험한 마물이라고 해봤자 고블린뿐이지만, 얼마 전에 고블린 집단을 처리했으니 걱정하지 않아도 될 것이다.

그래도 혹시 모르니 무기를 휴대하기로 했으며, 남자 셋이서 주위를 경계하며 목적지로 향했다.

"시리우스 님, 무겁지 않습니까?"

"괜찮아. 뛸 수도 있어. 그것보다 에리나야말로 괜찮은 거야?"

"예. 하지만 기묘한 느낌이네요. 위아래로 움직이고 있는데

몸에 부담이 거의 없어요."

"내가 사용하고 있는 보법이 원래 그런 거야. 이것도 훈련의 성과 같은 거지."

전생에서 깨지기 쉬운 물건을 짊어지고 산 한두 개를 넘은 적이 있기에, 등에 부담을 주지 않고 이동하는 것 정도는 식은 죽 먹기다.

"훈련이면 내가 할게!"

"네 역할은 선두에게 길을 만드는 거야. 자아, 네가 힘을 낼수록 에리나가 받는 부담도 줄어. 그러니까 열심히 검으로 길을 만들어."

"그렇구나! 응, 나한테 맡겨!"

요즘 들어 알게 된 것인데, 레우스는 꽤 순진한 편이었다.

나중에 나쁜 녀석들에게 속아 넘어가지 않도록 제대로 교육을 해둬야겠다.

"오오?! 엄청나네!"

"이렇게 좋은 장소가 근처에 있는 줄은 저도 몰랐어요."

울창한 숲을 통과하자, 우리 눈앞에 꽃밭이 펼쳐졌다.

'서치'로 조사해도 마물의 기척이 느껴지지 않았기에 흐드러지게 꽃이 핀 이 들판의 중심에 존재하는 나무 근처에 돗자리를 깔고 있을 때, 노엘이 나무를 올려다보며 말했다.

"……왜 이 나무만 이 들판에 남아 있는 걸까요?"

"이곳의 주인이겠죠. 이곳을 잠깐 빌려달라고 부탁해둘까요?"

"아하! 그럼 제가 부탁할게요."

"나도 할래!"

노엘과 레우스는 나무를 향해 돌아서더니 기도하는 듯한 자세를 취했다.

아마 이 나무가 주변의 양분을 독식하고 있는 것이리라. 그 탓에 주위에서는 나무가 자라지 않고, 지면에 햇빛이 쏟아지니, 적은 양분으로 자랄 수 있는 꽃이 이렇게 흐드러지게 핀 것이려나?

"으음, 도착하기는 했지만, 점심을 먹기에는 좀 이르네요."

"그럼 좀 놀까. 실은 놀이용 도구를 준비해 왔어."

""예?!""

남매는 귀와 꼬리를 쫑긋 세우면서 눈을 반짝였다. 마치 산책을 하러 온 강아지 같았다.

내가 꺼낸 것은 가장자리가 살짝 휘어진 원반형 물체인 프리스비다. 이 세계에는 플라스틱이 존재하지 않기 때문에 가볍고 튼튼한 나무를 잘라서 만들었다.

"그게 뭐야? 검으로 부수면 되는 거야?"

"마법으로 쏴서 맞출까요?"

"너무 부수는 데 집착하지 마. 이건 프리스비라는 완구인데, 이렇게 던지는 거야."

내가 시험 삼아 던지자, 그것은 전생의 프리스비와 거의 같은 움직임을 취했다.

하지만 아무도 없는 곳으로 날아갔기 때문에 나중에 주우러 가야 할 것 같았다.

"하앗!"

바로 그때, 근처에 있던 노엘이 뛰어가더니 공중에서 잡았다.

노엘은 운동을 잘하는 편이 아니지만, 그래도 꽤나 날렵한 움직임이었다.

"으음, 무심코 반응해버렸네요."

노엘은 영문을 모르겠다는 표정을 지으며 나에게 프리스비를 건넸다. 고양이는 재빠르게 움직이는 물체에 반응한다고 하던데, 고양이귀가 있는 만큼 그런 본능을 지니고 있는 것일지도 모른다.

그리고 이제부터 이걸로 놀 예정인 남매의 시선은 프리스비에 고정되었다.

이것은 원래 서로를 향해 던지면서 노는 물건이지만, 강아지 같은 남매를 보자 왠지 장난이 치고 싶어졌다.

"자아~, 가지고 와~!"

"와아~!"

내가 프리스비를 앞쪽으로 던지자, 남매는 희희낙락하면서 쫓아갔다. 처음이니 잡는 것은 무리일 거라고 생각했지만, 훈련을 통해 단련한 몸을 활용한 에밀리아는 프리스비를 멋지게 잡았다.

"오오?! 용케도 잡았구나. 좋아, 그걸 이쪽으로 던져⋯⋯."

"시리우스 님!"

내가 말을 끝까지 잇기도 전에 돌아온 에밀리아는 나에게 프리스비를 건넸다.

"한 번 더 부탁드려요!"

"빨리 던져, 형님! 이번에는 내가 잡을 거야!"

두 사람이 흥분한 것처럼 보였기에, 이번에는 좀 더 세게 던졌다.

이 정도 속도면 전문적인 훈련을 받은 베테랑 개도 무리겠지만, 남매는 내 훈련을 통해 단련을 해왔다. 상당한 대시와 반응 속도를 선보이며 레우스가 프리스비를 잡더니, 남매가 함께 내 곁으로 돌아왔다.

"형님! 또 던져줘!"

"이번에는 내가 잡을 거야! 시리우스 님, 부탁드려요!"

이상하다……. 인간들끼리 프리스비로 놀 때도 이렇게 하던가?

"으, 응……."

어느새 내 옆에 서 있는 노엘의 눈빛은 무시무시했다.

그것은 사냥감을 향해 달려들기 직전의 고양이 같은 눈이었다. 내가 시험 삼아 프리스비를 살짝 던지자, 노엘은 바로 프리스비를 향해 몸을 날렸다. 이성은 본능을 이기지 못하는 것 같았다.

"시리우스 님, 대체 뭘…… 아앗, 또!"

"노엘 누나, 약았어! 이번에는 내 차례라고!"

"저희가 잡을 때는 언니 때보다 훨씬 세게 던져주세요."

"뭐어?! 이렇게 되면 나도 전력을 다해야겠네. 내 진짜 실력을 보여주겠어!"

세 사람이 더욱 불타오르자, 나는 하염없이 프리스비만 던져대는 신세가 되었다.

"저기, 내가 던질 필요는 없지 않아? 너희가 번갈아가면서 던지면 되잖아."

""""싫어!""""

"왜?"

그들은 최종적으로 전생의 베테랑 개도 불가능한 영역에 돌입했다.

내가 가르쳐준 '부스트'까지 사용하고 있기는 했지만, 그래도 너무 열중한 거 아냐?

"자아, 이제 그만 식사를 하죠."

""""예~!""""

에리나의 목소리를 듣고 모여든 수인들은 소풍을 온 유치원 아이들과 선생님을 연상케 했다.

그리고 디가 펼쳐 놓은 도시락을 중심으로 우리는 둘러앉았다. 기도를 마친 후 식사를 시작하려 하자, 에밀리아가 나에게 샌드위치와 음료수를 내밀었다.

우선 주인인 내가 식사를 하지 않으면 시종들은 음식을 먹지 않기에, 귀찮지만 내가 먼저 음식을 먹었다.

"응, 맛있어. 간이 조금 약하기는 하지만, 나쁘지 않네."

"정말인가요?!"

에밀리아는 꼬리를 흔들면서 기뻐했다. 디가 만든 것치고는 간이 조금 약하다 싶었는데 혹시 에밀리아가 만든 걸까?

"나는 이런 것도 좋아해. 그러니까 나만 쳐다보지 말고, 너도 먹어."

"예. 하아…… 다행이야."

"에미, 고생한 보람이 있겠네."

내 반응을 보고 만족한 듯한 에밀리아는 돈가스 샌드위치를 베어 물었다.

열심히 음식을 먹던 레우스가 목이 메기도 했지만, 다들 즐겁게 식사를 했다.

점심 식사를 마친 후, 꽃밭에서는 평온한 시간이 흘렀다.

시끌벅적한 수인 삼인조는 나무그늘에서 나란히 누워 낮잠을 자고 있었다.

그렇게 열심히 프리스비를 한데다, 점심을 배 터지게 먹었으니 졸릴 만도 했다.

현재 디가 그들의 근처에서 주위를 경계하고 있으니 큰 문제는 없을 것이다.

그리고 나 또한 에리나의 무릎을 베고 누워서 느긋한 시간을 보내고 있었다.

"후후……."

"즐거워 보이네."

에리나는 내 머리를 쓰다듬으면서 자애에 찬 미소를 지었다.

나이를 들어 주름이 늘었지만, 나를 안심시키는 저 미소만큼은 변함이 없었다.

"예. 정말 즐거워요. 시리우스 님이 이렇게 무럭무럭 자라주신데다 가족까지 늘었으니까요. ······저는 정말 행복하답니다."

"행복······이라. 그래. 오늘처럼 즐거운 추억을 더욱 만들고 싶네."

봄의 따뜻한 햇살과 에리나의 상냥함에 휩싸인 나도 서서히 졸리기 시작했다.

"당신이라면 분명 할 수 있을 거예요. 저는 괜찮으니 이제 좀 쉬세요."

"응······ 그럴게."

내가 눈을 감자, 갓난아기 때부터 수도 없이 들었던 에리나의 자장가가 들려왔다.

그 기분 좋은 리듬에······ 내 의식은 서서히 빠져들었다.

저택을 나가야 할 때까지 이제 1년 남았지만, 우리는 순조롭게 준비를 하고 있었다.

학교 입학금도 모았으니, 나머지는 바깥세상에서 살아갈 수 있도록 훈련을 계속하는 것뿐이다.

하지만······ 매사가 뜻대로 진행되다보면 생각지도 못한 함정이 튀어나오곤 한다.

반년 후······ 그 순간이 나를 찾아왔다.

반년 후면 이 저택에서 나가야 한다.

계절은 설화(雪花)의 달이라 불리는 시기이며, 전세에 비유하자면 겨울이다.

추운 나날이 계속되고, 난방용 마도구를 가동하는 나날이 계속되었다.

이 겨울이 끝나고, 날씨가 따뜻해졌을 즈음…… 우리는 이 저택을 나가야만 한다.

나는 저택에 나가면 학교에 들어갈 것이지만, 제자인 남매를 어떻게 할지를 두고 한동안 다퉜다.

처음에는 노엘에게 맡길 생각이었지만, 남매는 학교가 있는 마을에서 일하며 지내겠다고 했다. 조금이라도 나와 가까운 곳에서 지내고 싶어 한 것이다.

남매의 열의에 지고 만 나는 그것을 허락했고, 남매가 둘이서 별 탈 없이 살아갈 수 있도록 더욱 혹독하게 훈련시켰다.

그리고 노엘은 고향인 마을로 돌아간다고 한다.

노엘이 어릴 적에 살던 마을과 집은 가난했고, 그녀는 입을 줄이기 위해 마을을 나왔다고 한다. 하지만 소문에 따르면 그 마을은 현재 영주의 수완 덕분에 꽤 살기 좋아졌다고 하기에, 노엘은 고향으로 돌아가기로 결심했다.

디도 노엘과 함께 그녀의 마을에 가기로 한 것 같았다.

그는 말주변이 없지만 모험가로서 살아온 경험도 있으니, 자신의 특기인 요리를 선보일 수만 있으면 어디서든 살아갈 수 있을 거라고 생각한다. 그 두 사람을 걱정할 필요는 없으리라.

그리고 에리나는……

그날, 나는 레우스와 함께 저택의 정원에서 모의전을 하고 있었다.

"형니이이이임! 아야야야!"

"방어를 완벽하게 하지 않으니까 잡히는 거야."

레우스에게 아이언클로를 날리고 있을 때, 저택에서 에밀리아의 고함소리가 들려왔다.

"시리우스 님! 빨리…… 빨리 와보세요!"

창문을 통해 얼굴을 내민 에밀리아는 비명에 가까운 목소리로 그렇게 외쳤다.

서둘러 저택에 돌아가서 에리나의 방에 들어간 순간…… 나는 무슨 일이 벌어진 것인지 눈치챘다.

"에리나 씨가…… 에리나 씨가 쓰러지셨어요!"

창백해진 얼굴로 쓰러져 있는 에리나를 에밀리아가 울먹이면서 꼭 끌어안고 있었다.

"에리나 씨. 정신 차리세요, 에리나 씨!"

"괘…… 괜찮아……요. 조금만…… 쉬……면……."

"정신 차려, 에밀리아! 에리나를 침대로 옮기도록 해."

당황하기만 해서야 에리나의 상태가 좋아질 리가 없다. 우선 에리나를 침대로 옮겨야 한다. 내 일갈을 듣고 겨우 정신을 차린 에밀리아에게 나는 그녀가 진정할 수 있도록 말을 건넸다.

"잘 들어. 우선 에리나를 침대로 옮겨. 안 그러면 내가 에리나를 살펴볼 수 없어. 알았지?"

"……예……."

목적이 생겼기에 진정한 듯한 에밀리아는 에리나를 안아 들더니 조심조심 침대로 이동했다. 동요했다고는 해도 환자에게 부담을 주지 않으며 침대로 옮기는 저 기술은 시종 교육의 성과의 성과이리라.

에리나의 몸에 손을 대고 마력을 끌어올리고 있을 때, 노엘과 디가 내 등 뒤에 서 있었다.

두 사람은 걱정스러운 눈길로 에리나를 쳐다보며, 내가 진단을 끝낼 때까지 기다렸다.

남매가 에리나의 손을 움켜잡고 우는 가운데, 나는 '스캔'을 펼쳐서 에리나의 몸속을 살펴봤고…… 이해했다.

"……드디어 이때가 왔군."

에리나는 병에 걸린 것도, 다친 것도 아니다. 이것은…… 수명이다.

전세에서는 백 살 가까이 사는 사람도 드물지 않았지만, 의학이 발전하지 않은 이 세계의 인간인 에리나는 동년배 여성에 비해 빨리 한계에 도달하고 만 것이리라.

예전에 들은 이야기에 따르면, 에리나는 과거에 목숨이 위험할 정도의 병에 걸린 적이 있다고 한다. 겨우겨우 목숨을 부지하기는 했지만, 그 탓에 아이를 낳을 수 없는 몸이 되었다고 한다. 그때 수명도 대폭 준 것일지도 모른다.

회복마법으로는 수명을 늘릴 수 없다.

틀림없는 것은 단 하나다. 그녀에게 남은 시간은…… 얼마 되지 않는다.

반년 전부터 징후는 보였다. 앉아 있는 시간이 많았고, 집안일을 하는 시간도 줄었으며, 요즘 들어서는 침대에서 몸을 일으키는 것도 힘들어했다.

그래도 시종 교육 때는 에밀리아에게 직접 시범을 보였다. 고통을 견뎌가면서, 에밀리아에게 자신의 기술을 조금이라도 더 전수하기 위해서 말이다.

"시리우스 님! 에리나 씨는 괜찮은 거죠?"

"형님, 어떻게 좀 해봐!"

노엘과 디는 내 반응을 통해 눈치를 챈 것 같지만, 남매는 나라는 희망에 매달렸다.

이제 에리나는 마법이나 전세의 의료기술로도 치료할 수 없다. 그녀를 구할 방법은 신이나 기적에 매달리는 수밖에 없다.

공교롭게도 나는 기적이라는 환상을 믿지 않는 데다, 나는 신이 아니다.

"말도 안 되는…… 소리를 하면 안 됩니다."

""에리나 씨!""

에리나는 정신을 차렸지만 안색은 여전히 좋지 않았다.

에리나는 울면서 자신에게 매달리는 남매의 머리를 쓰다듬어주면서 나를 쳐다보았다.

"시리우스 님, 저를 진단하셨죠?"

"응. 했어."

"그럼 결과를 말해주세요. 다른 사람들에게도 알려주셨으면 해요."

"……괜찮겠어?"

"이미 각오는 했습니다. 게다가…… 다른 이들도 알 권리는 있으니까요."

"응…… 맞아."

에리나는 괴로운 상황 속에서도 미소 짓고 있었다. 그렇다면 나도 그녀의 각오에 부응해야만 할 것이다.

나는 시종들을 쳐다보면서 잔혹한 결과를 말했다.

"에리나. 너에게 남은 시간은 두 달…… 아니, 한 달 정도일 거야."

남매는 그 말을 듣더니 무너지듯 주저앉았고, 디와 노엘은 안타까운 표정을 지으며 고개를 숙였다.

"다들 들었죠?"

하지만 에리나는 여전히 미소를 지으면서 다른 이들에게 들리도록 명확한 목소리로 말했다.

"그러니…… 각오를 해주세요."

그 후로 며칠이 흘렀지만…… 에리나의 상태는 더욱 나빠졌다.

지금은 침대에 누운 채 노엘과 에밀리아의 간호를 받으면서 어찌어찌 생활하고 있었다. 시종들은 틈만 나면 에리나의 곁을 지켰지만, 그녀는 누운 채 고개를 끄덕이거나 짤막한 말을 하는 게 한계였다. 그 모습이 죽음을 예감하게 해서 보고 있을 수가 없었다.

그리고 에리나가 자신의 곧 죽는다는 사실을 숨기지 않고 밝힌 것은 아마 남매를 위해서일 것이다.

드디어 부모님의 죽음을 극복한 남매에게 힘든 현실을 알려주는 것이지만, 그들이 조금이라도 받아들이기 쉽도록 일부러 밝힌 것이다.

그런 에리나는 시종 교육 때는 몸을 일으켜 시범을 보였다.

"에리나 씨, 무리하지 마세요. 누워서 저를 지켜봐주시기만 해도 돼요."

"네가 시리우스 님의 시종으로서 알아야 할 것은 아직 산더미처럼 있단다. 그걸 다 전할 때까지, 나는 누워 있을 수 없어."

"하지만…… 이런 몸으로…….."

"미안해. 하지만 이건 내 억지야. 그러니…… 부탁해."

"……예."

최후의 순간이 다가오고 있는데도, 에리나는 에밀리아를 계속 지도했다.

자신의 기술을 에밀리아에게 조금이라도 더 전수하기 위해, 말 그대로 목숨을 걸고 있었다.

그리고 이런 상황에서도 내 훈련을 계속됐다.

남매의 집중력은 산만했지만, 몸을 움직이면 조금이나마 마음이 풀릴 거라고 생각했다. 두 사람이 다치지 않도록 조심하며, 하루하루가 흘러갔다.

※ ※ ※ ※ ※

에리나가 쓰러지고 보름이 지났다.

에리나는 이제 식사도 제대로 할 수 없었기에, 특별히 만든 환자식을 먹었다.

남매도 절망에 빠지면서 각오를 다졌는지, 지금은 에리나에게 미소를 지으면서 말을 걸었고, 자신들은 괜찮다며 그녀를 안심시키기도 했다.

그리고…… 나는 에리나에게 뭘 해줄 수 있을까?

이 세계에서 태어난 순간부터 신세를 져온 에리나에게 나는 아무것도 해주지 못했다.

실낱같은 가능성에 모든 걸 걸며 각종 문헌을 뒤지면서 만능약 같은 것을 찾아봤지만 전부 신빙성이 없는 것들이었다.

하지만 결국 어떤 것을 찾아낸 나는 에리나에게 그것을 사용해보지 않겠냐고 말했다.

그것은 잔혹한 약이지만, 에리나는 그것을 쓰기로 결심했다.

나는 승낙을 얻은 후, 재료를 찾기 위해 먼 곳에 있는 마을과 숲을 뛰어다녔고, 며칠이 걸린 끝에 완성한 그것을 에리나에게 건넸다. 그리고 뒷일은 전부 그녀에 맡기기로 했다.

※ ※ ※ ※ ※

에리나가 쓰러지고 한 달 후…… 그날 아침은 시끌벅적하게
시작됐다.

"좋은 아침이에요."

""""에리나 씨?!""""

항상 누워 있던 에리나가 조리실에서 요리하고 있자, 나 이외
의 모든 이들이 경악했다.

에리나는 그런 시종들을 보더니, 콧노래를 부르면서 아침 식
사를 준비했다.

"다 나은 건가요?!"

"어떻게 된 건지는 나중에 설명할게요. 우선 아침 식사부터
하죠."

테이블에 놓인 아침 식사는 에리나가 평소에 자주 준비하던
메뉴였다. 하지만 그녀의 앞에는 요리 대신 물이 담긴 컵만 놓
여 있었다.

"어? 에리나 씨는 안 드시나요?"

"그 이유도 나중에 설명할 테니, 나는 신경 쓰지 말고 식사를
하렴."

다들 의문을 품으면서도 오래간만에 맛보는 에리나의 요리를
우선하기로 했다. 그리고 에리나는 그런 우리를 따뜻한 눈길로
바라보았다.

"시리우스 님, 어떤가요? 오래간만에 만든 거라 자신이 좀 없

습니다만……."

"아, 변함없이 맛있어. 옛날과 똑같아. 내가 좋아하는 에리나의 요리야."

"아아, 다행이군요. 실은 좀 불안했답니다."

"에리나 씨, 맛있어!"

"후후, 고맙구나."

따뜻한 분위기 속에서 아침 식사가 끝난 후, 에리나는 홍차를 준비했다.

전원이 홍차를 받은 후, 에리나는 그들에게 주목을 받으면서 충격적인 사실을 밝혔다.

"나는 오늘…… 죽는단다."

시종들은 에리나의 말이 이해가 안 되는지 그 자리에서 딱딱하게 굳었다.

내가 조용히 지켜보고 있을 때, 겨우 정신을 차린 노엘이 입을 열었다.

"저기…… 설명 부탁드려요. 너무 갑작스러운 말이라 도저히 이해가……."

"물론 설명할 거야. 나는 지금 건강해 보이지만, 그건 어떤 약 덕분이란다."

"약…… 치료제가 아닌가요?"

"그래. 이것 복용한 사람의 생명을 갉아먹어서 신체능력을 끌어올리는 금단의 약이야. 약의 효과는 밤까지 유지되니, 나는 그때까지 평소처럼 활동할 수 있단다."

금약(禁藥)──── 라이프 부스트. 그것이 에리나가 복용한 약의 이름이다.

복용한 자를 극도의 흥분 상태로 만들고, 신체능력을 폭발적으로 끌어올리며, 통각을 느끼지 않는 광전사로 만드는 약이다. 과거의 전쟁에서 흔히 쓰였지만 심각한 후유증 때문에 생산이 중지되었다.

원래 몇 시간 만에 효과가 끊기고, 며칠 후에는 온몸이 찢어지는 듯한 후유증을 맛보게 되지만, 내가 만든 약은 쓸데없는 효과를 억누르고 지속성을 늘린 특별제다.

아마 에리나는 현재 고통이 느껴지지 않을 것이다. 또한, 평소처럼 행동할 수 있으리라.

하지만 후유증은 없앨 수 없었기에, 약효가 떨어진 순간······ 에리나는 목숨을 잃을 것이다.

에리나가 아침을 먹지 않은 것은 먹어봤자 의미가 없기 때문이다.

"왜······ 그런 약을······."
"그래! 왜 그런 걸 먹은 거냐고!"
"먹지 않더라도 나는 얼마 못 산단다. 그리고 죽을 때까지 계속 누워서 지내는 것도 싫더구나. 그래서 오늘 하루 동안 평범하게 생활하기로 했단다."

에리나가 그렇게 말하자, 다들 말문이 막히고 말았다.

에리나는 다른 이들의 시선을 받으면서도 전혀 개의치 않았다. 그리고 어떻게 할지 묻는 나를 쳐다보았다.

하지만 약을 준비한 장본인인 나는 그저 에리나가 하고 싶은 대로 하게 해줄 생각이었다.

"에리나가 그러고 싶다면, 나는 오늘 하루 동안 느긋하게 지내겠어. 할 일을 끝내고 나면 같이 차를 마시자."

"감사합니다. 자아, 그럼 다 같이 청소를 하죠. 분담해서 단숨에 끝내버리는 거예요."

그 후 에리나는 예전처럼 집안일을 했다.

저택 청소를 비롯해 세탁, 점심 식사 준비 등, 진심으로 즐거워하며 집안일을 계속했다.

다른 시종들은 당황했지만, 즐겁게 집안일을 하는 에리나를 보더니 미소를 되찾으며 그녀를 도왔다.

"에밀리아, 레우스. 이쪽으로 오렴. 쓰다듬어줄게."

"'와아!'"

"노엘, 디. 쿠키를 구웠으니 같이 차를 마시죠."

"바라는 바예요!"

"잘 먹겠습니다."

"시리우스 님, 제가 무릎베개를 해드릴까요?"

"응. 부탁해."

에리나는 얼마 남지 않은 시간을 아쉬워하듯 시종일관 웃으면서 하루를 보냈다.

그리고 에리나는 자신이 준비한 저녁 식사를 우리에게 대접한 후…… 자신의 방으로 우리를 불렀다.

침대에 누운 그녀는 주위에 있는 우리를 둘러보면서 입을 열었다.

"오늘 정말 즐거웠어요. 슬슬 시간이 된 것 같으니, 마지막으로 여러분에게 전하고 싶은 게 있답니다."

에리나는 온화한 미소를 지으면서 우리를 한 명씩 부르더니 말을 건넸다.

노엘에게는 기초를 잊지 말고 자신이 할 일을 다 하면 된다고 말했고, 디에게는 말주변이 좋아지도록 노력하는 편이 좋겠다고 말했다. 그리고 레우스에게는 존댓말을 입에 익도록 노력하라는 주의를 줬고, 에밀리아에게는 자신이 가르쳐준 기술을 활용해 나를 잘 모시라고 전했다.

다들 눈물을 흘리면서 그 말을 듣고 있는 와중에, 나는 에리나를 향한 분노가 치밀어 오르기 시작했다. 에리나의 저런 모습을…… 더는 두고 볼 수가 없었다.

"어째서야……."

"시리우스 님, 왜 그러시죠?"

"그 미소는…… 뭐야?"

에리나는 미소를 지은 채 나에게 말을 건넸지만, 나는 그 미소조차 보고 싶지 않았다.

그녀가 담담히 말을 잇는 모습이 마치 자신의 일을 인수인계하고 있는 것처럼 보였던 것이다.

에리나의 본심은 이런 것일까? 그녀는 이런 걸로 만족할 수 있는 걸까?

"에리나는…… 이걸로 충분한 거야?"

"혹시 제가 거슬릴 만한 말을 했습니까? 그럼 사과드리겠습니다."

에리나는 언짢아하는 나를 필사적으로 달래려 했지만, 내 분노를 가라앉지 않았다.

뭔가가 거슬린다는 것은 사실이다.

너는…… 에리나는 언제까지 내 시종일 생각인 거지?

확실히 주인과 시종의 관계지만, 죽기 직전에는 가족으로 대해줬으면 했다.

내 머리를 쓰다듬고 있을 때는 어머니처럼…….

'에리나라면 엄마 역할도 딱 맞을 거야. 나도 때때로 엄마라고 생각할 정도니까 말이야.'

'윽?! 가, 감사합니다!'

'왠지 시리우스 님과 에리나 씨는 저 두 사람의 아빠와 엄마 같네요.'

'어이, 이 나이에 아빠는 좀 그렇잖아. 하다못해 형이나 오빠라고 해.'

'그럼 저는 시리우스 님의 어머니군요. 정말 좋아요.'

──아아, 그랬구나.

에리나가 시종이려고 하는 것은 나 때문이기도 했다.

내가 어른스럽지 않고, 에리나의 애정을 받으며 어리광을 부렸으면, 그랬다면 분명…….

"기분이 나쁘시다면 사과하겠습니다. 하지만 시리우스 님. 부디 제 말을…….''

"들을 거야. 하지만 나는 본심이 듣고 싶어…… 엄마.''

에리나는 내가 한 말을 듣고 깜짝 놀랐지만, 곧 고개를 저으면서 쓴웃음을 지었다.

"농담 그만하세요. 당신의 어머니는 아리아 님이시며, 저는 당신을 모시는 시종에 지나지 않아요. 저는…… 시리우스 님의 어머니가 될 수 없어요.''

"어머니야. 나에게는 낳아준 어머니와 길러준 어머니…… 에리나가 있어. 그러니까 에리나가 내 어머니가 틀림없어.''

"제가…… 어머니라고요?''

"그래. 에리나는 내 어머니야. 그러니까 시종이 아니라 어머니로서, 가족으로서 본심을 털어놔줬으면 해. 부탁이야…… 엄마.''

어느새 에리나의 눈에서 눈물이 흘러내렸다.

그것은 기쁨에서 우러난 눈물이며, 에리나는 눈물을 닦는 것조차 잊은 채 나를 쳐다보고 있었다.

"……정말 괜찮겠어요?''

"그래. 우리는 가족이니까 좀 더 솔직해져도 돼. 안 그러면 엄

마가 싫어질지도 모르잖아."

"시리우스 님…… 아니, 시리우스에게…… 미움받고 싶지는 않아. 그러니까 네 말대로 할게."

에리나가 나에게 반말을 쓰자 다른 시종들은 놀랐지만, 나는 만족스러워했다.

예전부터 엄마라고 부르며, 이런 사이가 되었으면 좋았을 것이다.

이렇게 간단한 걸…… 나는 왜 이제야 깨달은 걸까.

"다들 미안하지만…… 한마디씩만 더 해도 될까?"

이번에야말로 에리나는 본심을 털어놓았다.

"레우스…… 너는 음식을 꼭꼭 씹어 먹으렴. 몇 번이나 말했지만, 제대로 맛보면서 먹지 않으면 만든 분들에게 실례야."

"그, 그런 말을…… 이럴 때에 안 해도……."

"아니, 이럴 때니까 하는 거란다. 그리고 존댓말을 쓰는 걸 잊지 말렴. 네가 품성에 어긋나는 짓을 하면, 시리우스에게도 폐가 될 거란다. 알았지?"

"으, 응…… 예!"

"디…… 당신에게도 한마디만 할게."

"……예."

"신중한 것은 좋지만, 당신은 그저 겁쟁이일 뿐이야. 좀 더 용기를 가지렴. 저 애는 당신의 말을 기다리고 있으니, 늦기 전에 행동하는 거야."

"아, 알았습니다."

"노엘…… 귀엽고 덜렁이인 내 여동생. 너 때문에 정말 고생을 많이 했단다."

"저기…… 말이 너무 심한 거 아닌가요?"

"어머, 덜렁대는 애일수록 귀엽다잖아."

"너무해요……."

"괜찮지 않아? 나는 덜렁대고 순수한 너를 정말 좋아해. 그러니까…… 너는 변하지 말아줘."

"응……. 힘낼게."

"에밀리아…… 내가 가르쳐준 걸 잊지 말렴. 몇 번이나 물었지만, 네 결의는 변하지 않을 거지?"

"변하지 않아요. 제가 있어야 할 곳은 시리우스 님의 옆뿐이에요."

"그렇구나……. 그래도 무리는 하지 마렴. 네가 다치면 시리우스도 슬퍼할 거야."

"예…… 조심……할게요."

"자신을 소중히 여기렴. 앞으로는…… 네가 시리우스의 버팀목이 되어야 해."

"응…… 꼭…… 그렇게 할게……."

"시리우스…… 너한테 할 말은 없구나."

"그게 무슨 소리야."

"왜냐면 너는 혼자서도 뭐든 다 할 수 있잖니?"

"아…… 뭐든 다 할 수 있는 건 아냐."

"아냐. 시리우스라면 뭐든 다 할 수 있어. 이 엄마가 보증할게."

"그거 믿음직하네."

"아리아 님이 말씀하셨던 것처럼, 시리우스는 올곧게 살렴. 내 소원도 같아."

"그건 내 특기니까 걱정하지 마."

"든든하네. 그것보다 부탁이 있는데…… 해도 될까?"

"뭐야?"

"손을…… 잡아줄래?"

"좋아."

"한 번 더…… 엄마라고 불러줄래?"

"몇 번이든 불러줄게, 엄마."

"한 번 더…….."

"엄마."

"더…….."

"……엄마."

"후후, 네가 우는 모습은 태어나서 처음 보네. 나를 위해서…… 울어주는 거니?"

"당연……하지."

"저기, 시리우스. 나…… 정말 행복해."

"그거 다행이야."

"하지만 앞으로 네가 성장하는 모습을 볼 수 없다는 게 아쉽구나."

"그럼 행복하지 않은 거네?"

"응. 하지만 나는 행복해. 괴로운 일이 많았지만, 나는 만족스러워. 이렇게 사랑하는 가족에게 배웅을 받잖니……. 정말 행복하단다."

"나도 엄마와 함께여서…… 행복했어."

"나의 시리우스…… 사랑해."

"나도 사랑해…… 엄마."

"아아…… 그 말만으로 충분해. 시리우스……."

"고마워."

──에리나──

정신을 차리고 보니…… 끝없이 새하얀 공간에 저는 서 있었어요.

저는 시리우스가 지켜보는 가운데 침대에서 잠이 들었는데…… 여기는 대체 어디죠?

'정말, 왜 이렇게 일찍 온 거야!'

저 사람은…… 아리아 님?

'그래. 오래간만이야, 에리나.'

오래간만입니다. 당신의 자제분은 훌륭히 자라고 있어요.

'응응. 쭉 지켜보고 있었으니까 알아. 그리고 그 말은 틀렸어. 애는 나만의 아이가 아니라, 우리 둘의 아이잖아.'

……그렇죠.

'그리고 존댓말을 쓰지 않아도 돼. 우리는 이제 주인과 시종이 아니라 그저 어머니잖아?'

그 말은 감사하지만, 이미 입에 익어서요. 그런데 여기는 어디죠?

'으음…… 뭐라고 할까. 천국……이라고나 할까?'

천국인가요. 아무래도 여기서는 시리우스를 지켜볼 수 있는 것 같군요.

'어머, 빨리도 순응했네? 좀 더 놀랄 줄 알았는데…….'

시리우스를 지켜볼 수 있다면 다른 건 아무래도 상관없어요.

'그렇구나. 내 옆자리 비었는데, 앉을래?'

하지만 의자도 없는데요?

'그런 건 신경 쓰지 마. 자아, 시리우스가 보이지?'

그렇군요. 아아…… 몇 번을 봐도 귀여워요.

'내 아들은 당치도 않은 바람둥이네. 에리나를 이렇게 포로로 만들다니 말이야.'

저는 갓난아기인 시리우스를 안았을 때부터 푹 빠졌어요.

'그렇게 치면 나는 낳기 전부터야. 사랑의 깊이라면 그 누구에게도 안 진다고.'

무슨 소리를 하는 거죠. 제가 더 시리우스를 사랑해요.

'내가 더 사랑한단 말이야!'

아뇨, 제가 더 사랑해요.

'더 이야기해봤자 결론이 나지 않겠네. 그냥 비긴 걸로 하지 않을래?'

아뇨. 제가 더 사랑해요.

'으윽…… 여전히 고집이 세네.'

아리아 님이야말로 변함이 없군요.

'이제 변할 필요가 없잖아. 그것보다 에리나. 이제 우리가 할 수 있는 건 시리우스를 지켜보는 것뿐이지만, 그래도 당신에게 하고 싶은 말이 있어. 들어줄래?'

……예.

'고마워. 그리고…… 수고했어.'

예. 저는…… 행복했어요.

다음 날, 우리는 일전에 소풍을 왔던 꽃밭에 왔다.

이곳에 온 것은 꽃밭에 있는 나무 밑에 에리나의 묘를 만들기로 했기 때문이다.

이 세계에서의 장례식은 귀족을 제외하면 가족끼리 조촐하게 끝낸다고 한다.

에리나의 유체는 뼈만 남을 때까지 태웠다. 그리고 그 뼈를 산산조각냈다. 뼈를 부수는 것은 유골이 마력을 흡수해서 스켈레톤 같은 마물이 되는 것을 막기 위해서다.

우리는 묵묵히 구멍을 판 후, 에리나의 유골과 에리나가 몰래 가지고 있던 아리아 엄마의 빗을 넣은 나무 상자를 묻었다.

"형님, 여기지?"

그리고 레우스가 가지고 온 묘비를 세운 후, 미스릴 나이프로 이름을 새겼다.

하지만 이름만으로는 좀 아쉬운걸.

"이름 외에 다른 것도 새기고 싶은데, 좋은 생각 없어?"

"으음…… 가족, 같은 건 어떨까요?"

"그 누구보다도 충의를 다한 분입니다."

"나의 사랑하는 에리나 씨……는 어떨까?"

"에리나 씨를 향한 사랑을 새기고 싶어요."

"흠…… 그럼 이건 어떨까?"

내가 그들의 의견을 정리해서 적은 글자를 보더니, 다들 납득했다.

그리고 마지막으로 묵념을 한 후, 에리나의 장례를 끝냈다.

전생의 나는 고아였으며, 친어머니가 누구인지 모른다.

나를 주워준 스승은 부모라기보다 선생에 가까웠다.

그리고 다시 태어났을 때도 친어머니는 이미 이 세상에 없었고, 나는 부모의 애정을 모르며 자랐다.

그런 나를 부모처럼 지켜봐주고, 어머니의 애정을 가르쳐준 사람은 바로 에리나다.

눈물 같은 것은 전생에서 다 말라버렸다고 생각했지만…… 그녀를 생각하며 나는 눈물을 흘렸다.

그리운 감각이었다.

이 감각을 되살려준 어머니의 사랑은 정말 위대하다고 진심으로 생각했다.

순수한 사랑을 아낌없이 나에게 쏟아부어준 에리나.

가족을 위해, 나를 위해 항상 버팀목이 되어준 에리나.

잘 가……. 나에게 처음으로 어머니의 온기를 가르쳐준 사랑하는 이여.

편안히 잠드소서.

──묘비에 새겨진 말──

「가족에게 사랑받은 충신 에리나…… 이곳에 잠들다.」

《에필로그》

────에밀리아────

에리나 씨가 돌아가시고, 저희는 깊은 슬픔에 잠겨 있었어요.

계속 이래서는 안 된다고 생각했지만, 사소한 계기로 에리나 씨가 생각날 때마다 눈물이 날 것만 같았어요.

하지만…… 그건 어쩔 수 없는 걸지도 몰라요.

에리나 씨는 저와 레우스에게 있어 어머니 대신이었고, 시종으로서의 기쁨과 기술을 가르쳐준 은사니까요.

물론 에리나 씨가 말한 것처럼 각오는 되어 있습니다.

하지만 에리나 씨의 몸이 불에 휩싸여 사라지고, 뼈만이 남은 순간…… 레우스도, 언니도, 디 씨도…… 눈물을 참지 못했습니다.

그런 와중에 시리우스 님은 묵묵히 유골을 나무 상자에 담더니, 솔선해서 에리나 씨의 방을 정리하셨어요.

그뿐만 아니라 슬픔에 잠긴 저희의 등을 밀어주셨죠.

디 씨는 얼이 나간 것처럼 자신의 특기였던 요리도 실패하는 일이 잦아졌지만…….

"디…… 슬픈 건 알지만, 그걸 요리에 드러내선 안 돼. 너는 먹는 이를 슬프게 만드는 요리를 내놓는 요리사가 되고 싶은 거야?"

"그, 그렇지는……."

"맛있는 요리는 먹는 이들이 미소를 짓게 해. 그러니 이 슬픔을 날려버릴 듯한 요리를 만들어봐. 그리고 너에게는 그녀에게 전해야만 하는 말이 있지?"

"……예!"

디 씨는 여전히 무표정했지만, 그날부터 요리를 실패하지 않았습니다.

그리고 레우스와 언니는 시리우스 님의 명령으로 정원을 전력으로 뛰었어요.

"에리나 씨이이이――!"

"우아아아아아아아아아아――!"

"그래! 마음속에 있는 걸 전부 토해버려! 고함을 통해 다 뱉어버리는 거야!"

"에리나 씨――! 나, 힘낼게에에에――!"

"나도 힘낼 거야! 고마웠어, 에리나 씨――!"

"그래, 더욱 고함을 질러! 그러면 나중에 푸딩을 만들어줄게!"

""푸딩――!""

전력을 다해 달린 레우스와 언니는 지친 나머지 쓰러졌지만 개운한 표정을 짓고 있었어요.

그 후, 시리우스 님께서 만들어주신 푸딩을 맛있게 먹었죠.

표정은 아직 딱딱했지만, 레우스와 언니는 이제 괜찮아 보여요.

하지만…… 에리나 씨를 잃고 가장 슬퍼하고 있는 사람은 시리우스 님일 텐데, 왜 이렇게도 강하실 수 있는 걸까요?

궁금증을 참다못한 저는 물어봤지만, 시리우스 님은 제 머리를 쓰다듬으면서…….

"확실히 슬프지만, 나는 에리나에게서 그것보다 더 많은 것을 받았어. 그래서 앞을 보며 나아갈 수 있는 거야. 에밀리아…… 너도 그렇지?"

슬픔을 완전히 극복한 듯한, 평소와 다름없는 미소를 지으셨어요.

아아…… 정말 강한 분이세요.

그런 시리우스 님이기에, 저는 진심으로 사랑하는 거예요. 그리고 평생 모시겠다고 맹세한 거예요.

이른 아침…… 일어나자마자 에리나 씨가 수선해준 메이드복으로 갈아입었어요.

시종의 몸가짐이 허술하면 주인의 품위가 손상될 수 있기 때문에, 항상 몸가짐을 완벽하게 하라는 것이 에리나 씨의 가르침 중 하나예요.

문득 창밖을 보니, 눈이 완전히 녹았어요. 그리고 정원의 나무들이 우거지기 시작했죠.

그것은 설화의 달이 끝났다는 것을 의미하며, 그와 동시에 몇 달 후에는 저희가 이 저택을 떠나야만 한다는 것을 뜻해요.

이 저택을 떠나는 건 아쉽지만, 시리우스 님의 곁에 있을 수만 있다면 얼마든지 참을 수 있어요.

　왜냐하면 제가 있을 곳은 시리우스 님의 곁이니까요.

　게다가 시리우스 님이라면 학교에 가서도 대활약하실 테니, 뒤처지지 않기 위해 더욱 노력해야 해요.

　옷을 갈아입은 후, 빗으로 머리카락을 빗었어요.

　시리우스 님께서 제 은발을 아름답다고 말씀해주셨기에, 머리카락 손질만은 거르지 않아요.

　몸가짐을 단정하게 한 후, 마지막으로 시리우스 님께서 만들어주신 거울 앞에 서서 이상한 곳이 없는지 확인했어요.

　머리카락…… 괜찮아요.

　옷…… 괜찮아요.

　미소…… 약간 어색하기는 하지만, 나쁘지는 않아요.

　시리우스 님의 돌보는 것을 비롯해 집안일과 훈련 등. 제가 해야 할 일은 잔뜩 있으니 슬픔에 잠길 짬은 없어요.

　게다가…… 마지막 시종 교육 때 에리나 씨는 이렇게 말씀하셨어요.

　'시리우스 님이 제아무리 강하고, 혼자서도 살아갈 수 있을 만큼 대단한 분일지라도, 사람에게는 쉴 수 있는 장소가 필요하단다. 그러니 에밀리아…… 네가 시리우스 님의 쉴 곳이 되어드리렴. 설령 자신이 무력하다고 느낄지라도, 시리우스 님을 버팀목이 되어줬으면 좋겠구나. 내 몫까지…… 부탁할게.'

그래요…… 저는 시리우스 님의 버팀목이 되어야만 해요.

그것은 저 또한 원하는 일이니, 기쁘게 받아들일 수 있어요.

평소와 마찬가지로, 제 뜻대로 살면서 시리우스 님의 버팀목이 되는 거예요.

에리나 씨, 당신의 마음은 제가 전부 이어받겠어요.

그러니…… 안심하게 저희를 지켜봐주세요.

양손으로 볼을 두드리며 기합을 넣은 후, 저는 방문을 열었어요.

"좋아. 오늘도 시리우스 님을 위해 힘내자!"

이렇게, 제 하루는 시작되었어요.

───시리우스───

에리나가…… 엄마가 죽고 며칠이 흘렀다.

시종들도 서서히 슬픔을 극복하기 시작했고, 요즘 들어서는 다들 미소를 짓게 되었다.

한동안은 가라앉을지도 모르지만 시종들은 예상보다 빨리 슬픔을 극복했다.

엄마가 죽음에 대한 각오를 밝혔고, 내가 격려해준 덕분이기도 하겠지만, 시종들이 강한 마음을 지녔기 때문이리라. 정말 믿음직한 시종들이다.

그리고 나는 전생에서의 습관 덕분에 이미 마음의 정리를 끝마쳤다.

슬픔이 전부 사라진 것은 아니지만, 나에게는 이끌어야만 하는 시종과 제자가 있다. 그러니 계속 슬픔에 잠겨있을 수는 없다.

우리는 엄마의 죽음을 뛰어넘으며, 앞으로 나아가야만 하는 것이다.

그날, 나는 저택 정원에 설치된 의자에 앉아 점심 식사 후의 휴식시간을 만끽 중인 시종들을 바라보았다.

"노엘, 슬슬 아프를 수확할 시기가 된 것 같다."

"정말인가요?! 저는 아프로 만든 과자가 먹고 싶어요!"

"알았다. 만들어주지."

엄마가 죽은 후, 디는 요리를 태우는 일이 잦았고 노엘은 실수를 하는 횟수가 늘었다. 하지만 다시 원래대로 되돌아온 두 사람은 아프 나무 앞에서 사이좋게 담소를 나누고 있었다.

그러고 보니 엄마는 자신의 남동생과 여동생이나 마찬가지인 디와 노엘이 맺어지기를 바랐다.

서로가 서로를 좋아한다는 것은 틀림없지만, 마지막 한 걸음을 내딛지 못하는 이 두 사람을 계속 따뜻하게 지켜봐 왔지만 슬슬 결실을 맺었으면 좋겠다.

엄마의 유언도 있으니 지금이 기회일지도 모른다.

가까운 시일 안에 디의 등을 억지로라도 밀어주기로 나는 결의했다.

"시리우스 님, 드세요."

"아, 고마워."

그리고 나무그늘에서 낮잠을 자고 있는 레우스를 응시하고 있을 때, 에밀리아가 홍차를 준비해줬다.

겉모습은 다르지만 저 흔들림 없는 동작은 엄마를 연상케 할 만큼 아름다웠다.

에밀리아도 엄마의 유지를 받들며 멋지게 성장하고 있는 것 같았다.

"저기, 왜 그러시죠? 혹시 이상한 곳이 있다면⋯⋯."

"아⋯⋯ 학교에 뭘 가지고 갈지 생각하고 있었어."

엄마를 생각했다고 말하는 게 좀 겸연쩍어서 무심코 그렇게 둘러댔다.

"그러셨군요. 시리우스 님이라면 학교에서도 멋지게 활약하시겠죠. 학교 사람들을 손쉽게 쓸어버린 후, 최고가 되신 시리우스 님의 모습이 벌써부터 눈에 선하답니다."

에밀리아는 내가 학교에서 활약하는 모습을 상상하며 볼을 붉혔다.

"누나 말이 맞아. 형님이라면 그 어떤 녀석이든 한 방에 해치울 거라고!"

자고 있던 레우스는 우리 이야기를 들었는지 벌떡 일어서더니 만면에 미소를 지으면서 한 손을 치켜들었다.

"너희는 대체 나를 어떻게 생각하는 거야?"

그런 남매를 보고 어이없어하면서도, 두 사람의 예전 같은 모습으로 되돌아온 게 기뻤다.

그건 그렇고…… 학교라.

다른 이들 덕분에 학교 입학금은 무사히 확보했다.

에밀리아가 말한 것 같은 활약을 할지 말지는 모르겠지만, 학교에서 어떤 것을 배울 수 있을지 벌써부터 기대가 되었다.

그리고 내가 자란 저택을 떠나는 것이 아쉽지만, 이 좁은 세계에서 계속 지낼 수는 없다.

진상은 아직 알 수 없지만, 나는 이세계에 전생한 것이다.

엄마들의 유언대로, 나는 그 무엇에도 얽히지 않은 채 살아가리라.

제자를 기르며, 학교만이 아니라, 바깥 세계도 돌아보는 자유로운 인생도 나쁘지 않다.

"시리우스 님, 홍차 더 드시겠습니까?"

"응."

뭐, 그래도 학교나 바깥세계에 대해서는 나중에 생각해도 될 것이다.

지금은……

"에밀리아."

"왜 그러시죠?"

"레우스."

"형님, 왜 그래?"

"앞으로도 잘 부탁해."

"예!"

"당연하지!"

엄마 같은 미소를 짓고 있는 에밀리아, 그리고 장난꾸러기처럼 웃고 있는 레우스와 함께 평온한 나날을 보내기로 하자.

— 번외편 《시종들의 과거와 현재》 —

내가 이 세계의 갓난아기로 전생했을 때부터, 나에게는 세 명의 시종이 있었다.

시종이면서도, 나를 자기 자식처럼 지켜보며 아낌없이 사랑해 준…… 에리나.

감정표현이 풍부하고 미소 띤 얼굴로 주위 사람들을 밝게 만드는…… 노엘.

말주변이 적고 벽창호지만, 몰래 다른 이들의 버팀목이 되어주는…… 디.

세 사람은 원래 나를 낳은 어머니의 시종이지만, 어머니가 죽은 후에는 당연하다는 듯이 내 시종이 되어서 내 성장을 지켜보고 있었다.

그들은 충성심 넘치는 시종이지만, 급료도 받지 않고 이런 벽지에서 생활하면서도 내 어머니를 따르며 함께 있는 이유, 즉 어머니와 시종들이 어떻게 만나게 됐는지 궁금해졌다.

마수병에 걸린 에리나를 구하고, 시종들이 나의 어른스러운 언동에 익숙해졌을 즈음.

나는 점심 식사 후에 홍차를 마시고 있는 시종들에게 물었다.

"좀 물어볼 게 있어. 너희는 어머니와 어떻게 만나게 된 거야?"

시종들은 내 질문을 듣더니 대답할지 말지 망설였지만, 내가 어머니를 그리워하는 게 아니라는 사실을 알더니 에리나부터 홍차를 다시 끓이며 이야기를 시작했다.

"제가 아리아 님과 만난 것은 예전에 모시던 귀족의 저택에서 쫓겨난 후였답니다."

에리나는 젊은 시절, 어떤 귀족의 시종이 되었고, 그 후 그 귀족의 저택에서 오랫동안 일했다고 한다. 하지만 병에 걸린 탓에 귀족의 저택에서 쫓겨났다. 병이 다 나았지만 후유증으로 몸이 약해져서 예전처럼 일을 하지 못한다고 판단된 것이다.

약해진 몸과 약간의 돈, 그리고 짐만 들고 쫓겨난 에리나는 현실에 절망한 채 어느 마을의 구석에서 이러지도 저러지도 못하고 있었다.

"그 병은 제 몸을 약하게 만들었을 뿐만 아니라, 두 번 다시 아이를 낳지 못하게 만들었죠. 당시에는 앞으로 어떻게 하면 좋을지 알 수가 없었답니다. 하지만 그럴 때…… 한 여자애가 제 앞에 나타났죠."

그 여자애가 내 어머니인 것 같았다.

당시의 어머니는 영주이자 귀족인 엘드랜드 가문의 외동딸이었다. 그런 사람이 마을 구석에서 절망에 빠져 있는 평민, 에리나에게 말을 건다는 것은 귀족에게 있어 있을 수 없는 일이다.

'저기, 언니. 거기서 뭘 하고 있는 거야?'

당시의 어머니는 열 살 정도였으며, 처음 보는 사람에게 말을 거는 게 얼마나 위험한 짓인지 알고 있었다. 하지만 어머니는 전혀 개의치 않으면서 에리나의 옆에 앉아 그녀의 얼굴을 들여다봤다고 한다.

"나중에 들은 이야기입니다만, 운명을 느꼈다……고 아리아 님께서는 말씀하셨죠. 사실 저에게 있어서 틀림없는 운명적인 만남이었어요."

에리나는 어머니의 옷차림을 보고 귀족이라는 사실을 알았고, 경계심이 너무 없다는 주의를 준 후 다른 곳으로 향하려 했지만…….

'그런 말을 하는 걸 보면 당신은 위험한 사람이 아니겠네. 그럼 문제없잖아. 그것보다 무슨 일이 있었는지 말해줘. 궁금하단 말이야.'

결국 에리나는 자신에게 있었던 일을 그녀에게 털어놓았다.

절망한 탓에 자포자기한 에리나는 세세하게 이야기했지만, 어머니는 그 말을 듣더니 손뼉을 치면서 그녀의 어깨에 손을 얹었다고 한다.

'흠흠, 알았어. 그럼 내 시종이 되어줘.'

'……예?'

'한 집에서 오랫동안 일했다는 건 그만큼 시종으로서 우수하다는 거잖아? 그럼 앞으로는 나를 모셔.'

'하, 하지만, 저는 예전처럼 일할 수 있을지 없을지…….'

'이미 병은 다 나았으니까, 무리만 안 하면 되겠네. 그리고 나는 너를 시종으로 두고 싶어.'

어머니는 자신의 호위가 나타날 때까지 에리나를 계속 설득했다고 한다.

"정말 막무가내에 억지스러웠지만…… 저를 필요하다고 말해준 아리아 님에게 저는 구원받았어요."

당연히 주위 사람들은 반대했지만, 귀여운 딸의 부탁을 거절할 수 없었던 부모가 허락하자 에리나는 어머니의 시종이 되었다.

"아리아 님도 몸이 튼튼하지 않지만, 눈만 뗐다 하면 사라져버리셨죠. 그런 아리아 님에게 엄청 휘둘렀답니다. 하지만…… 지금 생각해보면 그것도 즐거운 나날이었군요."

방금 이야기로 볼 때 꽤나 무방비한 사람 같지만, 사실 어머니는 매우 경계심이 강했다고 한다. 적이나 수상한 사람에게는 절대 마음을 허락하지 않은 것이다.

적인지 아군인지 본능적으로 눈치채고, 그 사람의 됨됨이를 파악하는 데 있어서 그야말로 천재였던 것 같다.

"그리고 몇 년 후, 제가 아리아 님의 행동에 익숙해졌을 즈음이었어요. 아리아 님과 제가 영주님과 함께 근처의 마을에 갔을 때, 길가에서 야영 준비를 하고 있던 디를 아리아 님께서 발견하셨죠."

"그때는 정말 놀랐습니다."

당시 모험가였던 디는 파트너였던 남자가 부상으로 은퇴한 바람에 혼자서 모험가 생활을 계속할지 말지 고민하고 있었다고 한다.

 요리사가 된다는 꿈이 있기는 하지만, 연줄도 돈도 없기에 포기하려던 디는 하다못해 야영하면서라도 맛있는 음식을 만들어 보려고 시행착오를 거듭하고 있었다고 한다.

 '맛있는 냄새가 나네.'

 '…………누구냐?'

 말주변이 없고 눈매가 사나운 디에게 다가가는 사람은 적었다. 하지만 어머니는 주저 없이 다가가더니, 디가 만든 요리를 쳐다보았다.

 '내 이름은 아리아야. 그것보다 맛있는 냄새가 나네. 나한테도 나눠 주지 않을래?'

 '아리아 님, 안 됩니다! 혹시 독이라도 들어 있으면…….'

 '자기가 먹으려는 음식에 독을 넣을 리가 없잖아? 저기, 독 같은 건 들어 있지 않지?'

 '당연하지. 그건…… 요리를 오욕(汚辱)하는 짓이다.'

 '봐, 본인도 저렇게 말하잖아. 이 사람은 요리에 긍지를 가지고 있으니까 괜찮을 거야. 그러니까 나에게 그 요리를 나눠줘.'

 '……좋을 대로 해.'

 디는 무례한 태도를 취했지만, 어머니는 개의치 않으면서 요리가 담긴 접시를 받더니 그것을 먹었다.

 하지만 어머니는 요리를 다 먹더니 표정을 찡그렸다.

 '으음…… 냄새도, 맛도 나쁘지 않지만, 약간 부족하네. 솜씨는 좋아 보이는데 아쉬워.'

'재료만 더 있다면……'

얼마 안 되는 돈과 식재료로 만든 요리지만 그것을 맛본 어머니의 반응이 시원찮은 탓에 디는 분했다고 한다.

그런 디를 본 어머니는 접시를 돌려주면서 미소를 지었다.

'그럼 좋은 식재료가 있으면 더 맛있는 요리를 만들 수 있겠네?'

'……그래.'

'그럼 내 시종이 되어서 요리를 만들어줘.'

'아리아 님?!'

'…………뭐?'

이렇게 디는 어머니의 전속 시종 겸 요리사가 되었다.

디는 남자이기에 유괴범일지도 모른다면서 다른 이들이 반대했지만, 결국 그가 만든 요리를 맛보게 해서 납득시켰다고 한다.

"저도 처음에는 디를 경계했지만, 함께 지내다 보니 그가 순수한 아이라는 걸 알았죠. 아리아 님은 한눈에 그걸 아신 것 같아요."

"이런 저를 인정해주시고, 요리를 만들게 해주신 아리아 님에게는 제아무리 감사를 드려도 모자랄 지경입니다."

디는 요리를 만들 수 있는 환경을 자신에게 제공해준 어머니에게 충성을 맹세했다. 그리고 어머니와 에리나는 말주변이 없는 디를 몇 번이나 구해줬기에 두 사람 앞에서는 고개도 제대로 들지 못하는 것 같았다.

"지금은 꽤 개선됐지만, 예전의 디는 엄청났죠."

"당시에는 두 분에게 폐를 많이 끼쳤습니다."

디는 무표정한 얼굴로 고개를 숙였지만, 희미하게 눈썹이 꿈틀거리는 걸 보면 꽤 반성하고 있는 것 같았다.

그리고 또 몇 년이 지나, 어머니는 어른이 되었지만 행동력은 여전했던 것 같았다.

그날도 어머니가 멋대로 저택을 빠져나갔기 때문에, 에리나는 그녀를 찾기 위해 마을로 향했다고 한다.

"제가 겨우 발견했을 때, 아리아 님은 노예인 노엘의 앞에 서서 노예상인과 말다툼을 벌이고 있었어요."

"……노엘은 원래 노예였어?"

"아, 아하하……. 실은 그래요."

노엘은 웃고 있지만, 목소리에는 힘이 없었으며, 미소 또한 억지스러웠다.

"노엘, 미안해. 괴로운 기억을 떠올리게 했구나."

"아뇨. 지금은 괜찮아요. 그것보다 에리나 씨. 그때 아리아 님은 엄청 멋졌어요."

"맞아. 칭찬받을 일은 아니지만, 아리아 님은 노예상인을 상대로 한 걸음도 물러서지 않으셨지."

그리고 어머니는 끼어들려고 하는 에리나를 보더니 고함을 질렀다.

'에리나, 마침 잘 왔어. 저택에 가서 내 돈을 가져와!'

'……우선 이 상황부터 설명해주셨으면 합니다만…….'

'이 애를 살 거야!'

넝마조각만 걸치고, 몸 곳곳에 상처가 난 채 떨고 있는 고양이 수인을 본 에리나는 상황을 이해하고 머리를 감싸 쥐었다.

얼마가 이런 상황에서 절대 물러서지 않는다는 것을 알기에, 에리나는 돈을 가지고 왔다. 그리고 어머니는 노예상인에게 금화를 던졌다고 한다.

"아리아 님은 이 애 근처에는 얼씬도 하지 말라면서 노예상인이 제시한 금액보다 금화 하나를 더 줬어요. 그렇게 노엘을 구했지만, 이 애는 아리아 님 이외의 사람에게는 좀처럼 마음을 열지 않아서, 디를 데려왔을 때보다 고생했죠."

"제가 무섭다면서…… 도망친 적도 있습니다."

"하, 하지만, 그때는 안 무서운 게 없었단 말이에요. 그리고 옛날에는 디 씨를 무서워했지만, 지금은…… 그러니까…… 조, 좋아해요! 무, 물론 선배로서요!"

"……그렇구나."

그 얼버무림 안에 담긴 명백한 호의를 느낀 디는 만족스럽다는 듯이 미소를 지었다.

두 사람 사이에서 달콤한 분위기가 느껴졌지만, 에리나는 개의치 않으면서 말을 이었다.

'너는 내가 샀으니까, 내 명령에 무조건 따라야 해. 그럼 오늘부터 노엘은 내 동생인 거야. 앞으로 잘 부탁해.'

'으, 응…….'

'응……이 아니라, 예, 예요. 아리아 님의 동생처럼 여긴다고 할지라도 당신은 아리아 님의 시종이니까, 제가 제대로 교육시

켜드리죠.'

'히익?!'

'에리나는 너를 때리지 않을 거니까 걱정하지 마. 그러니까 내 등 뒤에 숨지 말렴!'

'아리아 님, 저녁 준비가……'

'꺄아아아아아아——?!'

에리나가 말을 걸어도 겁을 먹었고, 눈매가 험한 디가 다가가 기만 해도 도망쳤다. 그때마다 디는 충격을 받았다고 한다.

"하지만 아리아 님과 함께 지내면서, 노엘은 서서히 원래 성격인 까불이로 되돌아갔죠."

"까불이는 너무해요! 저는 진짜 열심히 일을 배웠단 말이에요!"

"……확실히 노엘은 노력을 하긴 했지."

"그래요. 당신의 노력은 인정하고, 아리아 님을 향한 충성심 또한 높이 사요. 하지만…… 당신이 부순 접시와 장식품을 저는 잊지 않아요. 아리아 님은 웃으면서 용서해주셨지만, 저와 디가 얼마나 고생을 했는지 아나요? 일전의 청소 때도 말했지만, 좀 더 차분하게 행동하라고 제가 몇 번이나 말했잖아요!"

"어라?! 왜 제가 설교를 듣고 있는 거죠?!"

그 후, 그 설교는 한동안 계속됐다.

"오늘은 어머니에 대해 알아서 기뻤어. 가르쳐줘서 고마워."

"고마워하실 필요 없습니다. 저희는 시리우스 님의 시종이니, 주인님을 위해 무언가를 하는 것은 당연한 일이니까요."

에리나가 설교를 하는 사이에 식후 휴식 시간이 끝났기에, 일단 이야기를 마치기로 했다. 최종적으로는 어머니의 죽음에 관한 이야기로 이어질 것이니, 그 이야기는 나중에 하기로 했다.

지금은 어머니가 시종들에게 사랑받은 이유를 안 것만으로 충분했다.

"훌쩍…… 저는 청소하러 갈게요."

설교를 듣고 울상을 지은 노엘이 거실로 나가자, 디도 조용히 일어서면서 우리를 쳐다보았다.

"에리나 씨, 저도 청소를 하겠습니다."

디는 그렇게 말하더니 거실을 나섰다. 평소보다 걸음이 빠른데, 혹시…….

"……디는 노엘을 위로하러 간 걸까?"

"예. 제가 꾸짖고, 디가 위로하죠. 노엘이 디에게 익숙해졌을 때부터 그래왔답니다."

"아, 이유는 알 것 같아. 디는 노엘에게 화를 못 내지?"

"예. 디는 노엘의 우는 얼굴은 물론이고 가라앉은 얼굴도 보지 못한답니다. 그래서 웬만해서는 화를 내지 않죠. 애초에 디는 화를 잘 내지 못해요."

디는 노엘에게 매우 물렀다.

노엘이 배고파하면 몰래 빵을 줬다. 그리고 일전에 내가 만든 푸딩을 노엘이 마음에 들어 하자, 디는 요리사로서가 아니라 노엘에게 만들어주기 위해 열심히 배우려 했다.

"노엘과 디는 서로를 좋아하지?"

"역시 시리우스 님도 눈치채셨군요."

"저기, 눈치채지 못하는 게 이상할 거야. 고백은…… 아직인 것 같네."

에리나가 인상을 쓰는 걸로 볼 때, 아무래도 두 사람은 연인 사이는 아닌 것 같았다.

"저 두 사람은 저에게 있어 남동생과 여동생 같은 존재이니, 맺어지길 바랍니다. 그래서 단둘이 일을 하게도 해서 여러모로 자리를 만들어줬습니다만, 결과는……."

에리나의 말에 따르면, 노엘은 노예였던 자신과 사귀다 주위 사람에게 그게 들키면 상대방이 불행해질 것이라고 무의식적으로 생각하고 있어서 고백하지 못하는 것 같았다. 노예 시절에 새겨진 마음의 상처 때문이니 억지로 강요하면 역효과만 날 것이다.

그리고 디는 예전에 어머니…… 지금은 내가 마음에 걸려서 행복해질 수 없다……거나 그런 소리를 할 여유가 없다 같은 말을 하면서 도망치고 있는 것 같았다.

변명에 가깝지만, 지금 상황에서 연인이 되거나 애가 생긴다면 이 생활 자체를 유지하지 못할 가능성도 있으니 이해가 되지 않는 것도 아니었다.

"무엇보다 저 두 사람은 지금 이 상황에 만족하고 있답니다. 그러니 너무 세게 밀어붙일 수가 없군요."

에리나는 지금까지 여러모로 손을 써봤을 것이다. 하지만 전부 헛수고로 끝나고 만 것 같았다. 결국 에리나는 그냥 따뜻하게 지켜보기로 한 것 같았다.

"고생 많았겠네. 그러고 보니 두 사람은 어쩌다 친해진 거야? 처음에는 노엘이 디를 봤다 하면 전력으로 도망쳤다면서?"

"간단히 말해…… 먹이로 길들인 거죠."

"……왠지 대상이 노엘이라 그런지 위화감이 느껴지지 않네."

노엘은 어머니의 시종이 되고 반년이 지났을 즈음에 미소를 되찾았지만, 여전히 디를 봤다하면 도망쳤다고 한다. 비명을 지르지는 않았지만, 노엘은 디를 경계하면서 다가가지 않았다.

그래서 디는 빵을 이용해 노엘과 친해지려 한 것 같았다.

참고로 그 의견을 내놓은 사람은 어머니였다고 한다.

"물론 처음에는 통하지 않았어요. 노엘의 더욱 경계심을 품었고, 디는 침울해했죠."

그 말을 듣자, 방의 입구에서 고개만 내민 채 으르렁거리는 노엘의 모습이 머릿속에 떠올랐다.

하지만 디는 포기하지 않고 다음 작전을 실행에 옮겼다고 한다.

"다음에는 노엘의 침대에 요리와 쪽지를 가져다 놓고, 감상을 물어봤어요."

물론 침대에 그걸 가져다 놓은 사람은 어머니, 그리고 에리나였다.

처음에는 무시당했지만 몇 번 반복하다 보니 요리를 먹게 되었고, 노엘도 답장을 쓰게 되었다.

"처음에는 맛있다……라고 짤막하게 말하고 말았지만, 디는 노엘의 그 말을 듣고 정말 기뻐했어요. 그걸 몇 번 반복하다 보니 두 사람은 친해졌고, 대화도 나누게 되었죠. 그러다 어느새 서로를 사랑하게 된 것 같아요."

최종적으로 노엘은 자기가 먹고 싶은 것을 디에게 부탁하게 되었으니, 먹을 것으로 길들였다는 표현은 틀리지 않은 것 같았다.

그 이야기를 좀 더 듣고 싶었지만, 에리나도 할 일이 있다기에 이야기를 끝낼 수밖에 없었다.

당시에 두 사람은 어떤 마음이었을까?

에리나와 마찬가지로 나 또한 두 사람을 응원하지만, 먹이로 길들였다는 것에서 약간의 불안감이 느껴졌기에 두 사람에게 직접 물어보기로 했다.

거실을 나와 보니, 디에게 위로를 받고 기분이 좋아진 듯한 노엘이 콧노래를 부르면서 청소를 하고 있는 모습이 눈에 들어왔다. 그래서 바로 질문을 던졌다.

"예?! 제, 제가 디 씨를 어떻게 생각하냐고요……? 따, 딱히 디 씨를 싫어하지는 않는데요?!"

"아, 네가 남자로서 디를 좋아한다는 건 나도 알아. 그것보다, 언제부터 디를 좋아하게 된 건지 궁금해서 말이야."

내가 딱 잘라 말한 바람에 단념한 듯한 노엘은 얼굴을 새빨갛게 붉히면서 이야기를 시작했다. 먹을 것을 줘서 좋아하게 되었다…… 같은 이유는 아니기를.

"처음에는 무서워서 도망쳤고, 가능한 한 의식하지 않으려고 했어요. 하지만 맛있는 음식을 주는 사람이네…… 하고 생각하기 시작한 후, 디 씨는 제가 실패를 할 때마다 은근슬쩍 도와준다는 사실을 눈치챘어요. 제 취향까지 고려해가며 요리를 만들어주기에 정말 상냥한 사람이라고 생각했는데, 어느새 좋아하게…… 꺄아──!"

노엘은 부끄러운지 도망쳤다.

청소를 내팽개쳤으니 나중에 에리나에게 혼나겠지만, 노엘이 디를 제대로 이해하고 있는 것 같아 안심했다.

나는 그 뒤를 이어 정원을 손질하고 있는 디에게 같은 질문을 던졌다. 그것도 직구로 말이다.

"노…… 노엘을 좋아하게 된 이유 말입니까?!"

예상한 것보다 더 동요했지만, 에리나에게 들은 이야기를 해주자 그는 한숨을 내쉬면서 말했다.

"……저는 그저 노엘의 미소를 보고 싶었을 뿐입니다."

노엘이 자신에게 항상 겁먹은 표정만 보여주는 게 분했던 것 같았다.

그래서 노력한 결과, 사이가 좋아져서 대화를 나누게 되었고 처음으로 노엘이 디에게 자연스러운 미소를 보여준 순간…… 온몸에 충격이 감도는 것 같았다.

"그 미소를 본 순간, 제 눈에는 노엘만 보이더군요."

순진무구한 노엘의 미소에 디는 빠졌고, 얼마 후에 자신이 그녀를 좋아한다는 사실을 눈치챈 것 같았다.

"고백은 안 할 거야?"

"윽! 시, 시리우스 님이 계시는데 저희만 행복해질 수는……."

"아, 나는 신경 안 써. 오히려 빨리 너희 아이가 보고 싶다고."

"아, 아이?! 마, 마음은 감사합니다만, 지금 상황에서는……."

내 아버지라는 남자에게서 양육비는 받고 있지만, 그 돈으로는 우리가 생활하는 것만으로도 빠듯했다.

역시 일전에 생각했던 것처럼 사랑에 푹 빠질 수 있는 상황이 아닌 건가.

"미안해. 나 때문에 고생만 하네."

"그, 그렇지 않습니다! 저는 아리아 님과 시리우스 님을 모실 수 있어 정말 행복합니다. 게다가 노엘과 함께 일할 수 있는 것만으로도 만족합니다."

"……실은 고백하는 게 무서운 거 아냐?"

"죄송합니다만, 에리나 씨가 맡기신 일이 있어서 이만 실례하겠습니다."

디는 정곡을 찔렸는지 부리나케 도망쳤다.

노엘과 똑같은 반응이었다. 너희는 정말 상성이 좋은 것 같네.

즉, 디가 고백할 수 없는 이유는 현재 상황과 자신의 나약함 때문이었다.

생활에 여유가 생기게 해서 도망갈 길을 막아버리거나 커다란 계기가 없는 한 고백은 힘들 것이다.

게다가 지금은 학교 입학금을 모으고 있기 때문에 조기에 개선하는 것은 힘들다.

한동안 보류해두는 수밖에 없으리라.

게다가 두 사람은 지금 이 상황에 만족하고 있는 것 같으니, 두 사람이 더는 못 참을 지경이 되면 결국 맺어질 것이다. 나는 에리나와 마찬가지로, 두 사람을 그냥 지켜보기로 했다.

※ ※ ※ ※ ※

그로부터 몇 년 후.

내가 에밀리아와 레우스의 신뢰를 얻고 며칠이 지났을 즈음이었다.

그날, 이 저택에 사는 사람이 모두 모여 남매를 공부시키고 있을 때, 레우스가 느닷없이 질문을 던졌다.

"저기, 형님. 노엘 누나와 디 형은 부부야?"

그 순간…… 이 공간의 분위기가 얼어붙더니 모두의 시선이 노엘과 디에게 향했다. 공부를 하다 부부라는 단어가 나와 그런 질문을 던진 것이겠지만, 그것은 엄청난 폭탄이었다.

그 말을 듣고 볼을 붉힌 노엘은 싫지 않은 듯한 기색을 보이면서 디를 쳐다봤지만…….

"……저녁 준비를 하러 가겠습니다."

디는 도망치고 말았다.

한심하기 그지없지만, 이 상황에서 고백할 수 있다면 옛날 옛적에 했을 것이다.

다들 고생한 덕분에 생활에 여유가 생겼지만, 내가 남매를 데려온 덕분에 그 여유도 사라질 지경에 이르렀다.

게다가 디는 로맨티시스트라는 사실이 최근 들어 판명되었다.

일전에 두 사람의 사랑이 이뤄지기를 바라는 마음에 전생에 존재했던 여러 가지 고백 방법을 가르쳐주자, 디는 진지한 표정으로 그것을 메모했다.

메모를 언뜻 보니 백마를 타고 여성을 맞이하러 간다…… 은하수 아래에서 반지를 건네며 사랑 고백…… 같은 부분에 동그라미가 되어 있었다. 디에게도 취향이라는 게 존재하는 것 같았다.

그러니 남들이 보는 앞에서 고백할 수 있을 리가 없다.

노엘도 부끄러운지 도망친 후, 나는 남매에게 노엘과 디의 관계를 설명했다.

"멋져요! 저도 언니와 디 씨를 응원할래요!"

"왜 노엘 누나와 디 형은 부부가 되지 않는 거야? 얼마 전에도 밖에서 뜨거운 눈길로 서로를 쳐다보고 있었는데……."

"뭐, 두 사람에게도 그럴 수밖에 없는 이유가 있어."

"그러니 지켜보고 있자꾸나."

"싫어! 두 사람이 감정을 꾹꾹 누르기만 하는 건 싫다고! 나, 갔다 올게!"

나와 에리나가 제지하는데도, 레우스는 디를 쫓아갔다.

잠시 후 레우스는 돌아왔지만, 입안에 뭔가가 가득 들어 있는 것을 보면 디가 먹을 것으로 위기를 모면한 것 같았다.

레우스는 먹을 것을 받아서 만족한 것 같지만, 그래도 해줄 말이 있다.

"……아직 공부가 안 끝났는데 멋대로 나가면 안 돼."

"저는 먹을 것을 먹으며 돌아다녀도 된다고 당신에게 가르친 적이 없습니다만?"

"어?! 저기…… 나는 노엘 누나와 디 형이…….."

레우스는 나와 에리나에게 설교를 들은 뒤 간식 굶기 형벌을 받았다.

그리고 그날 저녁…….

"디 형. 왠지…… 내 고기만 작지 않아?"

"……기분 탓일 거다."

"그리고 빵도 작아."

"……기분 탓일 거다."

"수프에 건더기도 적은데…….."

"기분 탓일 거다."

"디 형, 잘못했어! 이제 안 할 테니까 화내지 마!"

디에 식사를 통해 제재를 당한 레우스는 더는 이 일을 언급해선 안 된다는 사실을 깨달았다.

순수……하다기보다 바보인 레우스가 이런 사고를 벌였는데도 결국 디는 고백을 하지 않았다. 사실 나도 조금 기대했지만, 역시 무리였다.

확실히 입이 늘어난 데다 지금도 해야 하는 상황이니, 이 집에 여유가 없기는 했다. 그래도 두 사람의 사랑을 이뤄주지 못할 정도는 아니었다.

이렇게 되면 디가 그저 주저하고 있을 뿐인 듯한 느낌이 들었기에, 나는 디의 방에 쳐들어갔다. 실은 몇 번이나 디의 방에 가서 사랑 상담을 해주기도 했다.

아무리 자신이 모시는 주인일지라도, 나 같은 어린애에게 그런 이야기를 하고 싶지는 않겠지만, 내가 몇 번이나 정확한 조언을 해준 덕분에 디는 나를 완전히 신뢰하고 있었다.

그리고 오늘 자신이 얼마나 얼간이 같았는지 알고 있는 듯한 디는 현재 내 앞에서 무릎을 꿇고 있었다.

"디. 내가 무슨 말을 하려는 건지는 알고 있지?"

"예······."

"그건 완벽한 악수(惡手)야. 노엘을 좋아한다면 절대 해서는 안 되는 짓이라고."

"시, 실은 그럴 수밖에 없는 이유가 있습니다. 저는······ 반지를······."

"뭐?!"

이야기를 들어보니 디가 장을 보러 가는 마을에는 그가 친하게 지내는 상인이 있다고 한다. 그리고 그에게 노엘에게 줄 반지를 주문해둔 것이다.

물론 그 반지는 고백하면서 건넬 결혼반지다.

참고로 이 세계에서는 고백할 때 반지를 건네는 풍습이 없으며, 디는 내가 가르쳐준 전세의 방식을 실행에 옮기려는 것이다.

"돈이 모자라기는 했지만, 지인이 배려해준 덕분에 어찌어찌 준비할 수 있었습니다. 하지만 특별히 주문한 거라 시간이……."

"흠. 반지가 없으니 어쩔 수 없겠네. 하지만 그래도 아까는 도망치지 말고 좀 더 기다려달라고 말했어야 했어. 자신의 마음만이라도 밝혔어야 했다고. 아까 노엘은 진심으로 기대하고 있었단 말이야."

"……한 수 배웠습니다."

"아직 늦지 않았어. 지금이라도 노엘을 찾아가서 마음을 전해."

"그건…… 좀……."

죄책감 때문인지, 결국 디는 노엘을 찾아가지 못했다.

눈매가 험악하고, 남들이 다가오지 못하게 하는 외톨이 늑대 같은 분위기를 지닌 디의 마음속은 매우 섬세했다.

그리고 얼마 후에 반지를 손에 넣었지만, 역시 디는 고백을 하지 못했다.

디와 노엘이 맺어지려면 시간이 좀 더 걸릴 것 같다.

후기

만나서 반갑습니다. 작가인 네코 코이치라고 합니다.

WEB에서의 독자 여러분, 기다리시게 해서 죄송합니다. 드디어 이 작품이 서적으로 발매되었습니다.

제가 쓴 책을 내고 싶다는, 작가로서의 꿈이 드디어 이뤄졌습니다.

많은 소설을 읽고(장르적 편식 존재), 자신도 글을 쓰고 싶다는 마음이 끓어올라 이 작품을 쓰기 시작한 제가, 드디어 여기까지 왔습니다.

이 작품을 읽어주신 모든 독자 여러분.

작가의 애매한 캐릭터 이미지를 멋지게 표현해주신 Nardack 님.

그리고 이 책의 간행에 참여해주신 모든 분들에게 감사드립니다.

자아, 작가의 망상으로 가득 찬 이 작품은 어떠셨습니까?

1권은 이렇게 끝납니다만, 원래 이 책은 주인공인 시리우스가 멋대로 사는 이야기입니다.

다음 권에서는 바깥 세상에 나가, 자신에게 닥쳐오는 역경에 개의치 않으며, 그리고 때때로 그 역경을 극복하며 제자를 위해 분투하는 시리우스의 이야기가 펼쳐질 겁니다.

그럼 다음 권을 통해 독자 여러분과 다시 뵐 수 있기를 진심으로 빕니다.

World Teacher 1
©2015 by Koichi Neko
First published in Japan in 2015 by OVERLAP, Inc.
Korean translation rights reserved by Somy Media, Inc.
Under the license from OVERLAP, Inc., Tokyo JAPAN

월드 티처 이세계식 교육 에이전트 **1**

2016년 9월 1일 1판 1쇄 발행
2018년 8월 1일 1판 7쇄 발행

저   자 네코 코이치
일 러 스 트 Nardack
옮 긴 이 이승원
발 행 인 유재옥
본 부 장 조병권
담당편집자 김민지
편   집 강혜린, 김다솜, 김민지, 김혜주, 정영길, 박은정, 박상엽, 조찬희, 이문영
라이츠담당 박선희, 오유진
디 지 털 최민성, 박지혜
발 행 처 ㈜소미미디어
등   록 제2015-000008호
주   소 서울시 마포구 토정로222, 403호 (신수동, 한국출판콘텐츠센터)
판   매 ㈜소미미디어
마 케 팅 한민지, 이모토 요코
전   화 편집부 (070)4164-3962, 3963 기획실 (02)567-3388
                판매 및 마케팅 (070)4165-6888, Fax (02)322-7665

ISBN 979-11-5710-456-7 04830
ISBN 979-11-5710-455-0 (세트)